艺术门类美学新

文艺美学

主编 王一川　　副主编 陈雪虎

中国教育出版传媒集团

高等教育出版社·北京

内容简介

本书运用新视角研究文学的美学问题，重点阐明文学的语言艺术美与人文之美两方面意味。全书在分析文学美的语言性和社会性的基础上，重点讲授文学美中的古典美、现代美、大众文艺美等历史演变形态，和诗歌美、小说美、散文美、剧本美及文学美等体裁形态，还涉及文学美与其他艺术美的交融。本书可供高等学校汉语言文学专业、各艺术门类专业及其他相关专业学子阅读，也可供文学艺术爱好者阅读。

图书在版编目（ＣＩＰ）数据

文艺美学 / 王一川主编 . —— 北京 : 高等教育出版社 , 2023.3

ISBN 978-7-04-054863-1

Ⅰ . ①文… Ⅱ . ①王… Ⅲ . ①文艺美学 – 高等学校 – 教材 Ⅳ . ① I01

中国版本图书馆 CIP 数据核字 (2020) 第 142173 号

文艺美学
Wenyi Meixue

| 策划编辑 | 蒋文博 邵小莉 | 责任编辑 邵小莉 | 封面设计 张 楠 |
| 版式设计 | 张 楠 | 责任校对 刘丽娴 | 责任印制 刁 毅 |

出版发行 高等教育出版社　　　　　　　　　咨询电话　400-810-0598

社　　址　北京市西城区德外大街 4 号　　网　　址　http://www.hep.edu.cn

邮政编码　100120　　　　　　　　　　　　　　　　　http://www.hep.com.cn

印　　刷　河北鹏盛贤印刷有限公司　　　　网上订购　http://www.hepmall.com.cn

　　　　　　　　　　　　　　　　　　　　　　　　　http://www.hepmall.com

开　　本　787mm×1092mm　1/16　　　　　　　　　 http://www.hepmall.cn

印　　张　17.25　　　　　　　　　　　　版　　次　2023 年 3 月第 1 版

字　　数　300 千字　　　　　　　　　　　印　　次　2023 年 3 月第 1 次印刷

购书热线　010-58581118　　　　　　　　定　　价　46.00元

探索和传承艺术门类的新美质
——艺术门类美学新视角教材丛书总序

进入 21 世纪以来，特别是进入被称为全媒体时代、互联网时代、数字化时代（或其他相关称谓）的当今时代以来，各艺术门类之美在其创造和鉴赏方面都呈现出新景观，给高校艺术门类美学课程教学提出了新挑战，特别是迫使教材设法寻求新变革，也就是运用新视角去观察和分析，帮助年轻的艺术专业学子及时顺应艺术门类美学的新变化而涵养新素养。

各艺术门类在其创造和鉴赏上的新景观，确实到了需要认真探索的时候了。简要地列举，可以看到这些年来的若干新变化。这首先可从跨媒介、跨领域及跨门类现象谈起。艺术媒介及数字传输技术的变化，给艺术创作和鉴赏带来巨大变化，并由此引发出一系列跨媒介、跨领域及跨门类的连锁反应。尤其显著的变化之一莫过于互联网给艺术美带来的新质了：一部网络艺术作品一旦形成较高网络人气，就有可能被接连改编为其他多种艺术门类作品，进而引发一次跨门类的艺术潮流变化。近年来《盗墓笔记》《鬼吹灯》在网络界、电影界和电视艺术界所滋生的超强的跨媒介统治力，正是一个明证。还有的新变化就是高雅艺术之美与大众艺术之美的分化加剧。在改革开放之初，文学、戏剧、美术等传统的高雅艺术门类无疑自觉充当了艺术主流门类的角色，通过自身创造的艺术美为改革开放奋力鸣锣开道。人们至今记得《伤痕》《于无声处》《我的父亲》等作品的艺术美所产生的巨大反响。但如今，这些高雅艺术的主流统治力似乎已经让位于一些电视剧、电影和流行音乐等大众艺术作品了。再有的新变化就是艺术趣味的全球性流行。随着文化艺术产业的全球化进程加快，电影、电视艺术、流行音乐、动漫或连环画等的跨国传输日趋快捷和丰富，不仅有好莱坞、日本动漫、"韩流"等的趣味流行，也有来自欧洲的艺术版权交易的产儿（一度影响力巨大的浙江卫视《中国好声音》节目就改编自《荷兰之声》）。最后，还需要看到艺术美的民族性品质的意义凸显。人们越来越清醒地认识到，越是在跨媒介、数字化、大众化及全球化的时代，越是需要强化艺术的民族性品质，增强公众的艺术自信及更根本的文化自信。从这些尚未列全的新变化可见，各艺术门类之美变化显著，急需走出既有艺术门类美学视角的局限而展开新探索。

对当前艺术门类之美展开新探索，当然需要新视角。这种新视角，无疑应当来自于各艺术门类美学在多年积累中各自取得的新进展，这些新进展成为艺术门类美学在当前进一步深耕细作的沃土；同时，这种新视角也应当来自于普通美学和普通艺术美学的长期开拓，它们应当为艺术门类美学的新视角的炼成提供基本原理层面的启迪；这种新视角还来自于当代各门学科（包括自然科学）的相互影响乃至进一步的跨学科交融所产生的新成果和新启迪。对此，各个艺术门类美学都需要根据各自的具体情况而进行梳理和筹划，熔铸出适合自身的新视角，从而对本门类艺术美新变化进行新的探究。

这种新视角熔铸和运用的关键一点在于，必须特别针对网生代大学生群体的艺术门类美学研习新需要，探索新的艺术门类美学教学方法和手段。当前艺术类专业的受教育者或大学生几乎都是被称为"网生代"的年轻知识网民群体，他们从小就生活在网上，无论是艺术美鉴赏还是艺术学文献阅读及资料搜集，乃至日常艺术生活，都与互联网须臾不可分离。可以说，互联网既可能给他们带去艺术美的创造、鉴赏和艺术学研习上的巨大便利而使他们喜不自禁，同时也可能令他们陷于艺术学知识剩余或知识垃圾的困扰中而苦不堪言。有鉴于此，这套艺术门类美学新视角教材丛书的任务之一，就在于着力在艺术门类美学教材编撰和教学建议中帮助网生代艺术类大学生培育其批判思维或反思性素养，就是善于运用质疑、批判或反思的思维方式去面对互联网知识便捷系统发出的诱惑与导致的混淆。

本教材丛书名为"艺术门类美学新视角教材丛书"，含10种，拟按文学、音乐、舞蹈、戏剧、电影、电视艺术、美术、书法和设计等具体艺术门类之别，运用当代文化与美学新视角，分别论述特定艺术门类中的美学问题。初拟选题共10种：艺术美学、文艺美学、音乐美学、舞蹈美学、戏剧美学、电影美学、电视艺术美学、美术美学、设计美学、书法美学。以上10种除艺术美学为普通艺术美学外，其余9种都属于艺术门类美学。这样的设计是要适应当前艺术学科专业大学生修习艺术门类美学的新需要，以及满足其他读者提升艺术门类美学素养的要求。

从编撰背景及题旨来看，本教材丛书着眼于中华美学精神或中国艺术心灵的当代传承及涵养大学生艺术美学素养这一目标。同时，拟重点发掘和构建全球多元文化对话中中华民族艺术的独特美学品格。要面向全球多元文化艺术开放，保持开放包容的宽阔胸襟；但更重要的是在当今世界多元开放包容语境中全力发掘和构建中华民族艺术的独特美学品格或气质，而这是筑就中华民族伟大复兴时代文艺高峰所迫切需要的。再有就是，力求适应互联网时代大学生掌握新兴艺术美学知识的新需要。

本教材丛书编撰的总原则在于，以马克思主义原理为指导，自觉运用辩证唯物主义和历史唯物主义原理去分析艺术美学问题，特别是以新时代中国特色社会主义思想去辨析古今中外艺术美学现象，自觉传承和弘扬中华美学精神或中国艺术心灵，在面向世界文化艺术开放中深入发掘中国艺术在当代世界的独特美学价值。在具体层面上，本教材丛书将致力于在如下方面寻求新突破或新进展。第一，面向当代读者。以当代中国艺术发展状况及当代中国人的文化艺术生活状况为基本立足点，由此出发去审视和评价古今中外艺术。避免缺乏当代视点的泛泛而论，那样难以唤起当代读者的兴趣。第二，美学新视角。在美学理论资源运用及理论思维开拓上具有鲜明的创新性，在艺术门类美学领域有新探索或新推进。避免在艺术门类美学上的缺乏新意之作。第三，跨文化视角下的民族美学品格。着力探索跨文化视角下全球多元文化艺术对话中中国艺术美学传统的独特品格及其当代意义。避免无所不在的包罗万象之作或西方中心视角。第四，新的艺术实例。优先选取当代中外艺术实例，体现艺术门类创作及艺术美学研究的前沿性。避免陈旧实例的重复搬运。第五，语言浅易。一律采用教材语言，即简洁、明白、浅显，尽量省略或简化学术著作才有的细致考据或繁密论述过程，以便实现理论表述简赅（避免艰深和繁复）、论述语言浅显易懂（避免过于学术化）的效果。此外，每章结尾处安排本章摘要、思考与练习、深度阅读书目。

希望经过各分卷主编和全体编写者的共同探索，能够奉献出一套具有新意的艺术门类美学新视角教材，为新世纪艺术学界教材建设的推进尽我们的绵薄之力。自知我们的探索努力程度及理论水平均有限，诚望各位方家批评指正。

王一川

2020 年 1 月 2 日于北京

目录

引 言 / 001

导 论 在语言艺术美与人文之美之间 / 003

第一节 文艺美学的学科史 / 004

一、文艺美学概念的发生 / 004

二、文艺美学专著的出现 / 006

三、文艺美学学科的诞生 / 006

第二节 文艺美学学科的演变 / 007

一、美学论转向 / 007

二、文化论转向 / 009

三、语言艺术论转向 / 011

四、语言艺术论范式与文学的间性特征 / 017

第三节 文艺美学的属性、对象、研究方法及学科
　　　素养 / 021

一、文艺美学的属性 / 021

二、文艺美学的对象 / 022

三、文艺美学的研究方法 / 023

四、文艺美学的学科素养 / 025

【本章摘要】/ 026

【思考与练习】/ 026

【深度阅读书目】/ 027

第一章 文学作为语言艺术 / 029

第一节 文学与语言艺术 / 030

一、文学作为艺术 / 030

二、文学作为语言艺术 / 034

第二节 文学语言与语言艺术的特点 / 037

一、文学语言与文学的艺术性 / 037

二、文学作为语言艺术的特点 / 042

第三节 文学文本与层次构造 / 048

一、文学文本与兴辞织体 / 048

二、文学文本的层次构造 / 052

【本章摘要】/ 059

【思考与练习】/ 059

【深度阅读书目】/ 059

第二章 文学美的社会文化意味 / 061

第一节 文学作为话语 / 062

一、话语的含义 / 063

二、话语分析法 / 064

第二节 文学美与意识形态 / 066

一、意识形态的含义 / 067

二、意识形态与美学的关系 / 069

第三节 文学美与文化 / 071

一、文化的含义 / 071

二、文学美内蕴于文化的深处 / 074

【本章摘要】 / 077

【思考与练习】 / 077

【深度阅读书目】 / 078

第三章 文学古典美 / 079

第一节 "古雅"之美 / 080

一、古雅与传统文学 / 081

二、文学古典美的形态 / 083

第二节 古典文学美概观 / 087

一、文学古典美的分期与代表 / 087

二、古典文学与士人阶层 / 091

第三节 追忆与影响 / 095

一、传世的秘密与历代的追忆 / 095

二、古今辩证与当代启示 / 097

【本章摘要】 / 099

【思考与练习】 / 099

【深度阅读书目】 / 099

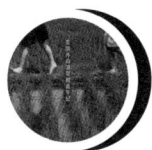

第四章　文学现代美 / 101

第一节　现代文学与文学现代美 / 102

一、审美现代性与现代文学的崛起 / 102

二、文学现代美的诸种形态 / 105

第二节　文学现代美概观 / 109

一、中外现代文学思潮 / 109

二、现代文学与市民阶级 / 112

第三节　现代主义与先锋派问题 / 115

一、现代主义及其论争 / 115

二、文学中的先锋派问题 / 118

【本章摘要】/ 121

【思考与练习】/ 121

【深度阅读书目】/ 121

第五章　当代大众文艺美 / 123

第一节　大众文艺美三种 / 124

一、底层：大众文艺与左翼视角 / 125

二、商业：大众文艺与当代生产 / 128

三、自发：大众文艺与自媒体的兴起 / 132

第二节　当代大众文艺概观 / 135

一、网络文学与泛媒介互动 / 135

二、当代文艺的亚体裁 / 137

第三节　审美化：景观、消费与收编 / 138

一、审美化的文学景观 / 139

二、消费与收编 / 141

三、一种新的可能在崛起 / 143

【本章摘要】/ 145

【思考与练习】/ 146

【深度阅读书目】/ 146

第六章　诗歌美 / 147

第一节　音乐性的语言与有意味的多义形象 / 148

一、从声律至文字 / 148

二、从意象到意境 / 153

第二节　从感兴到抒情 / 158

一、感兴：汉语诗歌的古典艺术美 / 159

二、抒情：汉语诗歌的现代艺术美 / 162

第三节　诗歌美学：体验与分析 / 165

一、丰富多样的诗性品鉴传统 / 165

二、古典诗学体制化与新诗研究新问题 / 167

【本章摘要】 / 168

【思考与练习】 / 169

【深度阅读书目】 / 169

第七章　小说美 / 171

第一节　中国传统：小说与史传 / 172

一、"小说"古今观念 / 172

二、小说美学：从传统到现代 / 175

第二节　西方问题：从史诗到小说 / 178

一、小说的兴起 / 178

二、小说问题：故事与叙述 / 181

第三节　结构主义与叙事学 / 183

一、叙事与叙事学：本事、形态与声音 / 183

二、叙事学：经典与后经典 / 185

【本章摘要】 / 187

【思考与练习】 / 188

【深度阅读书目】 / 188

第八章　散文美 / 189

第一节　体裁问题：散体与散文以及散文美的
　　　　特点 / 190

一、散文体裁的问题 / 190

二、散文美的特点 / 192

第二节　中国传统文章之学 / 195

一、散文、古文及骈文 / 195

二、古今文章之美 / 197

第三节　百年现代散文品类 / 204

一、现代散文观念演变 / 204

二、抒情散文 / 208

【本章摘要】/ 211

【思考与练习】/ 212

【深度阅读书目】/ 212

第九章　剧本美 / 213

第一节　中外戏剧诸种 / 214

一、传统戏曲与戏剧观 / 214

二、西方戏剧与戏剧观 / 216

第二节　文学性：剧本作为艺术创造 / 218

一、剧本美的创造与生产 / 218

二、案头文学的欣赏和消费 / 223

第三节　剧场性：从剧本美到舞台艺术美 / 225

一、程式美 / 226

二、声腔美 / 226

三、服饰美 / 228

四、舞台美 / 229

五、剧场美 / 229

第四节　大众艺术的剧本创作与审美 / 231

一、电影剧本美 / 231

二、电视剧剧本美 / 233

三、网络剧剧本美 / 235

【本章摘要】/ 236

【思考与练习】/ 237

【深度阅读书目】/ 237

第十章 文学美与其他艺术美的交融 / 239

第一节 从文到艺与文艺互渗 / 240

一、审美泛化与文学的位移 / 240

二、图像转向与艺术的凸显 / 241

三、文艺互渗与以心导艺 / 242

第二节 文学与各门艺术"相通共契" / 243

一、文学价值与其他艺术价值的共通性 / 243

二、各种艺术"相通共契" / 244

三、文学中的其他艺术美质 / 246

第三节 文学美的间性流融 / 249

一、文学语言与艺术语言 / 249

二、文学叙事与艺术叙事 / 251

三、文学抒情与艺术抒情 / 254

四、文学表意与艺术表意 / 256

【本章摘要】/ 259

【思考与练习】/ 259

【深度阅读书目】/ 259

后 记 / 261

引言

　　文艺美学，简捷地说，是关于文学这门语言艺术的美的规律和特性的学科。本书正是有关这门学科的基本知识系统的入门教材。研究文学美的学科何以称为"文艺美学"？严格说来，由于是主要研究文学之美，它理应称为"文学美学"，但鉴于这门学科自 1980 年诞生时至今形成的学术惯例，还是称之为"文艺美学"吧。又由于该学科不仅关注文学在整个艺术门类美学系列中的特殊性，而且注重将文学置于整个艺术门类美学系列的基础和导引地位来考察，因而称为"文艺美学"，就无论在名称还是在实际方面，都有着充分的理由。

　　本教材的编写，是为了适应当前文学学科门类、艺术学学科门类及其他相关学科门类的年轻学子对文学美及文艺美学学科的修习需要。

　　本教材的指导思想，是马克思主义的基本原理，特别是马克思主义中国化的理论成果。具体地说，运用中国化马克思主义原理去分析文艺美学的知识脉络，阐述文学美的基本问题。

　　本教材的总体思路如下：

　　其一，回到文学的语言艺术原点。按照通行的现代学科体制的分类，文学首先是语言的艺术，属于诸种艺术门类之一，然后才在诸种艺术门类中呈现自身的独特性，甚至产生重要的影响。因此，不能再简单地和缺乏论证地把文学直接视为所有艺术的当然代表了，那样既会忽视文学美作为艺术美之一种的共性，也会混淆文学美的不同于其他艺术门类的艺术美的个性。文学美与其他艺术门类之艺术美毕竟各有其特点，不能简单地相互代替。而文学美的独特性，正根本上体现为其语言艺术美。因此，本教材重点阐述文学美的语言美特征。

　　其二，重申文学的人文之心传统身份。根据中国古典传统，文学（诗、文或文章等）并非仅仅具有今天的语言艺术这一艺术界地位，而是被归属于更高因而更重要的人文形态，甚至位于其核心位置。这一思想需要重新回溯并予以发扬。

其三，坚持文学美的社会生活根源。文学美诚然有其特殊的语言艺术特征及人文之心地位，但毕竟来源于社会生活，并且依存它，自然最终无法脱离它。而且同样重要的是，文学美发挥作用的场所也只能在社会生活。

其四，突出呈现文学美的古今演变和体裁形态之丰富性。分别设立专章讨论文学美的古典美、现代美和大众美等历史演变形态，以及诗歌美、小说美、散文美和剧本美等体裁形态。

其五，考察文学美与其他艺术美的交融。要说清楚文学美的独特性，就需要把它同其他艺术美联系起来看。

从上述基本考虑入手，就有本教材的论述构架和体例，由导论和正文十章组成。导论交代文艺美学的渊源脉络。第一、二章是语言艺术本质论，强调作为语言艺术的文学美的特点及其社会生活根源。第三、四、五章为历史形态编，彰显古典文学美、现代文学美和大众文学美的异同，体现文学活动的当代性与大小传统之间的审美关联。第六、七、八、九章是体裁编，论述各体裁文学的美学特点、相关问题以及鉴赏批评技术。第十章则探讨文学美与其他门类艺术美的关系。

本书的主要研究对象是作为语言艺术和人文之心的文学的审美特征，故实际上就是"文学美学"，即关于文学的美学。不妨说，文艺美学是有关文学美作为语言艺术美的美学学科。

在语言艺术美与人文之美之间

文艺美学，又称文学美学，是主要研究文学这门语言艺术的审美特性的学科。可以一般地说，它隶属于文学门类下一级学科中国语言文学学科，是其二级学科文艺学下面的一门三级学科。要了解文艺美学的具体内涵，需要首先对其发生和演变做必要的了解。

第一节 文艺美学的学科史

文艺美学在中国虽然有着久远的思想渊源，但作为一门学科却并非古已有之，而只是现代性学术体制下的学科成果。

一、文艺美学概念的发生

中国人对文学的美的关注由来已久，文艺美学意识或思想可谓源远流长。孔子早就提出"诗可以兴，可以观，可以群，可以怨"的文艺美学观念，以及"兴于诗，立于礼，成于乐"等主张。以此为基础，中国古代还形成了深厚的"诗教"或"风教"传统。但是，文艺美学作为一个现代美学范畴被明确地提出来，毕竟是现代才有的事。

就目前所知材料论，李长之（1910—1978）于 1935 年在后来收入《批评精神》一书的文章里率先使用了"文艺美学"一词。他那时认为，真正的文艺批评家通常需要掌握三种学识：一是基本知识，二是专门知识，三是辅助知识。他是在论述专门知识时使用"文艺美学"概念的：

> 什么是文艺批评家的专门知识呢？这是只有文艺美学（Literaraesthetik）或者叫诗学（Poetik）。文艺美学者是纯以文艺作对象而加一种体系的研究的学问。例如什么是古典，什么是浪漫，什么是戏剧、小说、诗……从根本上而加以探讨的，都是文艺美学的事。这是文艺批评家的专门知识。这是文艺批评家临诊时的医学。[1]

稍后在讨论文艺批评中的艺术理想时，他又特别指出，对文艺创作态度的

[1] 李长之：《论文艺批评家所需要之学识》，《李长之文集》第 3 卷，河北教育出版社 2006 年版，第 35 页。

理解，需要引入"美学"视角："这是美学所要解答的。特别是文艺美学，也就是德人所谓'诗学'里所要解答的。"[1] 由此可知，李长之的"文艺美学"实际上就是德国人所谓的"文学美学"或"诗学"，也就是那种有关文学的系统研究的学问。这样，李长之的文艺美学概念所包含的内容，主要有三方面：第一，就研究对象而言，属于文学这一艺术门类，而不属于其他艺术门类；第二，就研究手段而言，采取了"体系的研究"手段，也就是系统研究手段；第三，合起来看，作为文学的系统研究的文艺美学，包含对"美"这一概念和"审美的"这一主体态度的整体研究。所以，文艺美学可以包含三方面含义：一是作家的创作态度需"无所为"，即没有外在的实际目的而只以创作本身为目的；二是读者的鉴赏态度需超乎利害之上而只专注于审美；三是作品本身需合乎一般艺术原理，也就是符合下列五项原则：统一、调和、驾驭工具、技巧富于个性（风格）、内容与形式统一。[2] 李长之在做了如上分析之后，又进一步补充指出，他的文艺美学体现出如下三条基本原则：

（一）美学原理可以应用到文学上去；

（二）文学的美不限定在文字的音、色；

（三）美善不当侧重，倘若侧重，我宁重美。[3]

这个归纳颇为关键，由此可见出李长之的文艺美学正是指美学原理在文学这一艺术门类上的运用。

换言之，李长之的文艺美学正是把美学中的"美"及"审美"视角运用到文学这一艺术门类的结果。进一步说，在他看来，文学的美既在于其形式（美），也在于其内容（善），而假如必须有偏重时，宁愿偏重形式（美）。假如这一归纳还不够十足明确，那么不妨再来看他的以下论述："文艺批评的背后，是美学。作美学的根柢的是哲学。即以新兴的文艺批评而论，其背后便是所谓'科学的艺术理论'，这是什么呢？不过是美学的别名；而这种美学的根柢，却就是唯物辩证法的哲学。"[4] 由此可见，文艺美学作为一个运用美学原理对文学的内容和形式进行系统研究的学问，早在1930年代就已由李长之明确地认识到和论述了，但限于当时战争年代的具体历史条件，没有来得及建构起真正意义上的现代学科体制或学术体制。至于他是自己直接从德文 Literaraesthetik 翻译过来，还是受到日本学者的启迪，就暂时不得而知了。

[1] 李长之：《我对于"美学和文艺批评的关系"的看法》，《李长之文集》第3卷，河北教育出版社2006年版，第6页。

[2] 李长之：《我对于"美学和文艺批评的关系"的看法》，《李长之文集》第3卷，河北教育出版社2006年版，第6—9页。

[3] 李长之：《我对于"美学和文艺批评的关系"的看法》，《李长之文集》第3卷，河北教育出版社2006年版，第10页。

[4] 李长之：《现代美国的文艺批评》，《李长之文集》第3卷，河北教育出版社2006年版，第42—43页。

二、文艺美学专著的出现

汉语学界目前能见到的最早的文艺美学专著，出自中国台湾学者王梦鸥（1907 — 2002）。他于1976年出版了专著《文艺美学》。王梦鸥如何想到"文艺美学"这一名称？尚不得而知。从有关传记材料可推知一二。他早年留学日本，后来赴日本任教。在出版《文艺美学》前的1968年至1970年，曾到广岛大学任客座教授。他在日本交流过程中受到过日本学术的相关启发，这个可能性较大。不过，目前尚未见到直接的证据。

尽管如此，该书确实体现了以美学视角去观照文学现象的学术思路。全书分上下两篇，共计11章。上篇的7章论述自古希腊至20世纪西方文艺美学思想的历史，下篇4章论述文艺美学的基本理论问题。作者并没有对"文艺美学"作为学科的对象、性质、内容、范畴、方法等做系统论述，其新学科创立意图并不强，没有大陆学者胡经之那种学科创立者的迫切性和明确性。但他却显然对运用美学或审美视角去论述文学问题，具有清醒的自觉意识。在下篇第一章"美的认识"中，他继援引韦勒克和沃伦的名著《文学理论》中的"艺术是服务于特定的审美目的下之符号系统或符号的构成物"后，又强调指出："倘依此定义来看，则所谓文学也者，不过是服务于特定的'审美目的'下之文字系统或文字的构成物而已。它之不同于其他艺术，在于所用的符号不同，但它所以成为艺术品之一，则因同是服务于审美目的。是故，以文学所具之艺术特质言，重要的即在这审美目的。反之，凡不具备这审美目的，或不合于审美目的，纵使有文字系统或构成，终究不能算作艺术的文学。"[1] 他高度重视文学作为艺术所具有的"审美目的"，强调舍此"不能算作艺术的文学"，从而体现出以文学的"审美目的"为基本观察视角和研究内容的倾向。[2]

三、文艺美学学科的诞生

尽管已有李长之的文艺美学概念和王梦鸥的文艺美学专著，但文艺美学作为一门学科被明确地提出来，却是1980年才出现的事了。

一次看起来偶然的阅读经历，成为文艺美学学科在我国改革开放时代创立的起点。1978年的一天，北京大学中文系文艺学学科点（文艺理论教研室）教师胡经之，读到王梦鸥的《文艺美学》，被其书名"文艺美学"本身深深地吸引住了。这使这位正焦急地设法让文艺学学科突破当时的思想僵化桎梏的

[1] 王梦鸥：《文艺美学》，台湾远行出版事业公司1976年版，第131页。

[2] 以上分析参考了杜书瀛《文艺美学诞生在中国》，《文学评论》2003年第4期。

文艺学界中年学者，立即产生了灵感：应当在中国语言文学下文艺学学科中新建立一个与哲学学科下的哲学美学相区别而又特别契合文艺自身的审美特性的分支或交叉学科，这就是文艺美学。[1]问题在于，当时的大陆与台湾之间还处于完全隔绝状态，在北京如何可以读到出版于台北的《文艺美学》呢？这就是当时的北京大学图书馆库本书所起的媒介作用：库本书可以向教师和研究生开放，但只能在库本阅览室借阅，不能借出。不少师生就是在那里如饥似渴地读到过一些当时急于阅读但在大陆又尚未正式出版或出版后专门标注"内部读物"的汉译西方名著及港台书籍等。

到了改革开放初期，在其时波及全国的美学热中，在 1980 年 6 月于昆明召开的中华美学学会第一次全国美学会议上，胡经之提出自己的新主张：高等学校的文学、艺术系科的美学教学，不能只停留在讲授哲学美学原理，而应开拓和发展文艺美学。有赖于当时国家学位与学科体制恢复和学科改革意识的强烈复苏，特别是学者个人主张和多方争取，终于收获了有关各方的热烈响应和在研究生学科体制中的落实：北京大学研究生院报经国务院学位办批准，率先在全国高校中国语言文学学科下文艺学二级学科下面再设置文艺美学学科点（相当于三级学科）。

自此，文学美学作为中国语言文学学科下二级学科文艺学下辖的三级学科，才终于诞生了。1981 年冬，重新恢复学位与研究生教育体制不久的北京大学在全国率先招收了 3 名文艺美学硕士研究生。这是全国的文艺学学科下文艺美学方向研究生培养的开始。

[1] 参见李健《胡经之评传》，时代出版传媒股份有限公司 2015 年版，第 62 页。

第二节 文艺美学学科的演变

文艺美学学科在中国只有不到 40 年历史，简要回顾，可以见出大约三个时段的演变轨迹。

一、美学论转向

文艺美学是在文艺学学科下面通过与归属于哲学学科的美学的交融而发

生和发展起来的。所以，文艺美学的第一次转向，体现为文学研究从"文革"时代的"为政治服务"倾向而朝向美学的转变，所以称为"文学研究的美学论转向"。具体地说，文艺美学发生的第一次转向，要追溯到改革开放初期即 20 世纪 70 年代末和 80 年代初。其时中国学位及学科体制刚从"文革"中复苏，还不存在如今学界早已习以为常的文艺美学学科。处于中国语言文学一级学科下面的文艺学还亟待变革：如何摆脱"文革"时期由"文艺为政治服务"引导的极端政治化偏向的桎梏，回归于文艺为社会主义服务和为人民服务的本心，是颇费思量的事情。那时节，由何其芳的遗作《毛泽东之歌》（《人民文学》1977 年第 9 期）引发的"共同美"讨论，激发出更大范围和规模的全国性美学热潮。就连年逾八旬的朱光潜也撰文《关于人性、人道主义、人情味和共同美问题》，积极加入讨论中（载《文艺研究》1979 年第 3 期）。美学一跃而成为当时全国人文社会科学领域最热的"显学"之一。关心美、谈论美学，成为当时各学科大学生和学者的共同话题。

在这里，需要注意的是文艺学学科领域学者们其时的高度关切点。前面提及的胡经之在大陆学界率先倡导文艺美学学科，如今已历时近 40 载，几乎与改革开放时代同步。1982 年北京大学出版社刊物《美学向导》登载胡经之的专论《文艺美学及其他》，正式将"文艺美学"的学理阐述公之于众，随即该出版社陆续推出了"文艺美学丛书"若干种，在全国引领文艺美学研究的步伐。胡经之的专著《文艺美学》作为该丛书之一种，出版于1989 年。

回顾文艺美学的诞生历史可见，正是文学研究中的美学论转向催生了文艺美学学科。文艺美学的第一次转向，发生于 1980 年代初期文艺理论力求摆脱过度政治化束缚而回归于审美的圣殿之时，这标志着文学研究范式从政治论范式向美学论范式转型，文学随即被窄化到只愿承认审美属性而情不自禁地排斥正统的政治性的地步。回头看，这里有几点值得反思：首先，那时的文艺美学学人大都相信，文艺学只有摆脱政治束缚才能重新找到自己的家园——个人的精神圣殿即审美，以为文学研究可以真的脱离政治的控制而成为无政治的自由美学学问。其次，那时的无政治的美学化倾向其实本身就意味着一种政治，即属于非政治的政治，以审美为政治的政治，或以无政治方式去消解政治本身的特定方式。人们以满腔的热情拥抱美学而抛弃政治，其实是在把审美这种无政治的政治当作抵消往昔极端政治化偏颇的政治去运用。这就形成一种自反性悖论或自我解构效应：自以为审美可以摆脱政治的束缚，想不到到头来还是把审美当作自己原本要反对的政治武器去加以运用。最后，看起来成功地摆脱了政治的文学研究，其实并没有找到可靠的精神家园，反而发现自身被投入一个无家可归的精神困境中。这是由于，文学研究归根到底是不可能完全脱离政治的。

不过，文学研究的美学论范式的追求和建立，毕竟确实给当时、也就是改革开放时代初期的文学研究，带来了新的可能性，这里面当然就包括研究者的个人幻觉。以下几方面，可以被视为文艺美学的第一次转向所取得的暂时成果：

第一，文学的核心品质或属性无疑是审美。文学作品中的无论是政治的、伦理的还是科学的属性（假如有的话），都不能被如像在政治学、伦理学或科学著作中那样直接指出来，而是必须转而巧妙地通过其特有的活生生的审美形象及其属性呈现出来。

第二，文学的审美品质或属性植根于人性的完整体中，离不开人生体验，代表人生价值的生成。

第三，艺术形象是文学作品的审美特征赖以生成和呈现的核心地带，它是审美体验内容与审美形式之间完美融合的结晶。

第四，文学的审美本质可以代表并且通向其他艺术门类的审美本质，从而文艺美学完全具有整个艺术门类美学的代表者资格。

简要回顾这个历史并不悠久但也不短暂的学科的发生历程，不免令人生出感慨：文艺美学学科建立时的初心在于，让文学从"文革"时代"为政治服务"的迷途转而回归于其审美本位，但后来的文学发展进程却又不仅自觉地日益远离这种审美本位，反而还重新发现无法脱离其当初曾竭力挣脱的政治性，并且把从文学的审美本位中重新发现其隐秘的政治诉求作为学术创新的方向。这一点很有意思：它虽然出乎不少学者的个人预料，但又实实在在地在学科建设进程中存在着。如何把握这种学科历程的曲折性呢？其原因又在哪里？如此，文艺美学就难免自动暴露出与自身建立时的初心已然相悖的学科发展困境。而当前如何理解并走出这种困境，也就作为一种学科发展疑难提出来了。

二、文化论转向

文艺美学的第二次转向，大约发生于 1990 年代初期，盛行于整个 90 年代至 21 世纪之初。已然成为独立学科的文艺美学力求走出自己曾一度追求和痴迷于其中的无政治的纯审美圣殿,而面向更加广阔而又丰富的文化原野开放,这代表文学研究范式的文化论转向。文艺美学的文化论转向的理论资源及学术基础,比较多样而又复杂,可以说与同一时段同样来自于西方的稍早的"语言论转向"潮流紧密交汇而难以分离,在外表看属于文化论转向,而从深层着眼又可见出语言论转向的影响。从研究方法及手段来说,19世纪末至20世纪初发生于西方的"语言论转向",强调文学及其他文化形态都可以被视为语言并运用现代语言学模型去加以阐释,其代表性理论有俄国形式主义、英美"新批评"、结构主义、心理分析学、存在主义、阐释学等美学与文论思潮。正是这些语言论美学与文论思潮的引进,为新兴的文化论转向提供了研究方法和手段。20世纪90年代后期以来,随着全球化进程加快,"文明的冲突"被视为全球事务的中心,大众艺术如电影和电视艺术、流行音乐等愈益发达,日趋活跃的"文化经济"或"审美经济"将艺术与经济和商业等文化消费过程更加紧密地联系起来等,文艺美学发生了文化论转向。这种转向的突出标志之一,是文化或人生意义的符号表意系统成为文艺美学所思所虑的焦点。在经历这次文化论转向后,文学研究范式被泛化到似乎文学这一门艺术竟有资格代表所有艺术门类去说话并斗胆承担艺术的文化内涵的程度。

具体地说,文艺美学的文化论转向与1980年代末与90年代之交逐渐发生的多方面变化相关,特别是与1992年邓小平"南方谈话"所引发的新一轮改革开放潮的强力拉动有关。首先是中国政治、经济、社会与文化氛围都发生了深刻的转型,促使中国语言文学界学科专家们在经历一番冷峻思索后,从以思想启蒙为重心转向了更加深沉蕴藉的学理化道路。其次,在政治成为微妙领域时,具有中性特质的语言、文化及其传统领域就成了他们争相耕耘的一个理想园地,于是,有中国文化热或传统热兴起。再次,从学术资源看,持续的开放条件涌入的西方语言论文论与美学思潮产生了学术启蒙作用,如现代主义、后现代主义、语言论美学、文化研究、后殖民理论、新历史主义、大众文化理论、新马克思主义等林林总总的学术思潮或流派。最后,从当代中国文艺思潮与文化思潮、文艺创作与文艺接受等的相互激荡的实际看,以往被奉为神圣的文艺审美特性,此时不得不让位于它的非审美特性,如政治的、社会的或伦理的特性了。

中国语言文学学科领域兴起的几股热潮,为文艺美学的文化论转向的实施提供了学术氛围并做出了铺垫:1990年至1992年间一些杂志对"学术规范"的讨论,拉开了有关1980年代文学研究的学术反思的序幕;1992年起逐渐兴起的"后现代主义"热，将人们的注意力从审美引向了制约审美的那些文化元素如政治、经济、社会、传媒等；1994年《读书》杂志连载5组有关"人文精神"的论争文章，引发了多家媒体的跟进研讨，持续地强化了人文、精神、文化、传统等文化形态的影响力；1995年出版的《陈寅恪的最后20年》等著作的异乎寻常的热销乃至脱销，凸显了跨越审美的学术性的基础地位。正是在这样的文化论转向背景下，文艺美学学者们纷纷把自己的研究兴趣从纯审美圣殿转向了更加肥沃而丰厚的文化原野，希冀从中找到理解文学乃至全部艺术奥秘的钥匙。如此一来，过去受到重视的审美特性就难免被淡化乃至放逐了。与淡化或放逐审美同时进行的，则是文学的远为宽广的文化特性被强化。属于文化词根的系列词语，如大众文化、通俗文化、亚文化、后现代文化、文化现代性、现代性与后现代性、文化理论、后殖民文化及学术文化等，都成为那个时段文艺美学领域里使用频率颇高的学术词语。而相应地，语言学、哲学、历史学、社会学、人类学、传播学、政治学、经济学等学科相继渗透文艺美学，或者不如说，文艺美学学者主动援引这些学科元素以更新自身。

如今回头看，文艺美学实施这次文化论转向所必须付出的学术代价在于，在执着于理智地阐释文学作品的多重文化内涵、特别是无意识的文化内涵时，容易同时出现两个忽略：一是对文学作品的一般审美特性的忽略，即为了凸显文学作品的政治、伦理、民族、族群、性别等文化内涵而忽略其语言、形式及感性体验等审美特性；二是对文学作品的艺术门类特性的忽略，即忽略文学作为语言艺术的艺术特性，遗忘掉文学首先是艺术门类之一然后才是文化形态之一这一事实，而往往可能直接地就把文学当作一般文化形态去做政治、伦理、民族、族群和性别等意义分析。

回顾这场文艺美学的文化论转向，不难见出如下一些新特点：

第一，更加专注于文学的文化内涵的语言论阐释及其历史根源研究，而冷淡其直接的审美特性的个人体验；

第二，虽然意识里不再明确坚持文学对其他艺术门类的代表性或引领性，但无意识里实际上仍然相信或部分地相信文学足可以代表其他艺术门类。

三、语言艺术论转向

值得注意的是，无论是在第一次转向时段还是在第二次转向时段，文艺美学研究者们的一个不约而同的习惯性做法是，直接谈论的是文学或主要谈论的是文学，但却总自以为文学或多或少能够代表其他艺术门类发声，从而把文学这门语言艺术的特性约略等同于各门艺术的普遍性了；同时，虽然直接地分析的是文学文本，但有意识或无意识地总是忽略其语言艺术特性而集中揭示其文化意义。而这种"以文代艺"之举，在今天看来恰恰包含两面性：这既是文艺美学的特长、也同时是其短处。文艺美学的特长在于，可以借助于文学这门语言艺术的特性，不无道理地由此探询其他艺术门类的普遍性，或者至少可以由此探询其他艺术门类普遍性的某些方面；其短处在于，单凭文学这一门语言艺术的特性又如何可以简单代表其他若干艺术门类的普遍性，因为毕竟各门艺术自有其特殊性？面对文艺美学的这种特长与"特短"并存的现象，当前尚处于探讨过程中的文艺美学的第三次转向，意味着文学研究范式不得不实施语言艺术论转向，由此重建一种语言艺术论范式。这种转向有两方面的内涵和意义：

一方面，这意味着文艺美学需重新返回到文学作为语言艺术这个现代性的原点上去。所谓文学作为语言艺术的现代性原点，是指清末以来来自欧洲的现代性体制把文学规定为一种语言的艺术，而这种语言的艺术又是与音乐、舞蹈、戏剧、美术等门类一道同属于以唤起人的美感为基本特征的"美的艺术"范畴的。直到今天，我国现行学术体制仍然在沿用这种现代性体制中的"美的艺术"范畴去把握文学与其他艺术门类的共同特性，进而把握文学作为语言的艺术的个别特性。这正是今天重新反思文学的特性的现代性原点。由此看，回到文学的现代性原点，意味着力求使这种语言的艺术特性重新成为文学研究的主导型范式。这就要求文艺美学把文学重新视为语言艺术门类，再从语言艺术门类这一特定视角出发去重新定位文学的地位和作用。

另一方面，这同时还意味着，在重返文学的语言艺术原点的同时，进而发掘中国古典文化传统，在这种传统怀抱中重建文学的基于语言文字的古典人文之心品格，并使其在当代发扬光大。按照中国古典传统，文学（特别是其中的诗）在人文价值系统中具有核心的地位和作用，堪称人文之心。孔子说"诗可以兴，可以观，可以群，可以怨"，"兴于诗，立于礼，成于乐"，还主张"志于道，据于德，依于仁，游于艺"。在孔子看来，诗或文学绝不只是一般的满足人的愉悦需要的语言艺术，而是可以令人从现实生活中兴腾起来，在礼乐仪式中走向成人的方式。由此看，文学既是引人走向精神、信念或灵魂等的提升和完成境界的基本人文途径之一，同时又可以在其他人文途径如哲学、历史和宗教等之间起到有力的中介作用。这样，文学既具备语言艺术美，又蕴含人文之美。

文学的这种基于语言艺术范式和人文之心传统的重新定位，意味着文学的至少如下几层基本特性需要被重新打量：

第一层，文学作为普通艺术门类之一而具有艺术普遍性，也即文归于艺、文以导艺。文学需与其他各门艺术一道共同呈现艺术的普遍特性，而与此同时，文学在各个艺术门类中又具有一种主导地位。这是传承清末民初以来受到来自欧洲的现代性体制下艺术分类观念影响而确立起来并通行至今的现代艺术观念。法国人查尔斯·巴多（Charles Batteux，1713—1780）在《将美术归化为单一原理》一书中对"美术"（fine arts）概念做了具有开创意义的系统区分：第一类为美术（也即 fine arts），包含音乐、诗歌、绘画、雕刻、舞蹈等五种，其存在的理由在于予人快感；第二类为机械的艺术，其存在的理由是产生功效；第三类为介乎上述两类之间的艺术，如建筑和修辞，其存在的理由在于同时予人快感和产生功效。[1]

只要对巴多当年的五种艺术门类模型略加调整，将诗歌扩展为文学门类，把绘画与雕刻合并为美术（视觉艺术）门类，再加上戏剧、设计、电影和电视艺术等四个艺术门类，这大致就是今天通行的艺术门类划分了：音乐、文学、美术、舞蹈、戏剧、设计、电影和电视艺术。巴多的五种艺术分类概念与后来康德的审美无功利说及黑格尔的艺术美观念等交融到一起，就形成了完整的现代性体制下的艺术门类观念：艺术是专门满足人的审美感受的美的艺术，而审美是艺术的根本属性。

以巴多的艺术观念为代表的现代性艺术观念，在清末民初陆续传入中国时，曾引发了鲁迅等现代知识分子的积极响应。《儗播布美术意见书》（1913）就这样明确引用巴多的"美术"概念说，"后有法人跋多区分为三"，并且指出，"美术诚谛，固在发扬真美，以娱人情，比其见利致用，乃不期之成果。沾沾于用，甚嫌执持"，强调应当"发美术之真谛，起国人之美感，更以冀美术家之出世也"[2]。可知鲁迅是把"美感"当作"美术之真谛"去阐发的，也就是把美感作为今天意义上的艺术的普遍特性去论述的。按照鲁迅以来通行至今的现代性体制，文学虽然是语言艺术，但毕竟是整个艺术门类的一员，从而与音乐、舞蹈、戏剧、电影、电视艺术、美术和设计等艺术门类一道，共同组合成为艺术门类，由此与其他艺术门类一道共享艺术的普遍性特质——在人工创造的符号系统中传达美感。

这意味着，文学首先是艺术门类之普通一员，然后才是其特殊的一员，因而重要的是考察文学与其他艺术门类之间的普遍规律和特性即美感。文学尽

[1] 参见 [波兰] 塔塔尔凯维奇：《西方六大美学观念史》，刘文潭译，上海译文出版社 2006 年版，第 65 页。

[2] 鲁迅：《儗播布美术意见书》，《鲁迅全集》第 8 卷，人民文学出版社 2005 年版，第 52 页。

管可能具有广泛而深刻的文化特性，但终究首先是一门专门满足公众的美感需求的语言艺术。这是重建文学的语言艺术范式的第一步，也即是基础的一步。这一层次，显然是要回到改革开放时代初期文艺美学热潮兴起之时的原点：文学是审美的或美感的艺术，而非直接"为政治服务"的工具。这一层次是要重新突出文学的艺术性，从而让它同非艺术或一般文化形态区别开来。

第二层，文学作为语言艺术而具有艺术特殊性，也即文异于艺、文先于艺。文学与其他艺术门类相比，具有不可替代的门类特殊性——语言艺术性。作为语言的艺术，文学运用精心创造的语言符号系统去传达意义，而不是运用音响、身体运动、图像、影像等去传达意义。文学虽然有时可以被视为其他艺术门类的代表，但毕竟不能代替其他艺术门类，这是由文学门类区别于其他艺术门类的语言符号特性所决定或制约的。

文学与其他艺术门类相区别的基本的特殊性，主要可以从以下三方面去呈现：一是其他艺术门类在作用于公众的身体感觉时具有感觉的直接性，而文学具有感觉的间接性。这就是说，其他艺术门类可以通过直接唤起公众的视觉和听觉等功能而形成艺术形象，而文学则需要首先识别语言或文字，再在头脑里通过想象和联想而形成再造的艺术形象。与其他艺术门类具有艺术形象的直接性不同，文学门类具有艺术形象的间接性。当其他艺术门类大都是"一见就知"或"一闻就知"时，文学门类则首先需要文字识别或认字。这样，是否识字或进而是否具备高超的语言符号素养，就成为把握文学的艺术特殊性的关键环节。二是与此同时，文学作品（诗歌、散文和小说等）可以通过作家的一度创作即告完成，而其他艺术门类的创作往往具有二度性，也就是需要两次、甚至多次去完成。话剧剧本完成后需要在剧场面对观众表演，绘画完工需要放到美术馆展览，写好的乐谱需要到音乐厅面对听众演奏，做完的电影剧本则需要先拍摄成影像故事、然后再到影院面向观众放映，等等。三是文学虽然和其他艺术门类一样都依赖于观众的鉴赏，但相比之下，其他艺术门类作品当观众入场参与后才算完成，而文学作品却可以由作家自己完成。从具体创作过程看，其他艺术门类作品在创作时，零观众或观众不叫座，无异于作品没有完成或完成效果不佳；而文学作品在创作时，只要有一名读者或听众的鉴赏就算完成了，而且其鉴赏对文学作品的意义本身不会有任何实质性影响。一般而言，其他艺术门类多属入场型艺术品，高度依赖于观众的现场参与；文学则是一门旁观型艺术品，观众的鉴赏对其作品的完成一般不构成实质性影响。

第三层，文学在各个艺术门类之间具有艺术门类间性，也即文人于艺、文为艺魂。文学在当前各艺术门类格局中具有自身的特殊命运，承担各个艺术门类之间的一种相当于灵魂的导引作用的整合功能。这主要表现在，文学虽然与过去相比严重失势，丧失往昔在艺术家族中的主流地位，但毕竟正以新的方式重新建构自身：一方面，它的存在方式无法不受到其他艺术门类的影响，正像克里斯蒂娃的"互文性"概念所试图表达的那样；另一方面，它又会通过渗透入其他艺术门类之中，从而影响乃至引领其他艺术门类的存在和发展。正像人们早已分析过的那样，鲁迅的《狂人日记》融进了同时代人有关"吃人"的传说或梦呓，更融进了以《新青年》杂志为代表的"五四"时代激进的狂欢化思潮元素的影响力。要解读这部小说文本的意义，还可联系鲁迅本人的其他同期文本如《热风随感录》，因为后者更直接地披露出作家对当时的各种艺术门类文本的吸纳热情。尤其能说明当前文人于艺而形成文学的艺术门类间性特征的恰当实例，莫过于网络文艺，特别是其中的网络人气作品。当今时代艺术新潮或艺术时尚流的拉动，往往倚靠网络人气作品，其中最有社会影响力的就是网络小说。网络长篇小说《盗墓笔记》《鬼吹灯》首先在网上积聚超高的人气，随后持续被其他艺术门类如电影和电视剧加以改编，这正是当代文学之具备艺术门类间性的流行实例。人们诚然可以感叹高雅文学的影响力的日趋衰落，但也不得不领略到网络文学潇洒自如地融入其他艺术门类并加以引领的新的时尚景观，从而发出文学并未真正衰落的由衷感叹。

第四层，文学在各种文化形态中的文化间性，也即文人文化、文导文化。文学终究会"润物细无声"地融入各种文化形态之中，成为其中的核心元素甚至灵魂性元素。

第五层，也即最后一层，文学在人文形态中的人文间性。文学的人文性是中外古典文化与学术传统的自觉追求之一。《易·贲》就指出："刚柔交错，天文也。文明以止，人文也。观乎天文，以察时变，观乎人文，以化成天下。"[1] 唐代孔颖达对此的疏解是："言圣人观察人文，则诗书礼乐之谓，当法此教而化成天下也。"[2] 李百药也解释说："夫玄象著明，以察时变，天文也；圣达立言，化成天下，人文也；达幽显之情，明天人之际，其在文乎。遒听三古，弥纶百代，制礼作乐，腾实飞声，若或言之不文，岂能行之远也。"[3] 这说明文学在中国古代享有尊贵地位：被视为人生中最高的"三立"（立德、立功和立言）之一的"立言"事业，通过参与创制诗书礼乐等古典"人文"规范，成为"化成天下"的最神圣的事业之一环。曹丕《典论·论文》进一步强调文章为"经国之大业，不朽之盛事"，它既有利于"经国"，又有利于个体"立言"而"不朽"。刘勰《文心雕龙》明确指出："文之为德也大矣，与天地并

[1] 高亨：《周易大传今注》，清华大学出版社2010年版，第169页。

[2] （清）阮元：《十三经注疏》，中华书局1980年版，第37页。

[3] （唐）李百药：《北齐书》，第45卷，中华书局1972年版，第601页。

生者何哉？夫玄黄色杂，方圆体分：日月叠璧，以垂丽天之象；山川焕绮，以铺理地之形；此盖道之文也。仰观吐曜，俯察含章；高卑定位，故两仪既生矣。惟人参之，性灵所钟，是谓三才，为五行之秀，实天地之心。心生而言立，言立而文明，自然之道也。"[1]他通过"天地之心""心生而言立""言立而文明"等表述，明确阐述了这样的认识：人是万物之灵，是有思想的天地之心；确立语言正是为了建构这种统合天地人"三才"的思想；这种语言的确立才能让文章主旨更加鲜明。按照这种中国古典传统，文学通过"立言"而参与创制人类社会的诗、书、礼、乐等古典"人文"规范，它们历经涵濡而化成体现阴阳、刚柔和仁义等原则之"天下"，编织起最高的信仰、心灵或精神等人文维度，因而具有人文之心的重要地位。当然，这里的"文""人文""文章"等相关词语及其所指远远不限于今天所谓文学（即语言的艺术），但毕竟可以把它包含于其中并以它为基础。重要的是，文学以其"立言"等方式参与组成以诗书礼乐为标志的"人文"世界，并在其中起到积极而又活跃的中介作用，从而承担"化成天下"的神圣使命。按程千帆借助章太炎《文学总略》笺注而对"文学之界义"的分析，"文"在中国典籍中一般有"四科"含义：甲科为最广义之文，是指"文"，"古昔文明初启，凡百典制，有司所存，胥得文称，所谓'博学于文'者也"；乙科为较广义之文，是指"文章（施之竹帛）"和"礼乐（施之政事）"两种；丙科为广义之文，是指"有句读文"和"无句读文"两种，其内容为说理之文、抒情之文和叙事之文，其外形为字（文字之学）、句（文法之学）和篇章（修辞之学）；丁科为狭义之文，是指"彣彰"，就是"今人所谓纯文学"。[2]由此看，今天所谓文学，是以第四科含义即狭义的"纯文学"为基础并吸纳其他"三科"元素演变而成的。也就是说，现代通行的文学概念，虽然主要是在现代性体制下的可以唤起美感的语言符号系统这一意义上使用的，但其实也与上述古典文学"四科"传统之间存在紧密的间性关联：一方面，现代的文学可以直接传承丁科的"彣彰"之义并适当综合丙科的"有句读文"之义；另一方面，它还可以间接地逐层渗透乙科的"文章（施之竹帛）"和"礼乐（施之政事）"之义以及渗透甲科的"博学"之义中，这两科都与古老的"人文"相关，因而也就是等于在传承文学作为"人文"的古典传统。其实，不妨这样说，凡是在运用语言文字的地方，都可能存在文学即语言艺术的广阔天地，也都需要文学这门语言艺术去发挥"人文"之心所特有的灵魂性引导作用。

　　这种文学作为人文之心的中国古典学术传统，也可以在西方传统中找到相互发明处。按照意大利哲学家维柯的"诗性历史"观，世界的原初历史本

[1]（南朝梁）刘勰：《文心雕龙》，据范文澜：《文心雕龙注》，人民文学出版社1958年版，第1页。

[2]程千帆：《文论十笺》，武汉大学出版社2008年版，第46页。

身就是诗性的，一切都是从诗（还有神话、寓言故事等）发源的。"诗的最崇高的工作就是赋予感觉和情欲于本无感觉的事物"，如此，"在世界的童年时期，人们按本性就是些崇高的诗人"，[1] 而"希腊世界中最初的哲人们都是些神学诗人。……凡是异教民族既然各有各的天神约夫和赫库勒斯，在起源时一定都具有诗的特性"，[2] "诗既然创建了异教人类，一切艺术都只能起源于诗，最初的诗人们都凭自然本性才成为诗人 [而不是凭技艺]"[3]。这样的诗不仅揭示了历史的起源，而且同时还是其他一切艺术的起源。英国诗人雪莱曾这样为诗辩护：诗人"不仅创造了语言、音乐、舞蹈、建筑、雕塑和绘画"，而且还是"法律的制定者，文明社会的创立者，人生百艺的发明者"，更是"导师，使得所谓宗教，这种对灵界神物只有一知半解的东西，多少接近于美与真"。所以，诗人"领会世间的真与美"。[4] 由于如此，"诗是神圣的东西"，它"既是知识的圆心又是它的圆周；它包含一切科学，一切科学也必须溯源到它。它同时是一切其它思想体系的老根和花朵；一切从它发生，受它装点"。[5] 这样的论述诚然显出诗人对诗的特殊偏爱，但由此也不难见出有关诗在人类生活中的地位和作用的洞见：诗指向人类生活的原根并提供现实的规范。

其实，不仅诗，一切文艺作品，都具有指向人类心灵、精神或灵魂的力量。黑格尔指出："一个艺术家的地位愈高，他也就愈深刻地表现出心情和灵魂的深度。"[6] 他显然认识到，真正优秀的艺术品都是可以直指人类灵魂的，特别是能够通过塑造富于蕴含的艺术形象，深刻地揭示人类"灵魂的深度"。

这些表明，文学作为人文之心的地位和作用，在中西方传统中是可以形成相互发明的。

四、语言艺术论范式与文学的间性特征

当前，文艺美学正处于第三次转向即语言艺术论转向的开端时段，需要从语言艺术范式去考察当前文学的间性特征。

1. 从语言艺术论范式看当前文学的间性特征

推进文学的语言艺术论转向或建构语言艺术论范式的关键环节之一在于，深入探究当前文学的如下几种间性特征：（1）文学作品中因被其他艺术门类渗透而生的间性特征；（2）文学作品因移植入其他艺术门类作品而生的

[1] [意]维柯：《新科学》，朱光潜译，人民文学出版社 1986 年版，第 98 页。

[2] [意]维柯：《新科学》，朱光潜译，人民文学出版社 1986 年版，第 101 页。

[3] [意]维柯：《新科学》，朱光潜译，人民文学出版社 1986 年版，第 104 页。

[4] [英]雪莱：《诗之辩护》，缪灵珠译，《缪灵珠美学译文集》第 3 卷，章安琪编订，中国人民大学出版社，1998 年版，第 137 页。

[5] [英]雪莱：《诗之辩护》，缪灵珠译，《缪灵珠美学译文集》第 3 卷，章安琪编订，中国人民大学出版社 1998 年版，第 158 页。

[6] [德]黑格尔：《美学》第 1 卷，朱光潜译，商务印书馆 1979 年版，第 35 页。

间性特征;(3)其他艺术门类作品中由艺术性与文学性交融而生的间性特征;(4)各种文化形态作品中因其非文学性与文学性交融而生的间性特征;(5)人文形态中文学与其他人文形态相互融合的间性特征。

第一层,文学作品中因被其他艺术门类渗透而生的间性特征,也即文中有艺、艺在文中。这属于文学门类内的间性特征。当今网络小说的写作、阅读和再生产过程,都受制于网民趣味的影响。而整个文学创作更受制于其他艺术门类的影响。

第二层,文学作品因移植入其他艺术门类作品中而生的间性特征,也即文入艺中、文以导艺。这属于文学在与若干艺术门类的关联之间产生的间性特征,即艺术门类间的间性特征。一方面,文学门类的社会影响力看起来已远不如电影和电视艺术风光了;但另一方面,文学元素又往往更深地渗透其他艺术门类之中,特别是电影和电视艺术中,成为其中的重要元素乃至导引性元素。当前一些作品从网络文学到电影和电视剧的知识产权转换过程,例如《盗墓笔记》和《鬼吹灯》等从网络人气小说再到电影和电视剧的改编,正说明了这一点。文学与其他艺术门类之间无法不处于日常的和持续的相互影响中。

第三层,其他艺术门类作品中由艺术性与文学性交融而生的间性特征,也即艺中有文、艺不离文。这属于艺术门类内的间性特征。戏剧、电影和电视中的剧本,美术中的思想或观念,音乐中的形而上理念,设计中的观念等,都可以见出文学门类的影响力。

第四层,各种文化形态作品中因其非文学性与文学性交融而生的间性特征,也即非中有文、文以导非。在一般文化形态如语言、神话、宗教、艺术、科学和历史等作品中,非文学性固然是主要的,但也往往因文学性渗透其中、相互交融而生成某种间性特征,呈现出上述所谓非中有文、文以导非的情形。这属于文学在艺术门类外一般文化形态中呈现的间性特征。政治家、管理者、公众人士等,纷纷在他们所认为的关键场合援引文学元素(或其他艺术元素)去增强其话语的修辞力量,从而事实上彰显出文学在一般文化形态中的某种引导作用。

第五层,人文形态中文学与其他人文形态相互融合的间性特征,也即言立而文明,文成人文。这是指文学通过"立言"而化成人文的核心部分。正像古代由诗书礼乐等组成文史哲等相互贯通的古典人文世界一样,如今的文学需与哲学、历史学、科学和艺术等共同组成叩探人类灵魂或信仰的人文世界。不过,在当前,文学的人文间性特征体现为如下特殊性:文学一方面在中国古典传统中被尊为一种典雅的人文理想形态，通过"立言"而具备人文之心的神圣地位，参与守护和落实人文世界的最高的核心价值观；但另一方面也需要同时化身为世俗的人文务实形态，即承担人类个体和社会的"言志""缘情""体物"等日常传达作用，特别是由于在现代学术体制中被规定为艺术门类下的语言艺术门类，从而需要与其他艺术门类一道为现实的人类生活建构起共同的艺术美世界，尽管文学拥有与其他艺术门类不同的独特的语言艺术美。在当今互联网时代艺术美实践中，借助于网络文学的创作与接受热潮，以及其他艺术门类（特别是电影门类和电视艺术门类等）对网络文学和传统文学的持续的改编举措，文学美在艺术美的百花园中不仅可以重新大放异彩，而且还有望产生"人文以化成天下"、文成人文等特殊的人文导引作用，包括诱发、拉动、贯通或引领其他艺术美的创造和接受，涵养人类个体与社会的人文气质。这无疑是当前需要重点探讨的文艺美学核心问题之一。

以上只是简要分析了当前文学的间性特征在文中有艺和艺在文中，文入艺中和文以导艺，艺中有文和艺不离文，非中有文和文以导非，言立而文明和文成人文等五层面的表现，当然对此还可以作更加具体而全面的探究。

2. 通向语言艺术型文化

回顾改革开放以来文艺美学已经历和正经历的三次转向历程，可以见出这门三级学科的发展演变其实并不孤立，而是始终与改革开放时代的变革脚步形成同振共鸣的关联。当前正在推进的文艺美学的第三次转向，不过是要在当前新时代条件下重新返回文学作为语言艺术的初心上去。一旦将现代性体制下文学的语言艺术特性的规定，同中国古代学术体制所规定的文学的语言艺术性与博学特性交融起来，就可以得到有关文学与艺术及文化之间的间性关系的如下结语：在艺成文，文为艺心，艺导文化。也就是说，文学在语言艺术中成就自身，又在艺术中充当其核心，并且使得以语言艺术为核心的艺术成为文化的灵魂。

按照中国传统，中国人的心灵在其本性上就是诗性的。钱穆认为，中国历史或中国文化在本性上就是诗："吾尝谓中国史乃如一首诗，余又谓中国传统文化，乃一最富艺术性之文化。故中国人之理想人品，必求其诗味艺术味。"[1]而诗性由于直指艺术性的核心，从而可以说就是艺术性的核心或灵魂。他指出："中国文化精神，则最富于艺术精神，最富于人生艺术之修养。而此种体悟，亦为求了解中国文化精神者所必当重视。"[2]由于认定中国心灵在其本性上就是诗性的以及艺术性的，所以他才把中国文艺或艺术置于整个中国文化的源泉或根源上：

[1] 钱穆：《品与味》,《中国文学论丛》,生活·读书·新知三联书店2005年版，第220页。

[2] 钱穆：《中国文化与中国文学》,《中国文学论丛》,生活·读书·新知三联书店2005年版，第43页。

[1] 钱穆：《中国文化与文艺天地——论评施耐庵〈水浒传〉及金圣叹批注》，《中国文学论丛》，生活·读书·新知三联书店2005年版，第139页。

中国文化中包涵的文艺天地特别广大，特别深厚。亦可谓中国文化内容中，文艺天地便占了一个最主要的成分。若使在中国文化中抽去了文艺天地，中国文化将会见其陷于干枯，失去灵动，而且亦将使中国文化失却其真生命之渊泉所在，而无可发皇，不复畅遂，而终至于有窒塞断折之忧。故欲保存中国文化，首当保存中国文化中那一个文艺天地。欲复兴中国文化，亦首当复兴中国文化中那一个文艺天地。[1]

在他那里，中国文艺或艺术不仅在中国文化中占据"一个最主要的成分"，而且更是中国文化的"真生命之渊泉所在"。所以，要在现代"保存"及"复兴"中国文化，首要在于"保存"及"复兴"中国艺术及其诗性精神。

为什么是以诗性为核心的艺术性而非科学性或其他性，被视为中国文化传统的灵魂？中国传统非同一般地重视心的作用。徐复观强调心及心性才是艺术的根源："我所写的《中国艺术精神》，一个基本的意思，是说明庄子的虚、静、明的心，实际就是一个艺术心灵；艺术价值之根源，即在虚、静、明的心。简单来说，艺术要求美的对象的成立。纯客观的东西，本来无所谓美或不美。当我们认为它是美的时候，我们的心此时便处于虚、静、明的状态。故自魏晋时起，中国伟大的画家，都是在虚、静、明之心下从事创造。唐代有名的画家张璪说：'外师造化，中得心源。'这两句话便概括了中国一切的画论。而外师造化，必须先得虚、静、明的心源。而张彦远的《历代名画记》一书，指出在唐人心目中王维的造诣，实不及张璪，这表明中国是以心为艺术的根源。"[2]无论这里对"外师造化，中得心源"等观点的解释是否伴随争议，但徐复观的观点是明白无误的："中国是以心为艺术的根源。"

[2] 徐复观：《心的文化》，据李维武编《徐复观文集》第1卷，湖北人民出版社2009年版，第35—36页。

这表明，对文化的艺术性及艺术的诗性的层层递进式追究，刨根究底要刨到中国传统中根深蒂固、枝繁叶茂的"心"学传统上。王阳明说过：

孔子气魄极大，凡帝王事业，无不一一理会，也只从那心上来。譬如大树，有多少枝叶，也只是根本上用得培养功夫，故自然能如此，非是从枝叶上用功做得根本也。学者学孔子，不在心上用功，汲汲然去学那气魄，却倒做了。[3]

[3] （明）王阳明：《王阳明全集》第1册，吴光、钱明、董平、姚延福编校，浙江古籍出版社2011年版，第125页。

由此看，要真正重新确立文学（诗）在艺术中的灵魂地位或语言艺术在文化中的灵魂地位，关键地还是需要传承中国传统"心学"中有关"在心上用功"的主体修养。因为，按照黑格尔在《美学》中的论述，语言艺术离人的

"心灵"是最近的。"心学"修养恰恰高度依赖于语言艺术修养即文学修养。

不过，鉴于当前中国和世界境遇演变的新特点，在中国本土中长期生长发育而却在清末至"五四"时代遭遇断裂之痛的中国诗性及艺术性传统，自然无法在急剧变化了的当代境遇中得到直接呈现，而是需要而且也只能通过必要的转化或变通而得到激活。当前迫切需要做的是，冷静地审时度势，具体地认识和把握当前文学自身、文学在各个艺术门类之间以及文学在各种文化形态之间等不同层面的间性特征，重新发掘文学的语言艺术特性及其在其他艺术门类中的渗透，进而把握语言艺术在整个艺术门类乃至文化中的引导作用。或许，当今互联网时代的文化恰恰更应当注重语言艺术的引导，从而更应当成为语言艺术引导的文化也即语言艺术型文化？当前回到语言艺术的原点，就是要回到文学乃至整个艺术的语言基石之上，重建艺术及文化的语言基石，为通向语言艺术型文化铺路。语言艺术型文化，是指以文学这种语言艺术为基本范式的文化气质或文化氛围，它依托直指心灵的语言艺术而构建基本的人生价值范型。

第三节 文艺美学的属性、对象、研究方法及学科素养

这里需要为一直在讨论的文艺美学，划出其大致的学科属性和对象了，顺此还可以探讨文艺美学的研究方法和学科素养问题。鉴于当前是在语言艺术论转向的氛围中考察文艺美学学科的，因而这里的论述无疑带有语言艺术论范式的特点。

一、文艺美学的属性

文艺美学的属性，在这里是指文艺美学的学科属性。从学科属性看，文艺美学是中国语言文学学科下文艺学学科下辖的三级学科之一；同时，它也可以被视为与音乐美学、舞蹈美学、戏剧美学、电影美学、电视艺术美学、美术美学、书法美学、设计美学等并列的艺术门类美学学科之一，从而可以不无道理地归入艺术门类美学行列。因此，可以暂时一般地说，文艺美学是研

究作为语言艺术的文学的审美特性及其文化特性的学科，简言之，是研究文学这种语言艺术的审美特性及其文化意义的学科。

不过，文艺美学的学科属性具有一种特殊性：由于需要同时涉及文学诸多要素，如语言、艺术、审美和文化等，以及涉及哲学等其他学科，文艺美学很难被单独地和固定地归属于单一学科下面，而是更应当被置于多个学科之间的交融地带。首先，它带有文学学科门类下中国语言文学学科属性；其次，带有艺术学学科门类下艺术学理论学科属性；再次，还带有哲学学科门类下美学学科属性；最后，还带有无法简单地归属于某个特定学科门类的更大的文化学科属性。这是因为，文化在当前现代性学科体制中总是被几乎所有 13 个学科门类加以综合研究的。

这就是说，文艺美学学科可以同时兼容文学、艺术学、美学和文化学等若干学科，带有它们的交融学科这一特点。对此，可以从以下方面去理解：

首先，依托语言文学学科，文艺美学需加强对文学的语言符号系统特性的认知，因而具有文学学科属性。

其次，凭借艺术学学科，文艺美学需注重对文学与其他艺术门类不同的语言艺术特性的认知，因而具有艺术学学科属性。

再次，吸纳美学学科，文艺美学需增加对文学这种语言符号系统的审美特性的认知，因而具有美学学科属性。

最后，基于文化学科，文艺美学需把文学作为语言艺术的审美特性置于更广泛的文化形态及其过程之中，考察文学与其他文化形态的相互交融特性，具有文化学学科属性。

因此，总起来看，文艺美学是研究文学作为语言艺术的审美特性及其文化意义的学科，是语言文学学科、艺术学学科、美学学科和文化学学科等多学科之间相互交融的学科。由于如此，文艺美学的学子需要同时加强对文学、艺术学、美学（或哲学）及文化学等多学科的综合修养，是必然的了。

二、文艺美学的对象

文艺美学的对象，是指文艺美学学科的研究对象。文艺美学的对象在于作为语言艺术的文学所具有的审美特性。在这个意义上，文艺美学以文学这种语言艺术的审美特性为主要研究对象。对此，可以从如下方面去理解：

第一，文艺美学应研究文学中的语言系统，即文学的语言性。文学作品首先是一种人工创造的用以表达人生意义的语言符号系统。正是这一人工创造的语言符号表意系统，在人生意义的表达上具有自身的奥秘，需要认真研究。文学中的语言系统，是文艺美学的基本研究对象。

第二，文艺美学应研究文学的语言符号系统的艺术性，即文学的语言艺术性。文学作品在这里是被当作现代意义上的"美的艺术"来研究的，是指可与音乐艺术、舞蹈艺术、戏剧艺术、电影艺术、电视剧艺术、美术和设计相并列的、区别于现实生活中的应用文类的那种纯语言艺术品。在文学作品中，语言不是被当作日常交流的简单工具去使用，而是作为艺术体验的真正对象去体验的。文学中语言的艺术性，是文艺美学的核心研究对象。

第三，文艺美学应研究文学这种语言艺术的审美特性，即文学的审美特性。一部文学作品诚然可能具有诸多属性，但其中最具魅力的当属它的审美特性。这种由文学的语言的艺术性所创生出来的审美特性，正是文艺美学的独特研究对象。

第四，文艺美学应研究文学这种语言艺术的审美特性所开拓出来的文化意义，即文学的文化性。文学作品被创造出来，要通过感染读者的身心进而提升其作为公民的全面的文化素养。因此，通过感染读者的身心进而提升其全面的文化素养，才是文学的最高目的。文学作为语言艺术所创造的审美特性的文化意义，才是文艺美学的最高研究对象。

三、文艺美学的研究方法

文艺美学的属性和对象既然具备上述特点，那就需要运用与之相适应的研究方法与学科素养去加以掌握。先来看文艺美学的研究方法。

文艺美学的研究方法，是指文艺美学的研究工具、方式或手段，既包括内在的思路，也包括具体研究技术或技巧。文艺美学的研究方法历来是多种多样的和变化不断的，这是因为，作为文艺美学研究对象的文学及其审美特性始终是丰富多样和变动不居的。对此，朱光潜晚年的个人体会与建议应当谨记：

> 不通一艺莫谈艺，实践实感是真凭。
> 坚持马列第一义，古今中外要贯通。
> 勤钻资料忌空论，放眼世界需外文。
> 博学终须能守约，先打游击后攻城。

锲而不舍是诀窍，凡有志者事竟成。

老子决不是天下第一，要虚心争鸣，接受批评。

也不作随风转的墙头草，挺起肩膀，端正人品和学风！[1]

[1] 朱光潜：《怎样学美学》，《朱光潜全集》第10卷，安徽教育出版社1993年版，第504页。

这里论述的尽力通晓一门艺术以获取必要的艺术实践体验、坚持马列主义的指导地位、贯通古今中外、掌握充分的资料方能发言、学好外文等，无疑包含了这位美学老人一生的美学修为，给人以启迪。

文艺美学的总的研究方法，应当是马克思主义原理，包括马克思主义的中国化成果。也就是说，文艺美学应当始终坚持以马克思主义原理为指导，以文学的审美特性为中心，对其作全面而深入的研究。

具体而言，文艺美学需要在自身的研究中综合地借鉴和运用如下研究方法的成果：

第一，文学的语言学方法。应把文学作品首先视为一种语言性作品，把握其语言学特点。例如，诗歌语言向来分行排列，小说用语言讲故事，散文"形散神不散"，剧本语言善于表露人物内心。

第二，文学的艺术学方法。应把文学作品视为语言艺术品，同音乐、舞蹈、戏剧、电影、电视艺术、美术和设计等艺术作品一样都属于艺术品，具有艺术特性。

第三，文学的美学方法。应研究文学作为语言艺术品所具备的审美特性，看到审美特性在文学中的独特存在。

第四，文学的文化学方法。应研究文学作品所蕴含或拓展的文化意义，看到文化意义在文学中的特定存在状况。

当然，这样说并非是指文艺美学需要分门别类地运用上述诸种研究方法，而不过是说，它需要将上述研究方法综合于自身之中，从而形成文艺美学的特定研究方法。或许不如更确切点说，文艺美学需要在研究中开拓自身的语言学维度、艺术学维度、美学维度和文化学维度，由此最终共同形成文艺美学自身的研究方法体系。

不过，需要指出的是，这种研究方法体系不应当是封闭的和静止的，而应当是开放的和变动的。同时，特别是在当代，各门人文学科和社会科学乃至自然科学都早已处在相互开放和相互渗透的跨学科环境中，上述分类论述只是迫不得已之法。

四、文艺美学的学科素养

文艺美学的学科素养，是指由现代学术体制规范的文艺美学研究者所必需的相关学科修养或能力，包括相关学科知识储备、思维能力、研究手段及技巧等。这里同样可以借鉴朱光潜有关美学的学科素养建议：

> 我原来的兴趣中心第一是文学；其次是心理学，第三是哲学。因为欢喜文学，我被逼到研究批评的标准，艺术与人生，艺术与自然，内容与形式，语义与思想等问题；因为欢喜心理学，我被逼到研究想象与情感的关系，创造和欣赏的心理活动，以及文艺趣味的个别差异；因为欢喜哲学，我被逼到研究康德、黑格尔和克罗齐诸人的美学著作。这样一来，美学便成为我所欢喜的几种学问的联络线索了。[1]

这里直接提到的学科素养涉及今天的语言文学学科素养、心理学素养、哲学素养等。尽管他在这里主要是针对美学的学科素养而提的，但对于当前从事文艺美学研究而言，也具有借鉴意义。

推进文艺美学，要求该学科的学者养成相应的学科素养，就当前而言，主要有：语言文学学科素养、艺术学学科素养、美学学科素养、心理学学科素养和文化学学科素养。

第一，语言文学学科素养。鉴于文学属于语言艺术，因而学习文艺美学需要养成中国语言文学学科及其所属学科分支的素养，如语言学与应用语言学、汉语言文字学、文艺学、中国古典文献学、中国古代文学、中国现当代文学、中国少数民族语言文学、比较文学与世界文学等学科分支。

第二，艺术学学科素养。应把文学这种语言艺术同其他艺术门类如音乐、舞蹈、戏剧、电影、电视艺术、美术和设计等联系起来考察，看到文学同其他艺术门类之间的艺术学关联。

第三，美学学科素养。应把文学的审美特性同自然美、社会美和科技美等审美形态的特性结合起来研究，这就需要借助于美学学科素养以及美学所从属于其中的更大的哲学学科素养。

第四，心理学学科素养。应把文学及其审美特性视为作家和读者的心理体验过程去考察，这就需要涵养心理学学科素养，以及与审美心理探测紧密相关的认知科学和进化心理学等相关学科素养。[2]

第五，文化学学科素养。应把文学视为艺术的一个门类，进而把艺术视

[1] 朱光潜：《谈美书简》,《朱光潜全集》第5卷，安徽教育出版社1989年版，第235页。

[2] 参见［美］安简·查特吉：《审美的脑——从演化角度阐释人类对美与艺术的追求》，林旭文译，浙江大学出版社2016年版。

为文化形态之一种，同其他文化形态如神话、语言、宗教、历史和科学等结合起来研究。

【本章摘要】

文艺美学是伴随改革开放时代而兴并引发争议的学科，先后经历三次转向：文艺学的美学论转向，标明文学研究范式从政治论范式向美学论范式转型；其文化论转向力求走出纯审美圣殿而面向文化原野开放，代表文学研究范式的文化论转型；语言艺术论转向意味着重返文学作为语言艺术这个现代性原点，重建文学研究的语言艺术论范式，以及重申文学为人文之心的古典人文传统。当前重建语言艺术论范式需要在几层面同时推进：一为文归于艺和文以导艺，二为文异于艺和文先于艺，三为文入于艺、文为艺魂，四为文入文化、文导文化，五为文成人文。还需深探当前文学的间性特征，即文学作品因被其他艺术门类渗透而生、文学作品因移植入其他艺术门类作品而生、其他艺术门类作品中由艺术性与文学性交融而生、各种文化形态作品中因非文学性与文学性交融而生等多重间性特征。应当重新认识在艺成文、文为艺心、艺导文化和文成人文等文学与人文特性。今日文化更应当注重语言艺术的引导，从而更应当成为语言艺术引导的文化也即语言艺术型文化。文艺美学是研究文学作为语言艺术的审美特性及其文化意义的学科，是语言文学学科、艺术学学科、美学学科和文化学学科之间相互交融的学科。文艺美学以文学这种语言艺术的审美特性为主要研究对象。

【思考与练习】

1. 文艺美学学科在中国的诞生过程中，主要经历了哪些人和事？

2. 文艺美学的语言艺术转向的重点在哪里？

3. 当前重返文学的语言艺术原点与重申文学的古典人文之心特点，有着怎样的现实意义？试结合具体文学实例谈谈当前文学的地位和作用。

4. 简要说明文艺美学的属性和对象。

5. 就个人的学习体会而言，掌握文艺美学需要哪些学科素养？

【深度阅读书目】

1. 李长之：《批评精神》,《李长之文集》第 3 卷, 河北教育出版社 2006 年版。

2. 胡经之：《文艺美学》, 北京大学出版社 1989 年版。

3. 朱光潜：《文艺心理学》, 复旦大学出版社 2009 年版。

4. 宗白华：《美学散步》, 上海人民出版社 1981 年版。

第一章

文学作为语言艺术

在当代中国，将原有的艺术学一级学科从文学学科门类下独立出来，并升格为独立的学科门类，诚然有其相对充分的理由和必要性，但从另一方面看，也即从传统及长期以来的现代性体制而言，这样做也存在让文学与艺术诸门类之间乃至人文学科之间隔阂加深的可能。本章试图将文学与艺术再度联系起来把握，主要是强调文学与艺术之间的联系和共性，同时申张文学在"美的艺术"或艺术概念场域中的特定意义及其问题，辨析文学作为语言艺术的独特性和特点，理解文学作为语言艺术品的文本构造及其文学美。

第一节 文学与语言艺术

将文学放到艺术概念之中，思考包括文学在内的艺术的本性，并不是今天的发明。无论是在历史上，还是在当代生活的现实中，都可以发现把文学视为艺术之一种的理解和观念，这可以说明文学作为艺术和语言艺术的合理性，也便于把握文学作为语言艺术在艺术门类中的位置和特点。

一、文学作为艺术

在西方古代，艺术概念涵盖范围非常广泛，不仅指称今天所指的包括诗歌、绘画、戏剧在内的"艺术"，而且包括技术、科学、医学、修辞、逻辑、伦理、政治、经济等在内的和人的生存方式有关的诸多方面。然而，无论概念广狭，都可以发现文学的影子出没于其间。古罗马时期有所谓自由艺术（liberal arts）的概念，大约自公元 4 世纪开起，语法、修辞、逻辑、算术、几何、音乐和天文被固定为自由艺术科目，简称"七艺"，成为欧洲高等教育的标准课程。中世纪除继续使用自由艺术的概念，也出现了与此相对的"技工艺术"（mechanical arts）的概念，包括编织、装备、商贸、农业、狩猎、医学和演剧等科目。在作为自由艺术的语法和修辞以及作为技工艺术的戏剧中，今天的文学的内容显而易见。

到 18 世纪，西方出现"美的艺术"（fine arts 或 beauty arts）概念，所有美的艺术都具有模仿和令人愉悦的特点，艺术由此与科学技术和其他人文学科区别开来。查尔斯·巴多的现代艺术系统包含音乐、诗歌、绘画、雕塑和舞蹈等五种科目,达朗贝尔（J. d' Alembert）的现代艺术系统稍有不同,包含绘画、雕塑、建筑、诗歌和音乐。后来戏剧和小说也加了进来,再后来摄影和电影也加入进来。[1]现代艺术体系不断扩大。现代世界所谓的文学的大部分内容,都可由诗歌、小说和戏剧而体现。这样,由古至今有关文学的思考相当部分都是在艺术概念之下进行的。不仅如此,在西方大学的艺术学科建制中,并非只指美术学科和美术教育,而且是指包括所有艺术门类在内的学科体系。哥伦比亚大学的艺术学院就设置了电影、戏剧艺术、视觉艺术和写作四个系所,其中写作指的是诗歌、小说和散文等写作,因此,文学显然是被包括在艺术之中的。

值得注意的是,20 世纪上半叶世界范围内对文学的研究出现的专业化诉求,而这种专业化的努力,其实主要就是将文学归入艺术范畴,将文学作为艺术进行研究。可以波兰学者罗曼·英加登（Roman Ingarden）为代表,其主要著作名称即"文学的艺术作品"（*The Literary Work of Art*, 1931）和"对文学的艺术作品的认识"（*The Cognition of the Literary Work of Art*, 1937）。这个命名意味深长,文学作品既可以是艺术,也可以是非艺术,既可以当作艺术来欣赏,也可以当作其他东西来认识或使用。但英加登所用的书名正是要求把文学作为艺术来研究。

将文学作为艺术来研究,意味着什么呢？英加登在这些著作中追问"什么是真正的文学作品",要弄清艺术作品究竟是一种怎样的事物,是心理的、物理的还是别的什么存在。英加登批评过去对艺术作品的研究完全是"另外一些对象的工具",这好像"就在艺术作品的身边走过,却不懂得它在人的生活中所起的真正和独特的作用"。他强调,"艺术特别是文学的艺术当然不是人类文化中唯一有价值的领域,而且也不是文化生产的最终目的。但它是一个独特的东西,它的独特性既不能忽视也不能否认。它以一种独特的方式丰富了人的生活和人类的文化。"因此要"把注意力转到那个必须研究的对象上,为的是说明一些和艺术作品有联系的问题以及艺术作品特别是文学作品本身"。[2]在英加登看来,文学作品的本

[1] 以上西学脉络梳理,可参见 [美] 保罗·奥斯卡·克利斯特勒:《艺术的近代体系》,载《文艺复兴时期的思想与艺术》,邵宏译,广西美术出版社 2017 年版,第 196 — 260 页。

[2] [波兰] 罗曼·英加登:《论文学作品:介于本体论、语言理论和文学哲学之间的研究》,张振辉译,河南大学出版社 2008 年版,第 28、24 — 25 页,译文有改动。说明:英加登 1931 年出版的是德文版,题为"文学的艺术作品"（*Das literarische Kunstwerk*）,1961 年由 Maria Turowicz 译为波兰文版,改名为"论文学作品"（*Odziele literackim*）,英加登本人在这个波兰文版中有许多改动和补充。其中通过一个新增的脚注明确给出了改名的理由:"'文学作品'这个称呼我是指每一部'美文学'的作品,不管是真正的艺术作品,还是没有价值的作品。'文学的艺术作品'这个术语我只是在我要了解那种是有价值的艺术作品的文学作品的基本的特性的时候才用。"（中译本,第 26 页）

身不是由纸和字组成的物理的实在对象，也不是完全系于主体心神的观念对象。文学作品的本身，也即本体，是一种有着非常特殊构建的客体对象，是在观念对象和实在对象之间存在的第三种存在形态，用现象学术语加以命名，就是"纯粹的意向性对象"（purely intentional object）。只有从艺术作品的本身或本体论地位，证明文学与音乐、绘画和建筑一样，都是纯粹的意向性对象，人们只有将它们作为意向性对象来认识的时候，它们才是艺术。[1] 英加登力图从现象学角度对艺术作品的存在状况、类型及其层次构造进行研究，这种将文学作为艺术进行研究，追踪文学作品的本体的思路，启发了后来的文论和美学研究。米盖尔·杜夫海纳的《审美经验现象学》（1932）和勒内·韦勒克、奥斯汀·沃伦的《文学理论》（1948）等，都在相当程度上受到这一思路的影响。

[1] Roman Ingarden, *The Literary Work of Art*, George G. Grabowicz trans., Northwestern University Press, 1973, pp.10—11.

文学是一门艺术，写作是一种专门的技艺，在现代社会人们的思想中也已经根深蒂固。这种理解，反映到学术研究和文化批评上，也就是强调专业向度上的形式考究和审美特性的追踪，这一点也为现代社会中学者和批评家所认可。从整体上看，对作为语言艺术的文学的郑重其事的"细读"实践，甚至已经内化到整个 20 世纪学院式文学研究中。这体现了现代社会的专业化诉求，也促进形成了文学艺术的学科化建制。这方面，瑞士文论家沃尔夫冈·凯塞尔的著作《语言的艺术作品》和美国文论家勒内·韦勒克、奥斯汀·沃伦《文学理论》都是明证，它们都突出强调文学是艺术，"文学创作作为语言的艺术作品"，研究不能只注重于文学的外向路径（extrinsic approach to the literature），更应该注重对文学的内向考察（intrinsic study of literature），首先把文学看作艺术作品，"看成是一个为某种特别的审美目的服务的完整的符号体系或符号结构"。[2]

[2] [瑞士]沃尔夫冈·凯塞尔：《语言的艺术作品：文艺学引论》（1948），陈铨译，上海译文出版社 1984 年版，序言第 1 页；[美]韦勒克、沃伦：《文学理论》，刘象愚等译，江苏教育出版社 2005 年版，第 157 页。

在中国古代，各门艺术从来未被统一地论述过，因为各门艺术的地位是不平等的。在艺术各部门中，文学据有尤为核心的位置，《毛诗序》强调"正得失，动天地，感鬼神，莫近于诗，先王以是经夫妇，成孝敬，厚人伦，美教化，移风俗"，曹丕《典论·论文》云"盖文章，经国之大业，不朽之盛事"，都表明以诗文为代表的文学在古代传统中的位置。作为传统社会中极为高阶和极端重要的人文形态，文学是以儒家文化为代表的古典传统之精髓所在。诗文与政治、实用和教化紧密关联，而绘画和书法则更具士大夫的个人趣味，建筑和雕刻往往出自匠人，所以地位偏低，理论家的关心和论证也较弱。古代以来的音乐分化为圣人作乐、士夫琴心和各类娱乐，地位不齐，后起的小说和戏曲也都一直为主流文化所轻视。古代也有从文人士夫的闲情逸趣着眼，将诗、画、书、舞、剑同论，又有琴、棋、书、画并称，或者称宋以来园林为建筑、诗、词、书、画、文玩、品茶的统一，元明戏曲被称为诗、画、乐、舞、剧的统一，但其实未能达到诗文教化的高位，各门艺术的真正统一终未完成。[1]

近现代以来，中国学术界才逐渐接受西来艺术概念及其品类，将文学也视为语言艺术。随着中国日渐卷入现代世界，大众传播愈益发达，文化艺术产业也逐渐建立，文学艺术的文化浪潮于是逐渐涌入民众生活，艺术统一性的感觉和观念才逐步树立，文学作为艺术之一门类的观念也逐渐成形。在王国维那里，诗歌、小说、戏曲等"文字"与图画、音乐、雕刻、书法等一起同属于美术（即艺术），其《论哲学家与美术家之天职》（1905）感慨传统文学地位的卑下和不独立，鼓吹应当树立美术之"神圣之位置"。其后《文学小言》和《屈子文学之精神》（1906）则直接使用"文学"一词，其内涵所指已与现代观念无大差别，《人间嗜好之研究》（1907）并列使用"文学"与"美术"，认为"不外势力之欲之发表"，是"成人之精神的游戏"。1919 年北大教授朱希祖正式标举文学"独立"为"美术"之一部，强调文学的"美情"和"感动"：

> 文学既以感动为主，则不出以教训方法使之强迫灌注，而出以娱乐方法使之自由感动。盖他动之力暂而小，自动之力久而大也。是故文学作家，全以美情为主，无秽浊鄙陋之气杂于其间，一如绘画、雕刻、建筑、音乐，使人对之，有舍去百事乐而从之之念。舍去百事，则秽浊鄙陋之气捐矣；乐而从之，则至诚爱慕之情生矣。世间未有无美丑之抉择而能动情者，亦未有不动情而乐于从事者。故文学以情为主，以美为归。[2]

这表明，文学作为艺术之一门类的观念已经足够强大，而终于被国家学术制度所认可、接纳和宣示，由此在百年来的现代文教制度中推广开来，影响深远。

当然，在百年现代化进程中，在中华文化以现代西方为典型而推进文教转型的同时，基于革命斗争、社会生活和文化实践，中国民众及其精英又时常发现，传统文化并未完全绝迹，而是作为文明的残片或传统的幽灵而生存下来，这些残片时常展现魅力，幽灵不断缠绕心灵，经受住现代考验的文明古国也渴望着文化的复兴。人们时常感受并领悟到，文学不仅仅是属于艺术领域的语言艺术，文学也是文化，而且是文化中既立足生活又直指精神或灵魂的特殊文化形态。正是这种立足生活而又直指灵魂的文学文化，不断表现出"文"的基础性作用，同时又占据人文生活的核心地位。如果从人文角度看，

[1] 参见张法：《美学导论》，中国人民大学出版社 1999 年版，第 7 页。

[2] 朱希祖：《文学论》，周文玖选编：《朱希祖文存》，上海古籍出版社 2006 年版，第 49—50 页。

文学、文化与文教都是"修辞立其诚",都要求通过文辞推进人文交往。作为古训,"修辞立其诚"要求的是既要学习各种品类文体,谙熟各种修辞技术,又要通过修辞"鼓天下之动",推进文化共同体内外的各种人文交往。这种沟通古今内外的人文智慧,使文学的传统修养和社会功能的含义越发突显出来。这已非"为艺术而艺术"等自治原则和文学研究的岗位意识所能拘囿的了。

二、文学作为语言艺术

如前所述,让文学成其为文学的,正是它的艺术性,令人专注的文本本身或艺术本体。不过,当强调文学是一门艺术,把它与其他艺术门类并列起来的时候,重点是突出其作为语言艺术的独特属性。也就是说,文学作为艺术门类之一,相对于其他艺术门类而言有其自身的特点。

要认识文学这种语言艺术门类的独特性,就需要同其他艺术门类作简要比较。

人类拥有众多艺术门类,是人类文明和社会进步的表现。从历史上看,最早的艺术是诗、乐、舞三位一体的,后来经过逐渐的分化和演进,产生了各种各样的样式,构建了相应体系化建制化的部门,形成了多姿多彩的艺术世界。基于对各类艺术规律的理解和把握,以及提高艺术审美认识和艺术创造能力的需要,人们形成了对各艺术样式的分类。艺术的分类在历史上早已提出,分类的原则不同,分类的结果也差异显著。亚里士多德从艺术是摹仿现实的观点出发,认为史诗、悲剧、喜剧等都是摹仿的艺术。康德借用人的语言表现来分类,认为人类借由词来表现语言艺术,借由姿态来表现造型艺术,借由音调来表现感觉游戏艺术。黑格尔则根据理念内容与感性形式相统一的原则,对艺术做出逻辑的历史的分类,即象征型艺术、古典型艺术、浪漫型艺术三大类。近代较为流行的分类方法,有的从艺术存在的外部状貌出发,把艺术分为时间艺术、空间艺术、时空联合艺术,有的从主体对艺术的感受出发,分为听觉艺术、视觉艺术、想象艺术等。这里依一般的艺术分类原则,按照各自呈现内容、塑造形象的手段和使用材料的不同,把艺术分为实用艺术、表演艺术、造型艺术、综合艺术和语言艺术。这里试做分析并阐明文学是语言艺术的代表。

实用艺术主要指工艺和建筑。工艺和建筑都是表现性的空间艺术,是实用与艺术的结合。一方面工艺和建筑都要求实用性,房子要能住人,家具要能用，衣服要能穿，另一方面又要美，要求艺术性。但工艺和建筑的美不是要求机械摹仿事物，再现现实，而是要求其造型、色彩、结构等形式能表现出一种情调、气氛、趣味，所以它们有表现性。故宫和人民大会堂的建筑并不刻意摹仿什么事物，但却表现出不同社会和人们的情绪和趣味。又如剧场建筑不同于学校建筑，宿舍楼不同于办公楼，一般建筑不同于纪念性建筑，前者要求多一些活泼轻松，有亲和力，后者则多一些庄重严肃，有文化气，烘托出与不同的实用需要相配合的不同情调和心境。

表演艺术大体上是通过表演者的活动来展现内容和艺术形象，主要以音乐和舞蹈为代表。音乐和舞蹈分别以有组织的乐音传送和人体动作姿态为主要手段，表演者往往依据作曲者或编舞者的设计，通过表演表现艺术的构思和意蕴，传达情感体验。音乐不是现实音响的集合，它由人的声带和乐器音响所构成，其表现手段有旋律、和声、复调和配器等。音乐主要通过音响、节奏、旋律的强弱、疾徐、抑扬顿挫来表现内容，而以音乐形象作用于人的听觉，进而透过联想和想象形成情感意象而令人得到审美享受。舞蹈主要利用人体动作和姿态，创造出动律优美的舞蹈形象来表现内容意蕴，其表演者、表演媒介和艺术成果三位一体于表演本身，其形象存在于表演的种种瞬间，完成于观众的视觉接受。音乐的含义往往比较宽泛和不确定，舞蹈形象则具有概括性和虚拟性，舞蹈往往与音乐分不开，音乐为舞蹈提供情感和节奏的基础，共同表现出情感的起伏变化。

造型艺术常常以雕刻和绘画为代表，主要运用一定的物质材料在空间中塑造可视的平面或立体形象。雕刻利用木、石、骨、金属等为媒质，塑造可视、可触的形体来展示艺术形象，绘画则多用颜料、绢、布、纸等材料，以色彩、线条和块面为媒质和手段，创造具体的个性化的图像。雕刻具有三度空间的实体性，可以从不同角度和距离上来观照作品，有较强的空间效果和感染力量。绘画则在一个平面即二度空间中，通过透视、色彩、光影、比例等造成视觉上的空间立体感。雕刻和绘画都不易表现对象的时间活动，往往不能直接表现事物在时空运动中的持续性，它们选择表现事物在特定瞬间相对静止而富深层意蕴的形象，就是"选择富有孕育性的那一顷刻"[1]，把动的过程包孕在静的形象之中，以相对静态的形象表现了时间的动态，给人以充分的想象，从而传达丰富的社会内容。

综合艺术主要是指综合运用了多种艺术所用的材料和手段，在一定空间里展开的动态的时间性艺术，主要指戏剧、电影乃至电视艺术等。综合多种艺术手段作用于人之视听感官，使人耳闻目睹，在时空表现上有较大的自由

[1] [德]莱辛：《拉奥孔》，朱光潜译，人民文学出版社1979年版，第83页。

度，直观性和实体感都很强。戏剧和电影把绘画与音乐、建筑和雕刻、文学与舞蹈、视觉艺术与听觉艺术等统一成一个整体，所以具有很强的综合性、集体性和工业性。戏剧重视透过人物的情思、性格和行为的冲突，展现生活中集中化的矛盾冲突，它是剧作家、导演、演员、舞美、作曲等共同合作的产物，演出是其综合性、集体性的体现。影视比戏剧综合性更强，不仅吸收各种艺术手段，还充分利用各种现代科技成就，它们运用蒙太奇的表现手段剪辑和组接镜头，创造形象，传送影像，具有灵活处理时空的能力，有巨大的表现能力。

语言艺术，主要指文学。文学相对于其他艺术门类的特点，首先体现为其语言文字的媒介质素。无论文学的写作，还是阅读，都要通过语言文字这一媒介。就接受而言，文学要求读者通过对语言文字的阅读和理解，再去想象、感受和体验，而不像其他艺术那样直接诉诸人的视听感官。就传达而言，文学的根本性特点就是要以语言为材料和媒质，构造形象，表情达意，表现社会生活和人的思想感情。高尔基说："语言把我们的一切印象、感情和思想固定下来，它是文学的基本材料。"[1] "文学的第一个要素是语言。"[2] 韦勒克也说："语言是文学的材料，就像石头和铜是雕刻的材料，颜色是绘画的材料或是声音是音乐的材料一样"[3]。

无论作家想说什么，希望表现什么，都离不开语言。一个人没有掌握好语言，他就不可能成为作家，一个人没有接受语言或识文断字的能力，他就不可能成为读者。因为文学就是语言所构成的世界，没有语言或文字，也就没有文学。正是在这个意义上，高尔基称语言是"文学的第一个要素"。对生活的感受，对形象的塑造，对情感的体验，对意义的追索，都需要透过语言才能传达出来，文学作品才得以诞生。正是这样，优秀的作家通常被人称为驾驭语言的能手，甚至是语言大师。与其他艺术相比，文学除了以语言文字为材料之外，并不需要其他的实体材料，所以可以这样讲，文学受物质条件的限制最少，在这个意义上，它是一种较为自由的又较为普遍的艺术。

语言是人类特有的社会交际工具，是一种表情达意的符号系统。人们用语言及文字来表达思想，交流经验，沟通感情，因而，语言就成为人的思想和感情的直接现实。一方面，人们通过语言来认识和理解世界，语言与属人的世界广泛而紧密地联系着，这使语言简直成了属人的世界中的一切事物、情景、心理以及声音、气味、感觉和思想的替代物和连接处。在文学中，透过语言，人们联想到语言所指示、对应着的事物、状态、情境或思想。在文学的世界里，语言是积极而活跃的，具有某种精神的、灵动的品质。在另一

[1] ［俄］高尔基：《论文学·续集》，缪灵珠等译，人民文学出版社1979年版，第337页。

[2] ［俄］高尔基：《和青年作家谈话》，载《论文学》，孟昌、曹葆华、戈宝权译，人民文学出版社1978年版，第332页。

[3] ［美］韦勒克、沃伦：《文学理论》，刘象愚等译，江苏教育出版社2005年版，第11页。

方面，语言还可以透过自身的象征功能、暗喻能力乃至声调的作用，使人们连接到真切的生活感受、深刻的思想和更广泛的联想，透过语言而通达虚拟的艺术世界。如同刘勰在《文心雕龙·神思》中所描摹的："文之思也，其神远矣。故寂然凝虑，思接千载；悄焉动容，视通万里。"透过语言而达致的是一个广大而通神的世界。所以说，语言不仅能够反映客观世界，满足人们认识和交流的需要，还能够虚拟或创造出一个艺术的世界，满足人们的情感和体验的需要。

第二节 文学语言与语言艺术的特点

文学并不拥有自己独自的语言体系，也就是说，语言并非文学所独有独用。人们的日常生活和科学实践都在运用语言。然而人们又看到，文学文本是透过文学语言而张扬其艺术性和审美性，文学透过语言构筑出其艺术的品质。也正由此，文学作为语言艺术有着相对于其他艺术更为深沉独到的特点和魅力。

一、文学语言与文学的艺术性

文学语言之于文学的艺术性的重要性程度，是不言而喻的。这使得许多文艺理论家相信文学的艺术性就在于文学语言的独特性，或者坚持认为文学说到底不过是语言某些特性的扩展和应用。这样单纯强调文学的艺术性系于语言的某种特性，容易走向形式主义的偏颇，也不能穷尽文学的本质及其多向的可能性。但是，文学的艺术性确实又是从文学语言中生成的，文学语言的特点及其功能确实是作为艺术的文学的基础性维度，这值得重视。这里可以通过检视理论界几种有代表性的角度和思路，来理解文学语言的特点和功能，及其给作为语言艺术的文学所赋予的基础性维度和奠基性作用，由此也可以意会和把捉文学的艺术性的内涵。

首先看文学语言突出说（literature as the foregrounding of language）。20 世纪初的俄国形式主义文论学者艾亨鲍姆（Boris Eikhenbaum）认为，区分文学语

[1] [俄] 艾亨鲍姆：《"形式方法"的理论》，载托多罗夫编：《俄苏形式主义文论选》，蔡鸿滨译，中国社会科学出版社1989年版，第32页。

言和日常语言是研究的出发点，只有搞清楚这个问题，文学研究才有坚实的基础，文学研究"必须从诗歌语言和日常语言之间的功能差别开始"[1]。所谓功能差别，就是强调文学语言不同于日常语言，不是指文学语言拥有另外的语言种类或体系，而是指语言用法的不同，或者文学的成立就在于语言上的大胆试验和创新，把文学的语言特征和诗意功能前所未有地突出显示出来。

日常语言的功能主要在于实用性，服务于意思的传达、沟通和理解，因此这种语言把重心放在准确的意思表达上，而不会在修辞、形式和文采上下功夫。天气预报要求的是信息的准确，"今天阴到多云，晚间有雷阵雨，空气湿度62%"。相比而言，文学语言则不同，它讲究修辞，突出其形象特点和情感功能。李白的诗句"八月蝴蝶黄，双飞西园草"（《长干行》）并不是抽象知觉和科普说明，并不要求对蝴蝶进行科学的界定和说明，而是力求传出一种秀丽委婉的画面，表现或暗示一种温馨缠绵的情感，一种审美的意象和境界。为了达到这种文学语言的功能，诗人作家们要精心运用文学特有的句式、节奏、韵脚和意象等表现技巧，追求文学语言在形式、辞采和表现力上的独特个性和风格，甚至达到"语不惊人死不休"的地步。

[2] 参见 [俄] 什克洛夫斯基：《艺术作为手法》，载托多罗夫编《俄苏形式主义文论选》，蔡鸿滨译，中国社会科学出版社1989年版，第58—78页。

俄国形式主义文论家什克洛夫斯基（Viktor Shklovsky）提出其"奇特化"（或译陌生化）理论。他认为，文学的目的是为了恢复对生活的感觉，因此文学在表现手法和艺术形式上就必须多所创新，以便冲破日常生活带来的司空见惯、习以为常的情境，从而增加阅读的难度，延长阅读的时间，突出文学特有的审美感知。过于熟悉的语言和表达方式容易失去新奇感和吸引力，因此必须运用新、奇、特的语言，克服文学写作和阅读的"自动化"，从而激发出阅读的兴趣和恢复人们对生活的敏锐感知。[2]杜甫《秋兴八首》的名句"香稻啄余鹦鹉粒，碧梧栖老凤凰枝"，正是以其语序倒装和精工对仗，把读者的关注吸引到作为阅读对象的文本语言组织上来，使读者用心感受从眼前"香稻"和"碧梧"的实景而回忆旧时长安景物及其美好，从而领受文学语言的独到魅力及其间的情思记忆。

[3] [波兰] 穆卡洛夫斯基：《标准语言与诗的语言》，邓鹏译，载伍蠡甫、胡经之主编：《西方文艺理论名著选编》下卷，北京大学出版社1987年版，第426页。

由此，捷克布拉格学派文论家穆卡洛夫斯基（Jan Mukarovsky）强调文学语言的审美功能。他认为，文学语言有自己的词汇、形式和特征，它不同于日常语言即在于其对日常语言的有意偏离、变形和突出："诗人并不指望别人借用他的语言，因此，诗的新语汇是以美学为目标的新形式出现，其基本特征是出人预料、标新立异、不同凡响。"[3]也就是说，日常语言服务于交流的目的，其自身的特征和形态被隐藏到所传达的意思背景里去了，而诗则全然不同，它不但要传达特定的主题或情感，同时还要彰显出语言自身的艺术性，从而使文学语言显现突出，具有令人惊异的表现力和独特的审美价值。从这种观点出发，人们可以理解文学之所以为文学，或者是说所谓文学的"文学性"或"艺术性"，其根本即在于文学是一种把语言本身置于突出地位的语言，它使其语言变得与众不同，它总是"显现自己"，使人们不能忘记所面对的是以独特风格组织起来的语言，文学艺术性就在于语言"突出"而带来的"奇特化""文学性"和审美功能。

其次看文学语言整合说（literature as the integration of language）。这种观点把文学理解为在文本中把各种要素和成分都组织在一种错综复杂的关系中的语言。在日常生活中的语言交往活动，往往重视其经济性，比如处理公务来信，对方要求执行相关事务的时候，作为接受方的我们不大可能刻意去解析信中声音的规律或相应的词频与来信主要意图之间的复杂关系。文学语言的整合性，则突出了文学文本中语言使用状况的具体性、丰富性和艺术性。再如，科学研究中所使用的语言，追求对概念的严格界定，使用大量的专有词汇，以实现科学语言的系统化和公理化。"单身汉"就是未成家的男子，"原子""分子""质子""中子""电子"等术语及大量的数学符号，是物理科学大量使用的专有词汇，容不得含糊，一系列公式和定理构成复杂的科学公理系统，为的就是方便进行科学解释。科学语言就是要用严格的程序和步骤来消除歧义，要使一个符号只具有一个意义，要使人们不能用几种不同的方法来解释同一符号。然而，在科学语言中看来许多消极性的语言现象和用法，在诗歌等文学文本中却成为具有积极性的语言功能。科学语言趋向于比较规整、无个性的形式语言，而文学语言则相反，它透过各种技巧来张扬个性，保留歧义以实现一词多义，甚至进一步扩张为隐喻和象征，利用社会文化所容许的含混和暧昧，乃至将整首诗歌延宕和生长为一个巨大的连续的隐喻或审美象征体。法国思想家保罗·利科（Paul Ricoeur）认可文学语言的歧义性，强调此间带来象征和隐喻等复杂的文学表现手法，恰恰可能是文本的可生产性的源泉："诗是这样一种语言策略，其目的在于保护我们的语词的一词多义，而不在于筛去或消除它，在于保留歧义，而不在于排斥或禁止它。语言就不再是通过它们的相互作用，建构单独一种意义系统，而是同时建构好几种意义系统。从这里就导出同一首诗的几种释读的可能性。"[1]

强调文学语言的整合性，其实也是要求关注"各种语言层次结构——比如在声音与意义之间，在语法组织和主题模式之间——之间的关系：强化的，或对比的、不谐的关系"[2]。梅祖麟、高友工分析"月落乌啼霜满天，江枫渔火对愁眠"具有"独立性句法"，两句诗由六个连续短语构成，各自独立

[1] ［法］保罗·利科：《言语的力量：科学与诗歌》，载胡经之主编：《西方二十世纪文论选》第3卷，中国社会科学出版社1989年版，第301页。

[2] ［美］乔纳森·卡勒：《文学理论入门》，李平译，译林出版社2008年版，第31页。中译文据英文本有改动。

传达一种具体的视觉印象，其独立性句法使诗中意象不是藻饰而是"直观语言的精华"，如同庞德的名诗《在地铁车站》："人群中这些幽灵般的面孔；/湿漉漉的黑色枝条上的许多花瓣"一样。不同于在散文中词与词之间由句法组成，散文阅读变成抽象的过程，诗的阅读"与直观相联系"，其"目的就是在人们面前不断展现物质事物"。又如汉诗名句"春风又绿江南岸"中，"绿"很方便地转化为使动词并且是及物动词，而在英语中"green"却不能用作及物动词，并且可以发现这里的"绿"既包含了动作，也包含了随之而来的生动情状和时间的维度，因此具有很强的诗性品质。再如，按照这种分析，杜甫名诗《江汉》就存在着某种"统一的包罗万象的节奏"及其带来的艺术性和审美品质：

江汉思归客，乾坤一腐儒。
片云天共远，永夜月同孤。
落日心犹壮，秋风病欲苏。
古来存老马，不必取长途。

一二句有如前述的"独立性句法"；三四句，"天共""月同"分别修饰谓语"远"和"孤"，句法都很混杂，并且都引发不同的歧义和解释；五六句没有词序的颠倒，有着五言诗的连续感；七八句则最为流畅，两句形成流水对，"老马"是第七句的宾语，又是第八句的主语。由此，全诗四联表现了"从最不连续到最连续的级差变化"，同时节奏频率级差变化也是由句法实现的。[1]

　　文学语言"整合、和谐、张力或者不和谐"状况，突出了文学作为语言艺术的具体性和复杂性。将文学的艺术性系于语言组织内部的整合性状况，这种思路推之极端可以英美新批评理论为代表。这一流派的理论强调要关注诗歌文字之间的相互关系以及由此产生的错综的意义，批评的任务就是要解析每一件作为艺术的文学作品，发现文学语言及文本组织中的悖论、歧义、反讽、蕴意和意象的效果，解释诗歌形式中每一个基本要素是如何为一个统一的结构服务的。这种主张往往反对研究文本语言组织之外的作者个人、历史环境和社会文化，体现了文学的艺术性品质和研究的专业化取向。

　　再次看文学语言虚构说（literature as fiction）。人们常说，文学其实是利用语言，创造了一个另外的崭新的世界。所谓"别一世界"，其意思主要指文学文本是一个语言活动过程，这个过程投射出一个虚构的世界或情境，在这个世界或情境中，包括叙述人、角色、事件和隐含的读者，很可能与现实世界

[1] 以上三例，参见高友工、梅祖麟：《唐诗三论——诗歌的结构主义批评》，李世跃译，商务印书馆2013年版，第43—44、45—46、48—49页。

都没有确切而真实的对应性。也就是说，由文学语言所建构起来的文学文本，其核心关注则别有所求。

文学语言所构建的文本，与其他日常生活和科学领域内的文本有很大差别。瑞恰慈（I. A. Richards）将之概括为语言之科学用法和情感用法的不同：可以为了或真或假的指称而运用表述。这就是语言的科学用法。但是也可以为了触发感情和态度方面的影响而运用表述。这就是语言的感情用法。一旦清楚地把握住了，二者的区别就很简单。我们可能要么为了词语加强的指称而运用文字，要么为了随之而来的态度和感情而运用文字。[1] 显然，在文学中强调情感的交互和传达，就没有必要去追究指称的逻辑性和真切的对应性了。

科学用法和感情用法的区别，意味着文学语言并不追求某种刻意的客观真理或细节真实，而是更看重其导向情感表达的需要。在日常生活中的新闻报道，某种科学领域里的论文，都要相应的规范性和客观性，其语言的陈述总是围绕着真值来组织的。追求客观性和明晰性的哲学百科类的书籍很可能这样界定"爱"：爱是一种发自于内心的情感，是人对人或人对某个事物的深挚感情。这种感情所持续的过程也就是爱的过程。通常多见于人与人或人与事物之间。爱是认同、喜欢的高度升华，不同层次的爱对应着不同层次的感受或结果。而在文学文本中，《诗经》的"关关雎鸠，在河之洲。窈窕淑女，君子好逑。参差荇菜，左右流之。窈窕淑女，寤寐求之。求之不得，寤寐思服。悠哉悠哉，辗转反侧"，李清照《醉花阴》"薄雾浓云愁永昼，瑞脑消金兽。佳节又重阳，玉枕纱厨，半夜凉初透。东篱把酒黄昏后，有暗香盈袖。莫道不销魂，帘卷西风，人比黄花瘦"，以及法国诗人阿波利奈尔《在你深邃的眼湖里》的诗句：

> 在你深邃的眼湖里
> 我微小的心沉溺且柔化了
> 我被击溃
> 在这爱情与疯癫的湖水
> 怀念与忧郁的湖水

此中语言描摹，比兴手法和生动意象，都显示种种陈述基于虚拟而无关真伪，偏向情感表现而让人怦然心动。

文学往往以情感的传达或表现为中心目标，至少在功能上要达到这样的

[1]［英］瑞恰慈：《文学批评原理》，杨自伍译，百花洲文艺出版社1992年版，第243页。译文有改动。

效果，所以其文学语言往往无论指涉的真伪，转而追究情感的真挚或情境的关切。中国古典文论有"诗言志""情动于中而形于言"的传统，志趣感情在文学中的中心地位是突出的。到清代王夫之《夕堂永日绪论内编》就更系统摆定诗之"情语"与"景语"的关系，"情景名为二，而实不可离"，只有情景交融的诗才是好诗。清末王国维则在他的《人间词话》里明确声言："昔人论诗，有景语情语之别，不知一切景语皆情语也。"西方现代文学往往更强调文学作品创造的虚拟性或"别一世界"的品质。文学作品中的爱玛·包法利和哈克贝利·芬都是虚构的人物，他们经历的事件和故事都不是历史的现实。在文学文本中，甚至相关指示语，如代词"我""你"，或者表示时间地点的词"这里""那里""现在""那时""昨天""今天"，都可能具有特殊的虚拟功能。在济慈《秋颂》(*To Autumn*)"……; and now …… /And gathering swallows twitter in the skies"（"……这时啊……/ 丛飞的燕子在天空呢喃不歇"），"这时啊"指的很可能不是诗人第一次写下这个词的那个时刻，也不是指这首诗第一次出版的那个时刻，而是指诗中的某一时刻，指它的活动所表现的那个虚构世界中的某一时刻。因此，按照乔纳森·卡勒(Jonathan Culler)的推演，文学文本对真实世界的指涉，与其说是文学的特性，不如说是解读这些作品的一项功能。现实生活中"请明天晚上8点到某某饭店来一起吃饭"的邀请应该是实实在在的，而如果诗人本·琼森写一首《邀请朋友去晚餐》的诗，那么这首诗的虚构性就使它与真实世界的关系成为一个有待解读的问题。基于这个信息发生在文学文本中，"我们必须做出判断，这首诗主要是勾画虚构的陈述人的态度，是概括一种逝去的生活方式，还是说明友谊和单纯的娱乐对人的幸福最重要的"[1]。

[1] 参见[美]乔纳森·卡勒：《文学理论入门》，李平译，译林出版社2008年版，第 33—34 页。译文有改动。

二、文学作为语言艺术的特点

文学作为语言艺术，意味着显然不能单看外显的语言组织，还需关照外在形式与思想内容、情文材料与审美组织、文学作品与现实世界的结合程度，从而需要总起来看这门艺术自身的特点以及区别于其他艺术的特点。简单概括地说，作为语言艺术的文学，其艺术性导向审美性，其特征则主要表现为语言的艺术性和文化性、接受的间接性和想象性、反映的概括性和总体性，以及思想的深刻性和超越性等方面。

第一，语言的艺术性和人文性。文学是透过语言文字的词语来创造形象和反映现实的艺术。没有文字语言作为表达手段，文学就不成其为文学。当然，仅仅是使用语言还不成其为文学，文学语言乃是生动活泼、具有韵味的艺术语言，它能够自然地塑造出审美意象，把阅读者接引进入文学作品的审美天地，或者情景交融，优美动人，使人回味无穷，或者情思警峻，发人深思，从而引发共鸣。文学语言的诸多特点给文学的艺术性著上浓墨重彩，即如上所说，不再重复。这里再提其韵律性、音乐美和人文内蕴。

作为艺术的文学，其语言的韵律性与音乐美，形成艺术性的重要方面。大体而言，在所有艺术中，最富于韵律性的当属音乐，然而文学的韵律性和音乐美也属可观。文学文本中的语言往往有组织、有用心地存在着高低、抑扬、快慢、长短、平仄、协韵等诸方面的状况，这些语言上看来不关乎语义的特性，和谐地统一到语言织体中，就很自然地形成了文本语言的节奏和韵律，即音乐美。音乐美在诗里表现得最为突出。不但诗富于韵律性和音乐美，其他文体包括小说和散文等作品也同样可以发挥语言上的组织特点，从而获得动人的韵律和音乐美。

文学语言还有更深层次的人文内蕴或文化内蕴。具体而言，语言本身也是特定民族历史及其人文传统的产物，各民族不同的语言是其人文的沉积物，语言本身就沾带着民族的历史与人文的思想、感情和习俗等，指向特定民族对人性、信仰、灵魂等核心价值观的建构和规范。从这个意义上说，语言就不是简单的工具，它本身就含有人文的意义。许多作家和批评家都认为文学作为各民族中最优秀的艺术作品，最不容易翻译到另一种语言中去，所谓美文不可译。个中原因就是文学艺术的语言蕴含着极为微妙的人文含义，翻译文学作品意味着要用最具独特性的语言去传达另一种同样具有很强文化性的语言。较为同质而不具有文化性的信息易于传达，而带有文化性的思想、感情和特有的习俗风气等，就很难传达出来。对于一个不懂汉语的外国人来说，他大体完全可以看懂根据"两个黄鹂鸣翠柳，一行白鹭上青天。窗含西岭千秋雪，门泊东吴万里船"这首诗所画美术作品的直接内容，但却无法弄懂这首诗所携带的深层次的人文蕴涵，以及在读者那里的扩张心胸、砥砺志意的人文情怀。

第二，接受的间接性和想象性。许多艺术透过媒介呈现的形象都是直接的，工艺、建筑、绘画、雕刻、戏剧、影视的形象往往都是直接作用于观众的视觉和听觉，也就是说直接可见或可闻。这种艺术形象的直接性是由它们各自借以构成形象的媒质的物质性所决定的。从总体上而言，语言本身缺乏色彩、线条所具有的直观性，也没有音乐符号的直感性，感官是无法直接体会语言所传达的意义或呈示的形象的，所以文学不像绘画和音乐那样以形象直观的形态直接作用于感官。文学需要通过语言文字所形成的词语的意义，塑造艺术形象，传达思想感情，表现志趣意旨，语言文字所塑造的形象、传达的内容，必须通过主体想象活动来完成。所以，论语言艺术的文学，其接受具有间接性和想象性的特征。

在文学文本中，语言主要拥有物质的外壳，或者说只是一个观念性的符号，是语音或文字的符号，这些符号所组合而开展的意义和形象，并不是一个物质实体的形象。文学必须透过与感知觉富有联系的、理解性与情绪性相统一的词语及其意义，来唤起人们的记忆、表象、联想和想象，这不像其他艺术那样直接诉诸人们的感觉和知觉。文学往往需要语音的聆听者或文字的阅读者，理解文本所提供的信息，诱发再造性想象，并在相应心理经验的参与下，才能在头脑中转化为形象和意象，推进思想感情的活动。文学中所谓的"如临其境""如闻其声"，显然是不同于其他艺术的一种精神享受。

在这个意义上，语文能力成为文学活动的一个基本门槛。创作需要通过语言把文本组织起来，把形象固定下来，而读者只有依据语言或文字，才能理解文本所提供的信息，唤起有关现实和情感的表象经验，从而把握作品的思想内容。柳永《雨霖铃》"念去去，千里烟波，暮霭沉沉楚天阔。……今宵酒醒何处？杨柳岸晓风残月"，这些精美动人的文学作品，对于不懂语言的人来说，是没有意义的。

接受的间接性和语文能力的要求，使文学不易普及。这看起来似乎是短处，但从另一角度看却也是文学的长处。这主要是因为有能力的读者由此更易调动联想和想象的积极性。绘画与雕刻往往因为其物化的形象而具有某种不可更改的确定性，而文学艺术则不像其他艺术那样定型化，所以文学艺术往往更能给人以主观的感受，使读者在欣赏的同时可以根据自己的经验体会来丰富它，加强它，从而给读者留下了广阔的天地。在文学的世界里，谁也没有见到真正的贾宝玉和林黛玉的形象，每个人都可以有自己理解的形象，并且可以随着岁月的流淌而深化自己的理解。一旦加工成了影视所传送的直观形象，他们反而似乎定型或固化了。对一些人来说，直观是遗憾，语言表意传情的某种不确定性、模糊性和多义性，反而使文学艺术留存永恒的余味。

在文学文本中，语言文字本身就带有心灵性和主观性，而在语言文字的背后则有着更为深层的意蕴，更渗透着主体的意识、意绪和意向。也就是说，作为语言艺术的文学，使读者可以领受文学世界所带来的独到的意象性和审美性。意象是主体情感、心绪、意态与客体对象融合而生成的表象，在艺术中，它往往是感性事物的心灵化，而心灵的东西借由这种感性呈现的艺术传达而出。试看中篇小说《北方的河》中对黄河的描写：

> 他抬起头来。黄河正在他的全部视野中急驶而下，满河映着红色。黄河烧起来啦，他想。沉入陕北高原侧后的夕阳先点燃了一条长云，红霞又撒向河谷。整条黄河都变红啦，它烧起来啦。他想，没准这是在为我而燃烧。铜红色的黄河浪头现在是线条鲜明的，沉重地卷起来，又卷起来。他觉得眼睛被这一派红色的火焰灼痛了。他想起了凡·高的《星夜》。以前他一直对那种画不屑一顾；而现在他懂了。在凡·高的眼睛里，星空像旋转翻腾的江河；而在他年轻的眼睛里，黄河像北方大地燃烧的烈火。对岸山西境内的崇山峻岭也被映红了。他听见这神奇的火河正向他呼唤。我的父亲，他迷醉地望着黄河站立着，你正在向我流露真情。

人的情思意绪流进了黄河，黄河被心灵化了，也与外国大画家借其画作传达的人生体验贯通了，成为主体意志和情思的外在表现。情景的交融使黄河的意象如此动人而富有意蕴。

第三，反映的概括性和总体性。人类的社会生活丰富多彩，包罗万象，作家的心灵也是动态的、无限的，而语言主要是表达概念的，永远无法穷尽外在世界和心灵宇宙。然而，文学却用语言文字，全面而广泛地反映人们的生活面貌。这就要求文学借助语言艺术的特点，力求抓住世界的关键和事物的特征，概括地表现世界。《祝福》写最后一次见祥林嫂："五年前的花白头发，即今已经全白，全不像四十上下的人；脸上瘦削不堪，黄中带黑，而且消尽了先前悲哀的神色，仿佛是木刻似的；只有那眼珠间或一轮，还可以表示她是一个活物。"这样的语言抓住了神态和眼睛，寥寥数笔就呈现了一幅令人不忍目睹的肖像。反映世界的概括性没有妨碍文学的表达，相反，这种特征化的描绘使文学形象更为深刻和动人。

概括性的另一方面意味着总体性。总体性主要指文学往往总是面对世界发言，是人类社会和精神世界的整体性自我表达。文字语言的词语与现实世界有着最广泛的联系，它实际上是相应语言及民族文化传统的最主要载体。因而，以语言为表现手段的文学，能够表现无比广大的外在世界和复杂的内心世界，有着比其他艺术更全面、更广阔的认识和表现功能。文学可以深入而全面地反映人的社会关系，它所揭示的乃是人同世界的一种总体性关系，这就意味着有可能对广阔社会生活和丰富内心世界形成根本把握和深入揭示。长篇小说《红楼梦》描述生活的宽广程度，几乎是任何艺术都无法达到的，人们常常称之为传统社会的百科全书，是全景小说，这应该不是一种夸张。古代评点家即赞叹不已："一部书中，翰墨则诗词歌赋，制艺尺牍，爰书戏曲，以及对联匾额，酒令灯谜，说书笑话，无不精善，技艺则琴棋书画，医卜星相，及匠作构造，栽种花果，畜养禽鸟，针黹烹调，巨细无遗，人物则方正阴邪，贞淫顽善，节烈豪侠，刚强懦弱，及前代女将，外洋诗人，仙佛鬼怪，尼僧女道，倡伎优伶，黠奴豪仆，盗贼邪魔，醉汉无赖，色色皆有，事迹则繁华筵宴，奢纵宣淫，操守贪廉，宫闱仪制，庆吊盛衰，判狱靖寇，以及讽经设坛，贸易钻营，事事皆全，甚至寿终夭折，暴亡病故，丹戕药误，及自刎被杀，投河跳井，悬梁受逼，并吞金服毒，撞阶脱精等事，亦件件俱有，可谓包罗万象，囊括无遗"[1]。这部巨著反映生活内容之丰富宽阔，即在现代社会用长篇电视剧也难于表现，更不用说绘画、雕刻、戏剧、电影等较受时空局限的艺术了。

语言艺术在表现人的精神世界时，可以撇开人的外在形象和行动，直接展示人的心理活动，让人物作内心独白，直接让灵魂说话，也可以通过环境景物来衬托人物心理，还可以透过梦境和幻觉的记录，按照意识活动的逻辑，突破时空界限，跳跃性地来展现人物的主观意识和潜在欲望，从而把人物复杂矛盾的心理状态呈现出来，将内心世界的冲突和幽秘的感情世界层层披沥剖白出来，直接逼人地展现在读者的面前。在小说《安娜·卡列尼娜》中，安娜自杀前那段长达数万字的内心独白，不仅记录了安娜卧轨自杀时的情景，而且集中地表现了她的身心状态，同时也暗示着她个人的行动。一个人在对生活完全绝望时，完全可能会像安娜那样用敌视的眼光看待一切，为自己厌世轻生寻找种种理由和根据。小说这种语言艺术直接而又深刻的展现，具有非常强烈的冲击力和感染力。这也是像托尔斯泰、陀思妥耶夫斯基这样的小说大师的杰出建构能获得"心灵辩证法"的赞誉的重要原因。

第四，思想的深刻性和超越性。文学对人类生活的反映，对艺术家情思的表现，有其感性的温度，更有理性的深度，是一种精神性的存在。文学固然不能像绘画那样呈现出感性直观性，也不能像音乐那样展示精神丰富性，但却可以将二者的特长综合为一体。它运用语言艺术方式去刻画主体内心世界和客观现象世界，可以直指人类心灵，呈现人类心灵世界的深刻性。黑格尔认为："作为语言的艺术，诗既能像音乐那样表现主体的内心生活，又能表现客观世界的具体事物，所以诗是艺术发展的最高峰，是抽象普遍性和具体形象的统一"，由于词语并非物质性材料，具有实质性内容的词义是一

[1]（清）王希廉：《红楼梦总评》，载曾祖荫等：《中国历代小说序跋选注》，长江文艺出版社1982年版，第229页。

第一章　文学作为语言艺术

种精神性表象，这样"语言在唤起一种具体图景时，并非用感官去感知一种眼前外在事物，而永远是在心领神会"[1]。也就是说，文学作为语言艺术往往能使人们能够自然而自主地趋向认知和思考，对生活和人生进行理性的深入的把握。

一幅画、一首乐曲、一段舞蹈都可能给读者的情绪以感染，也能给思想以启迪。但作为艺术的文学作品，则不仅能唤起情绪的感染，还能激发巨大的、强烈的或深刻的思想认识。马克思在谈到批判现实主义作家时说："现代英国的一批杰出的小说家，他们在自己的卓越的、描写生动的书籍中向世界揭示的政治和社会真理，比一切职业政客、政论家和道德家加在一起所揭示的还多。"[2]恩格斯在谈到巴尔扎克时也说："……他在《人间喜剧》里给我们提供了一部法国'社会'特别是巴黎'上流社会'的卓越的现实主义历史，他用编年史的方式几乎逐年地把上升的资产阶级在 1816 年到 1848 年这一时期对贵族社会日甚一日的冲击描写出来……他汇集了法国社会的全部历史，我从这里，甚至在经济细节方面（如革命以后动产和不动产的重新分配）所学到的东西，也要比从当时所有职业的历史学家、经济学家和统计学家那里学到的全部东西还多。"[3]所以，人们常常说文学是所有艺术中最富思想性的艺术，甚至可以直接称为思想的艺术。

从另一方面，文学作为语言艺术，其语言和文本比起纯粹的哲学思想著作来，又有着纯粹的艺术气质和灵动的生活气息。这种从生活中洋溢而出的深刻性和超越性，往往集中体现在文学艺术中语言最为凝练的诗里。诗往往最能达到"言有尽而意无穷"的境界，最具有哲学的深度。古典诗歌艺术中有许多诗句的深刻思想和哲学意味，是任何其他艺术门类都难于达到的。"江流天地外，山色有无中"（王维），"相看两不厌，只有敬亭山"（李白），"春蚕到死丝方尽，蜡炬成灰泪始干"（李商隐），"无可奈何花落去，似曾相识燕归来"（晏殊），"春色满园关不住，一枝红杏出墙来"（叶绍翁），"人老簪花不自羞，花应羞上老人头"（苏轼），"山重水复疑无路，柳暗花明又一村"（陆游），……像这样形象生动而又有着美妙生机的诗句，如果只看表面的形象或意念，那就其实没有读懂它们。这些语言艺术的诗意和生机，都需要心领神会，才能体味出其中深刻而又超越的哲思意味。

当然，作为语言艺术的文学，其艺术特点和审美品质也并不是绝对的，与其他艺术的特点也不是相互对立和排斥的。在现代社会和当代世界，各门艺术都有相互渗透、相互学习，进而相互沟通、相互吸收的特点。文学作为语言艺术，也会从其他艺术那里接受其影响，吸取其长处，如绘画的形象特

[1]［德］黑格尔：《美学》第 3 卷下册，朱光潜译，商务印书馆 1981 年版，第 5、6 页。

[2] 马克思：《英国资产阶级》，《马克思恩格斯全集》第 10 卷，人民出版社1956年版，第 686 页。

[3] 恩格斯：《致玛格丽特·哈克奈斯》，《马克思恩格斯文集》，第 10 卷，人民出版社2009 年版，第570—571 页。

点，音乐的节奏特点，电影的蒙太奇特点等，从而丰富和发展了自己的表现方法和艺术内容。同时，由诗与文所构成的文学艺术，由文化传统发展而来，又有其一定的统摄性高度和间性品质，在艺术诸部门之间起着某种融合、引领或主导的作用。

第三节 文学文本与层次构造

将文学视为语言艺术，其主旨即在强调透过文学文本把握和理解语言艺术的特点。在这里，不仅要看到文学语言的艺术性及其开启的审美空间，而且更要学会透视作为语言艺术的文学文本及其层次构造，把握包括汉语文学在内的文学文本的兴辞之美。[1]

[1] 关于文学文本的理论辨析，可参见王一川：《文学理论》（修订版），北京大学出版社2011年版。

一、文学文本与兴辞织体

什么是文学文本呢？文本（text，也译作本文、原文、篇章等），该词的拉丁文原意是指"编织物"，在语言学中是指构成某种语言中实际话语的一系列语言组织，它主要由词语（words）构成。文学文本一方面是文学活动的产物，另一方面也是理论研究的对象。简单说来，它主要是指由语言文字所承载、由词语所构成的信息的语言组织。"由语言文字所承载"表明文学文本的媒介方式（media），"信息及其组织"表明文学文本的织体性质（texture）。《阿Q正传》和《哈姆莱特》就是两个不同的文学文本，虽然并没有直接画出具体直观的形象，但人们却经同"语音流"或"文字行"，通过理解和想象，建构出一个个不同的栩栩如生的形象。正是通过阅读，读者在对语言及其组织的理解中，完成了对一个个文本的文学世界的想象性建构。这样，文学文本的织体也由此而活化为人们常说的文学作品。

一般而言，文学文本是大致固定不变的语言组织，即使有方言、口音等差异。汉乐府名歌《江南》："江南可采莲，莲叶何田田。鱼戏莲叶间。鱼戏莲叶东，鱼戏莲叶西，鱼戏莲叶南，鱼戏莲叶北。"《江南》作为文学文本即在于其语言或文字及其内部组合形态：汉语五言句式，诗句多按"鱼戏莲叶……"的基本句式加以组合,结果是形成回环复沓的结构,重复出现达五次。

文学文本可以由不同的文学媒介所承载,可以是语言的语音,也可以是文字。如果说,上述《江南》的文本是相对固定不变的,那么,这首诗的传播媒介则可以变化替换。由人的口腔器官发出"语音流"的是口语媒介,在竹简、布帛或纸上写下文字的是文字媒介,以手工印刷印制书卷的是印刷媒介,以印刷机制成书籍、杂志或报章的是机械印刷媒介,以电波声光通过广播和影视传送语音和影像的是电化媒介,当然在当代还有通过互联网传输的网络媒介。大体而言,文学媒介可以不同或变换,文学文本则始终不变。当然传播渠道、媒介质地和信息技术的变化对传送的文本的意义也可能产生微妙的影响,尤其是在其修辞效果上。从现代书籍上阅读汉乐府民歌《江南》,其文本特点可能没有变化,但原来口语媒介所携带的民间歌谣所特有的素朴、直率的歌乐舞合一的意义氛围,就可能被"稀释"掉了,取而代之的是,读者要更专注于文本的单纯语义和语言织体的阅读理解。电视综艺节目中的阅读或背诵,则建构起由读者本人、主持人、评点嘉宾、节目现场观众及广大电视观众等共同组成的大众艺术场域,拓展出仿佛"万众一心"的诗歌朗读、接受和交流氛围。互联网上的阅读,则可能借助新兴多媒体技术模拟其原始民间歌谣氛围,形成口语、配乐和歌舞的混合效果,其修辞感发的效果,则不大可能与传统阅读相一致了。可以说,文学媒介确实可能深深嵌入文学文本的语言组织及其修辞效果的深处,对文学活动及其功能产生微妙而重要的影响。

要理解文学文本,方便的方法就是抓住其要素特点。大体而言,现代意义上的文学文本主要包含这几方面的要素特点。

其一是兴辞织体。所谓兴辞,主要就是强调文学文本是一种有意味的语言组织,具有艺术性和审美性,是使文学作为语言艺术得以成立且区别于其他艺术的东西。具体而言,兴辞是富于感兴的修辞,是与体验结合着的修辞,文学正是一种由作家将感兴凝聚为修辞,通过修辞而激发读者感兴的语言艺术。在文学活动的世界里,感兴是人对自身的现实生存境遇的一种活的体验,感兴本身内在地要求着修辞。而修辞是创作或文本中的语效组合,它意味着为造成特定的社会效果而调整语言,修辞不是外在的粉饰和包装,而是感兴的自然的结晶和生成的场域。这样说来,兴辞通过语言文字的特定组合,而调达或唤起人的活的体验。简而言之,兴辞即以语效组合去调达或唤起活的生存体验的语言织体。也正因为有了兴辞,文学是语言的艺术。

这里不妨透过对《我爱这土地》这首诗歌文本的解析,来把握文学文本作为兴辞织体的特点。

我爱这土地

艾　青

假如我是一只鸟，
我也应该用嘶哑的喉咙歌唱：
这被暴风雨所打击着的土地，
这永远汹涌着我们的悲愤的河流，
这无止息地吹刮着的激怒的风，
和那来自林间的无比温柔的黎明……

——然后我死了，
连羽毛也腐烂在土地里面。
为什么我的眼里常含泪水？
因为我对这土地爱得深沉……

这首诗最初发表在 1938 年 12 月 10 日《十日文萃》旬刊 1 卷 4 期，此中扑面而来的兴辞，体现了文学文本的生气腾跃。

兴辞织体"辞"的一面，即是指文学文本要充分运用语言本身的特性而造就富于美感效果的组织。就这首诗而言，就是要利用它的语词和语句的独特选择和组织，创造出一种强烈的表达效果。抒情主人公设想自己是一只鸟，用"嘶哑的喉咙"歌唱，紧跟着三个"这……"式的排比句，"这被暴风雨所打击着的土地""这永远汹涌着我们的悲愤的河流"和"这无止息地吹刮着的激怒的风"，这些排比句非常有文采，其中的隐喻都充溢现代世界的紧张感，强化了"土地"面临的特殊的危急境遇和主人公的急切心情，而"和……"一句则意味着微妙的转折，引出了"土地"可能期待和走向的理想境界：来自林间的无比温柔的黎明。

兴辞织体"兴"的一面，即是诗人对自身和相应族群在现实世界的境遇及其意义的瞬间直觉，或者是人生意义的瞬间生成。这首诗通过化身为一只"鸟"的"我"与"土地"形象之间的关系表现了诗人的独特感兴：鸟竭尽全力地用"嘶哑的喉咙"歌唱。它歌唱什么？显然是要讴歌土地的悲愤而激烈的反抗，和它对那"来自林间的无比温柔的黎明"的深情憧憬，由此传达出危急时刻对于国家和个人境遇的深切体验。值得强调的是，文学文本的兴辞是创造的，也是自然的语言织体。比如该诗结尾两行，单从结构上看，同上文在连接上显得突兀和断裂，因为"我"是"鸟"的假想情境在突然间竟被打破了，"我"直接现身说法。但正是这种突兀和断裂，反倒突出了诗人感兴的独特性和强烈性，从而将感兴体验表现得淋漓尽致。

《我爱这土地》正是一种注重兴辞织体以表现其强烈而深沉的爱恋的语言组织，它成为诗人调达自己置身于其中的激烈的现实矛盾的有力形式。正是借助语言织体和文学文本，充溢胸中的国族危机体验就寻找到一条合适的象征性化解渠道，实现了诗人的自我与现实的文化认同。

其二是表意完整。文学文本与兴辞织体需要形成相对完整的表意系统。如果语言组织没有相对完整的表意系统，就不可能有相对完整的文学文本。文学文本中的语言是可多可少、可长可短的，长到系列长篇小说，短到一两行诗，但都必须形成完整的表意系统和规模体制。无论是以一系列语言组织群还是以单一语句整体的方式存在，文学文本都必须传达一种相对完整的意义，或者说，有足够的信息能让读者体验到一种相对完整的意义。如果意义不完整或残缺不全，则不能称作文学文本。

其三是意义开放。文学文本的意义又是未定的和敞开的。文学文本虽然是一个表意完整的语言组织，但这个组织中实际上还存在着若干不定点或空白点，等待着最后的完成。作家萧乾相信，作家写下的"文字是天然含蓄的东西。无论多么明显地写出，后面总还跟着一点别的东西，也许是一种口气，也许是一片情感，即就字面说，它们也只是一根根的线，后面牵着无穷的经验"[1]。明白地写出的东西"后面总还跟着一点别的东西"，强调的正是文学文本的意义开放地带和空间，这个开放地带和空间期待读者以"无穷的经验"去填充和完成。

其四是读者期待。这主要是指文学文本有待于读者通过阅读，而加以具体化和确定化，从而得以现实地完成。鲁迅《狂人日记》的意义究竟如何，需要读者通过文本阅读去理解、体悟和领会。尽管读者可能会参照相关方面乃至作者本人的原意追踪，如"《狂人日记》意在暴露家族制度和礼教的弊害"，但其意义的现实完成，主要还是得由读者调动自己的自主性，通过自己的细致阅读，而使文本得以真正现实化。读者既可能顺应作者意图，即获得与作者意图大体相当的体验和理解，也可能与它有所不同，或者甚至悖逆相反。如果读者所处的文化语境和历史时空大不相同，这种差异的情形则可能更为普遍和经常。人们常说，"一千个读者就有一千个哈姆莱特"，不同时空不同语境中的读者从同一文学文本中"读"出不同的感受和意义来，这也不是特别奇怪的事情。

[1] 萧乾：《经验的汇兑》，载龙协涛编：《鉴赏文存》，人民文学出版社 1984 年版，第 544 页。

综上而言，文学文本是由语言文字所承载、由词语所构成、具有完整表意系统的兴辞织体，是富于语言艺术的语言组织或兴辞织体，包括诗歌文本、小说文本、散文文本、剧本文本等多种形态。例如，鲁迅的小说《狂人日记》就是在现代杂志《新青年》第 4 卷第 5 号（1918 年）发表的。它由具体的表意系统和汉语词语组织而构成，表达出作者对中国社会的特定体验。正是基于机械印刷技术的现代杂志媒介，小说文本传播给读者大众。《狂人日记》至今已被译为多种语言，而为不同时空的人们所分享。

二、文学文本的层次构造

文学文本是复杂的，像其原义的"编织物"，又更像一幢幢建筑，其内部总存在着相应的秩序和逻辑的构造，可以称之为文学文本的层次构造。

自古以来中外文论在这方面有许多深刻精辟的见解。在中国古代，《周易·系辞》载"书不尽言，言不尽意"和"圣人立象以尽意"的说法都表明将文本分成言、象、意三个层面的理解。三国时思想家王弼则进一步解析，提出"言生于象，故可寻言以观象。象生于意，故可寻象以观意。意以象尽，象以言著。故言者，所以明象，得象而忘言。象者，所以存意，得意而忘象"的观点，强调文本阅读的"寻言""观象"和"观意"的三层面。

到清代，桐城派学者刘大櫆的《论文偶记》指出："神气者，文之最精处也；音节者，文之稍粗处也；字句者，文之最粗处也。然论文而至于字句，则文之能事尽矣。盖音节者，神气之迹也；字句者，音节之矩也。神气不可见，于音节见之，音节无可准，以字句准之。"这种观点指出古文中存在着"字句""音节"和"神气"由粗而精的三层面。在此基础上，其弟子姚鼐《古文辞类纂》则将"粗"和"精"方面的意涵具体化："凡文体类十三，而所以为文者八，曰神、理、气、味、格、律、声、色。 神、理、气、味者，文之精也；格、律、声、色者，文之粗也。然苟舍其粗，则精者亦胡以寓焉。学者之于古人，必始而遇其粗，中而遇其精，终而御其精者而遗其粗者。"文学文本的阅读当经历一个"遇粗"即先接触文本的表层（格、律、声、色），再"遇精"即继而领悟其深层蕴涵（神、理、气、味），最后"御精遗粗"即领悟深层而放弃表层的过程。这些见解都闪现着古人的文学智慧。

在西方中世纪，有中世纪意大利诗人但丁明确将诗歌的意义分成二层四种，即表层的字面意义和深层的意义这两层，而深层的意义包括寓言意义、道德意义和奥秘意义这三种。深层的意义十分重要，处于核心地位，有决定作用。但表层的字面意义也绝非无关紧要，而是具有先发性，因为深层意义都蕴含在其字面里，不首先理解字面意义，便无法掌握其他意义。

在 20 世纪对文学文本和作品的分析要数前述波兰现象学文论家英加登的影响最为深广，他提出文学文本的四层面说。在他看来，文学文本由表及里形成四个层面。其一是语音层面（sound-stratum），指字音及其高一级语音组合，这属于文学文本的最基本层面，是由语音素材来传达携带可能的意义的语音组织，它超越语音素材和个人阅读经验而具有恒定不变的特性。其二是意义单元（units of meaning），是由字音及其高一级语音组合所传达的意义组织，它是文学文本的核心层面，与其他层面相互依存，但又规定着它们。其三是多重图式化面貌（schematized aspects），是由意义单元所呈现的事物的大致略图，包含着若干"未定点"而有待于读者去具体化。其四是再现的客体（represented objects），是通过虚拟现实而生成的世界，这是文学文本的最后层面。这四个层面都各有其自身的审美价值，但又相互渗透和依存，共同组织成文学文本的层面构造，任何文学都必定包含这四个层面。

值得注意的是，将文学文本的各层面分析出来，并不是英加登的最终目的。从根本上看，英加登其实是要探讨将不同层次整合起来成为有机整体的方式。什么是使得读者能欣赏文本对象并将文本不同层面统一起来作为整体进行感知的东西呢？英加登认为，实现这些依靠的是"形而上的质"（metaphysical qualities）。所谓"形而上的质"，就是诸如崇高、悲剧性、恐怖、震惊、玄奥、丑恶、神圣和悲悯之类的东西。它们既不是通常意义上客体对象的性质，也不是完全主体的心理状态，而是在复杂而又截然不同的情境和事件中，显现为一种弥漫于该情境中的人与物之上的"气氛"（atmosphere），它以其光芒穿透并照亮其中所有的东西。这个形而上的质的出现是存在的顶点和深渊，没有它，生活显得黯淡无味，有了它，生活便"值得一过"。所以这种表现为"气氛"的"形而上的质"，是四层次相统一的整体的"复调和声"（polyphonic harmony），是一种本质性的东西。[1] 正是它们有可能使文本成为"伟大的文学"。英加登的现象学层次划分给文学文本深层意蕴的阐释留下了深广的空间。

当代学者曾从中国古典美学传统与当代媒介研究视角等相结合的角度，将文学文本划分为五个层面：其一是媒型层，主要强调从可感的物质媒介向语言形式的过渡层面对文本意义生产的微妙影响作用；其二是兴辞层，主要是指被媒介所承载或中介的文学文本的语言组织系统，这是文本作为艺术的最基本层面；其三是兴象层面，主要是指语言组织或兴辞所刻画的艺术的物

[1] 参见 Roman Ingarden, *The Literary Work of Art*, George G. Grabowicz trans., Northwestern University Press, 1973,p30,pp. 290 — 291.

象、形象、幻象或想象的层面；其四是意兴层面，主要指由兴象所包蕴的相应而不确定的感兴意味；其五是衍兴或余衍层面，主要指在汉语文学及文化传统中由意兴所同时蕴藉着的某种难以言喻的深长余意，以及在不同修辞语境中的具体阅读中所可能衍生出的更复杂而富于变化的意义，这个看来不属于独立实在的文学文本的层面可以视为文学文本向着具体读者的居间或间性层面。[1] 这种层面划分方法有重要意义，它兼顾到在现代社会里文学文本的媒介、语言、修辞、形象、体验、意义乃至于产品和体制等诸方面的内外因素各自的规定性与综合而成的复杂性。

就文学作为语言艺术而言，文学文本层面划分的问题更在于兼顾文学文本内外因素的复杂性的同时，既要重视作为语言组织的兴辞构造及其审美品质，又要不拘泥于形式分析和现象细读的语言艺术表层，需要将文学作为语言艺术而通向文学文本的深层意蕴，将文学文本关联到文化惯例和社会体制的文学活动的现实层面。基于此，这里遵循本书总体逻辑，有选择地吸收和杂糅中西前贤的观点，将层次构造的划分依据统一到文学作为语言艺术及其审美品质的整体性上。这个整体性要求将文学文本的各层面，视为从作为语言组织的兴辞而活动生发出来的，并且只有在研究角度上可以分析出来的主要层面。基于此，文学文本的层面主要划分为如下三层。

第一层是语言兴辞层。作为兴辞之“辞”的一面，主要包括文学文本的媒介、语言和形式等较为表面的层次面相。语言兴辞层最直接地展现文学作为语言艺术的样态和品貌，意味着文本呈现出来的千变万化的文学形式，因而具有某种在场的强大的优先性。语言兴辞层通过“文学性”的语言，包括语言的节奏和韵律，修辞手段和叙事模式等，呈现出一个个多层次复合体。

这里从最为普遍接触的汉语文学的角度，强调语言兴辞层在文学语言艺术的优先地位及其审美空间。所谓汉语文学，直接突出汉语言文字在汉语文学中的兴辞织体、语言组织乃至语言兴辞所具有的基础性作用和优先分析的位置。这里主要讨论汉语言文字给汉语文学带来的重要特点，显然是从比较语言学和比较文学的角度而言的。

汉语字面上即汉族的语言，如今是中国通用语言，也是国际通用语言之一。自古以来汉语有许多方言，但它们并未得到书写和发展起自己的白话文学，而不同时候由中央规定的官话在维系中华民族的统一方面起到极大的作用。此间重要原因在于，自秦始皇统一汉字以来形成的伟大传统，使汉字一直具有将相互不大容易听懂的各地方言转化为能相互理解的通用书面语的强大能力。千百年来汉语包括了语言和文字，两者一直都在变化发展，汉字不

[1] 参见王一川：《文学理论》（修订版），北京大学出版社2011年版，第173页。

等于汉语，但汉语的传统确实相当依赖于书面记录，这也意味着汉语文及汉语文学某种程度上被汉字内在地规定了。

一般而言，汉字主要不是象形文字，但却具有高度视觉性，甚至与书法艺术形成深厚的亲缘关系。而汉字主要是形声字的半语音半语义的特性，架构了语言与视觉之间的联系与对立。虽然有不少学者认为，汉字的特性可能抑制了西方人所熟悉的抽象分析思维（知识论、本体论、线性逻辑、笛卡尔的二元实在论、假言命题等）的发展和白话文学的繁盛，但总体而言，汉字最强力量在于其无边的具象性，对汉语文学的影响很大，由此形成汉语文学深广的审美传统，汉字为"纯粹语音文字的使用者不易到达的观照、感受和冥想打开了视域"。文字优于口语，使汉字在中国享有至尊地位，形成"文"的传统，再加上复杂的文字体系与儒家文人主导的政教秩序相互加持，使文化的发展保持稳定性，却也时常受到保守因素的拖累。由此，由口传文化传统发展而来的神话和史诗在中国未得到很好发育，相比之下，中国文化更钟情于历史记述。再如，汉字的方块形状使文本显现比较均衡，且具备强大的语义携带能力，而传统上没有标点的连续书写，在西方学者眼中更是增强了汉语文学在文法形态上的独特性："（1）屈折词缀的丢失；（2）省略部分对于传递语义并非必不可少的词句；（3）在诗歌与散文中极端强调（词汇、语法和句法的）对仗；（4）对双音节耦对与结构的偏好；（5）强制性词序（主谓宾，修饰词在被修饰词前），只有及极少数倒装的例外情况"。由此，中国文学史也就充满了由此带来的诸多生动印象："总体而言，简洁被抬到了极其重要的位置，情感、情绪和印象的表达价值被认为高于逻辑分析思维能力，同时拥抱具体意象，冷落抽象概念"以及"迷恋文字双关"等。[1]

强调汉字在汉语文学中的某种中心地位，并不意味着可以忽略汉语文学尤其是古典文学在声音和音乐性方面的特点。研究表明，古典文学事实上存在着较为深厚的记诵之学。古来"诵读"可分为倍读（即"讽"）、诵（即"赋"）、吟、咏、弦、歌等不同形态，依据所读文本的体裁、内容以及读书的目的，记诵与音乐性的结合程度也大不相同。汉字汉文的特性及其随处可见的在音乐、节奏、音韵上的讲究，有助于文化记忆，形成传统中的记诵之学，同时也深植了文学在声音上的文化共感和审美意识，塑造了相应的透过声音来追求"文学性"的传统。一方面，不少文选派学者如刘师培等，强调古典汉语文学"字必单音"的属性决定了记诵的习惯，注重对偶协韵的骈文和律诗正是适应记诵习惯而生的"中国独有之文学"。另一方面，中唐以后的古文渐兴，但对诗文诵读及其音乐性追求并未消歇。桐城古文家注重声音

[1] 以上概括及引文，参见[美]梅维恒主编《哥伦比亚中国文学史》，马小悟等译，新星出版社2016年版，第19—54页。

揣摩，姚鼐《惜抱先生尺牍·与陈硕士》强调"急读以求其体势，缓读以求其神味"，至晚清遂有"因声求气"之说，张裕钊《答吴至父书》甚至主张追求"与古人欣合于无间"的文化共感。汉语文的特性和文章学的传统，导致从姚鼐、曾国藩，到张裕钊、吴汝纶、唐文治等隐约存在着某种"文学性"传统，同时也使古文一派诗文吟诵之学的流传脉络较为清晰。[1]

自古以来，文言和白话作为两种文体长期分道而行，但分野并非清晰，两者边界比较模糊。以文言为主的文学大多追求简约，又或以大量用典来传送信息，暗示学问，形成文学的古典传统。自近代以来，报章兴起，报刊以注重新闻、面向大众为特点，报章文体既需以新思想新事物满足读者求新求变的欲望，又要以启蒙通俗的言说方式扩大销路，各类文体也为之一变而纷纷转型。由此新学语大量涌现，新文体逐步尝试，追求言文一致的激进吁求也进入各类变革议程。遂有五四时期民主思潮和平民化意识取消文人士夫使用文言的特权和尊贵传统，而白话为文学之正宗的观念的崛起，意味着向来的正统被推翻。五四新文化派宣布重新建立中国文学史的正统，文言文的典则竟沦为"选学妖孽，桐城谬种"。白话因此名正言顺地取代文言，成为现代文学的主要书面文体。自此以来，百年语体文学基于现代变革，立足于急剧变化的民族国家和社会生活，在传统影响、革命运动和市民文化之间因革损益，各有选择和发展。总体而言，一方面以传统文化及其文言作为营养，另一方面引介和学习西来文学及影响深广的翻译文学，优秀作家、批评家、传媒出版人和广大民众立足于现代社会生活，一起创造了诗歌、小说、散文和戏剧及各种亚文类的文学作品，现代文学蓬勃发展。21世纪之交以来，汉语文学又在新的媒介环境和信息方式的影响下，扎根于信息化时代的社会生活、文化语境和百年新文学传统，继续呈现着花样翻新而令人兴奋的新面貌。

对汉语文学的语言组织和兴辞织体的研究，主要体现并集中于不同角度和思路上的语言批评和研究。主要有对文体的语言、词汇、句法和修辞的相对静态化的语言学研究，也有以西来批评样式为指导思想和整体观照的对具体文体个案的研究，也有借引中西语文和文学比较的方法对具体文体个案的研究，不一而足。[2]大体而言，考察兴辞织体的艺术性和审美品貌，可以细分为如下四个层面：（1）语音层面，主要指节奏和音律（包括双声、叠韵、叠音、叠字、平仄和押韵等），在诗歌、散文和小说中都可有所分析和揣摩；（2）文法层面，包括词、句、篇，各有各法，也有变通；（3）辞格层面，包括比喻、借代、对偶、反复、倒装、比兴、白描等，从西方新批评派那边还有隐喻、复义、反讽、悖论、张力、象征，乃至视觉行列等角度的讨论；（4）语体层面，主要指文学文

[1] 参见陆胤：《中国文学传统中的"记诵"》，《文学遗产》2017年第5期。

[2] 这里略举其中代表者，如：蒋绍愚《唐诗语言研究》，语文出版社2008年版；高友工、梅祖麟《唐诗三论——诗歌的结构主义批评》，李世跃译，商务印书馆2013年版；葛兆光《汉字的魔方：中国古典诗歌语言学札记》，复旦大学出版社2016年版等。

本为着特定的兴辞效果而单一或混杂使用多种不同文类（涉及小说、诗、散文诗、散文、日记、书信、文件、档案、表格、谱录、图案和绘画等）或体式（如抒情体、叙事体和戏剧体，纪实体和传奇体，写实型和象征型等）时呈现的语言织体状况。[1]

第二层是体质意兴层。作为兴辞之"兴"及其扩展的一面，主要包括不限于文学文本的语言组织和兴辞织体，更多诉诸读者参与和想象而形成的文学兴象和意兴等。它由文学文本的语言组织和兴辞织体而来，却是文学文本借由语言组织和兴辞织体所包蕴着的"本身"，是对意义内容和审美品质进行深度理解与把握的层面。在相当意义上，它既包括文学的体裁、文类或文体方面的综合形式感知的层面，又更包括通过语言组织和兴辞织体而激发出来的物象、形象、幻象和意境等。由前者，可以基于汉语阅读习惯和主流观念，将文学划分为诗歌、小说、散文和剧本四大品类，在文学阅读活动中可以追寻和攫夺到自己感受到的诗歌（艺术）美、小说（艺术）美、散文（艺术）美和剧本（艺术）美乃至文体交叉或浑融带来的间性（艺术）美。而由后者，则可以根据文学文本感受到文学在不同时空里呈现出的语言艺术的审美特点，从中理解文学文本体质意兴的古典形态、现代形态和当代形态，从具体的文学阅读中领悟具体的文学古典美、文学现代美，乃至大众文学的当代景观。本书后面若干各章展开的逻辑即基于此。

也就是说，对语言兴辞同文学作品其他成分或要素的相互关系，也需要进行广泛的研究，通过研究，才能弄清它们的一般类型学特点以及某些语言艺术家所固有的各种不同的特点。当然，从总体而言，体质意兴层的本身，或者它所包含的本真或实存，其实是作为兴辞构造的语言组织向着意义生成而开放的艺术想象，它指向由艺术概括而形成的文学虚构。显然，艺术概括就是通过文学来丰富读者对世界的认识以及感情的方式。作为艺术概括和文学虚构的文学，意味着一种以语言形式为基础而呈现出来的独特的存在物本身，一种"意向性对象"。将意向性对象的不同层次整合起来的体质意兴，大体类似于英加登所强调的语言艺术作品四层次相统一的"复调和声"及其指向的所谓"形而上的质"及其整体性"氛围"，或者姚鼐所谓的"神、理、气、味"者，非常复杂多义，含蓄蕴藉，幽微深广，多可意会，不易言传，其本体界说往往很难落实。

第三层是文化衍意层。它其实是兴辞之"衍"的层面，强调的是作为文学文本和语言艺术的兴辞织体在深广的现实中播散，或在社会变迁中发挥作用的地带和层面。这是展开下一章主要讨论文学美及其社会文化意味的

[1] 参见王一川：《文学理论》（修订版），北京大学出版社2011年版，第187—211页。

逻辑用意所在。大体而言，在这里，所谓文化衍意，就是指作为语言艺术和兴辞构造的文学文本在延伸到现实社会中的过程中，自身发生意义衍生、拓展或变异，从而与现实话语、体制惯例发生牵连关涉，与意识形态和文化传统发生互动、竞争和价值交换的状况。也就是说，就文学文本的本身而言，文化衍意指向兴辞织体在历史和现实层面上必定指向某种特定的文学活动，或者说是特定的恰当的文学活动。因此，作为语言艺术的文学，不仅意味着进行"文学的艺术作品"的虚构，更意味着在恰当的文学活动中完成语言艺术的现实化或创造性变革。所谓恰当，主要是指文学文本要成为艺术活动，不仅需要适当的外在形式，更需要相应的阅读活动，也即需要相应的社会化的程序或文化惯例。在文本的现实化及艺术性问题上，学术界有不少文艺理论角度上的探讨，如乔纳森·卡勒的"文学程式"理论。在卡勒看来，与其把文学看成是具有意味的语言织体，不如把文学看作程式（convention）的产物或者某种关注的结果：

> 文学是某种可以引起种种特定关注的言语行为或文本事件。它与其他种类的言语行为，比如与告知信息、提出问题或者做出承诺的言语行为都不同。大多数情况下是那种可以把一些文字定义为文学的语境使读者把这些文字看作文学的，比如在某本诗集里，在杂志、图书馆或书店里的某个区块。[1]

在这里，文学成为在社会程序与读者约定之间"约定俗成""被保护"而获得"特别关注"的东西。[2] 将文学文本的层次构造扩展到"恰当的文学活动"，考虑到文学文本的现实状况或层面，不仅有利于理解文学的建构性，认识到对文学的适当态度并不是与生俱来的，而是教育的结果，而且有助于理解和把握文学的现实性，而不是把文学与社会、历史和现实隔绝开来。当然，文学文本的文化衍意可能是恰当的活动，也可能是不恰当的活动，而这种不恰当的活动，有可能意味着相应的文学创作者或接受者的创造性，甚至文学创新和文化变革的来临。

[1] [美] 乔纳森·卡勒：《文学理论入门》，李平译，译林出版社 2008 年版，第 29 页。译文有改动。

[2] 将"特定的恰当的文学活动"的思路引入文学文本的研究，其实打开了文学文本面向社会现实的诸多维度惯例、程序和体制。还有很多学者的思路，比如雷蒙德·威廉斯的"传统、体制与构形"理论、斯坦尼·费什的"文学态度"理论、乔治·迪基的"艺术体制"理论和霍华德·S.贝克尔的"艺术界"理论等，都可援引为参照。参见彭锋：《艺术学通论》，北京大学出版社 2016 年版，第 601 — 603 页。

【本章摘要】

无论是历史上的观念中,还是当代生活的现实中,都可以发现把文学视为艺术之一种的理解和观念,虽然从人文角度视文学为文化和文教的思路,在现代以来也一直留存。语言艺术主要即指文学。文学相对于其他艺术的特点首先体现在语言文字的媒介质素上。无论文学的写作还是阅读,都要以语言文字为媒介。

文学的艺术性确实是从文学语言中生成的,文学文本是透过文学语言来张扬其艺术性和审美性,文学透过语言构筑出其艺术的品质。文学作为语言艺术,有着相对于其他艺术更为深层独到的特点和魅力。作为语言艺术的文学,其艺术性导向审美性,其特征主要表现为语言的艺术性和文化性、接受的间接性和想象性、反映的概括性和总体性,以及思想的深刻性和超越性等方面。

文学文本是由语言文字所承载、由词语所构成、具有完整表意系统的兴辞织体,是富于语言艺术的语言组织或兴辞织体,包括诗歌文本、小说文本、散文文本,剧本文本等多种形态。文学文本是复杂的,其内部总存在着相应的秩序和逻辑的构造。关于文学文本的层次构造,自古以来的中外文论有许多深刻精辟的见解。文学文本的层面可以主要划分为语言兴辞层、体质意兴层和文化衍意层。

【思考与练习】

1. 怎样理解语言是"文学的第一要素"?

2. 作为语言艺术的文学,其艺术和审美特性主要表现哪些方面?

3. 文学文本是什么?文学文本的层次构造有哪些?

【深度阅读书目】

1. 王一川:《文学理论》(修订版),北京大学出版社 2011 年版。

2. [美] 乔纳森·卡勒:《文学理论入门》,李平译,译林出版社 2008 年版。

3. 高友工、梅祖麟:《唐诗三论——诗歌的结构主义批评》,李世跃译,商务印书馆 2013 年版。

4. [俄] 什克洛夫斯基:《艺术作为手法》,载托多罗夫编《俄苏形式主义文论选》,蔡鸿滨译,中国社会科学出版社 1989 年版。

5. [美] 韦勒克、沃伦:《文学理论》,刘象愚等译,江苏教育出版社 2005 年版。

文学美的社会文化意味

从整体上说，文学作为语言艺术，其各种美感形式，包括语言形式在内，还是相对外在和表面的。语言作为文学表达的手段，其实并不仅仅停留在直观的兴辞织体的形式层面，也不纯粹是意向性对象、艺术本体或审美内涵，它其实还指向纵深的意识形态、文化意味和现实意涵等方面和层次。这些纵深的维度之所以重要，是因为文学并非语言形式的虚拟游戏，而是一种意蕴丰富的人文实践。它不仅要带给读者审美愉悦，而且指向社会文化层面的更高实现。这就要求对文学美的理解，不能简单停留于语言兴辞层和体质意兴层，而且要深入到作为兴辞之衍的文化衍意层，追问更深层次的社会文化意味。

不妨将文学创作视为广义的文化实践的一部分，它是人类通过语言表达精神诉求的特定方式。在传统的文学研究中，这种社会文化内涵往往被直接指认为由文学语言的审美效果所致。随着现代批评的发展，人们逐渐扬弃这种过分直观的理解方式，而开始意识到文学语言的深层结构的意义。也就是，为何这种语言形式能够产生相应的审美效果？文学美生成的认识机制是什么？经过这种探索，有关话语和意识形态的认识观念，逐渐地被视为赖以理解这种机制及其衍生意义的关键环节。一方面，人们从话语的角度重新认识文学，另一方面，意识形态被视为与美学密切关联的观念结构。因此，具体分析这两个方面的内涵，有助于更好地探究文学美的内在构成。

第一节 文学作为话语

现代社会从总体上接受文学是语言艺术的解释。不过，随着现代学术的深入，人们的理解逐渐深入到对语言结构的思考。什么是语言表达的内在结构？什么是语言运用的社会机制？理论家通过对这两个方面的持续追问，逐渐将"话语"（discourse）看作理解语言的新观念。在此基础上，文学被视为话语的一种运用形式，获得新的内涵。那么，什么是话语？何谓话语分析？这里将围绕这两个问题介绍文学作为话语的内涵与意义，以方便进行文学话语的分析和研究。

一、话语的含义

　　什么是话语？很难对这个概念下一个严格的定义。追溯起来，这个汉语译词对应的英文 discourse，源自拉丁语 discursus，而这个词又来自动词 discurrere，意思是"夸夸其谈"。所以，简单地说，"话语"的日常用法接近于"聊天""陈述"之类的含义。[1] 话语一词成为学术语汇，与瑞士语言学家索绪尔密切相关。他将语言视为由能指和所指两部分构成的符号。能指（signifier）是语言的声音形象，所指（signified）是语言的概念。在他看来，符号的这两部分的结合是任意的。英文中"树"的概念，用 tree 的声音形象来表达，并不是基于两者的有机联系，而是在语言演变中约定俗成的结果。如果两者的关系是任意的，那么，语言作为符号的意义从何而来？

　　索绪尔认为，这依靠的是符号之间的差异。例如，对于爸爸这个表意符号的理解，是基于他与妈妈、孩子等一系列的家庭成员的差异建立起来的。孩子正是在这种差异中确认了爸爸的身份。可以说，差异构成了语言的表意结构。没有语词能够离开其他语词而获得意义，离开差异，便无从通过语言来命名世界。这种语言观改变了以往从历时角度认识语言的观念，被称为结构主义语言学。

　　在索绪尔的结构主义语言学论述中，"话语"一词出现得并不多，并非他对语言进行结构分析的核心概念。而且，它在不同的语境被赋予的意义也不尽相同。概括而言，"话语"主要被他理解为连接概念、扩展句子而形成的语言序列。尽管这种用法并没有被后来的人文学者沿袭，但他们对"话语"的重新界定，无不源自索绪尔对语言的结构主义认识。在这些人文学者中，值得特别介绍的是苏俄理论家巴赫金和法国理论家福柯。

　　首先要谈的是巴赫金对话语的理解。早在 1920 年代，巴赫金从马克思主义的立场出发，已经认识到索绪尔语言学认识的局限。在他看来，这种观念过分依靠形式和结构的眼光，只在语言的内部讨论其功能和意义，忽视了语言与社会的关系。婴儿是通过模仿大人说话学会使用语言，而不是通过掌握抽象的语言规则。他批评索绪尔关注的语言是"死"的，认为"话语"作为言说，应该是"活"的："对于说话者而言的语言形式，仅仅存在于一定表述的语境中"。小到一个符号，大到一部作品，其真实含义只能通过社会"交往"与"对话"才能获得："我们任何时候都不是在说话和听话，而是在听真实或虚假，善良或丑恶，重要或不重要，接受或不接受等。"也即是说，"话语"永远包含着"生活的内容和意义"。[2]

[1] ［德］曼弗雷德·弗兰克：《论福柯的话语概念》，陈永国译，见汪民安、陈永国、马海良编：《福柯的面孔》，文化艺术出版社 2001 年版，第 84 页。

[2] ［俄］巴赫金：《马克思主义与语言哲学》，《巴赫金全集》，第 2 卷，河北教育出版社 2009 年版，第 408 页。

[1] [俄]巴赫金：《马克思主义与语言哲学》，《巴赫金全集》，第2卷，河北教育出版社2009年版，第352页。

在这种意义上，巴赫金认为，重要的不是话语的"纯粹符号性"，而是它的"社会性"："话语只有在人们的一切相互影响、相互交往中真正起作用"。因此，它可以说是"最敏感的社会变化的标志"。[1]不难明白，巴赫金对"话语"的重新界定，将语言的结构内涵从封闭的形式系统中拯救出来，并还原到实际生活的对话情境之中。在这种思考的基础上，他通过对陀思妥耶夫斯基小说的分析，提出著名的"对话诗学"。

福柯将"话语"观念引入人文学科的方式，与巴赫金的角度同中有异。相同之处是，他们都重视语言与社会的关系。不过，他并不是以对话的眼光看待语言的社会性，而是强调语言对社会实践的形塑力量。人们通常认为，语言之所以能够成为人类交流的主要方式，乃是基于它准确的传达功能。但这种话语观念强调，语言同样具有建构功能。人类社会的秩序不仅是通过各种制度建立，而且也通过语言。因此，这种理解视角对索绪尔关心的语言结构问题并不感兴趣，而想要探究：人类为什么如此使用语言？

我们生活世界中的绝大多数事物，已经被前人通过语言命名和言说过。经由这种方式，无序的世界获得可以被后人理解和掌握的秩序。这种意义上的语言被称为"话语"。话语不是外在于对象世界的传达媒介，而是内在于其中，构造了世界的意义秩序。中医和西医作为两种不同的话语，各自建构了中西方关于身体和疾病之间的关系。西医认为头痛医头、脚痛医脚，而中医强调辨证施治，头痛不一定医头，脚痛不一定医脚。可以说，话语直接参与人类对世界的建构，是一种具有实践功能的语言方式。这种形式的实践被称为"话语实践"（discursive practice）。对话语的理解，也即是对"话语实践"的分析。

二、话语分析法

话语分析（discursive analysis）作为一种人文学术方法，有两条发展线索。其一是语言学领域的探索。1952年，语言学家哈里斯在索绪尔的结构主义语言学基础上，首先将大于句子的语言单位的组织特征和使用特征的分析，称为"话语分析"。经过此后许多语言学家的共同努力，这种方法成为现代语言学研究的重要手段。其二，与语言学对话语的文本特征的关注不同，现代哲学和思想领域更关注话语的社会权力特征。这种分析思路最早由福柯提出，后来成为广泛影响人文学科的具有普遍意义的方法论。从话语与文学研究相关性的角度，以下的介绍将主要集中在这种话语分析方法上。

从这种话语分析角度看，话语的形成是一个层层累积的社会过程，经由前人的不断命名和界定，这个世界得以从无序走向有序的状态。然而，在日常生活中使用语言时，对于话语的层累形成，已经习焉不察，往往将语词的使用方式视为当然。尽管如此，话语在历史中被不断形构的过程，并非如风吹过，无迹可寻。过去的诸种言说方式留下了标记、铭刻世界的痕迹。话语分析的任务就是追寻、探究和发现这些痕迹是如何构成的。

从这种话语分析理论出发，可以重新认识疯癫问题。人们往往理所当然地将"疯癫"看作精神病。但这种理论认为，"疯癫"之所以成为"本来如此"的事实，乃是被疯癫话语建构的结果。"疯癫"在不同时代的命运，其实是不断重新被纳入疯癫话语的历史。在文艺复兴时代，疯癫被认为与终极问题相关联，通过这种精神状态，人类可以把握世界的某种秘密。但随着17、18世纪古典时期的到来，人们不再相信这种关联，开始将疯癫视为非理性的精神状态。进入现代社会之后，疯人与其他非理性的人被进一步区别开来，疯癫成为需要实行特殊隔离和审判的精神疾病。正是疯癫话语对疯癫对象的不断指认和界定，才有了今天人们对于疯癫的认识。因此，从话语分析的视角来看，"疯癫"不是自然现象，而是人类文明演进的产物。[1]

基于对各种不同类型话语形成过程的研究，话语分析从内外两方面归纳了话语构成规则。从话语的外部来说，就是排斥的程序，包括禁律、区别和歧视、真理与谬误之分三种。禁律就是言语禁忌，什么场合说什么话，不是每个人都有权利随便谈论任何话题。这在法庭场合最为典型。区别不是简单地区分，而是包含着排斥和歧视，高低不同社会阶层的语言中通常包含着这种区别机制。而真理和谬误的区分同样依据特定的规则，往往不能摆脱不同时代权力关系的左右。

从话语的内部来说，则是控制的机制，包括评论、作者和学科三种。评论不是简单重复，而是为对象重新赋予意义，从而重塑其形象。所以，优秀的评论常有改变作品形象的力量。作者不是具体的人，而是一种特定的功能，很多时候，人们关于文本的理解依赖作者身份的保证。学科的控制机制更容易理解，通过这种机制划定不同的研究领域和方法。

除此之外，话语分析理论还论及作为话语运用条件的一些控制方式，包括仪式、话语团体、教条和教育。这里不再一一介绍。概括而言，话语是由一系列的分类、排序、分配、区别和控制构成的。所谓的"话语分析"，就是对这些话语实践机制的追问和揭示。

[1] 对此的详细讨论，参见[法]福柯：《疯癫与文明》，刘北城、杨远婴译，三联书店2003年版，或《古典时代疯狂史》，林志明译，生活·读书·新知三联书店2005年版。

下面以作者问题为例,对话语的实践机制加以说明。例如,在欧洲中世纪流传着很多无名氏的传说、诗歌或喜剧作品,但到 17 世纪,作者对于作品的认识功能逐渐得到重视。人们开始追问此前流传的这些作品是从哪里来,由谁创作的。作者被要求对置于其名下的作品的统一性负有责任。也就是说,作者作为文学话语的功能,为虚构的写作形式赋予连贯性和可信性,并与具体的现实发生关联。这样,文学批评便能基于作者的存在,讨论作品内部的意义结构,以及这种结构与具体的历史现实的关系。这些特征正是 17 世纪西方文学话语的构成方式。[1]

这种状况在中国文学史中同样存在。在楚辞中,有许多篇目的作者颇有争议。事实上,对楚辞的整理和命名,是从汉代开始的,在此过程中多有分歧。《招魂》的作者究竟是屈原还是宋玉,一直没定论。司马迁在《史记·屈原贾生列传》中认为,该诗作者是屈原,并由此"悲其志"。而东汉王逸在《楚辞章句》中则认为是宋玉所做。此后历代学者、诗人所从不一,意见纷纭。作者问题之所以重要,并不仅与作品的命名权有关,而且关涉对作品表达意旨的解释指向。如果将该篇归于屈原,则诗中所招之魂当为楚怀王,而归于宋玉,则其意旨乃是招回屈原的魂魄。在这种意义上可以说,作者的身份乃是作品意义展开的话语机制。

从以上举例分析不难明白,将文学视为一种话语建构,改变了以往仅仅从语言修辞角度直接解释审美经验的做法,由此揭示文学语言在社会层面的构成规则,从而深化和拓展了文学美的社会历史意涵。

第二节 文学美与意识形态

提及意识形态这个概念,大多数人都不会感到陌生。在当代社会语境中,意识形态是官方文件和大众传媒领域的高频词汇。但如果深究这个概念的内涵,估计很多人都难以详述。在某种意义上,意识形态属于熟悉的陌生词。那么,什么是意识形态?文学与意识形态是否有关?如果有关,如何透过意识形态来认识文学美?本节将从以上问题出发,讨论文学美与意识形态的多重关系。

[1] 福柯对话语分析的相关论述,参见 [法] 福柯:《话语的秩序》,肖涛译,见许宝强、袁伟编选《语言与翻译的政治》,中央编译出版社 2001 年版,第 1—31 页。

一、意识形态的含义

意识形态（ideology）是一个内涵复杂、颇受争议的西方概念。这个概念与马克思有关，但追溯起来，它的出现有着复杂的历史和思想脉络。在古代社会，人们把握世界的方式依赖于一元化的宇宙论，西方人称为"太一"、中国人认为是"道"。但随着现代社会的到来，这种早期宇宙论趋于瓦解，一元化的真理不复存在，各种不同的认识世界的观念开始兴起。在古今之变的背景下，才有了意识形态概念的诞生。可以说，古代世界并没有"意识形态"问题，直到资本主义社会的出现。

严格来说，意识形态概念的出现只有两百多年，是工业革命时代政治、社会和思想巨变的产物。最早提出这个概念的是法国学者特拉西。他出身贵族，却是法国大革命的支持者。这场革命过去之后，他主张改革法国陈旧的政治和社会体制，而要改变这种体制就必须改变人们的思想观念。但仅仅改变观念的内容是不够的，还需要改变观念的语言表述本身。在他看来，所有的观念都来自经验，因此便需要研究人们日常使用的观念本身。为此，在1797年，他发明一个新词——idéologie（直译为"观念学"）。他希望超越以往的知识体系，创立一门名为"观念学"的全新学科。不过，这个概念很快被追求帝制的拿破仑视为负面的，变成贬义词。此后，这个概念一直在否定与肯定的语义之间摇摆。[1]

idéologie（德文：ideologie）这个概念演变的关键是马克思的重新讨论。今天不再以"观念学"的本义，而是通常以"意识形态"对译该词，与他对此的批判性使用有关。马克思在新的政治理解与理论构架中赋予其新的内涵。对他来说，意识形态的实质乃是一种"虚假意识"。也就是说，观念和它存在其中的现实并不符合，是一种掩饰和欺骗。在《德意志意识形态》中，马克思批评青年黑格尔派的观点是"意识形态的"，因为他们高估了观念在历史与现实中的作用，孤立地、抽象地以观念反对观念，而没有意识到观念与德意志社会现实之间的关系。马克思将这种社会现实界定为阶级关系："统治阶级的思想在每一时代都是占统治地位的思想。这就是说，一个阶级是社会上占统治地位的物质力量，同时也是社会上占统治地位的精神力量。"[2]在这种意义上可以说，意识形态是一种观念系统，从统治阶级的利益出发，以虚假的方式呈现阶级关系。当然，他在后来的思考中，对"意识形态"概念的积极的或能动的方面也作了一系列阐述。总之，马克思对意识形态的重新界定，对后世产生了深远影响，许多思想家以不同的方式发展了他的观点。

[1] 参见［英］麦克里兰：《意识形态》（第2版），孔兆政、蒋龙祥译，吉林人民出版社2005年版，第8页。

[2] 马克思、恩格斯：《德意志意识形态》（节选），《马克思恩格斯文集》，第1卷，人民出版社2009年版，第550页。

[1] 参见 [匈] 卢卡奇：《历史与阶级意识——关于马克思主义辩证法的研究》，杜章智等译，商务印书馆 1992 年版，第 143—177 页。

[2] 参见 [法] 阿尔都塞：《意识形态与意识形态国家机器》，孟登迎译，见陈越编《哲学与政治：阿尔都塞读本》，吉林人民出版社 2003 年版，第 320—375 页。

这里特别介绍的是卢卡奇、阿尔都塞和葛兰西。卢卡奇作为匈牙利理论家，继承了马克思对意识形态的基本理解，更进一步发展出"物化"（reification）的思想。他认为，在资本主义社会，经济关系控制着人与人关系的全部。这种关系在主观和客观两方面都变成商品关系，也就是物与物之间的关系。物质世界以看似独立的客观法则统治人类社会，人开始变成客体，丧失曾经作为主体的能动状态。[1] 在这种意义上，"物化"成为意识形态的实质内涵。尤其是在消费主张盛行的当下，人们的生活随时面临着被物化的可能。

与卢卡奇不同，法国理论家阿尔都塞则从经济基础与上层建筑的关系出发，重新认识意识形态在生产关系的再生产中的功能。概括而言，他将意识形态界定为"个人与其实在生存条件的想象性关系的'表述'"。也就是说，人们常常以为自己能够理解和表达自身与周围环境的关系，其实这不过是意识形态创造的"表述"。这种表述不是个人与其生存境遇的真实呈现，而是想象性关系的表达。但这一表达不是随意的，背后受到实际的生产关系，尤其是阶级关系的制约。一个人成为主体，不是自发的，而是在这种特定的关系中被意识形态"询唤"为主体。[2] 某人在大街上走路，突然被警察叫住，他往往会停下答应，觉得自己被看成犯罪分子。这个人之所以有这种下意识的反应方式，与国家意识形态机器（学校、教会、党派等）对个人意识的长期教化密不可分。在这种特定的反应中，他以长期习得的意识形态方式看待自身与警察的关系，从而成为主体。

意大利思想家葛兰西同样关注马克思主义理论中的上层建筑问题。但他理解的角度与阿尔都塞不同。作为意大利共产党的领导人之一，葛兰西在实际斗争中有意识地区分了不同的意识形态：有机的意识形态和其他任意性的意识形态。他认为，有机的意识形态具有内在的组织性和统一性，关乎阶级领导权（hegemony）。当资产阶级掌握意识形态领导权时，无产阶级的斗争是不可能成功的。而要想取得成功，无产阶级就必须建立自己的文化领导权，真正成为全社会整体利益的代表。[3] 其实，1942 年毛泽东《在延安文艺座谈会上的讲话》就是创造有机意识形态的典型案例。学界一般认为，这篇讲话处理的核心问题是文艺与政治的关系。但如果回到 1930—1940 年代中国抗战的基本形势，就会发现，实际上背后的核心问题是如何转化涌入革命群体的各个阶层的个体。也即是，将他们思绪纷杂的不同观念，重新锻造为真正具有内在有机性的意识形态，实现认识的统一，从而达到团结各个社会阶层，争取战争最后胜利的全民族目标。

[3] [意] 葛兰西：《实践哲学》，徐崇温译，重庆出版社 1990 年版，第 64 页；《狱中札记》，曹雷雨等译，中国社会科学出版社 2000 年版，第 305 页。

除此之外，关于意识形态概念之内涵的理解，还有很多种，这里不能一一列数。概括而言，这些理解方式，无不与马克思的开创性界定密不可分。它们共同形成当代思想认识个体意识与社会构造之间关系的诸多视野，启发了人文社会学科各领域的研究思路。

二、意识形态与美学的关系

上述理论家对意识形态概念的诸种探索，为重新理解文学和美学提供了新的思路。今人关于美学的当代理解，主要来自康德。他把审美看作主体与对象之间无功利的趣味判断。在康德美学等多种思想资源的影响下形成的浪漫主义文学，强调文学的独立性和自律性。这种文学观成为今天理解文学的主导观念。正是因此，人们常常会认为，文学对社会的批判具有超越性，不被意识形态的力量左右。那么，文学是否真的与意识形态无关？如果有关，意识形态的视野，能够为我们提供怎样的文学理解？

西方当代理论对意识形态与美学之间关系的认识，是由反思康德美学开始的。美国理论家保罗·德曼认为，康德将语言与现实之间的指涉关系视为自然的、确定的，忽视了这种关系的偶然性和复杂性。这种被认定的对应关系，其实是对真实关系的一种神秘化的掩饰，是被意识形态创造出来的。他从反思康德的语言观出发，进一步指出，美学经验的表达受制于这种语言规则，因而不可避免地包含意识形态性。从这个角度重新认识文学，也就是要解除文学语言对经验的神秘化过程。[1] 浪漫主义文学批判工业化现实的语言修辞，萦绕着作家对田园牧歌式有机社会的理想化想象，这便是一种意识形态的神秘化作用。

英国理论家伊格尔顿接过德曼的意识形态批判，进一步指出美学意识形态的双重性。一方面，他承认康德美学的自律性对资本主义社会的批判功能，另一方面，他也强调美学同样是资产阶级建构的诸种意识形态之一。美学以自律性的名义成为人们眼中的独立王国，掩饰了剥削压迫的残酷现实，化解了人们的不满情绪。[2] 事实上，这样的经验在日常生活中广泛存在。当你在工作或生活中遇到不顺或压力的时候，往往希望通过听一场音乐会或看一场电影来放松情绪，但艺术欣赏结束之后，仍然需要面对现实。很多时候，强调自律性的艺术并不能直接改变现实问题的存在状况，甚至在某种意义上成为人们逃避现实的借口。

[1] See Paul de Man,*Aesthetic Ideology*, edited with a introduction by Andrzej Warminski, University of Minnesota Press, 1996, pp.70 — 90, 119 — 128.

[2] [英] 伊格尔顿：《审美意识形态》，王杰等译，广西师范大学出版社2001年版，第61 — 93页。

与伊格尔顿不同，法国社会学家布尔迪厄所不满的是康德对审美趣味的普遍性的理解。在康德美学中，趣味（taste）是一种天赋。但布尔迪厄认为，这是资产阶级的意识形态。趣味作为文化需求是教养和教育的产物，离不开家庭出身和学校教育。一个社会所认可的艺术等级与文化消费的等级是相互对应的。在这种意义上，趣味是阶级的标志，不同阶级有着不同的审美趣味。[1] 可以说，布尔迪厄通过追溯审美趣味的社会条件和历史起源，祛除了萦绕在这种美学之上的意识形态幻象。

布尔迪厄对康德的批评，很容易让人想到1920—1930年代鲁迅与梁实秋关于文学有无阶级性的论战。梁实秋认为："好的作品永远是少数人的专利品，大多数永远是蠢的，永远是与文学无缘。"在他眼中，鉴赏力之有无和阶级无关，"鉴赏文学也是天生的一种福气"。[2] 鲁迅不同意这种超阶级的文学观，他强调："文学有阶级性，在阶级社会中，文学家虽自以为'自由'，自以为超了阶级，而无意识底地，也终受本阶级的阶级意识所支配，那些创作，并非别阶级的文化罢了。"[3] 不难明白，鲁迅所强调的是，从创作到接受，文学都与特定的阶级文化，也即是意识形态密切相关。

当然，如果过度强调文学的阶级性，也容易简化其精神内涵。苏联时期的文学观念曾出现过这种极端化的状况。1950年代中期，苏联学者毕达可夫在北大讲授"文艺学引论"课程时，曾片面强调文学是意识形态的观点，忽略文学的审美内涵。这种观念容易导向过度政治化的阶级文学论。历史的经验告诉人们，马克思恩格斯提出的文学的"美学的和历史"的原则，需要坚持。

在这种意义上，即便是那些看起来与现实政治无关的文学叙事，其实也包含着特定的意识形态倾向。1980年代中期出现的"纯文学"思潮，提出"让文学回到文学"的口号，希望彻底摆脱政治意识形态的束缚，确立文学的绝对自主性。不难明白，这种主张正是向康德美学的回归。但这种追求超越性的创作自由的观念，其实往往是较为激进极端的个人主义意识形态，而所谓超越和自由的另一面很可能是对现实社会的虚假逃避。这个时期影响颇大的先锋派小说思潮，主要的目标是希望通过文体与语言实验的形式，抵抗过去的社会意识形态，尤其是过度政治化的文学认识。但是，这种在文体内部寻求超越性自由的做法，其实是对现实的虚假逃避。也就是，这种空洞的形式自由和精神解放，并不能回应现实中人们在生活层面遭遇的种种身心感受，尤其是商品经济的兴起对于普通人的价值观念和伦理关系的冲击，以及由此带来的种种精神苦恼。因此，这种文学思潮兴盛一时，读者在短暂体验

[1] 参见[法]布尔迪厄：《纯粹美学的社会条件——〈区隔：趣味判断的社会批判〉引言》，朱国华译，《民族艺术》，2002年第3期。

[2] 梁实秋：《文学是有阶级性的吗？》，见徐静波编：《梁实秋批评文集》，珠海出版社1998年版，第142页。

[3] 鲁迅：《"硬译"与"文学的阶级性"》，《鲁迅全集》第4卷，人民文学出版社2005年版，第210页。

文体实验的新奇感之后，便很快对其丧失阅读的兴趣。

可以说，无论从何种角度，美学与意识形态都存在着千丝万缕的联系。从意识形态的视野重新理解文学，不仅意味着将之还原到特定社会的政治经济结构中理解其意义位置，同时也要求重视文学的形式表达在意识形态层面的突破性和创造性。

第三节 文学美与文化

在当代社会中，文化不再是一个神秘、高尚的语汇，似乎人人都能对目力所及的文化问题品头论足。但凡渐成气候的社会现象，往往被加上文化的后缀，以显示其不可忽视的重要性。然而，人们对这个概念如此不假思索的随意措置，其实是对其内涵的误读和错用。也正因此，对于文学与文化的关系，常常可以看到许多理据不足，过分空泛的表述，诸如文学是文化的组成部分、文学是对文化的反映，等等。那么，什么是文化？如何从理论层面把握文学美与文化的关系？这里试从这两个方面展开对文学美之社会文化意味的探讨。

一、文化的含义

文化（culture）被认为是最复杂的两三个英语词汇之一。这个概念的出现，可以追溯到拉丁文词根 colere。以此为词根的 cultura 有栽种和照看的意思。culture 早期的所有用法都指向对农作物或动物的照料，是一个表示"过程"的名词。到了 16 世纪，这层含义被延伸为"人类发展的过程"，也就是说，自然产生了改变自然的文化。culture 一词的拼写方式在 17 世纪初期出现。这个新拼法在此前变化的基础上，逐渐发展出精神性的内涵。进入 18 世纪，在很多文献中都能看到这个概念被赋予"心灵的陶冶"之类的意义。更具体地说，此时的 culture 主要指向贵族阶层的教养礼仪。在英语和法语中，它几乎成为"文明"（civilization）概念的同义词：摒弃自然的鄙俗状态，成为优雅的文明人。[1]

[1] 参见［英］雷蒙·威廉斯：《关键词：文化与社会》，刘建基译，生活·读书·新知三联书店 2016 年版，第 92—96、147—155 页。

德语语境中文化（kultur）一词由法语而来，但用法有所不同。当时法语是德国的贵族语言，法国文化同样是贵族阶层的学习对象。但德国知识分子被排斥在外，他们批评一味模仿法国的做法是毫无创造性的因循守旧。他们赋予文化积极的创造性内涵，投身科学、哲学和艺术等精神领域。同时将贵族阶层所代表的文明（zivilisation）概念视为负面的、贬义的文雅教养。在这种意义上，德国思想家赫尔德倾向以复数形式讨论"文化"，认为它的创造性内涵与相应的民族国家形式密切相关，不同于超越性的文明观念。[1]

德国人对文化的这些思考，刺激了进入工业社会的英国人对自身处境的观察。英国浪漫主义文学正是反省工业革命的产物。其中，"湖畔派"诗人柯勒律治的思考，成为英国语境中文化与文明观念转变的关节点。他认为，文化与文明之间存在差别。工业社会的文明好坏参半，在创造物质生活的同时，也将社会带入精神沦落的危机之中。如果一个民族的文明不是根植于文化教养，那么，只会剩下徒有其表的文雅形式。由此，文化被视为独立于工业社会，并对之构成批判性的观念实体。正是由此，这个概念获得了现代内涵，成为今天理解文化观念的起点。

柯勒律治的文化观念影响深远，此后的许多英国思想家，诸如卡莱尔、阿诺德、艾略特、利维斯等，无不继承了他的批判性思考。卡莱尔激烈批评工业社会的民主诉求，认为它带来了放任自流的利益追逐，败坏了社会道德。他将文化看作整个民族的生活方式，认为只有文化英雄才能拯救这种混乱堕落的局面。阿诺德同样激烈批判当时的英国社会的鄙俗与平庸，认为只有通过重塑文化的正面形象，才能将人们引向精神的完满。在这种意义上，他将文化界定为人类对完美知识和人性的欲求，希望通过普遍的文化追求，成就整个社会的人性完满状态。艾略特继承了前人的批判视野，更明确地将文化视为整体的生活方式。他强调，只有一个能够担当文化责任的精英阶层，才可能重新建构人类生活方式的整体。与艾略特不同，利维斯将这种文化诉求，集中在语言文字所承载的精神遗产，并希望通过教育手段传播这种遗产，恢复社会的价值共同体。[2]

上述思考文化的方式虽然角度不同，但都将其批判对象指向工业社会的民主化带来的精神堕落。不过，在德国语境，社会学家曼海姆理解文化的方式有所不同。一方面，他强调文化的民主化是人类不可避免的命运；另一方面，他认为，重要的是勘测贵族文化与民主文化的区别。民主社会并不意味着没有精英，而是重新确立新的精英原则，以此克服文化民主化的危机。[3]

需要强调的是，这些回应工业社会危机的文化思考路径，在观念层面都

[1] 参见［英］约翰·汤普森：《意识形态与现代文化》，高铦等译，译林出版社2005年版，第137—140页。

[2] 对柯勒律治及其后思想家文化观的梳理，可参见［英］威廉斯：《文化与社会：1780—1950》，高晓玲译，吉林出版集团有限公司2011年版，第59—96，121—141，244—279页。

[3] ［德］曼海姆：《文化社会学论集》，艾彦、郑也夫、冯克利译，辽宁教育出版社2003年版，第189—196页。

　　　　　　　　　　　　　　　　第二章　文学美的社会文化意味

指向精英阶层的再造，但在实践层面并没有找到足以承担这一使命的主体。尤其是随着 19 世纪工人运动的兴起，工业社会的阶级矛盾愈发以激烈的革命形式显现出来，固守文化层面的反省显然无法应对资本主义社会的总体性危机。

在这种历史处境中，马克思第一次以政治经济学的批判视野转换了认识这种危机的方式，并提出通过阶级革命的方式推翻资本主义制度的理论构想。1917 年，以阶级革命的构想为指导，列宁领导建立了世界上第一个社会主义国家。在这种新的政治体制中，民主文化的诉求被具体地指向无产阶级，资产阶级成为被专政的对象。不过，列宁并不是毫无原则地绝对否定资产阶级文化。他强调，对于有待建立的无产阶级文化而言，一方面这种文化要完全服务于专政的需要，另一方面它不能凭空臆造，必须吸收和改造资产阶级文化的一切有益成果。[1] 也就是说，文化不再是追求心智完美的普遍追求，而是不同阶级意识形态的精神后果。那么，无产阶级文化能否超克以前的文化观念，成为缔造新的共同体价值的新理念？

事实上，这种文化理想并不容易实现。进入 20 世纪后期以来一系列重大社会历史事件所带来的绝望感，让西方世界对政治革命失去信心，转而重新思考文化革命的意义。大体而言，此后西方关于文化的理解有两种路线：其一，以法国理论为代表，通过结构主义和后结构主义观念，将文化推向否定一切的后现代主义思潮。这种文化观念不再相信乌托邦的理想，拒绝意义，放弃共同体的普遍价值。其中，由福柯的话语理论推动的思想批判，成为这种文化反省的关键部分。其二，以英国文化研究为代表，通过参与成人教育，重新思考革命主体的文化养成。特别值得提及的是雷蒙·威廉斯对文化的重新界定。他以理想的文化和文献的文化来概括此前思想家的思考，并进而提出第三种文化，即作为"一种整体的生活方式"的文化。[2] 威廉斯希望将工人阶级代表的底层生活实践纳入文化理解的范围，从而构造新的共同体价值。

概括起来，文化概念从古典到当代的内涵转变，经历了正反合的演进过程。也就是，从作为心智完善追求的普遍理想，到这种理想在工业社会离析为批判性的观念实体，进而在阶级革命的语境下被指认为资产阶级的意识形态。然而，最终能否追随威廉斯的文化理想，以工人阶级文化的观念构造为基底，重新建立足以担负共同体价值的文化想象，仍是有待进一步探索的思想课题。

[1] [俄]列宁：《列宁全集》，第 39 卷，人民出版社 1985 年版，第 332 页。

[2] 威廉斯对文化概念的三种界定，参见 [英]威廉斯：《漫长的革命》，倪伟译，上海人民出版社 2013 年版，第 50—82 页。

二、文学美内蕴于文化的深处

在传统的文学研究中，并不缺少从文化维度讨论文学美之内涵的取向。讨论《诗经》，总会引述周代礼乐文化；理解《世说新语》，往往论及魏晋名士文化；分析鲁迅的小说，先要追溯五四新文化运动，诸如此类，不一而足。不过，在这样的分析中，文化维度往往被视为理解文学的背景性因素。或者说，相信只要认真把捉文学创作的文化语境，便足以体认文学美的社会文化内涵。深究起来，这种研究包含着简单的反映论式理解：文学创作是对文化语境的特定反映方式。但问题在于，什么是文化？反映论是否足以概括文学美与文化之间的关系？

对这些问题的思考，构成了20世纪西方理论演进的重要部分。就文化的概念而言，如上面的讨论，它的内涵在20世纪经历了极为剧烈的变化过程。这些变化中的每一个关键环节，都对重新理解文化对于文学美之意义提供了新的视野。当讨论沈从文小说《边城》的乡土气息的时候，不能简单地以湘西的乡村文化进行直接对应，而需要辨析这种文化在小说中的实际呈现方式。沈从文眼中的湘西，已经不再是它的历史原貌，而是经过了他作为都市知识分子经验的重新选择和创造。也就是说，在乡土文化之上叠加着都市文化的滤镜。因此，理解这篇小说的关键，并不在于能否将他的美学表达还原到湘西文化的语境之中，而是要辨析其背后乡土与都市两种文化眼光的交替、互动与辩难关系。

不过，仅仅辨析文化概念的内涵，仍不足以深究文学美的社会文化意味，还需要追问建立两者之间关系的机制。从直观上来说，文化是通过语言形式在文学中获得美学呈现。但如第一节和第二节介绍，语言背后的话语和意识形态，对这种美学呈现方式和效果发挥着至关重要的作用。在很大程度上，文学是透过话语和意识形态的表述形式，呈现社会文化的内在肌理。可以说，这两方面乃是文学以美学形式探究社会文化意义的重要机制。

大体而言，话语和意识形态分别呈现了这种机制的微观层面和宏观层面。当然，这并不意味着两者判然有别，互不相关。话语观念在某种程度上影响了学界对于意识形态的理解。之所以这样区分，主要是基于这两个概念之理论视角的差异。

就前者而言，福柯对话语的理解，主要指向的不是可见的国家机器的运转，而是不易察觉的语言规则的实践功能。其中，他特别关心的是微观权力的运作方式。福柯认为，在通常讨论的国家机器的权力之外，更值得关注的是无所不在的微观权力。这种权力渗透在日常生活的一切方面，构成了复杂的人际网络。每一个人都不能置身其外，而不得不陷于各种各样的权力关系之中。譬如他对医学话语的权力分析。从 18 世纪的分类医学向此后的临床医学的转变，本质乃是认知框架及其权力机制的更替。在 18 世纪，医生在诊断病人时往往先问："你怎么不舒服？"不久之后，这种问诊方式便被取新的话语取而代之："你哪里不舒服？"福柯认为，在这种语言表述形式的变化背后，是疾病统治权的转移，同样的病症被置于新的诊断构架之中。[1]

从话语的角度理解文学，意味着以话语分析的方式讨论作品。这包含两个层面：其一，文学作品的语言构造，是对社会文化层面的话语实践的呈现。因此，解读文学的社会文化意涵，也就是讨论它是否充分捕捉并呈现了文学之外的各种话语实践形式，诸如微观的权力运作、潜在的区隔机制、真理与谬误的对照，等等。鲁迅的小说《伤逝》的叙述视角，是以"涓生手记"为主导的第一人称叙事，子君的个人意识完全是透过他的叙述得到呈现。一些学者从话语分析的角度认为，这种形式呈现了第一人称的叙事暴力，是男性权力对女性声音的压制和重塑。

其二，文学同样是一种话语实践。也就是说，文学的语言形式不是对外在话语实践的简单复写，文学不是对社会文化的被动反映，而是有意识的主动创造。这意味着，文学在何种意义上突破外在语言规则的限制，在更高层次重构社会文化的微观秩序，乃是衡量其成就之高下的关键所在。同样以《伤逝》为例。这篇小说引起评论者分歧的一个关键点是：如果说涓生对子君的叙述包含着话语的暴力，那么，鲁迅对于这种叙述权力的呈现究竟是有意识的，还是无意识的？更具体地说，他的写作意识与涓生的叙事口吻是同构关系，还是超越之上，内含着反省和批判的倾向？这个问题成为评价这部小说成就之高下的焦点之一。

由以上两个方面的解读来看，话语分析的眼光无疑可以增进对文学美之社会文化意味的微观理解。与此形成对照的是，意识形态分析在宏观层面对文学美之内涵的拓展与深化。上一节已经指出这种意义的两方面内涵，这里进一步深入解析其方法论意味。

其一，文学是意识形态的呈现形式之一。无论作家是否在主观意愿层面希望自己的作品呈现或者逃避意识形态，任何创作都不可能摆脱它的复杂纠缠。从意识形态的视野理解文学美，首先意味着将作家及其作品还原到相应时代的政治经济学位置，透视其历史内涵。

恩格斯对巴尔扎克的《人间喜剧》的评价，非常充分地呈现了意识形态

[1] 福柯对医学话语的相关讨论，参见［法］福柯：《临床医学的诞生》，刘北城译，译林出版社2011年版。

[1] 恩格斯:《致玛格丽特·哈克奈斯》,《马克思恩格斯文集》,第10卷,人民出版社2009年版,第570—571页。

[2] [俄]巴赫金:《文艺学中的形式方法》,李辉凡、张捷译,《巴赫金全集》,第2卷,河北教育出版社2009年版,第125—127页。

[3] 柳青:《创业史》,中国青年出版社2009年版,第309—310页。

视野在这方面的穿透力。他认为,这部作品"给我们提供了一部法国'社会',特别是巴黎上流社会的无比精彩的现实主义历史","用编年史的方式几乎逐年地把上升的资产阶级在1816年—1848年这一时期对贵族社会日甚一日的冲击描写出来。"对于作者本人,他这样评价:"巴尔扎克在政治上是一个正统派;他的伟大的作品是对上流社会无可阻挡的衰落的一曲无尽的挽歌;他对注定要灭亡的那个阶级寄予了全部的同情。"[1]通过这种方式,既可以看到文学所反映的意识形态的内容,同样也将之视为其中的一部分,并还原到相应的政治经济学位置。

其二,文学通过形式创造突破外在的意识形态教条。文学不是对外在意识形态的简单反映,教条化的意识形态说辞也不构成形式创造的关键。巴赫金认为,文学在反映"异己的非艺术的意识形态构成物"的同时,"也创造新的形式、新的意识形态交流符号"。也即是说,文学作为意识形态的一部分,不能被简单混同于其他意识形态形式(政治的、法律的,等等),它是其中有"自身价值的特殊的现象"。因此,在他看来,真正有创造性的文学,不是对教条化的意识形态原理的反映,而是"只反映正在形成的意识形态"。[2]由此出发,可以说,真正有创造性的文学乃是通过语言形式捕捉那些尚未形成的、生动的、充满活力的意识形态因素,并将之熔铸为新的生活形式和价值感觉。

柳青的小说《创业史》常常被视为1950年代积极配合主流意识形态,反映农业合作化的作品。但这种理解方式,其实是对这部小说的形式创造内涵的过于简化的理解。实际上,在这部小说中,柳青并没有简单地照搬意识形态的教条,而是建立了自己理解农村社会、把握农民身心诉求的独特视野。小说第二十二章写梁生宝带领群众进山割竹时,曾写到他在劳动间歇的牵挂:"农技员什么时候来的呢?欢喜和生禄的关系怎样呢?这是他所面对的另一件大事。至于抗美援朝战争和板门店的停战谈判,国家工业化,他不懂多少,有毛主席惦着这些哩……"[3]如果从配合意识形态的角度而言,柳青应当突出梁生宝如何从抗美援朝和国家工业化的角度理解合作化的重要性,但他笔下的主人公反而摆脱这些意识形态的教条,只牵挂眼前的琐事,不在意其他方面的形势。这意味着,梁生宝理想的人格状态,不是简单地配合意识形态的结果,而是更深地包含着他与互助组成员以心换心的亲密互动。事实上,诸如此类的意识形态突破性,才是这部小说形式创造性之内涵的关键所在。

综合以上分析,可以说,在由文学美通向纵深的社会文化意味的过程中,话语和意识形态是两个不可或缺的认识中介。前者从微观角度,后者以宏观视野分别呈现了文学形式创造的内涵:一方面借助这些中介形式构造自身表现的"内容",另一方面在这些"内容"的基础上创造新的话语实践和意识形态价值。这种"新"的内涵，不是原有的"内容"的简单组合或替换，而是以新的美学语言重新想象社会可能的构成方式和价值面貌。

当然，任何方法论工具都是有限的，话语分析和意识形态分析同样如此。这两个概念在展示理论洞见的同时，也存在认知的限制。话语理论对观念实践之重要性的强调，容易让人们忽视物质实践对社会文化的形塑功能。而意识形态理论对阶级关系的观念分析，也容易窄化社会意识的多重构成方式，尤其是那些不能被政治经济化约的层面。因此，在运用这两种方法论工具探究文学美之社会文化意味时，同时需要意识到它的效用与边界。一方面努力激活它们的理论阐释力，另一方面也要重视那些不能被回收其中的文学要素，尤其是文学作为人文实践的精神伦理内涵，通过对这种内涵的充分开掘，寻求更全面和整体的文学理解，从而实现涵养社会人文之心的深层诉求。

【本章摘要】

本章在上一章对文学语言的修辞分析的基础上，进一步探讨文学美的社会文化意味。在具体的理解进路上包含两个部分，其一是通过对话语概念及话语分析之内涵的介绍，讨论从话语角度认识文学美的重要性；其二是通过对意识形态概念及其与美学之关系的梳理，探究从意识形态视野把握文学美的意义。通过这两方面的解析，可以将话语和意识形态视为认识文学美之社会文化内涵的微观和宏观中介。一方面，文学借助这两种形式构造作品表达的"内容"，另一方面，文学又通过语言形式的创造超越这些"内容"，想象新的社会构成和价值感觉。

【思考与练习】

1. 运用话语分析的方法，讨论中国现代文学某一作家的短篇小说。

2. 意识形态概念的演变包含哪几个阶段？每个阶段的主要内涵是什么？

3. 扼要说明意识形态与美学的关系。

4. 运用意识形态分析的方法，讨论中国当代文学某一作家的作品。

5. 谈谈你对文化概念演变过程的理解。

【深度阅读书目】

1. [俄] 巴赫金 :《文艺学中的形式方法》, 李辉凡、张捷译,《巴赫金全集》(第 2 卷), 河北教育出版社 2009 年版。

2. [法] 福柯 :《话语的秩序》, 肖涛译, 见许宝强、袁伟选编 :《语言与翻译的政治》, 中央编译出版社 2001 年版, 第 1 — 31 页。

3. [英] 伊格尔顿 :《审美意识形态》, 王杰、付德根、麦永雄译, 中央编译出版社 2001 年版。

4. [英] 伊格尔顿 :《文化的观念》, 方杰译, 南京大学出版社 2003 年版。

5. [英] 威廉斯 :《马克思主义与文学》, 王尔勃、周莉译, 河南大学出版社 2008 年版。

文学古典美，在这里是指构成中国传统文学之美学意蕴的多层动态呈现，如具有源头与本质意义的语言文字之美、以古雅为核心的美学范畴及人文核心价值、极富特色的美学形态和鉴赏批评、文学之美的时序脉络与思想图谱，以及以"传世经典"为核心的历代追忆和当代影响等。

尽管美学是一门现代学科，但人类对美的发现、感受和认识，以及对美感的探讨，却在意识发展的早期阶段就已开始，并不断发育为成熟的、具有民族整体特征的审美意识与思维。文学之美是美学的核心维度之一，围绕着"美是什么""为什么美""怎样表现美"等问题，全球人类不同的群体经验给出了不同的回答。对这些经验的讲述和结构，是作为学科的文艺美学必须处理的现代问题。从这个意义上来说，文学古典美本身即蕴含当代性。

就文学古典美而言，古典本身与当代意义并不矛盾。文学古典美就是古典本身的当代流衍，一方面谁也不能起古人于地下而来现代畅谈当时体验，另一方面，当代视域也并非强迫性地将古代经验仅仅看作材料，将之削足适履地纳入现代学科的框架之中。历史化的途径，意味着既要按古典自身脉络呈现其固有的古色古香、摇曳生姿和生机盎然，追慕其背后主体差异于今人之"蕙质兰心"，又要立足于当代而赋予古典美以现代视角与位置自觉，使其通过兴味流衍和文化衍意而契合于文化通变之道。因此，对于文学古典美的现代赏鉴，其实是沟通古今、入乎古今又出乎古今的往复循环之辩证，这也是由现代学科的视野和构造所决定的。本章试以王国维看重并标举的"古雅"之美及其美育为中介，重申文学的人文内涵，呈现古典文学的形态与范畴、传统士人的精神意趣，挖掘传世经典的秘密和魅力。

第一节 "古雅"之美

[1] 曾国藩:《咸丰十一年九月初四日与纪泽书》,《全本曾国藩家书 上》,钟叔河整理,中央编译出版社2015年版,第136页。

中国文化和文学进程至今已历经千年，形成了多元一体的面貌和格局。而从总体发展线索来看，崇雅是主流和主干。第一部辞典名为《尔雅》，"尔"即"迩"，是近的意思，"雅"则是"正"。曾国藩在给儿子曾纪泽讲论这部经典时曾言："若从本原论之，当以《尔雅》为分类之最古者。天之星辰，地之山川鸟兽草木，皆古圣贤人辨其品汇，命之以名，《书》所称大禹主名山川，《礼》所称黄帝正名百物是也。"[1] 可见从上古人类初步运用分类原则认识世界并通过命名把握这个世界开始，华夏民族便树立了何为标准和规范的通行规则：越是接近雅正的，才越是更美的和更好的。《论语·述而》说："子所雅言，《诗》《书》、执礼，皆雅言也。"[1]儒家雅言观，正是崇雅意识的进一步发展。以此语言意识为核心，雅同时扩展为美学范畴和价值判断，构建出极富特色的文学主脉与内涵深厚的人文形态。由此，"雅"不仅是典雅精俪的文章、温柔敦厚的诗教，还是君子安雅的德行、雅量高致的风范，不但指称恢宏雅正的经典、尽善尽美的礼乐，更成为人文传统的内核和中华文明的象征。这是从"雅"本身的内涵发展来说的。

[1] 杨伯峻译注：《论语译注》，中华书局1980年版，第71页。

尚雅的审美意识还定义出一种以雅为尺度来构造雅-奇、雅-俗、清雅-任诞、雅正-狂狷等对子及其他"变风变雅"美学范畴的文化惯习。雅的突破与叛逆，也是雅的丰富与充实，体现了我国文化传统中以儒为核心而辅之以楚骚、道、释、墨等多元色彩的总体性美学图谱。这是与西方的美学体系极为不同的。今天在现代美学的视野中比较二者，就需要一些既容涵中国古典美学、又与西方美学构成对话关系的具有相当代表性与汇通性的概念。而王国维提出的"古雅"之美，正是其中关键的一个。

一、古雅与传统文学

"古雅"，是王国维于1907年明确提出的美学范畴：

> "美术者，天才之制作也。"此自汗德以来百余年间学者之定论也。然天下之物，有决非真正之美术品而又决非利用品者；又其制作之人，决非必为天才，而吾人之视之也，若与天才所制作之美术无异者，无以名之，名之曰古雅。[2]

[2] 王国维：《古雅之在美学上之位置》，《王国维全集 第14卷》，谢维扬、房鑫亮主编，浙江教育出版社2009年版，第106—111页。以下同篇引文不再一一注出。

考虑到清末民初正是西学东来、中西古今文化交汇的时期，王国维又同时受到中西学术的深度影响，他在接受大家汗德（即康德）以"天才之制作"来定义美术（品）之时，特意提出"古雅"这一范畴就是极富意味的。王国维认为："美学上之区别美也，大率分为二种：曰优美，曰宏壮。"二者也都来源于康德，并与其所强调的"审美判断的先天性""审美共通感的普遍有效性"等原则紧密相连。然而，王国维虽深受西方美学观念的影响，却并未全盘接受之，而是力图在这一已成型的现代美学体系中为其无法涵盖（"无以名之"）却极为丰富独特的汉民族传统审美经验争得一个位置，这正是他写作此文的用意所在。

王国维肯定古雅在美学上的独立价值，认为"茅茨土阶与夫自然中寻常琐屑之景物，以吾人之肉眼观之，举无足与于优美若宏壮之数，然一经艺术家（绘画，若诗歌。）之手，而遂觉有不可言之趣味"，并将中国古典美学的品评术语"神""韵""气""味"等都归入古雅这一范畴之中。虽然"优美""宏壮"（今译作"崇高"）的艺术由于创自自然的伟力或是人类中的天才而成为至高无上的第一形式，但"古雅之原质，为优美及宏壮中不可缺之原质，且得离优美宏壮而有独立之价值，则固一不可诬之事实也"。

"古雅"的核心是"雅"。作为一个抽象出来用作理论探讨的美学范畴，其概括和接通了中国文化传统中纷繁多元的雅文学现象：以《诗经》中《风》《雅》《颂》为源头的诗歌传统、以刘勰《文心雕龙》"模经为式者，自入典雅之懿"为代表的雅文传统、宋代以来不断推高的词曲雅化运动，甚至清代崇尚雅洁的古文传统等。而由"古雅"之"古"所源发的"高古""古朴""古淡""古逸"等相关或相近范畴，不仅兼有高远、质朴、浑厚、旷逸等意趣与风格，本身即融涵于"雅"之细质，而且"古"所具有的时间性还表明中国传统文化在价值上存在崇古倾向。不论是作为政治理想的"三代之盛"、先圣孔子的"信而好古"，还是《文心雕龙》中原道、征圣、宗经的结构要旨等，无不体现出这一点。

同时，雅言传统又居于人文传统的核心地位。《易·贲》彖辞即言："刚柔交错，天文也。文明以止，人文也。观乎天文，以察时变，观乎人文，以化成天下。"[1]中国文化传统中的"人文"概念与内涵，一方面强调对"天文""天道"的模拟与顺承，另一方面又标志着人类社会诗、书、礼、乐等各种规范的开辟与创生，而汉民族对"文"的高度推崇，正在于"文"承担着"化成天下"的价值赋予与精神维系功能，并负载着国人"传之后世"的立言祈望。古雅之文脉历经涵濡，不仅以语言文字这一符号体系呈现民族文化的人文性，而且其本身即是六艺（诗、书、礼、乐、易、春秋）、五常（仁、义、礼、智、信）、德行、志道等核心价值观的组成部分与构造方式。

因此可以说，雅文传统正处于人文之心的重要位置。这种古雅观念反映到文学艺术创作与鉴赏中，在方法上便落实为复古、拟古、摹古等审美意趣，而这也是传统人文教化的重要意涵。经由模仿、学习、积累而习得某种技艺，并以技通于道，实际上强调的不是"天授之才"的灵感与迷狂，而是更多地考虑到普通人在文与艺中逐渐获致的陶冶和修养。中国传统人文艺术这种始

[1] 高亨：《周易大传今注》，清华大学出版社2010年版，第169页。

终保有人间性的特征,与西方文艺诸领域以宗教为根基而与人间世决然二分的文化根基非常不同。

特意拈出"古雅"概念,正体现出王国维对文学与美学所应具有的教化和涵育功能的着重强调,以及对西方天才论之下艺术创作过程过分神秘化的不满。他说:"艺术中古雅之部分不必尽俟天才,而亦得以人力致之","至论其实践之方面,则以古雅之能力能由修养得之,故可为美育普及之津梁,虽中智以下之人,不能创造优美及宏壮之物者,亦得由修养而有古雅之创造力。又虽不能喻优美及宏壮之价值者,亦得于优美宏壮中之古雅之原质,或于古雅之制作物中,得其直接之慰藉。故古雅之价值,自美学上观之,诚不能及优美及宏壮,然自其教育众庶之效言之,则虽谓其范围较大、成效较著可也。"这充分肯定了"古雅"作为美育普及的中介所具有的培养普通民众的一般性艺术创作力,使他们从艺术中获得美感的"直接之慰藉",然后修礼成行,最终移风易俗的人文化育功能。

王国维强调,达成这种美育功能的关键在于"修养"。他认为:"天才者,或数十年而一出,或数百年而一出,而又须济之以学问,帅之以德性,始能产真正之大文学。"[1] 构成修养的是学问和德性,这明显接续了古典人文传统的内在品格,如刘勰就有所谓"才有庸俊,气有刚柔,学有浅深,习有雅郑"的说法。中国传统创作论中,才、气是个体先天的禀赋,然多为隐在的潜能,其激发要靠后天的学习、熏陶和磨炼。这里王国维取自传统,表面上似乎与他强调"可爱玩而不可利用者"的审美无功利性相矛盾,实际上却更显示出"古雅"范畴提出的根本性意义:正是经由"古雅"这个既承续中国文学审美意趣与人文品格、又与西方美学具有明显对话意识的概念,汉民族共同体的审美经验与精神蕴蓄才得以愈加集中和凝练并具备可沟通性,同时将西方与具体生活相隔绝的高蹈之美重新拉回到现实地面,产生对他者文化的鉴戒、弥补乃至涵濡作用。从这个概念的理论创新及其对西学问题的有力响应这一重要意义上来说,"古雅"说正在此特殊的时空位置中成为涵容并标举传统文学经验而极具认识高度的代表性概念,其当然也可以成为汉民族悠久文化的象征与瑰宝。

[1] 王国维:《文学小言》,《王国维全集 第14卷》,谢维扬、房鑫亮主编,浙江教育出版社2009年版,第94页。

二、文学古典美的形态

文学之美既要总体概览,更需细绎体味。从中国文化的整体特征深入到传统文学的内部,古典文学的美学形态这个重要的问题便浮现出来,其不仅涉及文体规制、艺术个性及其相互关系，还决定着文学的审美风格、艺术表现、鉴赏批评等，是讨论古典文学美非常重要的面相。这里主要依循历史脉络，选取其中比较重要的理论说法与形态描述略做介绍。

中国传统文学当中的形态论，突出地表现在文体和风格两个方面。文体论是中国传统文论话语的重要内容之一，其强调某一类文章最初来源于现实中表意和沟通需要的及物性，而在渐成"体制"的过程中逐渐凝定为某种相对客观的语言表达形式；风格则分为由文体规定的较客观的文章体式和由作家特殊个性所决定的较主观的文章风格这两个层面。关于文学古典美的形态表述往往兼而及之。三国时期的曹丕在《典论·论文》中就以"奏议宜雅，书论宜理，铭诔尚实，诗赋欲丽"的论述开启了兼论文章体式与文章风格的模式。文体格式"奏议""书论""铭诔""诗赋"分别对应倾向性风格"雅""理""实""丽"，虽然尚不精细，但大体的美学形态与面貌已显现。同时，曹丕通过"文以气为主，气之清浊有体"的"文气论"，来说明作家个性气质在文体风格基础上的进一步多元化。西晋陆机在《文赋》中进一步申论十种文体及风格："诗缘情而绮靡，赋体物而浏亮，碑披文以相质，诔缠绵而凄怆，铭博约而温润，箴顿挫而清壮，颂优游以彬蔚，论精微而朗畅，奏平彻以闲雅，说炜晔而谲诳。"到《文心雕龙》，刘勰一方面以《定势》篇继续承续文体传统，同时在《体性》篇中将文学风格归纳为"八体"：

> 若总其归涂，则数穷八体：一曰典雅，二曰远奥，三曰精约，四曰显附，五曰繁缛，六曰壮丽，七曰新奇，八曰轻靡。……故雅与奇反，奥与显殊，繁与约舛，壮与轻乖，文辞根叶，苑囿其中矣。[1]

这已经是相当成熟完善的古典美学风格与形态。刘勰同时将八种艺术风格归为四类，认为"才有庸俊，气有刚柔，学有浅深，习有雅郑……故辞理庸俊，莫能翻其才；风趣刚柔，宁或改其气；事义浅深，未闻乖其学；体式雅郑，鲜有反其习。"郭绍虞曾对此有深入剖析：

> 雅与奇指体式言，体式所以会形成这两种不同的风格，就视其所习，所以说："体式雅郑鲜有反其习。"奥与显指事义言，事义所以会形成这两种不同的风格，又视其所学，所以说："事义浅深未闻乖其学。"繁与约指辞理言，构成之因视其才，所以说："辞理庸俊莫能翻其才。"壮与轻由风趣言，构成之因视其气，所以说："风趣刚柔宁或改其气。"在这里，雅奇、奥显、繁约、

[1]（南朝梁）刘勰：《体性》，《〈文心雕龙〉译注》，周振甫译注，江苏教育出版社2006年版，第400—411页。

　　　　　　　　　　　　　　　　　第三章　文学古典美

壮轻是两种相等的不同的风格，雅郑、浅深、庸俊、刚柔，又是两种相对的表示优劣的评语，两相配合，固然不能尽当，但是雅奇和习，奥显和学，繁约和才，壮轻和气，却是很有关系的，所以我们还可以这样比附。在此四类之中再可以综为二纲，这即是他所说的"情性所铄，陶染所凝"。情性出于先天，所以才和气可以合为一组，所谓"才有天资"。陶染出于后天，所以学和习又可合为一组，所谓"学慎始习"。[1]

刘勰对文章风格与作家主观情志之间关系的周全考虑，体现了传统文学中人物品藻与文章品评的一体性，也即所谓的"人如其文""文如其人"。实际上，人物品鉴作为中国古典文学审美方式的源头之一，其巨大影响正在于使"品"成为极富中国特色的鉴赏方式，由此发展出的一系列古典美学形态也成为主导传统文学的主要批评术语。楚辞的瑰奇浪漫、哀婉隐约，《古诗十九首》的自然质朴、直情劲性，王维禅诗的空寂澄明，杜甫诗史的沉郁顿挫等，经由后世的品评，如今都已成为人所共感的常识性美学判断。

所谓"品鉴"的方法，尚有两个特点。特点之一即如上所述：往往用精炼性的词或词组对人物（文章）做有特点的概括，这种概括多是非概念的；特点之二则为：不是用界定内涵与外延的方式，而是用一些直觉式感受将此种非概念的概括更为传神地"描摹"出来。[2] 运用此品鉴方式的典型代表是晚唐司空图的《二十四诗品》。

《二十四诗品》是专论诗歌风格的理论著作。司空图细分列举了二十四种美学风格，即雄浑、冲淡、纤秾、沉著、高古、典雅、洗炼、劲健、绮丽、自然、含蓄、豪放、精神、缜密、疏野、清奇、委曲、实境、悲慨、形容、超诣、飘逸、旷达、流动，《四库全书总目提要》称其"各以韵语十二句体貌之，所列诸体毕备，不主一格"[3]。"体貌"二字，准确地把捉住以《二十四诗品》为代表的中国文学审美特色，即不追求实体化、对象化的美学研究，而更追求澄怀味象、澄怀观道的直观式审美和象征性思考。试看"雄浑"：

大用外腓　真体内充
返虚入浑　积健为雄
具备万物　横绝太空
荒荒油云　寥寥长风
超以象外　得其环中
持之匪强　来之无穷[4]

[1] 郭绍虞：《中国文学批评史》，上海古籍出版社1979年版，第75—76页。

[2] 详参张法：《中国美学史》，四川人民出版社2006年版，第86—88页。

[3] 陈尚君、张金耀：《四库提要精读》，复旦大学出版社2008年版，第395—396页。

[4]（唐）司空图：《二十四诗品》，罗仲鼎、蔡乃中注，浙江古籍出版社2013年版，第1页。

以物取象，以象寓论。首先提出"雄浑"所由发生的主体状态，然后蜻蜓点水般移步换景，以类似性感受深度描摹"雄浑"之美，并由此延伸出"超以象外，得其环中"的美学论断，隐然上通《易》之乾元。这种审美方法貌似不可名状，实际上却可以直达对美的内在把握。与西方主体"审视""研究"对象的审美方式不同，中国古典美学更强调主客体的统一，主体"格"物仅是最浅的一层，更重要的是"赏玩""品味"审美对象的"风、神、气、韵"，妙悟幽微的象外之象、景外之景、韵外之致、味外之旨。司空图在《与王驾评诗书》中有云："河汾蟠郁之气，宜继有人。今王生者，寓居其间，沉渍益久，五言所得，长于思与境偕，乃诗家之所尚者。"[1] 这种"思与境偕"正在于不设二元对立，在主体的生命内蕴、精神风貌、妙思玄想与审美对象乃至宇宙天地融合为一的整体性中，寻索自然自在、气韵生动的美学氛围及意义感通。

当然，相较于刘勰，司空图较少涉及文学风格美的分类和成因，因此，清代袁枚曾叹："余爱司空表圣《诗品》，而惜其只标妙境，未写苦心"[2]，因而以自撰《续诗品》三十二则补充之，尤注重总结相关创作经验。但这也说明了《二十四诗品》对后世的巨大影响。其他如顾翰的《补诗品》、魏谦升的《二十四赋品》等，都发展了司空图的美学风格论。

对文章形态美学影响颇大的还有清代桐城文派。与司空图之后文学风格的分类渐趋繁复不同，桐城派只拈出"阴阳刚柔"之说，到姚鼐时形成成熟的理论表述：

> 鼐闻天地之道，阴阳刚柔而已。文者，天地之精英，而阴阳刚柔之发也。惟圣人之言，统二气之会而弗偏。……其得于阳与刚之美者，则其文如霆，如电，如长风之出谷，如崇山峻崖，如决大川，如奔骐骥；其光也，如杲日，如火，如金镠铁；其于人也，如冯高视远，如君而朝万众，如鼓万勇士而战之。其得于阴与柔之至美者，则其文如升初日，如清风，如云，如霞，如烟，如幽林曲涧，如沦，如漾，如珠玉之辉，如鸿鹄之鸣而入廖廓；其于人也，漻乎其如叹，邈乎其如有思，暖乎其如喜，愀乎其如悲。观其文，讽其音，则为文者之性情形状，举以殊焉。[3]

桐城派为文继承唐宋八大家，姚鼐以"文气"上通天地之道，下贯人之秉性。虽风格必予区分，但姚鼐却并不赞成将二者绝对化，而主张刚而含柔、柔而含刚，阴阳刚柔并行而不偏废。曾国藩随后提出"古文四象"与"古文八字

[1] 祖保泉：《司空图诗品解说》，黄山书社2013年版，第158页。

[2]（唐）司空图、（清）袁枚：《诗品集解·续诗品注》，郭绍虞集解、辑注，人民文学出版社1963年版，第145页。

[3]（清）姚鼐：《复鲁絜非书》，《桐城派文论选》，贾文昭编著，中华书局2008年版，第114页。

诀",以"雄、直、怪、丽,茹、远、洁、适"言八种文境,对姚鼐的理论做了进一步发展。

上述诸多文学古典美的形态理论也正是影响现代文章风格与鉴赏的主要资源,现代修辞学家陈望道在《修辞学发凡》中就如此讨论现代文体"表现上的分类":由内容和形式的比例,分为简约和繁丰;由气象的刚强和柔和,分为刚健和柔婉;由话里辞藻的多少,分为平淡和绚烂;由检点工夫的多少,分为谨严和疏放。[1]其中传统文学形态论的基质清晰可见。由此也可看出古典文学的美学形态与批评智见的生命力,这也给讨论文学古典美的当代意义提供了别样的视角和启发。

第二节 古典文学美概观

如果将古典文学的美学形态看作民族文化的外在面貌,那么这些纷繁多样的种种美学面貌缘何产生?如何发展?探究其内在因由,就需要涉及各个时代不同的社会经济、时代精神、士人群体,以及文学体制本身的演进等不同层次的问题。从历史和逻辑两方面把握古典文学美的多层互动关系,是本节的主要任务。

一、文学古典美的分期与代表

中国传统史书多采用编年史、纪传史或纪事本末史的罗列式呈现,在这样的传统中,中国古典文学也更注重文体论列、文选辑录等,在时间上往往仅依托朝代更替的自然分段。但当代历史意识表明,需要在逻辑上把握传统文学发展的内在规律,并依此逻辑将古典文学进行恰当分期,在"时序"与"文体"的双线结构中感受既有综观性脉络又有精微式辨章的文学古典美。以下侧重从文学古典美的分期和代表两个方面来说明。[2]

（一）分期

这里大体借鉴一种分期方法,该方法将古代文学分为上古、中古、近古三个时期,具体时间段为:

[1] 详参陈望道:《修辞学发凡》,上海教育出版社 1997 年版,第 256 — 257 页。

[2] 本节相关讨论大体借鉴以袁行霈先生为代表的共识性概括,但在内部强调"文体演变"和"士人核心"两个逻辑动力,以突出文学古典美之图谱序列与特质生成,对先贤的论述进行辨析与重构。见袁行霈:《中国文学概论(增订本)》,北京大学出版社 2010 年版,第 31 — 34、51 — 74 页。

上古期：先秦两汉（公元 3 世纪以前）

中古期：魏晋至明中叶（公元 3 世纪至 16 世纪）

近古期：明中叶至"五四"运动（公元 16 世纪至 20 世纪初期）

这种分期方法首先关注的是文学体裁的发展变化，以及作为背景的社会发展状况，在强调"文—诗—词—曲"这一文体内在演变逻辑的同时，综合考虑特定时代的文化与精神氛围对文学体制的赋形作用和对文学美感的孵化作用，并呈现诸种文体兴衰升降过程中的相互影响。分别来看：

上古期是诸种文学体裁的孕育和萌芽期。作为"文"脉源头的《尚书》《山海经》《论语》《左传》《庄子》等各体文类在先秦皆已出现，其同时开启了正史／神话／记言／记事、雅正／通俗等文体功用、艺术风格等多重面相；作为大一统汉帝国的产物，恢宏的汉大赋和"究天人之际，通古今之变"的《史记》也极为引人注目。《诗经》《楚辞》与汉乐府为"言志抒情"的诗歌脉络定下了总基调，包括四言／五言／杂言的形式探索，不同阶层与地域的群体／个体诗人涌现，以及现实／浪漫等不同的精神向度蕴含。文与诗，作为中国文学的本源和原动力，在混而未析的博杂中预示着文学面貌即将开启的丰富与灿烂，古典文学独特而多元的美感也在孕育生成中。

中古期是各类文体确立并繁荣的时期。从魏晋的文学自觉开始，文学进入一个以士人阶层为主体，并延伸至社会其他阶层和群体的创作—传播—接受链条。从文学体裁来看，文、诗、词、小说、戏曲先后成熟，并在各自不同的高潮期谱写出最绚烂璀璨的篇章，佳作林立，作家辈出，艺术风格丰富多彩，古典文学的美学面貌光彩夺目。

从文的脉络与发展来看，作为政令传达、信息承载的基本方式，诏令、奏议、序跋、传状、碑志、箴铭等各种应用文类已须臾不可或缺；魏晋骈文成熟，汉大赋的骈化发展出抒情小赋；唐代古文运动经明代的反动与清代的顺承，影响远至五四运动及当代；唐传奇的发轫成为中国小说的绚丽开篇。从诗的创作与变化来看，从魏晋到唐代中叶，五七言近古体诗从兴起到逐渐成熟，风骨与情韵、兴寄与兴象、声律与辞章，诗的饱满邃密与泱泱大国气度达成共振；中唐乃至宋代以后的诗歌，在"盛唐气象"之后积极寻求转型，引古文入诗，以学问为诗，发展出文人诗、儒者诗等。初唐即已兴起于民间的"诗余"——词，其形式体制在中唐基本建立，又经晚唐、五代进一步文人雅化，到宋代迎来艺术创作与鉴赏的高潮。元曲在宋词之后继起，顺应市民社会的逐渐兴盛，与同时期的话本小说等一起，推动文学趋向俗化。

近古期是传统文学体裁精致化、通俗化并逐步求新求变的时期。科举体制化催生了应试文体八股文，并使之不断精致化，这是宋代至明清在文化阶层中根基最深、覆盖面最广的主导性文体；城市经济文化与城镇市民阶层互促而成熟，又使小说、戏曲等通俗文学蔚然勃兴。文的精致化与通俗化并行不悖。诗、词等传统文体则陈陈相因，但也因广泛借鉴前代各阶段成果而产生极有价值的诗论、诗话、词话等。清代末期之后，西方文化随炮声强入，千年未有之变局使传统文学体制崩解，求新求变势所必然。

（二）代表

中国文学常常被概称为"诗词歌赋"，这种"以偏概全"，体现出特定代表性文体对传统文化精髓的凝结与反映。因此，在上述时序性脉络梳理之后，这里尝试列举部分代表特定时代文学形式和美学精神的作家及作品，以管窥豹地将古典文学的体制与美感具象化。

如果从最早的文学形态说起，那么盘古开天地的创世神话，几乎也象征了中国文学的劈空而起：

> 天地混沌如鸡子，盘古生其中，一万八千岁。天地开辟，阳清为天，阴浊为地，盘古在其中，一日九变，神于天，圣于地。天日高一丈，地日厚一丈，盘古日长一丈，如此万八千岁，天数极高，地数极深，盘古极长。[1]

[1] 鲁迅：《神话与传说》，《中国小说史略》，人民文学出版社2007年版，第17页。

神话是中国文学的起源之一，其反映的是远古先民对世界最初的想象性认识，同时又蕴含着以人为本、勇敢开拓等根本性价值观，诗意而瑰丽，极富美感。

作为先秦时代最重要的经典，《诗经》与《楚辞》分别开启了中国诗歌的两种美学类型趋向——现实主义和浪漫主义。无论是"七月流火，九月授衣"（《豳风·七月》）的农事习俗，"哀我征夫，朝夕不暇"（《小雅·何草不黄》）的徭役辛劳，还是"之子于归，远送于野"（《邶风·燕燕》）的离情别绪，"溯洄从之，道阻且长"（《秦风·蒹葭》）的徘徊情思，《诗经》都展示了坚实的人间性。这与"吾令羲和弭节兮，望崦嵫而勿迫。路漫漫其修远兮，吾将上下而求索"（《离骚》）的天地人神之共在，"若有人兮山之阿，被薜荔兮带女萝。既含睇兮又宜笑，子慕予兮善窈窕"（《九歌·山鬼》）的人鬼幽冥之情缘决然不同，但又各富神采与魅力。

汉代大一统帝国建立后政教大治、经济繁荣，汉大赋极尽铺陈渲染之能事来表现之，如司马相如摹写天子上林苑的名作《上林赋》：

[1]（汉）司马相如：《上林赋》，《汉赋精萃》，贺新辉编选、徐育民等注析，山西古籍出版社1996年版，第49页。

[2] 宗白华：《论〈世说新语〉和晋人的美》，《宗白华全集 第2卷》，林同华主编，安徽教育出版社2008年版，第267页。

[3]（南朝宋）刘义庆：《世说新语》,（南朝宋）刘孝标注，徐传武校点，上海古籍出版社2013年版，第274页。

[4] 陈伯君校注：《阮籍集校注》，中华书局1987年版，第210页。

且夫齐、楚之事，又乌足道乎！君未睹夫巨丽也？独不闻天子之上林乎？左苍梧，右西极，丹水更其南，紫渊径其北。终始灞、浐，出入泾、渭；酆、镐、潦、潏，纡余委蛇，经营乎其内；荡荡乎八川分流，相背而异态。东西南北，驰骛往来……[1]

如此意象繁复、铺张扬厉而又气势昂扬，其恢宏巨丽之美显示了大一统王朝的盛世气象和润色鸿业的文学与审美功能。

文学与艺术在魏晋时期走向自觉，宗白华曾言，这一时期是"中国政治上最混乱、社会上最苦痛的时代，然而却是精神史上极自由、极解放，最富于智慧、最浓于热情的一个时代。因此，也就是最富有艺术精神的一个时代"。[2]魏晋士人谈玄论道、食药喝酒，青白目人、随性任事：

山公将去选曹，欲举嵇康，康与书告绝。

（《世说新语·栖逸第十八》）[3]

夜中不能寐，起坐弹鸣琴。
薄帷鉴明月，清风吹我襟。
孤鸿号外野，翔鸟鸣北林。
徘徊将何见，忧思独伤心。

（阮籍《咏怀（五言八十二首）》其一）[4]

狂狷任诞的外在行为与对名教近乎迂执的内在护持构成巨大张力和并不超脱的"魏晋风度"。所谓"师心""使气"，不过是将时代现实与自我人格间不可调和的矛盾压抑伪装成遗世独立的思想境界而已，然由此也为文学古典美贡献了任情自然、沉郁潇洒的另一种生命情调。

"唐诗""宋词""元曲"等以文学体裁代称特定时期文学成就的习惯，提示出文体与时代相互联系的两个方面，其一是某种文体的美学蕴含、样态格式与作家作品在某一特定时代达到了前所未有的高度与典型，其二是这段时期的整体文学成就集中地体现在这一特定文体当中，其他文体的成就很难望其项背。这些无限丰富的美学高峰若以有限的实例来呈现，不仅会窄化偏颇，而且会使读者"食之无味"。这里反其道而行之，尝试以较少被注意的同时期其他文类创作来观照文学发展中的正反显隐关系，或能从另一视域为读者提供更全面的理解。比如：

当九秋之凄清，见一鹗之直上。以雄材为己任，横杀气而独往。稍稍劲翮，肃肃逸响。杳不可追，俊无留赏。彼何乡之性命，碎今日之指掌。伊鸷鸟之累百，敢同年而争长。此雕之大略也。[1]

这是杜甫于天宝十三年献给唐玄宗《雕赋》中的首段，杜甫此赋虽为仕进，然以雕自喻，不卑不亢，极写雕之正直不屈、勇猛无畏，可以见出诗圣的另一种沉郁顿挫和慷慨悲壮。从中也可略窥诗歌之外唐代文学的"另类"美感。

又如，人多言宋代苏轼是词坛圣手，其实他的骈文也令人叫绝，试看《谢量移汝州表》中的一段：

只影自怜，命寄江湖之上；惊魂未定，梦游缧绁之中。憔悴非人，章狂失志。妻孥之所窃笑，亲友至于绝交。疾病连年，人皆相传为已死；饥寒并日，臣亦自厌其余生。[2]

苏轼被贬五年后由黄州迁徙汝州，这是其接诏后向宋神宗所上谢表的节录。词句谨严精妙间，行文行云流水，然抒怀尤沉痛。若与其遭贬谪时创作的众多脍炙人口的词作对勘，当可知豪放词的创出并非仅靠更新传统词风的艺术直觉，更是生活反复磨砺后的超越性产物。因此，其豪放了悟便与辛弃疾等南宋词人心系国家的雄放悲慨呈现出不同的美学底色。

小说、戏曲在明清步入丰收期，体现了市民阶层这一新兴历史主体的审美需求和趣味主导，也是当时城市经济繁荣、印刷技术发展、文学商业化等诸多因素合力的结果。《红楼梦》《西游记》等章回体小说、《牡丹亭》《长生殿》《桃花扇》等传奇都是此期的代表作品。限于篇幅，兹不详证。

二、古典文学与士人阶层

如果不以文学体裁为线索，而是着眼于文学的题材内容，古典文学还可划分为朝廷文学、士人文学和市井文学。其中，士人阶层处理与朝廷君王、市井民间和士人自我之间的关系是形成此种划分的依据，其背后则渗透着儒道佛俗等不同的思想脉络。因此可以说，中国古典文学的核心是士人。以下分别说明：

[1]（唐）杜甫：《雕赋》，《杜甫集》，张忠纲、孙微编选，凤凰出版社2006年版，第361页。

[2]（宋）苏轼：《谢量移汝州表》，《苏轼全集校注》（第13册文集四），张志烈等主编，河北人民出版社2010年版，第2590页。

（一）朝廷文学

士人中居庙堂之高者，或歌功颂德，以文学作为统治阶级政治思想和审美意趣的表达；或事君尽悴，满怀治国平天下的抱负，推行礼义仁爱的儒家政治。

前者发展出宫廷文学，且其多与注重文教、嗜爱文学的统治者有关，如西汉武帝、宣帝时期，辞赋侍从之臣云集，歌咏宏伟之大赋佳作时获帝王赞赏；唐代前期，太宗、高宗、武后与虞世南、上官仪等宫廷诗人宴乐赋诗，君臣唱和，蔚然成风，诗体以"上官"为名；明代永乐前后，"台阁体"盛行。此类宫廷文学多颂圣、咏物，风格或靡艳或雍容，但总体美学价值不高。

后者包括正统的经生和以家国秩序为业的儒士，或多二者相兼。他们一面通过训诂经义、考辨义理，恢复上古名物制度及礼乐大道，一面致力于现实政治，期冀"致君尧舜上，再使风俗淳"。这时，其文学表达便围绕国家兴亡、民生疾苦，先天下之忧而忧，后天下之乐而乐。这正是作为主流的古典文学温柔敦厚的雅正之美：

> 卖炭翁，伐薪烧炭南山中。
> 满面尘灰烟火色，两鬓苍苍十指黑。
> 卖炭得钱何所营？身上衣裳口中食。
> 可怜身上衣正单，心忧炭贱愿天寒。
>
> （白居易《卖炭翁》节录）[1]

> 僵卧孤村不自哀，尚思为国戍轮台。
> 夜阑卧听风吹雨，铁马冰河入梦来。
>
> （陆游《十一月四日风雨大作》其二）[2]

一些士人投笔从戎、驰骋沙场，在边塞军旅中实现自己建功报国的理想，同时也开拓了文学创作的题材范围和美学境界。壮怀激烈而情辞慷慨，风光奇异而意境雄浑：

> 醉里挑灯看剑，梦回吹角连营。八百里分麾下炙，五十弦翻塞外声。沙场秋点兵。
>
> （辛弃疾《破阵子·为陈同甫赋壮词以寄之》节录）[3]

> 塞下秋来风景异，衡阳雁去无留意。四面边声连角起。千嶂里，长烟落

[1] 谢思炜选注：《白居易诗选》，中华书局2005年版，第49页。

[2] 蒋凡、白振奎编选：《陆游集》，凤凰出版社2014年版，第95页。

[3] 邓广铭笺注：《稼轩词编年笺注上》，上海古籍出版社2016年版，第352页。

日孤城闭。

（范仲淹《渔家傲·秋思》节录）[1]

（二）士人文学

天下有道则见，无道则隐。这是儒家的正变观，也是儒家与道释的相向而行。邦无道时，士人多会从朝廷退向山野，或享园林之趣，或品茗饮酒、抚琴作画，或与友人感遇抒怀、寄赠酬答：

> 兰叶春葳蕤，桂华秋皎洁。
> 欣欣此生意，自尔为佳节。
> 谁知林栖者，闻风坐相悦。
> 草木有本心，何求美人折！

（张九龄《感遇十二首》其一）[2]

> 夹岸高山，皆生寒树，负势竞上，互相轩邈，争高直指，千百成峰。泉水激石，泠泠作响；好鸟相鸣，嘤嘤成韵。蝉则千转不穷，猿则百叫无绝。鸢飞戾天者，望峰息心；经纶世务者，窥谷忘反。

（吴均《与朱元思书》节录）[3]

此时，儒家的进取之志暂时让位于"舞雩咏归"的审美栖息，士人更重视自我精神之自由充沛，甚至谈禅论道，追求超然物外的道家"逍遥游"和"我心即佛"的禅悟之境：

> 结庐在人境，而无车马喧。
> 问君何能尔？心远地自偏。
> 采菊东篱下，悠然见南山。
> 山气日夕佳，飞鸟相与还。
> 此中有真意，欲辨已忘言。

（陶潜《饮酒》其五）[4]

> 空山不见人，但闻人语响。
> 返景入深林，复照青苔上。

（王维《鹿柴》）[5]

[1]（清）范能濬编集：《范仲淹全集 上》，薛正兴校点，凤凰出版社 2004 年版，第 669 页。

[2] 聂巧平注译：《唐诗三百首》，崇文书局 2015 年版，第 32 页。

[3] 邱玉婷、郭晓康、倪淑慧编注：《汉魏六朝文选》，浙江古籍出版社 2013 年版，第 161 页。

[4] 逯钦立校注：《陶渊明集》，中华书局 1979 年版，第 89 页。

[5] 李俊标疏解：《王维诗选》，中州古籍出版社 2012 年版，第 217 页。

这一方面可以稍稍消解"处江湖之远而忧其君"的德性紧张，更重要的是，一旦转换事功经济的执着目光，士人群体便几乎敞开了囊括世间万象与人间万情的整个世界。自然景色、山水之乐、人格风度、生命之叹、死生契阔、异路别情……经士人心灵与性情熔炼出的各体文学充盈着色彩斑斓的美学光谱，外化为古典文学多姿多彩的美学形态与风格：

行行重行行，与君生别离。

相去万余里，各在天一涯。

道路阻且长，会面安可知？

胡马依北风，越鸟巢南枝。

（《古诗十九首·行行重行行》节录）[1]

泻水置平地，各自东西南北流。

人生亦有命，安能行叹复坐愁！

酌酒以自宽，举杯断绝歌路难。

心非木石岂无感，吞声踯躅不敢言！

（鲍照《拟行路难》其四）[2]

[1] 隋树森：《古诗十九首集释》，中华书局1958年版，第1页。

[2] 王绍曾、刘心明译注：《谢灵运鲍照诗选译》，巴蜀书社1991年版，第214页。

（三）市井文学

中国文学起于民间，其始终具有与日用伦常相接的世俗性，这一点从歌谣、话本、杂剧、传奇、小说等在各时代的蓬勃发展就可看出。摹写人情事理、世间百态，不仅本身就是士人生活的一部分，而且成为他们处理朝廷礼法与市民趣味、士人创作与大众接受、都市与乡村、立言与传播等关系时的重要参照。这里不取"正统文学/市井文学"的二元对立，并且认为"五四"以后通过梳理"民间文学新脉络"，构造"死/活文学"对子来反叛、推翻传统文学的做法也仅是当时新文学的"策略"之举。更现实的状况是，士林与市井本就交织相融，并无清晰的区分和界限。中唐以后城市繁荣，市民娱乐兴盛，文学的通俗化、大众化、商业化更成为趋势。如果说"白居易作诗老妪能解"的佳话尚显示出士人的"俯就"意识，而"凡有井水处，即能歌柳词"，李贽肯定童心俗心的正当性，乃至李渔的《闲情偶寄》对日用平常中人情本性的强调，都已是士人群体投身市井文学创作，主动推动审美意趣世俗化之举，受到市民阶层的欢迎和参与。他们醉心于书写爱情：

问人间、情为何物，直教生死相许！天南地北双飞客，老翅几回寒暑。欢乐趣，离别苦，是中更有痴儿女。君应有语：渺万里层云，千山暮景，只影向谁去？

（元好问《摸鱼儿·雁丘词》节录）[1]

又如，一些文人将政治和历史故事改编成戏曲，如讲述唐玄宗与杨贵妃故事的《梧桐雨》《长生殿》，以侯方域与李香君的"离合之情"来写南明王朝"兴亡之感"的《桃花扇》等。明清小说更是题材广泛，可以分为"神魔小说""人情小说""讽刺小说""狭邪小说""侠义小说"及"公案""谴责小说"等种类。[2] 可见，士人的书写笔触已越出平凡生活，进入到宗教、神怪、魔幻的世界，呈现出奇幻瑰异的美学视界。丰富的市井文学对于研究近现代以来政治社会、文化习俗、民众心态的变化，以及文人士子乃至古典文学本身的现代转型，具有积极的意义和价值。

[1] 刘怀荣：《唐宋元诗词曲名篇解读》，济南出版社 2003 年版，第 218 页。

[2] 鲁迅：《中国小说史略》，人民文学出版社 2007 年版，第 158—303 页。

第三节 追忆与影响

在历代文学传世经典中游弋，总能带给今人无与伦比的精神享受。回到现代性的地面，不禁要问：古典文学穿越时空的美学魅力是如何生成的？在一代又一代后人对这些经典的追忆当中究竟发生了什么？如何辩证地观照古今关系并领悟其中激发出的当代启示？这正是本节所要讨论的问题。

一、传世的秘密与历代的追忆

中华文化从古而今绵延不绝，创造出自豪于世界的文明奇迹。其中，经典文学的传承既是其因，又是其果。经典的美学魅力正产生于这种由时间带来的魅惑：横亘于古今之间的鸿沟似乎永远无法跨越，古典之美却无时无刻不令人追忆、怀思、想象，并吸引历代读者将自身的情感叠印其中。

人的有限性使"追忆"成为中西文化共有的主题，而其中深层的文化内质却并不相同。柏拉图认为，真理和知识是先验的，学习即"回忆"，是灵魂对不朽的理念世界的记忆唤起。人的主观感受只能获得现实美，只有通过回忆才能到达更高层级的理念美。柏拉图设定了回忆之于真理的从属性及其中的"追摹"意涵，但也正因此，在其影响下的西学脉络中，回忆始终指向区分、断裂与最终的不可达致。

汉文化思维混融贯通，在这里，经验与理念、认知与伦理、事实与价值固无二分，因而逆流而上的时间并非仅负有"接近原初"的使命。中国古典文学中，回忆更像是一种对人文核心精神的维系与联结，其中不仅有不同时代的个体与传统的交汇，更有民族情感的汇流和文化认同的凝聚。如此，"士不可以不弘毅"（《论语·泰伯》）的刚健坚韧，"逍遥于天地之间，而心意自得"（《庄子·让王》）的随顺超然，"海上生明月，天涯共此时"（张九龄《望月怀远》）的异乡怀亲，"同是天涯沦落人，相逢何必曾相识"（白居易《琵琶行》）的同病相怜，"但愿人长久，千里共婵娟"（苏轼《水调歌头·明月几时有》）的旷达理趣，"满纸荒唐言，一把辛酸泪"（曹雪芹《红楼梦》）的痴拗凄怆，甚至"所以隐忍苟活、幽于粪土之中而不辞者，恨私心有所不尽，鄙陋没世而文采不表于后世"（司马迁《报任安书》）的愤激不平与回肠百转……所有的物感情思，都透过文字，在古今人心、四海八荒之中沟通流转，凝聚成汉民族深厚的美学内蕴与精神价值，积淀为群体与个人都赖以锚定自身的身份认同与情感归宿。

也正是在这里，对往昔、传统或经典等的回头追忆或回忆，成为从古到今的绵延不绝的文学审美潮流。"正在对来自过去的典籍和遗物进行反思的、后起时代的回忆者，会在其中发现自己的影子，发现过去的某些人也正在对更远的过去作反思。这里有一条回忆的链索，把此时的过去同彼时的、更遥远的过去连接在一起，有时链条也向臆想的将来伸展……回忆的这种衔接构成了一部贯穿古今的文明史。"[1] 在美国汉学家宇文所安看来，追忆与复现的循环中隐伏着中国人对作为记忆凝结物的"文"的高度推崇，其中透露出的"藏之名山，传之后世"的"立言"渴望，更近乎一种对抗时间侵蚀力的"无望的希望"[2]。不同于事件顺次演进、直线发展的目的论历史，追忆打断、脱逸出这种直线性，以外在的、相对性的视角赋予自身感觉与审美的双重形式。追忆成了将历史从连续体中爆破出来的革命性瞬间，这无疑是对作为现代性核心的直线时间观的激烈反动和美学批判。追忆启动了人的能动性，主体从而不再是被现代格式化时间规训和异化的产物。一种文化的、人文的、审美的"历史"从对经典的历代追忆当中创生出来，传世经典开始脱离现实地面而不断攀升为象征善美与完满的可能，古典文学美从而凸显人文内蕴，

[1] [美]宇文所安：《追忆：中国古典文学中的往事再现》，生活·读书·新知三联书店2004年版，第21页。

[2] [美]宇文所安：《追忆：中国古典文学中的往事再现》，生活·读书·新知三联书店2004年版，第156页。

具有了某种类宗教的超越意涵。正是在这个意义上，经典传世与追忆式审美的精神价值得以体现出来。

二、古今辩证与当代启示

古今的对照产生于现代性进程发端之初。现代社会塑造了人们享受当下瞬间的变动不居和追求日新月异的知觉形态。天才的冒险与大胆的独创被更多地视为前卫先锋艺术的标志，过去的经典杰作不再是值得追求的永恒范本，它们代表的仅仅是模仿的技术和僵化的因循。法国现代派诗人波德莱尔认为现代性是短暂、易逝和偶然的[1]，这样的现代时间指向一种孤立的、永无止境的分裂状态。在德国哲学家本雅明看来，波德莱尔以此对都市漫游者精神特质的"赋予"可以对资本主义运行逻辑下的同构型文化结构起到批判的作用。文学批评家保罗·德曼也指出："一旦波德莱尔必须用至少含有两个独特瞬间的连续运动来代替被设想成一次行动的那个独有创造时刻，他就进入一个呈现出关联时间的深度与复杂性、呈现出过去与未来相互依赖关系的深度与复杂性的世界，这种相互依赖关系使任何现时都不可能存在。"[2]这启发人们重新思考传统、现代与未来的关系。

T.S. 艾略特在《传统与个人才能》中认为，传统表现为一种历史的意识，"历史的意识又含有一种领悟，不但要理解过去的过去性，而且还要理解过去的现存性，……这个历史的意识是对永久的意识，……就是这个意识使一个作家成为传统性的。同时也就是这个意识使一个作家最敏锐地意识到自己在时间中的地位，自己和当代的关系。"[3]鉴赏新的艺术（作品），实际上就是在鉴赏其与现存的整个艺术经典秩序的这种关系。艾略特将此视为美学的批评原则之一。即使一切经典在树立权威、享受殊荣、建立尊卑等级的过程中必然充满了激烈而非温和的审美震荡，艾略特依然肯定传统的巨大涵括力："假如我们研究一个诗人，撇开了偏见，我们却常常会看出：他的作品中，不仅最好的部分，就是最个人的部分，也是他的前辈诗人最有力地表明他们的不朽的地方。"[4]

然而传统也并非静如止水。一方面，"经典"何以成为"经典"，本身即需要做知识考古式的考察，以达成出入古今、循环辩证的意识与观照。另一方面，需要在总体性视野中重新定义传统。这样，其中的诸多因素与动态运动才可加以透视。

[1] [美]马泰·卡林内斯库：《现代性的五副面孔》，顾爱彬、李瑞华译，商务印书馆 2002 年版，第 55 页。

[2] [美]马泰·卡林内斯库：《现代性的五副面孔》，顾爱彬、李瑞华译，商务印书馆 2002 年版，第 58 页。

[3] [英]T.S.艾略特：《传统与个人才能：艾略特文集·论文》，陆建德主编，卞之琳、李赋宁等译，上海译文出版社 2012 年版，第 2—3 页。

[4] [英]T.S.艾略特：《传统与个人才能：艾略特文集·论文》，陆建德主编，卞之琳、李赋宁等译，上海译文出版社 2012 年版，第 2 页。

传统事实上是作为一种审美机制而存在的,其本身即是容纳承袭与变异的辩证统一结构。在中国古典文学中,通变思维源远流长,影响深远。《易·系辞》中即有"穷则变,变则通,通则久"的论述。在《文心雕龙·通变》中,刘勰更专论文体与文学的通变原理,以明古与今、因与革、正与奇的矛盾统一机理:

> 夫设文之体有常,变文之数无方,何以明其然耶?凡诗赋书记,名理相因,此有常之体也;文辞气力,通变则久,此无方之数也。名理有常,体必资于故实;通变无方,数必酌于新声;故能骋无穷之路,饮不竭之源。[1]

[1](南朝梁)刘勰:《通变》,《〈文心雕龙〉译注》,周振甫译注,江苏教育出版社2006年版,第434页。

"变则可久,通则不乏",正需"望今制奇,参古定法"。刘勰所谓通变,其精要即在于有因有革,将古与今、继承与创新统一起来。可见,真正的传统不是墨守成规,而是遵循道之常与术之适,从心所欲而不逾矩。王国维在《宋元戏曲考·序》中所言"一代有一代之文学"也是此"正—反—合"动态发展之理的阐发。中国文学中有所谓"法先王/法后王""复古/革新"的文学循环论,若以此结构性观点视之,更可看出其中以复古为革新、革其新而复其古的情势权宜与逻辑归宿。古与今、名与实的更替与互置,也正表明过去与未来相互展开、依存、促生、转化的关系。

由此而进一步,还可得到这样的启示:如果以时间轴线上的古今融通努力启发现代空间中的民族主体建构与文明互鉴关系,以此总体性视野重衡世界各文明的我他关系,最终又回到王国维"古雅"范畴所指示的美育落实:从个体、群体推广向世界诸民族,倡导一种作为普遍方法的现代人文美学素养——不但可以欣赏自身传统经典之美,体味通中之变(矗立高楼更骋其目)与变中之通(博纳百川更成其大),也即"各美其美",而且更要"美人之美",直到达到"美美与共,天下大同"的境界。这就是一方面正视各民族文化价值观的根本差异,免使自己陷入全球进程中的同质化焦虑中;另一方面积极寻求差异中的沟通,通过相互濡染化育达成共识,从而携手创造世界格局的和谐崭新未来。这或许也是古典文学传统瑰宝能够给予当代世界的思想遗产和重要意义吧。

【本章摘要】

本章主要从古典性视角考察文学之美与其人文之心地位,以王国维看重并标举的"古雅"之美及其美育为中介,重申文学的人文精神,呈现古典文学的形态与范畴、传统士人的精神意趣,挖掘传世经典的秘密和魅力,并呈现文学古典美的当代意义。

【思考与练习】

1. 如何理解"古雅"范畴的美育内涵与人文品格?

2. 为什么文学古典美的核心是士人阶层?

3. 试举一例,简要分析经典传世的"秘密"。

【深度阅读书目】

1. 王国维:《古雅之在美学上之位置》,载《王国维全集 第14卷》,浙江教育出版社2009年版。

2. 郭绍虞:《中国文学批评史》,上海古籍出版社1979年版。

3. 朱自清:《经典常谈》,生活·读书·新知三联书店1998年版。

4. 袁行霈:《中国文学概论(增订本)》,北京大学出版社2010年版。

文学作为语言艺术，不仅存在古典形态，也存在现代形态，更为准确地说，后者才更接近于今天耳熟能详的文学理解，也即将文学视作审美的语言艺术。可以说，正是现代审美机制的出现，使得文学作为语言艺术这一现代文学观念得以形成。这种现代文学观念自19世纪中叶以来在欧洲的出现及其后来的全球性传播，不仅催生了浪漫主义、现实主义、象征主义、唯美主义等中外现代文学思潮，也造就了作为其极端形态乃至危机之体现的现代主义与先锋派问题。本章对文学现代美的论述，便将围绕现代文学背后的美学机制来进行，主要而言包括三个方面：一是现代文学的美学机制及其形态，二是中外现代文学思潮与市民阶级的关系，三是现代主义和先锋派问题。

第一节 现代文学与文学现代美

今天的文学理解，在很大程度上是现代时期的产物，因此准确而言，应该称为现代文学。乔纳森·卡勒在《文学理论入门》里便明确指出文学的现代含义才不过两百年的历史。[1] 彼得·威德森也主张："到了19世纪下半叶，一个充分审美化了的、大写的'文学'概念已经流行起来。"[2] 而特里·伊格尔顿更将现代文学的起源向前追溯至18世纪末浪漫主义时代的发端："其实，我们自己的文学定义是与我们如今所谓的'浪漫主义时代'一道开始发展的。'文学'（literature）一词的现代意义直到19世纪才真正出现。这种意义上的文学是晚近的历史现象：它是大约18世纪末的发明，因此乔叟甚至蒲伯都一定还会觉得它极其陌生。首先发生的情况是文学范畴的狭窄化，它被缩小到所谓'创造性'或'想象性'作品之上。"[3] 这种"创造性""想象性""审美化"的现代文学，其实又是与现代性在18、19世纪的变化联系在一起的。因此，要理解文学的现代机制，不妨先从现代性这一概念入手。

一、审美现代性与现代文学的崛起

今天要给现代性下一个准确定义并非易事，在人文社会科学领域，现代性已经成为最繁难的概念之一，但如果撇开这一概念纷繁复杂的意涵而直切

[1] [美]乔纳森·卡勒：《文学理论入门》，李平译，译林出版社2008年版，第22页。

[2] [英]彼得·威德森：《现代西方文学观念简史》，钱竞、张欣译，北京大学出版社2006年版，第38页。

[3] [英]特里·伊格尔顿：《二十世纪西方文学理论》，伍晓明译，北京大学出版社2007年版，第16—17页。

其根本的话，那么，现代性可以说首先体现为一种时间意识："只有在一个特定时间意识，即线性不可逆的、无法阻止地流逝的历史型时间意识的框架中，现代性这个概念才能被构想出来。在一个不需要时间连续性历史概念，并依据神话和重现模式来组织其时间范畴的社会中，现代性作为一个概念将是毫无意义的。"[1] 古典思想对历时性的漠不关心使得拉丁文中一开始没有表达现代/古代的对立词，受到基督教末世时间观的影响，从文艺复兴时期开始，用以表达现代/古代的对立词才开始涌现，其最常见的形式便是古代、中世纪、现代的划分：古代世界代表着永恒光明，中世纪意味着漫漫长夜，而现代虽然被认为拉开了向古代光明世界复归的序幕，但在价值上仍被认为低于古代。直到16、17世纪的"古今之争"，古代与现代的价值位置才发生了根本逆转。现代人虽然被喻为"站在巨人肩上的侏儒"，但这也意味着其拥有比古人看得更远的视野。知识可以累积的认识，直接赋予了现代人优于古代人的地位，而进步历史观也由此确立。

在现代时间意识之外，文艺复兴时期也诞生了现代性的核心价值，即人文主义。人认识到自身的价值，结束了中世纪的神权时代，而启蒙运动敢于运用自身理性的主张，更开创了一个去魅的现代世界。然而，如卡林内斯库所指出的，这个以理性为开端的现代性却在19世纪上半期发生了分裂："可以肯定的是，在十九世纪前半期的某个时刻，作为西方文明史一个阶段的现代性同作为美学概念的现代性之间发生了无法弥合的分裂。……从此以后，两种现代性之间一直充满不可化解的敌意，但在它们欲置对方于死地的狂热中，未尝不容许甚至是激发了种种互相影响。"[2] 在卡林内斯库的论述中，作为文明史阶段的现代性又称为社会现代性，它作为科技进步、工业革命和资本主义带来的全面经济社会变化的产物，乃是围绕理性展开的社会规划方案；而作为美学概念的现代性又称为审美现代性，指的是作为社会现代性之反面出现的，从人的情感、感性出发来开展的社会规划方案，它常常体现为对资产阶级价值观的激烈反叛。后者不仅为现代文学艺术提供了感性基础，更以其否定的激情开创了先锋派的滥觞："将导致先锋派产生的现代性，自其浪漫主义的开端即倾向于激进的反资产阶级态度。它厌恶中产阶级的价值标准，并通过极其多样的手段来表达这种厌恶，从反叛、无政府、天启主义直到自我流放。因此，较之它的那些积极抱负（它们往往各不相同），更能表明文化现代性的是它对资产阶级现代性的公开拒斥，以及它强烈的否定激情。"[3]

审美现代性出现的标志便是审美领域的兴起。与古典美不同的是，这种新兴的审美领域乃是以现代生活及其感受性为基础的，其具体体现有二：一

[1]［美］马泰·卡林内斯库：《现代性的五副面孔》，顾爱彬、李瑞华译，商务印书馆2002年版，第18页。

[2]［美］马泰·卡林内斯库：《现代性的五副面孔》，顾爱彬、李瑞华译，商务印书馆2002年版，第47—48页。

[3]［美］马泰·卡林内斯库：《现代性的五副面孔》，顾爱彬、李瑞华译，商务印书馆2002年版，第48页。

是对现代时间意识的重视。当下的体验而非过去的典范被认为是文学艺术的价值来源。二是对人的感性经验的重视。美并非来自外部的经典或范本，而是来自人内在的感觉和情感经验。因此，所谓的文学现代美，也便是对作为现代文学价值内核的现代美学机制的指称，它与文学古典美最大的区别，便在于将现代生活及其感受性视作美的来源。而在对这种现代生活的美及其感受性的阐发上，波德莱尔无疑是最具代表性的人物。波德莱尔不仅以感官现实性来为现实主义绘画辩护，而且还致力于揭示这种新型的美与转瞬即逝的现在时刻的联系："现代性就是过渡、短暂、偶然，就是艺术的一半，另一半是永恒和不变。……一句话，为了使任何现代性都值得变成古典性，必须把人类生活无意间置于其中的神秘美提炼出来。……谁要是在古代作品中去研究纯艺术、逻辑和一般方法以外的东西，谁就要倒霉！因为陷入太深，他就忘了现时，放弃了时势所提供的价值和特权，因为几乎我们全部的独创性都来自时间打在我们感觉上的印记。"[1] 我们不妨以波德莱尔《恶之花》里的一首诗来说明这种新型的美：

[1] [法]波德莱尔：《现代生活的画家》，《1846 年的沙龙：波德莱尔美学论文选》，郭宏安译，广西师范大学出版社 2002 年版，第 424—426 页。

> 喧闹的街巷在我的周围叫喊。
> 颀长苗条，一身丧服，庄重忧愁，
> 一个女人走过，她那奢华的手
> 提起又摆动衣衫的彩色花边。
>
> 轻盈而高贵，一双腿宛若雕刻。
> 我紧张如迷途的人，在她眼中，
> 那暗淡的、孕育着风暴的天空
> 啜饮迷人的温情，销魂的快乐。
>
> 电光一闪……复归黑暗！——美人已去，
> 你的目光一瞥突然使我复活，
> 难道我从此只能会你于来世？
>
> 远远地走了！晚了！也许是永诀！
> 我不知你何往，你不知我何去，
> 啊我可能爱上你，啊你该知悉！

　　　　　　　　　　　　　　　　　　　　　第四章　文学现代美

这首题为《给一位过路的女人》的诗呈现了诗人在巴黎街头偶遇一位年轻女子的场景及其心理活动。这个过路女子身上的美不仅是当下的、转瞬即逝的，也充分体现了来自日常生活的感受性，因而区别于古典主义与浪漫主义诗歌。正是通过对来自巴黎日常生活中的事物，如酒鬼、拾垃圾者、尸体、老妇人等形象的歌颂，波德莱尔的《恶之花》不仅极大地拓展了诗歌的题材范围，使日常生活焕发出了诗意，而且还通过恶的讴歌更新了美的现代意涵。作为文学现代美的经典，《恶之花》已然影响了一代又一代的文学艺术家。

对于波德莱尔所说的处于昙花一现中的现代美感的捕捉，正是现代文学与艺术的共同目标。事实上，文学作为语言艺术，也正是在这一现代审美机制的意义上才得以确立的。对于文学艺术与审美机制的这种紧密关系，雷蒙·威廉斯曾在对文化与社会关键词的考察中加以指出："很明显，literature（文学）、art（艺术）、aesthetics（美学的）、creative（具创意的）与 imaginative（具想像力的）所交织的现代复杂意涵，标示出社会、文化史的一项重大变化。"[1] 而在这些词汇所共同构筑的意义关系的网络中，美学又居于核心的位置，正如伊格尔顿所指出的："现代'美学'或艺术哲学在我们目前讨论的这一时期之内兴起绝非偶然。主要是从这一时代中，从康德（Kant）、黑格尔（Hegel）、席勒（Schiller）、柯勒律支（Coleridge）和其它人的著作中，我们继承了'象征'（Symbol）与'审美经验'（aesthetic experience）、'美感和谐'（aesthetic harmony）与艺术品的独特性这些当代观念。以前，一些人出于各种各样的目的写诗、演戏、作画，另一些人以各种各样的方式读诗、观剧、赏画。现在，这些具体的、随历史而变的实践正在被归结为某种特殊的、神秘的能力，即所谓'美感'，而一种新型的美学家则在力图揭示其内在的结构。"[2] 既然现代美感机制构成了现代文学的基础，那么，对现代文学的考察也就理所当然要从文学现代美入手。

[1]［英］雷蒙·威廉斯：《关键词：文化与社会的词汇》，刘建基译，生活·读书·新知三联书店 2005 年版，第 272 页。

[2]［英］特里·伊格尔顿：《二十世纪西方文学理论》，伍晓明译，北京大学出版社 2007 年版，第 19—20 页。

二、文学现代美的诸种形态

文学现代美作为现代文学的价值内核，提供了现代文学区别于古典文学的两大特质：一是对现时代以及对变化的肯定。二是对人的感觉与情感体验的重视。由此可见，文学现代美的立足点乃是生活在现时代的人的感性以及情感领域，而具体研究这些领域的学科便是美学。美学（aesthetics），一般而言可追溯至德国哲学家鲍姆加登 1750 年的同名著作。这个源于希腊语 aesthesis

的词汇，原本指的是人类全部的知觉和感觉领域，因此，更准确的翻译其实应该是"感性学"。虽然在18世纪中叶，感性仍被认为是从属于理性，或是作为理性之补充，但随后它的重要性越来越得到凸显。康德是以理性为基石构筑启蒙哲学的大师，但也正是在康德这里，审美判断力被提升为沟通认知理性与实践理性的桥梁，而其提出的建立在无目的的合目的性基础上的审美无功利思想，乃直接为现代文艺奠定了观念基础。此外，美学家们从文艺作品中提炼出来的众多审美范畴，也有助于我们认识文学现代美的诸种形态。

1. 优美（beauty）与崇高（sublimity）

优美与崇高是美学中耳熟能详的经典范畴。在现代美学诞生以前，优美和崇高主要被用来描述修辞上的效果。英国学者埃德蒙·伯克在1757年的《关于崇高与优美观念之起源的哲学探寻》一书中较早地从经验主义角度对二者进行了美学上的解释：优美来自和谐形式引发的可爱感，而崇高则来自对人的自我保存的威胁引发的可怖感。康德在《判断力批判》中进一步将二者纳入与理性的关系中来进行解释：虽然都体现为非功利性的审美愉悦，但优美直接源于形式上的和谐，而崇高被认为是由于数量上或力量上的无限大超出了感官所能掌握的范围，故而体现为用道德来弥补这一不安后的愉悦。具体而言，又可以分为数量上的崇高和力量上的崇高，前者包括暴风雨中的大海、荒野中的崇山峻岭、埃及的金字塔和罗马的圣彼得堡大教堂，后者则体现巨大的威力，包括人心中生发出来的用来与这种威力相抗衡的抵抗力量。

总体而言，优美体现为由形式上的和谐所引发的柔性的、静态的美感，主体与客体在优美中实现了统一，而崇高则体现为由打破形式的束缚所引发的刚性的、动态的美感，主要呈现为主体与客体的对立、冲突。如果说优美作为形式上的和谐更适用于古典主义，那么，冲破了形式束缚的崇高则更为浪漫主义者所推崇。在浪漫主义者笔下，浩瀚无垠的星空、波涛汹涌的大海以及哥特式的巍峨古堡，都作为崇高的对象而产生着震撼人心的美学效果，歌德的《浮士德》、雨果的《巴黎圣母院》等文学作品中也都不乏崇高的身影。随着晚清以降现代美学被引入中国，优美与崇高这对审美范畴也进入了中文世界，王国维不仅将之翻译为"优美"与"壮美"，还将之运用于对中国诗词的分析。"无我之境"体现的是"优美"，"有我之境"体现的是"壮美"。另外，"壮美"也曾被文学批评家李长之用来概括中国士大夫的审美气质与中国文人画的美学精神。

2. 丑（ugliness）与怪诞（grotesque）

在美学上，丑一开始是作为美的对立面因而同时也是文艺创作上应尽力避免的错误的面目出现的，它本身并不构成审美范畴，直到浪漫主义时代的到来，丑作为审美范畴才受到重视。卡尔·罗森克兰茨 1853 年的著作《丑的美学》(*Aesthetic of Ugliness*) 第一次对作为审美范畴的丑进行了系统研究，指出了丑作为美的否定性因素，又与美存在相互依赖的关系。作为美学范畴的丑往往源自那些由形体的古怪、残缺、不协调所引发的令人不适、痛苦甚至厌恶感的形象。与丑直接相关的另一个审美范畴便是怪诞。怪诞产生自对立因素的不可协调的冲突与反常性，除了与丑部分重叠外，它还兼具恐怖和滑稽的特点。

作为文艺现象的丑与怪诞存在着悠久的历史，巴赫金便指出，怪诞曾大量存在于中世纪的民间文化，与狂欢节有着密切的关系，但它们作为审美范畴，却是拜浪漫主义所赐。作为对新古典主义的优美形式的反叛，浪漫主义者往往对丑与怪诞情有独钟，因而在其作品中塑造了大量体现丑和怪诞的文学形象，如《巴黎圣母院》中的加西莫多、《笑面人》中的关伯兰、科学怪人弗兰肯斯坦以及各种哥特小说中的幽灵鬼怪，此外，现代主义文学如波德莱尔《恶之花》中的死尸、拾垃圾者、衰老的身体、卡夫卡《变形记》中变成甲虫的格里高利以及各种先锋派的夸张变形手段，也都可视作丑和怪诞的延续。

3. 颓废 (decadence)

作为审美范畴的颓废发端于 19 世纪中叶，常常用以指称文学艺术作品中存在的消极的、厌世的情绪，从病态的或者变态的人类情感以及死亡、恐怖等主题中去寻找灵感，通过丑、恶来发掘诗意与美感。法国保守批评家德西雷·尼扎尔最早用颓废来批评浪漫派对情感的滥用。随后，波德莱尔将颓废的美学评价从负面转向了正面。早年的波德莱尔曾公开拒绝颓废，他在《1846 年的沙龙》中便曾经用颓废来批评维克多·雨果的风格，而德拉克洛瓦才被他视作是真正的浪漫派，然而，波德莱尔后来却越来越重视颓废美学中蕴含的反抗资产阶级价值观的力量，其代表作《恶之花》更是被后世推崇为颓废美学之典范。

经由波德莱尔的影响，颓废也为唯美主义、艺术至上主义者所青睐。"为艺术而艺术"观念的积极倡导者戈蒂耶，便在其 1868 年为《恶之花》所写的序言中表达了对颓废的致敬。由于集中体现了审美现代性对于市侩的资产阶级价值观的否定，颓废范畴在 19 世纪后期受到越来越多文学家和艺术家的青睐，并发展出被称为"世纪病"的文艺潮流。在马克思主义文学批评中，颓废便常常被来指称资产阶级文艺的病态风格。

4. 震惊（shock）

作为审美范畴的震惊，可以追溯至德国文艺批评家本雅明。在《机械复制时代的艺术作品》中，本雅明提出了以震惊来描述机械复制时代艺术作品所带来的审美体验。本雅明指出，自 19 世纪中叶以来，机械复制技术如摄影术、电影等的发明，从根本上改变了艺术作品的存在方式和审美机制。如果说传统艺术的审美机制是围绕灵韵展开的话，那么，机械复制时代艺术作品的审美机制则围绕着震惊体验展开。在本雅明看来，现代人经验的贬值与贫乏，导致了现代艺术唯有通过震惊来唤起他们的心灵。在《发达资本主义时代的抒情诗人》中，本雅明进一步论述了现代大城市中的震惊体验的发生。

具体到文学艺术作品中，震惊主要是指运用夸张、变形、陌生化等新奇手法以及通过新的媒介手段产生的美学效果。通过对读者与观众的期待视野的打破，使之置身于前所未有的新奇体验中，是震惊最常见的运作方式。现代主义和先锋派文学对"新"的永恒追求都建立在震惊美学的基础上。无论是达达主义的诗歌实验、布莱希特的教育剧，还是乔伊斯的《尤利西斯》、卡夫卡的《变形记》，都可视作震惊美学在文学上的代表。

5. 荒诞（absurdness）

作为审美范畴的荒诞，与哲学上的存在主义密切相关。正是存在主义对现代社会中人的存在处境的思考，使得人与其环境之间失去和谐后的无目的性状态得到了揭示。作为存在主义哲学的美学对应物，荒诞的主要特点是反常悖理或价值虚无，它以极端的形式表现人们对西方文明和人类命运的担忧，并力图促使人们深思如何走出荒诞生活的怪圈。在文学艺术上，荒诞主要是通过对人的存在的无意义感、不确定性以及孤独感的揭示所产生的审美效果，为了达到荒诞的美学效果，文学作品往往摒弃结构、语言、情节上的逻辑性、连贯性，偏爱于采用象征、暗喻的方法以及轻松的喜剧形式来表达严肃的悲剧主题。

作为存在主义代表人物的萨特和加缪，都惯于以文学来表达现代人的荒诞处境，如萨特的《恶心》《死无葬身之地》《墙》《隔离审讯》和加缪的《局外人》《西西弗斯神话》等。存在主义思潮在戏剧领域的进一步发展便是荒诞派戏剧。英国戏剧评论家马丁·艾思林在 1962 年的《荒诞派戏剧》中最早对此进行了研究。荒诞派戏剧主张用荒诞手法来表现现代人荒诞的存在状况，贝克特的《等待戈多》、尤内斯库的《秃头歌女》、阿达莫夫的《一切人反对一切人》等，都被认为是荒诞派戏剧的代表作，此外，现代主义作家卡夫卡、梅勒、大江健三郎等人的作品中都不同程度地存在着荒诞色彩。

6. 怪奇 (the uncanny)

作为审美范畴的怪奇，出自弗洛伊德的精神分析学说。在 1919 年的《论怪奇》一文中，弗洛伊德不仅关注到了大众文学作品中的怪奇体验，而且致力于揭明其背后的心理机制。在精神分析学意义上，"被压抑者的回归"，乃是怪奇美学的心理根源。因为这种心理机制的存在，怪奇虽然也体现为恐怖的效果，但与崇高、丑、怪诞等美学形态不同，它的恐怖感并非来自体积上或力量上巨大的又或是从未见过的可怕事物，而是来自从熟悉事物中产生的恐惧心理。亨利·詹姆斯的《螺丝在拧紧》，爱伦·坡的《裁谢府的倒塌》《黑猫》，施尼志勒的心理小说，托里·莫瑞森的《宠儿》以及当代美国作家斯蒂芬·金的恐怖小说及各种恐怖电影中，都存在怪奇美学的身影。

第二节 文学现代美概观

文学现代美作为现代文学的价值内核，不仅衍生出了前述现代文学丰富的审美形态，也直接推动了中外现代文学的思潮嬗变。而由于文学现代美诞生于前述审美现代性对社会现代性的反动，这便又注定了现代文学与市民阶级之间难以拆解的复杂关联。本节便将对文学现代美机制推动下的中外现代文学思潮及其与市民阶级的关系进行论述。

一、中外现代文学思潮

中外现代文学史上常见的浪漫主义、现实主义、象征主义、唯美主义、现代主义等思潮，都是文学现代美机制作用下的产物。

现代文学以现代生活及其感受性作为美的来源，首先要突破的便是古典主义的美学原则，而浪漫主义便是体现这种文学现代美的先驱。在此意义上，正因为 18 世纪新古典主义在欧洲的普遍流行，浪漫主义在 18、19 世纪之交的出现才并非偶然。通过对理性主义的反动，浪漫主义不仅将情感确立为文学现代美的基石，同时也向文学现代美中注入了历史的维度。如果说古典主义把美安放在永恒不变的超验性原则的基础之上，那么，浪漫主义则通过赋

[1] [美] 马泰·卡林内斯库:《现代性的五副面孔》, 顾爱彬、李瑞华译, 商务印书馆2002年版, 第42页。

[2] [美] 马泰·卡林内斯库:《现代性的五副面孔》, 顾爱彬、李瑞华译, 商务印书馆2002年版, 第44页。

[3] [法] 司汤达:《拉辛与莎士比亚》, 王道乾译, 上海人民出版社2006年版, 46—47页。

予美以历史的维度使得古典主义的美之超验性原则被打破:"正是在十八世纪期间, 美的概念经历了一个丧失其超验特性而最终成为纯粹历史范畴的过程。浪漫派已经在根据一种相对的和历史内在的美来思考, 他们感到, 要想作出有效的趣味判断, 就应该从历史经验中获得标准——而不是从一种'乌托邦的'、普遍的、永恒的美的概念中。古代和现代之间的对立在这个过程中发挥了决定性的影响。"[1] 就此而言, 浪漫主义才构成了现代文学的真正起步:"对于浪漫派(在我们当代所使用的有限历史意义上)来说, 趋于普遍性的雄心使艺术作品尽可能接近美学的超验范本的愿望, 都属于古典的过去。新型的美是基于'独特', 基于'怪诞'与'崇高'结合所提供的各种可能性, 基于'有趣', 基于代替了古典完美理想的其他此类相关范畴。"[2] 从施莱格尔兄弟到黑格尔, 从斯塔尔夫人到维克多·雨果, 都深受浪漫精神的浸染, 而"浪漫"也几乎成为"现代"的同义词。

进一步凸显浪漫主义与现时代而非遥不可及的过去的联系, 在后来被视作现实主义者的司汤达这里得到了延续。司汤达分别以拉辛和莎士比亚作为古典主义与浪漫主义的代表人物, 正是从与现时代的关系上做出的区分:"浪漫主义是为人民提供文学作品的艺术。这种艺术作品符合当前人民的习惯和信仰, 所以它们可能给人民以最大的愉快。古典主义恰好相反, 古典主义提供的文学是给它们的祖先以最大的愉快的。……主张今天仍然模仿索福克勒斯和欧里庇得斯, 并且认为这种模仿不会使十九世纪的法国人打呵欠, 这就是古典主义。"[3] 在司汤达看来, 浪漫主义的本质正在于与现时代的关系, 而索福克勒斯和欧里庇得斯其实都是他们自己时代的浪漫主义者。尽管司汤达并不认同浪漫主义关于未来的空洞修辞, 这一点从他对雨果的反感中便可见出, 但他却是文学必须表现现时代的不遗余力的鼓吹者。对于司汤达而言, 真正的浪漫主义必须紧紧地抓住现在, 如实地反映同时代的世界精神, 而这已然通往了现实主义的理解。

现实主义虽然是以对浪漫主义的反动之面目出现的, 但它其实又与浪漫主义分享着一致的现代时间意识。这种对现时代时间意识的共享使得现实主义尽管与古典主义一样强调模仿, 但模仿的对象已然不是古典时代的范本, 而是现实生活本身。正是在此基础上, 现实主义在写作方法上发展出了对环境的强烈兴趣, 奥尔巴赫在对巴尔扎克的分析中便指出这一点:"巴尔扎克对于环境的写实是他所生活的那个时代的产物, 这种写实本身是环境的一部分, 是环境的产物。这同一种精神形式, 即浪漫主义精神形式在较早时期便开始从感官上强烈感受到了环境氛围在风格上的一致性, 发现了中世纪、文艺复兴以及外国（西班牙、东方等国）的历史独特性，这同一种精神形式也对本时期千姿百态的环境氛围的独特性做出了彼此相关联的理解。环境历史主义和环境写实主义密不可分。米什莱和巴尔扎克都受到同种潮流的影响。正是法国 1789 年至 1815 年间发生的事件及其在随后几十年间的影响，才使现实主义在法国得到最早、最有利的发展。"[1] 虽然司汤达和巴尔扎克都偏爱以历史来命名自己的作品，但这样的历史也不过就是刚刚过去的几年或几十年间的事情，因此，这种对历史的强调并不妨碍二者小说中强烈的当代性，在这方面巴尔扎尔甚至走得比司汤达更远。

这种为浪漫主义和现实主义所共享的对现时代之美的追求，同样为更晚一代的福楼拜与波德莱尔所继承。相较于司汤达和巴尔扎克而言，福楼拜对于现代生活之美的追求进一步地发展出了一种不偏不倚的、无个性的客观态度。出于对浪漫主义泛滥激情的反感，福楼拜开始在小说中探索如何尽可能客观地处理现实的风格。如同上帝创造了世界却从不在这个世界现身一样，福楼拜要求作家也应尽可能从自己的叙述中消失，由此形成的便是所谓非人格化叙述的风格。而左拉的自然主义正是对这一客观化追求的继续推进。同样是出于现代生活之美的追求，波德莱尔则更为强调现代之美的转瞬即逝性。这个时刻不停地处于向过去转化之中的现在，同时也意味着永恒的新成了现时代之美的根本特征，贡巴尼翁正是据此认定波德莱尔乃构成了现代主义新之追求的真正源头："在波德莱尔看来，与永恒或无时间性相对立的，是受时间束缚而又吞噬自身的现代性永恒且不可抵抗的运动，是不断更新、否定昨日之新的新的废弃。"[2] 如果说波德莱尔对转瞬即逝的现在之美的迷恋开启了现代主义的新之追求，那么，先锋派则进一步将新的目标指向了未来，这在开启20世纪异彩纷呈的先锋文艺潮流的同时，也将现代文学引入了"死胡同"，对此本章第三节将集中论述。

中国现代文学一般而言被认为是由"五四"新文化运动所开启。"五四"新文化运动对白话文的提倡，常常被视作中国现代文学的起点。不过，近年来，也有学者认为中国文学现代性的起点可以再往前提，如海外华人学者在《没有晚清，何来五四？》中便指出晚清的科幻小说、狭邪小说之中已然包含了众多"被压抑的现代性"因素，而国内学者的《中国现代性体验的发生》一书也从体验的角度将中国现代文学的起点提前至鸦片战争时期。这无疑都是极具启发性的。因为从文学现代美角度而言，白话文便于表达真情实感的背后，仍然是以现代感受性为前提的。对此我们不妨看看鲁迅《野草》中的一段著名描写：

[1] [德] 埃里希·奥尔巴赫：《摹仿论》，吴麟绥、周新建、高艳婷译，百花文艺出版社 2002年版，第 528—529 页。

[2] [法] 安托瓦纳·贡巴尼翁：《现代性的五个悖论》，许钧译，商务印书馆 2005 年版，第 21 页。

在我的后园，可以看见墙外有两株树。一株是枣树，还有一株也是枣树。

在这段描述中，"一株是枣树，还有一株也是枣树"，常常被认为犯了重复累赘的语病，更简洁的表达应该是"两株都是枣树"，但事实上，这一认识恰恰忽视了这段描写背后的视点变化，正是伴随叙述人视点的转移，两株枣树依次呈现在了读者面前。因而，这段描写的真正意义乃在于它是对人的视觉机制的直接呈现，而这恰恰体现了其作为现代文学的实质：现代感受性。

尽管现代感受性在晚清小说中已然大量存在，但如若就整体移植西方现代文学的现代时间意识及其审美现代性逻辑而言，我们已然无法否认，中国现代文学的确立仍然与"五四"新文化运动存在最紧密的联系。无论是"文学为人生"的文学研究会，还是浪漫主义的创造社，其实都共享了这种现代意识。通过文言与白话、旧与新之间的对立，进步时间观被设定为了中国现代文学的动力机制。这个进步时间观不仅帮助新文学打败了旧文学，也为1928年"文学革命"向"革命文学"的转变提供了动力，而新中国成立之后以旧民主主义、新民主主义、社会主义三个阶段作为中国现代文学史的分期依据，其实也是对进步时间观的借用，甚至于"文化大革命"结束之后，新时期文学的启动也同样再次借用了这样的进步历史观。通过把现代化目标确立为社会主义的发展目标，中国现代文学中的时间意识再度被激活，并在新时期文坛上发展出了伤痕文学、反思文学、改革文学、寻根文学、先锋文学等思潮。

二、现代文学与市民阶级

西方现代文学思潮的嬗变反映了欧洲18世纪以降审美趣味和美学观念上的变化，但若追根索源，这一变化又是欧洲社会政治深刻变动下的结果，其核心要素便是市民阶级（bourgeoisie）的发展和成熟。概括地讲，现代世界的历史正是市民阶级获得解放并最终统治世界的历史。《共产党宣言》中对此有着最为精辟的描述："资产阶级的这种发展的每一个阶段，都伴随着相应的政治上的进展。它在封建主统治下是被压迫的等级，在公社里是武装的和自治的团体，在一些地方组成独立的城市共和国，在另一些地方组成君主国中的纳税的第三等级；后来，在工场手工业时期，它是等级君主国或专制君主国中同贵族抗衡的势力，而且是大君主国的主要基础；最后，从大工业和世界市场建立的时候起，它在现代的代议制国家里夺得了独占的政治统治。"[1] 在欧洲各国中，英国的市民阶级因为海外殖民扩张与工业革命而较早地获得了发展，早在 17 世纪便通过资产阶级革命的方式建立了君主立宪制的现代国家，而法国、德国市民阶级的发展尽管相对滞后，却也分别于 18 世纪和 19 世纪产生了政治上的诉求。虽然为了应对市民阶级的崛起，当时不少的欧洲国家都采取了开明专制的政策，但市民阶级与贵族阶级之间不可化解的矛盾，最终仍然导致了法国大革命的爆发。

逐渐发展壮大的市民阶级不仅产生了政治上的诉求，也形成了自身的意识形态，这便是启蒙思想。虽然严格而论，启蒙思想并非市民阶级专属，而是包含了解放全人类的理想，但由于启蒙运动实际上的领导者多是处于社会中间的市民阶级，因此，启蒙运动又被打上了市民阶级的烙印。启蒙（Enlightenment）原本是用光去照亮的意思，启蒙学者宣扬天赋人权、自由、平等、博爱等理念，尤其地推崇理性，认为任何事物都必须经由理性的审判，这便为法国大革命作了理论上的准备。为了宣传启蒙思想，启蒙学者时常利用文学形式，由此造就了启蒙文学。启蒙文学具有强烈的批判性，其批判锋芒直指封建制度与天主教会，揭露和批判社会上的种种不合理现象，同时，启蒙文学将属于"第三等级"的普通人作为正面主人公加以歌颂，描写了市民阶级的悲欢离合，反映他们的思想感情。早期的启蒙作家虽然常借用古典主义的文学形式，却给它注入了新的思想内容，与之同时，启蒙作家也开始创造不同于古典主义的新的文学形式，如哲理小说、市民剧、书信体小说、对话体小说等。这些新的文学形式不同程度地打破了古典主义的清规戒律，拓展了文学表现的领域。英国的笛福、理查逊、菲尔丁等的小说，法国的孟德斯鸠、伏尔泰、狄德罗，德国的莱辛和以歌德、席勒为代表的狂飙突进运动，都被认为属于广义的启蒙文学范围。

欧洲市民阶级的发展成熟不仅为现代文学提供了新的思想理念，也为之提供了生产机制上的改变。市民阶级识字率的普及、购买力的提高以及闲暇时间的出现，促成了文学市场的形成，而后者进一步改变了作家的生存状态。如果说过去作家的生存必须依靠恩主的资助，那么，文学市场的出现则为之提供了新的生存之道，并由此改变了文学写作的目的：为了大众而写作。对此伊恩·瓦特曾在《小说的兴起》中进行了分析："归根结底，书商对恩主的取代，以及随之而来的笛福和理查逊对过去文学的独立，都仅仅反映的是他们时代生活的一个更大的、甚至是更重要的特征——总的来说，就是中产阶级的强大和自信。凭借与印刷业、出版业和新闻的千丝万缕的联系这一优势，笛福和理查逊与读者大众新的兴趣和能力发生了更直接的联系；而且更

[1] [德] 马克思、[德] 恩格斯：《共产党宣言》，人民出版社 2017 年版，第 29 页。

为重要的是，他们本身完全可以作为读者大众的新的重心的代表。作为中产阶级的伦敦商人，在考虑他们的形式和内容的标准时，不能不弄准他们的写作是否会吸引广大读者，这也许是读者大众变化了的构成和书商对小说的兴起的新的支配作用的最重要成果；这不仅因为笛福和理查逊响应了他们的读者的新的需要，而且还因为他们能从其内部更为自由地表现了那些需要；而先前却不大具备这种可能性。"[1]

然而，以审美现代性与社会现代性的分裂为标志，这种作为市民阶级意识形态的启蒙文学，在19世纪前半期逐渐发展为了对市民阶级价值观的嘲讽与仇恨，浪漫主义运动便是这种新的美学观念的发端，正如卡林内斯库所指出的："现代作家的疏离（alienation）始自浪漫派运动。在早期，仇恨与嘲笑的对象是市侩主义，这是中产阶级虚伪的一种典型形式。最好的例子是前浪漫和浪漫时期的德国，在那里对市侩心态（及其满嘴的愚蠢谎言，粗俗乏味，为掩盖对于物质价值摆脱不了的关心而虚假地、完全不恰当地称颂理智价值）的批判在文化生活的整个图景中扮演了核心角色。"[2]虽然诞生于德国，但这种建立在对市民阶级价值观之反叛基础上的新的美学观念很快便扩展至全欧，并催生出了激进艺术与激进政治相结合的新形式。19世纪中期的现代主义先驱人物波德莱尔与福楼拜，不仅继承了浪漫主义对市民阶级价值观的仇恨，更将之转化为对新的形式的追求，而这也为现代主义者和先锋主义者所延续，演绎出象征主义、唯美主义、达达主义、超现实主义等形形色色的文艺潮流。尽管这些形形色色的现代主义和先锋派潮流都诞生于对市民阶级价值观的反叛，但讽刺的是，它们最终却难免不被艺术体制所回收，并成为博物馆和艺术馆中价格不菲的藏品。

中国现代文学的兴起同样与城市市民阶级存在密切联系。正是就与市民阶级的关系而言，中国现代文学并不能仅限于"五四"新文学的视野。早在晚清时期，印刷资本主义在沿海城市尤其是上海的发展，便已然形成了一个以市民阶级为主体的文学消费群体，正是这一群体以消闲为宗旨、以消费为导向的需求，催生出了被称为"鸳鸯蝴蝶派"（又称"礼拜六派"）的文学类型。尽管"五四"新文学通过新旧对立的逻辑，把"鸳鸯蝴蝶派"作为旧文学之代表打入了另册，但事实上，作为对现代市民阶级之欲望、生活与世界想象的体现，这一文学类型中同样体现了丰富的现代性因素。就此而言，"五四"新文学与"鸳鸯蝴蝶派"文学之间的差异并不像新文学所声称的那样不共戴天，而是同样依托于同一个城市市民阶级的群体，只不过"鸳鸯蝴蝶派"更重视的是文学的娱乐性、消费性和市场性，而"五四"新文学则始

[1]［美］伊恩·瓦特：《小说的兴起》，高原、董红钧译，生活·读书·新知三联书店1992年版，第57—58页。

[2]［美］马泰·卡林内斯库：《现代性的五副面孔》，顾爱彬、李瑞华译，商务印书馆2002年版，第50页。

第四章　文学现代美

终把民族国家的政治目标视作宗旨，无论是夏志清对中国现代文学"感时忧国"传统的批评，还是詹姆逊对中国现代文学作为"民族寓言"的理论概括，都旨在揭示出"五四"新文学的政治性。尽管"五四"新文学在与"鸳鸯蝴蝶派"文学的斗争中获得了胜利，但后者所代表的文学类型并没有消失，而是继续存在于以城市市民为消费主体的文学市场上，从张恨水、张爱玲、苏青、徐訏、无名氏等现代作家的作品到琼瑶、金庸等人的通俗小说，乃至于今天仍在流行中的网络文学，都继承了来自市民阶级的文学基因。

第三节 现代主义与先锋派问题

文学现代美作为现代文学的价值内核，不仅促成了现代文学丰富的审美形态和思潮嬗变，也很快催生出了自身的极端形态，即现代主义与先锋派。现代主义和先锋派对新的追逐和否定的激情，一方面构成了文学现代美机制的集中呈现，另一方面也使得这一机制内部的矛盾与危机得以暴露。本节将围绕文学现代美与文学中的现代主义与先锋派的关系问题进行论述。

一、现代主义及其论争

今天要给现代主义下一个定义并非易事，文化史家彼得·盖伊指出："给现代主义下定义要比给它举实例困难得多。这种复杂的现象本身就说明了现代主义的丰富多样性。它是如此地包罗万象——绘画和雕塑、散文和诗歌、音乐和舞蹈、建筑和设计、戏剧和电影——以至于让人很难想象还有什么不属于它的范畴。"[1] 作为对各种艺术门类中的传统审美观念的全面反叛，现代主义几乎成了无所不包的领域，它不仅包括了象征主义、意象派、未来主义、超现实主义、表现主义、意识流小说、存在主义等文学艺术流派，也被用来指称艺术追求和政治倾向都极为不同的一群人，如小说家亨利·詹姆斯、劳伦斯、乔伊斯、伍尔夫、普鲁斯特、卡夫卡、纪德、托马斯·曼、福克纳等，诗人波德莱尔、马拉美、瓦莱里、庞德、T.S.艾略特、奥登、里尔克等，画家与雕塑家毕加索、蒙克、马蒂斯、爱泼斯坦等，剧作家斯特林堡、奥尔格·凯

[1]［美］彼得·盖伊：《现代主义：从波德莱尔到贝克特之后》，骆守怡、杜冬译，译林出版社 2017 年版，第 5 页。

泽、斯特恩海姆，电影导演爱森斯坦、卓别林、韦尔斯等，音乐家德彪西、马勒、勋伯格、斯特拉文斯基、瓦雷兹、约翰·凯奇，舞蹈家乔治·巴兰钦、玛莎·葛兰姆，建筑师赖特、范·德·罗、柯布西耶、格罗皮乌斯、霍夫曼等，乃至于哲学家与思想家弗洛伊德、海德格尔、萨特、加缪等，也常常被放入现代主义的漫长名单。

一般而言，文学上的现代主义运动可追溯至 19 世纪中期法国的波德莱尔和福楼拜，二者在诗歌与小说领域内的探索，被认为开启了崭新的美学风格，这在前面的论述中已有所提及，而现代主义运动的时间下限常被认为是 1960 年代，不少学者都指出，正是 1960 年代兴起的消费主义借用并耗尽了现代主义运动的革命性，并使之为后现代主义所取代。而居于这一时期中间的两次世界大战，则被认为是现代主义运动的高峰，正是这个战争背景使得现代主义从一开始便与危机意识相伴随："讨论这个动荡的文化年代，危机一词是主要的艺术术语。……第一次世界大战的灾难，战前的劳工斗争，女权运动的出现，帝国的竞赛，动荡的社会现代化所带来的这一切无法逃避的力量，不只是在外部呈现为文化现代主义不稳定的背景；它们也渗透到了艺术创作的内部。它们给作家和画家提供了素材，而且还给出了形式，这是工业机器带来的形式，或者是汽车尾气带来的形式，最恐怖的，甚至是战争中残肢断体带来的形式。"[1] 如果要从上述这些纷繁复杂的现代主义中概括出现代主义美学上的共通处的话，那么第一便是对新的追求，第二便是对市民阶级价值观的批判。后者可以追溯至浪漫主义者对市侩主义的批判，前者则体现了文学现代美在时间意识上的提速。

在共同的美学追求之外，现代主义在政治上却呈现出巨大分歧。虽然大多数现代主义者都存在浓厚的政治兴趣，但他们的政治光谱却极为广阔，涵盖了从共产主义、无政府主义、社会主义到天主教保守主义、反犹太主义、法西斯主义等众多立场，而这也意味着现代主义者在政治态度上的差异。1937 — 1938 年期间，在流亡莫斯科的德国文学杂志《发言》上进行的有关表现主义的论战，便是这一分歧的集中体现。虽然同为左翼阵营，论战一方的库莱拉、卢卡奇等对表现主义持激烈批判的态度，或致力于揭示表现主义与法西斯主义的思想关联，或将现代主义视作资本主义发展到帝国主义阶段的产物："在帝国主义时期，从自然主义到超现实主义的走马灯式的现代文学流派，其共同之点是：这些流派把握现实，正如现实向作家及其作品中的人物所直接展现的那样。"[2] 在卢卡奇看来，现代主义以直觉的方式捕捉到的仅仅是资本主义错综复杂的表象，而无法把握其总体性，从而推崇现实主

[1] [美]迈克尔·莱文森编：《现代主义》，田智译，辽宁教育出版社 2002 年版，第 5 页。

[2] [匈]卢卡契：《卢卡契文学论文集》（二），中国社会科学出版社 1981 年版，第 10 页。

义的方法；而论战另一方的瓦尔登、弗格勒、布洛赫等则为表现主义辩护，肯定形式革命的批判力量。事实上，这一认识同样也为布莱希特、阿多诺等左翼理论家所共享。布莱希特强调以间离效果来打破"第四堵墙"的幻觉，发挥戏剧的教育作用，而阿多诺则从否定辩证法的角度来表彰现代主义新形式，认为其有利于打破资产阶级文化的同一性幻觉。

与表现主义论争集中于对形式与政治关系的理解分歧不同，同样作为从马克思主义中吸取营养的文艺批评家本雅明和雷蒙·威廉斯，则主要着眼于从技术创新和社会流动的角度来认识现代主义。本雅明注意到19世纪中叶以来的摄影、电影等机械复制技术对于现代艺术的影响，并致力于发掘其中的政治能量，而雷蒙·威廉斯同样认为现代主义是在19世纪晚期文化媒介如摄影、电影、收音机、电视、复制和记录等技术发明的刺激之下产生的；而19世纪大城市作为技术创新的汇集之所，则为现代主义的萌芽提供了温床，本雅明从19世纪后半期的大都市巴黎去发掘现代主义与晚期资本主义之间的隐秘关系，而雷蒙·威廉斯则更为强调19世纪晚期的技术发明与城市流动经验之间的关系："在最初的历史层面上，各种运动是公共媒介的各种变化的产物。这些媒介（技术发明调动了它们），以及指引发明并表达其关注领域的各种文化形式，出现于新的大都市之中，它们也是新的帝国主义的各个中心，它们将本身显现为一门没有边界的艺术的跨国首都。巴黎，维也纳，柏林，伦敦，纽约，呈现为齐名的'陌生者之都'的新剪影，艺术最适当的场所是由不安定地流动的流亡者或放逐者造成的，它们是国际的反对资产阶级的艺术家。从阿波利奈尔和乔伊斯，到贝克特和艾奥内斯科，作家们不断地迁移到巴黎、维也纳和柏林，从发生革命的其他地方流亡到这些城市相聚，随身带来了革命后形成的各种宣言。"[1]

作为中国现代文学发生标志的五四运动，是在第一次世界大战后凡尔赛和约的刺激下爆发的，因此，中国现代文学几乎可以说是与西方现代主义的高潮阶段同步发生的，这使得中国现代文学在较早阶段便接受了现代主义因素，如鲁迅对弗洛伊德主义、象征主义手法的借用。到了1930年代，现代主义更是在中国现代文学发展中呈现发展壮大之势，不仅京派小说中大量借用了现代主义元素，海派文学更创造了"上海摩登"的东方现代主义奇观，而哪怕是地处西北的延安文艺中，同样不乏现代主义的影响，譬如木刻运动中的"马蒂斯之争"便直接提出了现代主义与大众化的关系问题。新中国成立以后，由于受到苏联文艺政策的影响，文学上的社会主义现实主义被奉为圭臬，而现代主义则长期被视作颓废没落的资产阶级文艺形式而遭到贬斥。不

[1] [英]雷蒙德·威廉斯：《现代主义的政治》，阎嘉译，商务印书馆2002年版，第51页。

过，国内对现代主义的引介也并没有完全停止，而是以内部发行的形式继续产生着影响，从而间接推动了现代主义在新时期的复苏。新时期初，高行健、王蒙、李陀等人的现代主义文学实践，虽然一度引发争议，但随着现代化意识形态的确立，现代主义也逐渐冲破了政治藩篱，确立了自身的合法性地位。到了 1980 年代中后期，随着刘索拉、徐星、残雪、莫言、格非、余华、苏童等为代表的现代小说和实验小说的涌现，现代主义也开始从新潮变为了主潮。总的来看，现代主义虽然为新时期文学新局面的打开提供了助力，但对形式的追求也已演化为了文学深入现实的新限制。

二、文学中的先锋派问题

虽然在现代文学史上，先锋派常常与现代主义混用，但准确而言，二者又存在着区别：达达主义、超现实主义、表现主义常常被认为属于现代主义，但亨利·詹姆斯、弗吉利亚·伍尔夫、T.S. 艾略特等经典现代主义者却很难被称作先锋派。从最为直观的角度而言，相较于现代主义，先锋派无论是在艺术上还是在政治上都呈现出了更为激进的姿态。根据卡林内斯库的考证，先锋（avant-garde）在法语中原本是一个军事术语，指的是作战时大部队的先行部分，直到 19 世纪，该词才逐渐变成了政治的继而又变成了美学上的术语。因此，这一时期实际上存在着两种先锋派：一种是政治上的先锋，也即圣西门主义者或傅立叶主义者意义上的先锋，另一种是美学革命的先锋。前者想利用艺术改造世界，后者则想改造的是艺术，不过，二者又曾在巴黎公社的革命行动中发生了重叠。事实上，这一时期的先锋并没有完全从政治中独立出来，甚至于在文学上也是现代性、颓废等的同义词。随着 19 世纪 80 年代以降绘画方面的新印象主义与文学方面的颓废主义、象征主义和自然主义的出现，对传统的否定渐渐趋向为否定的传统，也才有了以新之崇拜为标志的先锋派，而直到第一次世界大战时期，先锋派才不再被用来指称某一种新流派，而是成为所有新流派的统称。

早期的先锋派理论家和研究者倾向于从形式的创新来界定先锋派，阿波利奈尔这位不遗余力地追求新形式的诗人与艺术家，便把先锋与美学上的极端主义联系在一起，而现代艺术批评家克莱门特·格林伯格在发表于 1939 年的《先锋与媚俗》一文中，更是把先锋视作打破常规的、陈腐语言的形式实验与对艺术媒介本身的形式探索。这样的认识在第一本论述先锋派的专著——意大利学者波焦利出版于 1968 年的《先锋派理论》中，同样占据着了主导位置。在该书中，波焦利把先锋派定义为对语言的创造性关注，旨在以新奇古怪的形式来打破公众语言的平淡、迟钝和乏味，因此，先锋派文学也就被视作形式上对新奇甚至怪异的狂热追求。正是这种看法，使得先锋派一度与同样追新逐异的现代主义难分彼此。事实上，当波焦利在对先锋派的历史和社会根源进行探索时，他的这一定义便难免陷入困境，因为对新奇、怪异形式的追求其实并非出现于 20 世纪 20 年代，而是早就可以从 18 世纪后期的浪漫主义中发现渊源："造成先锋派艺术在实质上而非偶然不具通俗性的基础，是对新异甚至奇特的迷恋，这是在典型的先锋派出现之前就有的一种极具浪漫主义特性的现象。"[1] 既然浪漫主义已然呈现出对于新奇怪异形式之迷恋的特点，那么，波焦利的定义便显得过于宽泛，不仅无助于区分现代主义与先锋派，甚至无法区别现代主义与浪漫主义。

与波焦利把先锋派理解为形式创新这一极不准确的做法不同，卡林内斯库提供了一种区分现代主义与先锋派的方法。他认为现代主义与先锋派虽然共享了现代时间意识，却存在着程度上的不同："先锋派起源于浪漫乌托邦主义及其救世主式的狂热，它所遵循的发展路线本质上类似比它更早也更广泛的现代性概念。这种相似肯定源于一个事实，即，两者从起源上说都有赖于线性不可逆的时间概念……然而，在这两种运动之间有着诸多重要的区别。先锋派在每一个方面都较现代性更激进。先锋派较少灵活性，对于细微差别较少宽容，它自然更为教条化——既在自以为是的意义上，也在相反的自我毁灭的意义上。先锋派实际上从现代传统中借鉴了它的所有要素，但同时将它们加以扩大、夸张，将它们置于最出人意料的语境中，往往使它们变得面目全非。"[2] 而法国学者贡巴尼翁更是直接指出相较于现代主义者对现在的执着而言，先锋派更加钟情于未来："如果说现代性认同于对现时的一种激情，先锋则意味着对未来的某种历史意识和在时间上抢先一步的意志。如果现代性的悖论在于它与现代化的关系的模棱两可，那么先锋的悖论则在于它的历史意识。"[3] 按照卡林内斯库和贡巴尼翁的看法，不妨把先锋派视作现代主义的较晚的、较激进的和较高级的阶段，该阶段以美学上的纯粹主义与激进政治取向区别于主流现代主义。

与卡林内斯库、贡巴尼翁将现代主义和先锋派视作程度上的差异不同，德国学者比格尔在《先锋派理论》一书中则从文艺体制的角度提出了一种更为彻底的区分方法。通过指出现代主义与先锋派的区别并非程度，而是截然对立的存在，比格尔显示出自己在先锋派解释上特立独行的理解。在该书中，

[1] [意] 波焦利：《先锋派理论》，转引自彼得·比格尔：《先锋派理论》，高建平译，商务印书馆 2002 年版，第 4 页。

[2] [美] 马泰·卡林内斯库：《现代性的五副面孔》，顾爱彬、李瑞华译，商务印书馆 2002 年版，第 105 页。

[3] [法] 安托瓦纳·贡巴尼翁：《现代性的五个悖论》，许钧译，商务印书馆 2005 年版，第 37 页。

比格尔从艺术体制的角度来理解现代主义与先锋派的区别，提出了先锋派乃重新弥合艺术与生活之分离的努力："欧洲先锋主义运动可以说是一种对资产阶级社会中艺术地位的打击。它所否定的不是一种早期的艺术形式（一种风格），而是艺术作为一种与人的生活实践无关的体制。"[1]在比格尔看来，资产阶级艺术体制中的艺术与生活的分离作为艺术自律性发展下的结果，在唯美主义这里达到了艺术体制上的完成，然而，先锋主义者又并非否认艺术自律性，他们与唯美主义者的区别在于试图在艺术的基础上组织一种新的生活实践。与英美学术界常常将现代主义和先锋派的起源追溯至19世纪中期不同，比格尔把20世纪初唯美主义向先锋派的转折视作后者的真正起源。不过需要指出的是，比格尔所说的先锋派仅限于所谓的"老先锋派"，也即出现于1910—1920年代的达达主义、未来主义、超现实主义等艺术流派，与之相区别的则是1960年代以来的抽象表现主义、波普艺术等被称为"新先锋派"的艺术流派，在比格尔看来，后者由于被资产阶级艺术体制收编，已然耗尽了"老先锋派"的形式革命的批判能量。

按照比格尔的说法，1960年代以后的激进艺术实验虽然仍被称为先锋派，但由于作为先锋精神的对艺术体制的反抗已然被吸收为了艺术体制的一部分，先锋派也就名存实亡了。虽然比格尔对于"新先锋派"的观察是从自己的先锋派理论出发的，但先锋派的终结这一现象，却并不仅仅只存在于理论中，而是已然为众多先锋评论家所警觉。1960年代，先锋正在从一种惊世骇俗的反时尚变成为一种广为流行的时尚，莱斯利·菲德勒敏锐地指出了先锋派文学之死，而欧文·豪同样提出了"先锋派的终结"命题："发生了某种为任何先锋派代言人所无法想见的事。慨然向敌变成了沆瀣一气，中产阶级已然发现，对于其价值观念的最猛烈攻击，可以被转化为令人欢欣的娱乐，而先锋派作家或艺术家必须面对一种他不曾有过防备的挑战：成功的挑战。"[2]由于形式上的创新已被吸纳为资本主义消费逻辑的一部分，将先锋派解释为新之追求的理论不仅无法跟上时代步伐，反而形成了新的遮蔽。正是在此意义上，比格尔关于先锋派的解释也才显示出特别的意义，即通过对历史的先锋派的理解来为反思当代文艺困境提供出路。在"先锋已死"的时代如何重新激活文学与艺术的批判能量，可以说仍然是摆在当代文学家、艺术家与文艺批评家面前的一道共同难题。

[1] [德]彼得·比格尔：《先锋派理论》，高建平译，商务印书馆2002年版，第120页。

[2] [美]欧文·豪：《现代的概念》，转引自卡林内斯库：《现代性的五副面孔》，顾爱彬、李瑞华译，商务印书馆2002年版，第131页。

【本章摘要】

本章主要论述了作为现代文学价值内核的文学现代美的历史形成、审美形态，文学现代美与文学思潮、市民阶级的关系，以及作为文学现代美之极端形态的现代主义与先锋派问题。文艺复兴运动以来的现代时间意识的出现与 19 世纪前半期审美现代性与社会现代性之分裂的共同作用，使得文学现代美机制得以出现。这一机制不仅促成了文学作为语言艺术的现代观念的形成，也产生了优美、崇高、丑、怪诞、震惊、荒诞、怪奇等丰富的审美形态。正是在这一文学现代美的推动下，中外现代文学经历了从浪漫主义、现实主义到现代主义、先锋派的嬗变，而归根结底，这些嬗变的背后又体现为现代文学与市民阶级的复杂关系：一方面，现代市民阶级及作为其意识形态的启蒙思想为现代文学的产生提供了条件，另一方面，现代文学又构成了对以市侩主义为代表的市民阶级价值观的反抗。现代主义和先锋派作为文学现代美的极端形态，同时也使得其中的矛盾与危机得以暴露。虽然现代主义与先锋派并不能简单混为一谈，但二者共同分享的对新的追求却使它们走上了趋新逐异的道路，并在消费主义的吸纳下耗空了革命性与批判性，从而导致当前"先锋已死"的美学困境。

【思考与练习】

1. 请选择一部你熟悉的现代文学作品，从现代时间意识与审美现代性的双重角度分析其中的文学现代美形态。

2. 请结合本章有关西方现代文学与市民阶级之关系的论述，思考中国现代文学从"文学革命"到"革命文学"的转变。

3. 有批评家宣称"先锋已死"，今天的形式实验已经耗空了自身的革命性与批判性。你同意这一观点吗？请阐述一下你的看法。

【深度阅读书目】

1. ［法］伊夫·瓦岱：《文学与现代性》，田庆生译，北京大学出版社 2001 年版。

2. ［美］马泰·卡林内斯库：《现代性的五副面孔》，顾爱彬、李瑞华译，译林出版社 2015 年版。

3. ［法］安托瓦纳·贡巴尼翁：《现代性的五个悖论》，许钧译，商务印书馆 2013 年版。

4. ［德］彼得·比格尔：《先锋派理论》，高建平译，商务印书馆 2002 年版。

当代大众文艺美

经过了文学古典美、文学现代美的跋涉，我们终于抵达了 21 世纪的今天。作为"网生代"的读者，你可能震惊于文学古典美的雅致，也可能因文学现代美的某些抽象表达而倍感晦涩，但无论如何，对于今天的大众文艺美一定不会陌生。因为这是你生于斯、长于斯的文化语境，是一个与古典、现代比起来都更显复杂，同时又更显简单的新时代。说它更显复杂，是因为这一时段的文学已经泛化成了文艺，甚至文化，即文入于艺和文入文化，很难找到纯粹的文学形态及其文本表征；说它更显简单，是因为在这样一个文学泛化的时代，一个文字已经变成最常用的交际工具（包括在微信、微博等社交媒体上）的时代，曾经人们赋予文学的那种"经国之大业"的古典价值期待，已经受到消解，而文本的深度也遭遇抹平的危机。取而代之，大家都在屏幕之后、键盘之上"欢快"地"创作"（堆砌）着文字，是为"码字"。

"码字"也算文学吗？那些大众喜闻乐见的语言，具有何种审美形态？本章主要扫描当代大众文学／文艺的美学形态，从梳理大众文艺的流变入手，简要讨论相关文学亚体裁，为理解当代文学审美化的景观及其生产、消费状况，提供思路。本章的讨论虽然接近文化研究的理论范式与方法，但其目的却在阐释当前文艺美学所处的第三次转向，即语言艺术论转向的开端时段的复杂性。为了概括这一复杂的美学形态，我们将其命名为"大众文艺美"，并从分析其具体内涵开始。

第一节 大众文艺美三种

大众文艺美是一个暂拟的概念，要梳理其内涵，首先要对大众文艺进行分析。而稍微熟悉中国现代文学史的读者都知道，《大众文艺》（*Popular Literature*）是 20 世纪二三十年代之交（1928 — 1930 年）在上海出版的一本重要杂志。这本杂志虽只存在短短两年多就被国民党当局查禁，但前后换了两任主编，办刊风格也发生了重大的变化。这两位主编是郁达夫和陶晶孙。

在郁达夫那里，大众文艺是指"文艺应该是大众的东西，并不能如有些人之所以说，应该将她局限隶属于一个阶级的。"[1] 而这显然是与当时以"革命文学"自居的创造社相对立的，它强调文艺／文学的普泛性，其中"大众"乃是英文"people"的直译，倾向于全民、全体，或是郁达夫自己所言的

[1] 郁达夫：《大众文艺释名》，《大众文艺》第 1 卷第 1 期。

"一般读者"。在讨论这一概念时，郁达夫显现出精英立场，颇以引导大众的知识分子自居，认为文学要"代民众说话"。[1] 而到陶晶孙接任主编后，《大众文艺》与左联的关系变得更加密切了，他所认为的"大众"，就如王独清在陶主编的《大众文艺》上刊文所言："是被压迫的工农兵的革命的无产阶级，并非一般堕落腐化的游散市民"[2]。这里实际上出现过不尽相同的两种"大众"：一种是指广大群众或普通人，另一种是专指底层民众或劳苦大众（工农兵或无产阶级）。

这就是说，从上个世纪初开始，中国就存在着对大众文艺或大众文学的两种理解：一种是指面向广大读者的文艺，另一种是指面向底层民众的文艺。这两者的目标和指向迥异，却都与当代中国的大众文艺生产有着密切的关联。这种关联不但影响着当代文学作为语言文字范式的转型和走向，也深刻地影响着今天人们对文艺美学的理解和阐释。在移动互联网时代，大众文艺的内涵和外延是否有所变更，应该站在哪种立场上来看待大众文艺，特别是文学在各种新媒体艺术中的间性表征，是学习文艺美学时需要理解的重要问题之一。

一、底层：大众文艺与左翼视角

大众文艺这个概念很复杂，除了其中的文艺一词实指文学外[3]，大众的内涵更加丰富。根据英国学者雷蒙·威廉斯的解释，"大众"（popular）一词至少有四种定义，包括众人喜好的、不登大雅之堂的、有意迎合大众口味的、实际上是大众自己创造的[4]。这四种定义暗藏着一个共同的倾向，那就是大多数人的认可。而在一个远未实现绝对均等化的社会里，"大多数人"基本就意味着弱势。这正暗合了前述陶晶孙等对大众文艺的理解，他们把文艺摆在与精英、贵族、高雅、上层等范畴的对立面，认定大众文艺是底层民众的心声显现。

早在 1917 年初，陈独秀提倡文学革命，就明确指出要"推倒雕琢的阿谀的贵族文学，建设平易的抒情的国民文学"[5]。此后，无论这个词如何变化，是国民文学（陈独秀

[1] 郁达夫：《新生日记》，载《郁达夫文集》（第8卷），香港三联书店1984年版，第118页。

[2] 王独清：《要制作大众化的文艺》，《大众文艺》第2卷第3期。

[3] "文艺学"作为一门学科的命名，来源于俄文，"正确的译法应为'文学学'"，而"因为'文学学'叫起来十分拗口，几乎无人理会与使用"，所以学界长期默认使用"文艺学"，可参见钱中文：《文艺美学：文艺科学新的增长点》，《文史哲》2001年第4期。不过，值得说明的是，本章使用的"文艺"主要是指当前文入以艺之后而形成的泛文学艺术现象，即运用或主要运用语言文字加以呈现的"文艺"。

[4] 雷蒙·威廉斯：《关键词：文化与社会的词汇》，刘建基译，生活·读书·新知三联书店2005年版，第355页。

[5] 陈独秀：《文学革命论》，《新青年》第2卷第6期。

语）、民众文学（俞平伯语），还是农民文艺（郁达夫语）、人民文学（茅盾语）、工农兵文艺（毛泽东语），其内涵之中都有明确的底层倾向。这种倾向随着20世纪30年代中国阶级矛盾的尖锐化而愈发显现，其倡导者以启蒙民众为立场，加大了对"大众文艺"的改造；而也正是这种倾向让陶晶孙主编的《大众文艺》很快成为当时中国左翼作家联盟的机关刊物，并因此而遭禁。

在这一左翼视角打量下的文学运动中，刘半农用江阴方言写下了"四句头山歌"，集成《瓦釜集》；刘大白写下了《卖布谣》《田主来》；鲁迅写下了《好东西歌》《"言词争执"歌》；瞿秋白编出了《东洋人出兵》《英雄巧计献上海》；茅盾的《子夜》不脱旧文学的影子；老舍的《茶馆》更有浓郁的北平市民色彩。尤其到抗日战争全面爆发之后，"文艺大众化"成了一时共识，姚雪垠的短篇小说《差半车麦秸》、陈白尘的三幕喜剧《升官图》，以及广场戏剧、街头诗等都成了流行的文艺形态。随之而出现的是马克思主义文艺理论中国化的一次重大飞跃，即毛泽东《在延安文艺座谈会上的讲话》，将这一思潮予以了确证、整合和固化。

毛泽东指出，文艺大众化就是要让"文艺工作者的思想感情和工农兵大众的思想感情打成一片"[1]。与之相应的是贺敬之执笔的新歌剧《白毛女》、赵树理的《李有才板话》等一系列群众说唱故事的兴起。1958年春，全国上下出现了轰轰烈烈的群众收集民歌、创作新民歌运动，把"文艺大众化"推向了高潮。

在上述历史过程中所产生的大众文艺美，其内涵有两点值得注意。一是左翼视角下的大众文艺始终强调"弱者的反抗"，"要求把劳动，也把劳动者从异化的状态中解放出来"[2]。而这种强烈的对抗性力量，固然可以归化为民族危难的时代关系，但其中蕴含的话语机制，却使其文学性显现出了特殊的美感，一种对结构张力近乎本能的诉求。譬如孙犁的小说《荷花淀》开篇：

月亮升起来。院子里凉爽得很，干净得很。……女人坐在小院当中，手指上缠绞着柔滑修长的苇眉子。苇眉子又薄又细，在她怀里跳跃着。

要问白洋淀有多少苇地？不知道。每年出多少苇子？不知道。只晓得，每年芦花飘飞苇叶黄的时候，全淀的芦苇收割，垛起垛来，在白洋淀周围的广场上，就成了一条苇子的长城。女人们，在场里院里编着席。编成了多少席？六月里，淀水涨满，有无数的船只，运输银白雪亮的席子出口，不久，各地的城市村庄，就全有了花纹又密、又精致的席子用了。

大家争着买："好席子，白洋淀席！"

这女人编着席。不多一会儿，在她身子下面就编成了一大片。她像坐在

[1] 毛泽东：《在延安文艺座谈会上的讲话》，载《毛泽东选集》（第3卷），人民出版社1991年版，第851页。

[2] 蔡翔：《革命/叙述：中国社会主义文学-文化想象（1949—1966）》，北京大学出版社2010年版，第2页。

一片洁白的雪地上，也像坐在一片洁白的云彩上。她有时望望淀里，淀里也是一片银白世界。水面笼起一层薄薄的透明的雾，风吹过来，带着新鲜的荷叶荷花香。

　　这两段写景的文字美是溢于言表的，但其作为小说叙事，它更由内在的结构性冲突构成兴象。整篇小说的叙事张力来自这几组对立关系：一方面是荷花淀近乎世外桃源之美，另一方面则是它即将遭遇日寇铁蹄践踏之危；一方面是原本温馨的家庭之和，另一方面则为抗击日寇夫妻不得不分离之痛；一方面是女人们对丈夫的深深牵挂，另一方面则是害怕自己表现落后而故意表现出来的满不在乎；一方面是去迟了未能见到丈夫的失落，另一方面则对丈夫军营生活"慌"（高兴的意思）得很的想象；一方面是对丈夫英勇的仰慕，另一方面是装出来的不屑……凡此种种，在一个短篇小说中剧烈地彰显着、对立着，使得充盈着整篇小说的淡淡的荷花香居然染上了隐隐的硝烟味，从而烘托出底层百姓自我解放的、了不起的劳动之美、抗争之美，以及具有强大传统积淀的家庭和睦与夫妻恩爱之美。

　　二是在文艺大众化的过程中，以丁玲为代表的一批城市知识分子从"苦求进步的、具有浪漫感伤情绪的小资产阶级知识青年，到无产阶级革命者的转变"带来的主体身份的强烈焦虑。这种焦虑看似个人焦虑，实为集体焦虑，因而基本都表现为"革命加恋爱"的情节阐述。不妨以小说《冲出云围的月亮》为例加以分析。在小说中，女中学生王曼英在柳遇秋的召唤下投奔革命，在与柳遇秋实现革命战士与爱人的双重资格认同，并结识了一位革命的"北方小姑娘"之后，三者构成了一个"原初的完满的三角认同模式"；而另一位革命者李尚志则在王曼英生活的边缘徘徊。但大革命失败，柳遇秋变节，"北方小姑娘"离去，王曼英沦为了卖淫女。这样，她的双重资格都失去了。而王曼英再一次获得双重资格，则是在工人的女儿吴阿莲与李尚志出现之后，阿莲以劳动人民的纯洁使王曼英认识到自己"不可赦免的罪过"；李尚志的坚毅和成熟，则反衬出柳遇秋的无耻。这样，王曼英终于在纱厂工人运动的荡涤中，再次形成了完满的三角认同[1]。

[1] 参见王一川：《修辞论美学》，东北师范大学出版社1997年版，第98—108页。

　　这是运用语言学模型对文学的结构之美做的文本分析，从分析中可以很明显地看到左翼视角中人物关系的变迁暗示着个体的、无可回避的被改造。这其实是"底

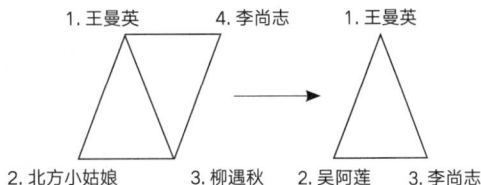

1. 王曼英　　4. 李尚志　　　1. 王曼英
2. 北方小姑娘　　3. 柳遇秋　　2. 吴阿莲　　3. 李尚志

[1] 王一川：《修辞论美学》，东北师范大学出版社1997年版，第112页。

层的大众文艺"逐渐占据文艺形态主流或话语高地之后的一种普遍表征，是权力"借助于支配话语组织而支配主体，规定主体位置"的一种显现[1]。而在这样的时刻，虽然中国革命尚未完全完成，但在某种程度上大众文艺已不再是"弱者的反抗"，反而成了不断巩固和加强三角形认同模式的根本性力量表征。

而随着中国走过"文革"，快速进入建构中国特色社会主义市场经济的工业化阶段，一批新的"底层文学"和"打工文学"又在新世纪初逐渐"浮出水面"。2006年《扬子江评论》的创刊号上，第一个栏目就是"阶层与文学"。底层、小资情调和中产阶级被放置在一起考量时，"打工文学"那种强调对抗的特殊性就特别明显，它们过于简单而显单调，在单调中又具有一种粗野的文字力量。你读"在流水线的流动中，是流动的人 / 他们来自河东或者河西，她站着坐着，编号，蓝色的工衣 / 白色的工帽。手指上的工位，姓名是 A234、A967、Q36……/ 或者是插中制的，装弹弓的，打螺丝的……"（《流水线》）或是"沿线站着 / 夏丘 / 张子凤 / 肖朋 / 李孝定 / 唐秀猛 / 雷兰娇 / 许立志 / 朱正武 / 潘霞 / 苒雪梅 / 这些不分昼夜的打工者"（《流水线上的兵马俑》）时，内心会为这种机械的重复而感到震惊，仿佛是《摩登时代》里卓别林饰演的那个流水线上的钳工，因过于"正常"而终于失常。但这样的话语结构缺乏更为深刻的美学内涵，一方面显得批判有余而建构不足，另一方面也难以对"打工者"的个体安定提供足以咀嚼、兴味悠长的艺术手段。以至于评论家特意将语言艺术的审美放在讨论"底层文学"的重要位置，呼吁"底层文学"的"作家们必须时刻提醒自己"："'为人生的艺术'首先是艺术，'底层文学'必须是文学。"[2]

[2] 邵燕君：《"写什么"和"怎么写"——谈"底层文学"的困境兼及对"纯文学"的反思》，《扬子江评论》2006年第1期。

[3] 王一川：《中国现代学引论：现代文学的文化维度》，北京大学出版社2009年版，第223—224页。

二、商业：大众文艺与当代生产

把大众文艺放在倾向底层的立场上来讨论，即底层的大众文艺，是20世纪中国文学在80年代之前的某种共识，这种大众文艺美主要强调对抗和张力，这在当代文学史的书写中已经得到了反复呈现。而中国文学从20世纪80年代起发生了重大变化，它从"中国现代I文学在文化启蒙、民族国家救亡、个体觉醒等因素的复杂缠绕中力求呈现中国的地球之一国体验"，转而到"中国现代II文学从以民族国家为中心的现代性体验转向以全球流动为特征的全球地方化体验"的变迁；学者将这一时期的文艺表征称为中国现代文学的"断连带"[3]。

穿越了"断连带"之后的文学创作，多被研究者称为"文学生产"。这是因为，形成全球化效应的市场经济通过大众文艺美的另一面向，明确地介入了文艺领域，并将其进一步推至娱乐范畴，形成了雷蒙·威廉斯所说的"有意迎合大众口味的"文学（或文艺）。这种大众文艺可以被译作"mass literature"或"mass culture"。"mass"一词本即有混乱之意，它暗示着这种大众文艺是多人操作、彼此交叠的产业化运作结果，当然也与大众传播媒介如报纸、杂志、书籍、电影、电视等的普及化有关，进而还与由此形成的文艺市场、文艺消费及商业美学等有关。一般来说，这种大众文艺包括通俗小说、流行歌曲、广告短片、肥皂剧和商业电影、综艺节目等一系列产品。在中国，这一构成家族约略可视为民国时占市场主流的鸳鸯蝴蝶派小说、电影之延续。

既是产品，就要面向市场，获得受众，赢得消费者的青睐，取得票房、点击量的支持。因此，商业的大众文艺的生产与传播不可避免地带有如下特征：

一是传播性。借助大众传播媒介，大众文艺批量制作和快速传输，以求盈利。以电视剧为例，21世纪以来国产电视剧的年产量居高不下，一直维持在400部、15000集左右，远超出了我国现有电视台的播出规模；电影生产也"供过于求"，2016年全国生产故事片772部，而进入影院上映者仅415部，受资本驱动的状况明显[1]。

2011—2018年我国获得发行许可电视剧数量

年份	2011	2012	2013	2014	2015	2016	2017	2018
部数	469	506	441	429	394	334	314	323
集数	14942	17703	15770	15983	16540	14910	13470	13726

进入大众传播渠道的大众文艺，其生产效能也是惊人的。20世纪初电视剧《渴望》播出，创造了"万人空巷"的"奇迹"；而截至2016年11月，网络小说改编的剧集《老九门》点击量早已超过100亿次，网络综艺节目《爸爸去哪儿4》点击量也高达17.1亿次，《火星情报局》点击量达到10亿次[2]。2019年网台同播的都市情感类电视剧《少年派》，单日播放量

[1] 2016年，我国省级卫视黄金档和周播剧场共播出187部电视剧，远低于当年创作数量，参见国家新闻出版广电总局发展研究中心：《中国广播电影电视发展报告（2017）》，中国广播影视出版社2017年版，第114、148、158、160页。2017年的数据参见《国家新闻出版广电总局关于2017第四季度暨全年全国国产电视剧发行许可情况的通告》，http://www.sapprft.gov.cn/sapprft/contents/6588/363385.shtml，2018-03-30.

[2] 国家新闻出版广电总局网络视听节目管理司、国家新闻出版广电总局发展研究中心：《中国视听新媒体发展报告（2017）》，中国广播影视出版社2017年版，第107页。

就可达 1.1 亿次。

这样大规模的创作和传播，使得大众文艺具有塑造社会民众审美情趣、审美观念，乃至影响其日常生活价值判断的美学功能。美国学者杰姆逊、鲍德里亚，意大利作家艾柯等人纷纷从文学研究入手，讨论这些文艺现象的话语运作机制，提出虚拟与现实的差别几微，"生活被喜剧化到了肥皂剧的层次"[1]。

二是模式化。在资本运作下的大众文艺美高度强调原创性，以此求得迅速推广。"创意"是当前大众文艺创作和传播的关键词，从 1998 年进入英国文化媒体体育部的正式报告开始，它逐渐显现出"征服"所有与审美相关的文艺生产领域的趋势，"文艺要求原创"成了一种惯例。而另一个与之相关却又明显具有悖论意义的关键词是"模式"——一旦"创意"成形，就会被资本生产机制变成某种"模式"，广泛复制并迅速占领市场：个性化的文艺美转而成了大众趣味。

以语言艺术为特征的脱口秀即是一例。2007 年出现的《大鹏嘚吧嘚》借鉴欧美节目的成熟创意，用主持人演说的"单口模式"开《高铭脱口秀》《晓说》《今晚 80 后》等节目之先河；而 2014 年的《奇葩说》又创造了多人谈话的"群口模式"，引《火星情报局》《脱口秀大会》《吐槽大会》等节目之风潮。

把时间稍微拉长，也可以发现从 20 世纪 70 年代末开始出现一批的情感主义文艺创作，如"小说《黑骏马》《北方的河》《古船》等，影片《青春祭》《巴山夜雨》《良家妇女》《角落》《野山》等"，到 80 年代末就被小说《顽主》《一点正经没有》、系列剧《编辑部的故事》以及其后出现的贺岁片系列等"成批生产后情感主义美学的文化产业"产品所取代；在此之后，还有从 1991 年风靡的《戏说乾隆》开始，到《宰相刘罗锅》《还珠格格》《雍正王朝》《铁齿铜牙纪晓岚》《康熙王朝》《大明王朝 1566》等"后历史剧"（帝王剧）模式，以及 21 世纪头十年之后出现的《甄嬛传》《步步惊心》《美人心计》《宫》等宫斗剧模式变迁，以盗墓、穿越为代表的玄幻文艺模式（包括小说、影视、游戏），以烧脑为特征的谍战剧模式，还有各种甜宠文、逆袭文、重生文等网络小说模式等。

模式化与流行性是密切相关的，一种模式被另一种取代正是社会速度加快的显现。在信息技术的推动下，大众文艺的"迭代"（iteration）速度不断加快。"迭代"是信息科学术语，本即含有循环意味。它在印证我们正处于"加速社会"，并可能因此而产生"新异化"的同时[2]，也说明由商业主导的大众文艺，其所谓"原创"很难脱离德国学者阿多诺指认流行音乐的"伪

[1] [英]安吉拉·默克罗比：《后现代主义与大众文化》，田晓菲译，中央编译出版社 2001 年版，第 29 页。

[2] 参见[德]哈尔特穆特·罗萨：《加速：现代社会中时间结构的改变》，董璐译，北京大学出版社 2015 年版；[德]哈特穆德·罗萨：《新异化的诞生：社会加速批判理论大纲》，郑作彧译，上海人民出版社 2018 年版。

个性化"窠臼——"与标准化必然发生关联的，是伪个性化……通过伪个性化，那些大量生产以标准化本身为基础的文化产品，被赋予了可自由选择或是开放市场的光环"[1]。

三是愉悦感。商业主导的大众文艺要迎合受众，其审美感受就更趋日常。与高雅文艺诉诸个体的深层审美体验而难免肃穆、甚至神圣不同，大众文艺美的接受（或称消费）多是在生活场景中完成的，有随意性、生活化的特征。它所带来的感动往往"来得快，去得也快"，消费者追求的也多是感性的娱乐。这在 21 世纪以来不断加速的媒介社会中表现得尤为明显。因为在这一时期，"我们所拥有的体验手段（电视节目、衣服、休假状况、伴侣等）越多（增多），我们越是将它们紧凑地塞在时间里（变得稠密），我们的内在生活就越是富有：通过拥有的提升带来存在的提升"[2]。如各种语言类综艺节目的兴盛，除上述脱口秀外，还有《笑傲江湖》《欢乐喜剧人》《喜剧总动员》《笑声传奇》《喜剧班的春天》等模式化的喜剧真人秀，一拥而上，填满了消费者的生活。但是，生产愈迅速，其大众文艺美的内涵就愈浅薄，不过"制造快乐"而已。在这里，审美愉悦被简化为让人高兴的愉悦，它不再是能够引人深思、让人回味的深层兴味。以类型电影为例，商业化的大众文艺中就极度缺少被认为是"最彻底、最坚定地直面人生的意义问题，大胆思考那些最恐怖的答案"的悲剧[3]。

近百年来，中国的悲剧文艺经过了一个两段"显"与"潜"交替的过程。现代文学 30 年中，悲剧极为常见，而在当时的电影作品中，《渔光曲》《马路天使》《小城之春》《一江春水向东流》等都带有强烈的悲剧性色彩。新中国成立后 30 年，悲剧在文艺创作中渐次退场。直到 20 世纪 80 年代，悲剧又开始以《天云山传奇》《芙蓉镇》《活着》《霸王别姬》等影片而亮相。但进入商业化时代，悲剧意识逐渐被"排挤"出大众文艺市场，或者换了一种"大片"面孔而出现，如《让子弹飞》《唐山大地震》《集结号》《我不是药神》《流浪地球》等。它们虽然都有悲剧意识和相关元素，但却是潜在的，甚至微弱的，是需要观众加以分析和反思的。

而在一个商业不断营造刺激，给人造成眩晕的时代——

[1] Theodor W. Adorno, "On Popular Music", in John Storey ed., *Cultural Theory and Popular Culture: A Reader*, Prentice Hall, 1998, p.203.

[2] Gerhard Schulze, *Die beste aller Welten. Wohin bewegtsich die Gesellschaft im 21. Jahrhundert?* München/Wien: Hanser 2003. 转引自 [德] 哈尔特穆特·罗萨：《加速：现代社会中时间结构的改变》，董璐译，北京大学出版社 2015 年版，第 216 页。

[3] [英] 特里·伊格尔顿：《人生的意义》，朱新伟译，译林出版社 2012 年版，第 11 页。

[1] 这是韩裔德国学者韩炳哲的术语，用来表示这个社会中的人们"由于没有能力抵抗刺激的作用，无法拒绝刺激反应"。在他看来，"立刻做出反应、回应每一个刺激冲动，这已经是一种疾病、一种倒退，也是疲劳、衰竭的征兆"。[韩] 韩炳哲：《倦怠社会》，王一力译，中信出版集团 2019 年版，第 38 页。

[2] 王一川：《眼热心冷：中式大片的美学困境》，《文艺研究》2007 年第 8 期。

[3] [韩] 韩炳哲：《娱乐何为》，关玉红译，中信出版集团 2019 年版，第 30 页。

[4] 郁达夫曾自述说《大众文艺》刊名的来源，"取自日本目下正流行的所谓'大众小说'。日本所谓的'大众小说'，是指那些低级的迎合一般社会心理的通俗恋爱和武侠小说而言。现在我们所借用的这个名字，范围可没有把它限的那么狭"，"我们只觉得文艺是大众的，文艺是为大众的，文艺也许是属于大众的"。参见郁达夫：《大众文艺释名》，《大众文艺》第 1 卷第 1 期。

也有学者将其称为"倦怠社会"[1]，消费者已无暇深思大众文艺美所可能存在的深刻内涵，他们的兴趣被不断更新的娱乐潮流所牵引，最终失去了自我。因此，对商业的大众文艺来说，一方面消费者的接受能力、艺术素养和审美水平确实有待提升，而另一方面，商业大众文艺中真有兴味蕴藉，能引人深思和批判的产品更需得到重视。在中国美学传统中，审美感受可分三个层次："初级层次是'感目'（或叶燮所谓'感于目'），即诉诸个人的眼睛、耳朵等感觉器官；第二层次或中级层次是'会心'（或叶燮所谓'会于心'），即让个人的心灵或头脑产生兴会；第三层次或最高层次则是'入神'或'畅神'，即深入个人内心幽微至深的神志层次"[2]。而在一个加速社会里，商业化主导的大众文艺为了尽快产生经济效益，就多只是到"感目"的层面，"商业艺术家"或娱乐生产家们都"没空"往更高的层次冲击。

文艺美学要透过文学文本茂密的丛林，抵达其思想的核心，必须要求文本本身具有坚硬的内核。回望 20 世纪 90 年代的大众文艺，虽然也有纯商业的诉求，但社会加速机制尚处初期时，金庸、刘恒等人的创作都不同程度地显现出对人的生存体验之反思，值得加以讨论。他们的写作很像"将欲乐嵌入救赎与受难的故事中"的"甜蜜十字架"[3]，在整个娱乐化时代中显现出特殊的大众文艺美。这些文本与 21 世纪以来的国产悲剧大片类似，都需要观众的深刻分析，才能从语言中浮现出自反性美感来。而那些过分强调感官愉悦的大众文艺，很容易就会失去文学作为语言艺术的"文之悦"，转而成为庸俗，甚至媚俗。

三、自发：大众文艺与自媒体的兴起

社会加速机制在鼓动了商业的大众文艺的同时，也为第三种大众文艺的出现创造了可能。这种大众文艺约略等于郁达夫倡导的面向"一般读者"、由"一般读者"创作的文艺形态[4]，也有学者将其命名为"新民间写作"，指出它具有

"自娱娱人"的独特属性[1]。这种"自发的大众文艺"产自民间，又得到广泛传播，主要是以移动互联网所带来的自媒体（we media）为传播载体的。

从早期的手机短信文学到同人小说（fan fiction），普通人自发创作的大众文艺高度依赖信息技术，其媒介历程包括 group Message（群发短信）、BBS（网络论坛）、podcasting（播客）、blog（博客）和 microblog（微博）、SNS（社交媒体，如微信等）等阶段。美国学者谢因·波曼和克里·斯威理斯最早用"自媒体"来对其进行概括的。在他们看来，自媒体是"一种理解普通大众在经过全球知识互联的数字科技强化之后，如何提供与分享关于自身事实和新闻的途径"[2]。由这种途径而产生的语言文字，无论是记录心情、叙写游记，还是虚构叙事、改写经典，只要具有一定话语蕴藉属性，就应该被看作自发的大众文艺。但由于缺乏经典化历程，这种大众文艺多半未能充分进入文艺美学研究的视野，但其中确实存在着较为明显的大众文艺美，而且具有极大的社会影响力。

自媒体有两个明显的社会功能，一是强化人际和社群社会交往，一是参与社会公共传播。这两种社会功都与文艺相关，都可能产生带有审美属性的语言文字。不妨以短篇幅的社交创作为例，略加讨论。从广泛转发或群发的手机短信，直到后来流行的微博、微信朋友圈展示的文字一般篇幅都不长，但其有兴味蕴藉者，也值得加以分析——"我一直都守在你身边，也一再为你担心，今天你吃饱了吗？睡得好吗？深夜会冷吗？我向来都知道你就是不会照顾自己，每当我一走开，你就会从猪栏跳出去。"这条早年常被转发的短信，也被用于今天的微信朋友圈展示，只是最后一句以空格的形式折叠，读者点击"全文"之后才有恍然大悟之感。它前几句都在描述人间温情，而最后转折则形成了幽默的修辞效果。这种效果与其简短，以及能够拉近人与人之间的情感等属性相结合，构成了"一种在社会公众间展开的以笑去调节社群状况、主体间关系及个体生存方式的短语修辞行为"，这种行为"不能仅仅从传统修辞学意义上去领会，而应当同人的现实生活形式的调适紧密联系起来考虑"[3]，是语言修辞构成了人的生活形态。

事实上，无论长短，自发的大众文艺创作形态都带有这样的特征。同人文写作也不例外，其写作者都是将自己的生存体验融入对象化的书写行为中去，在写作中获得对特定对象（明星偶像、特定文本，如《星际迷航》等）的想象、粉丝社群的位置和自我生活的体认。因此，幽默、搞笑也是他们常用的话语资源，甚至包括"色语"（sexualized discourse）[4]。而随着社交媒体的兴起，自发的大众文艺创作形态也获得了越来越多的关注，在个人微信公

[1] 欧阳友权：《数字媒介与中国文学的转型》，《中国社会科学》2007年第1期。

[2] Shayne Bowman and Chris Willis, *We Media: How audiences are shaping the future of news and information*, Reston, VA: The Media Center at American Press Institute, 2003, p5.

[3] 王一川：《短语笑话与文学语言的新景观》，《江汉论坛》2006年第3期。

[4] Kristina Busse, "My Life is a WIP on My LJ: Slashing the Slasher and the Reality of Celebrity and Internet Performances", in Karen Hellekson and Kristina Busse, eds.,*Fan Fiction and Fan Communities in the Age of the Internet*, Jefferson, NC: Mcfarland, 2006, pp. 207—224.

号上的推文、抖音号上的短视频点击量过十万者，并不罕见。研究者认为，这恰是自媒体"弱连带优势"（the strength of weak ties）之显现，即自媒体不像专业媒体会挤压人的社交时间，因此，"随便翻一翻""加个关注"就成为这种文艺接受的主要形态[1]。但正是这种接受形态注定了自发的大众文艺其美学属性只能是对公众瞬间娱乐的满足，即便是带有反思性的文字，其美学内涵也多半只是浅层抚慰的"鸡汤"。这是因为自媒体的诞生与大数据时代的来临几乎同时。后者决定了普泛意义上的自发的大众文艺创作与传播都不可避免地带有以下特征：

一是在创作上容易形成"人设"。一般来说，商业的大众文艺只提供一种批量化、标准化的文化产品，其目的在于满足消费者"与自己富裕邻居保持同样生活"（keeping up with the johnese）的愿望；而自发的大众文艺更强调创作的"独异性"[2]，即每个人独特的生存经验和文学表达。但由于自媒体传播的信息海量，独异性的大众文艺美在传播过程中为凸显自我，就会不断地标签化，最终成为某种"人设"。与商业化大众文艺的生产机制（如明星"卖人设"）不同，自媒体一旦成为"人设"，其自发的文艺美也就失去了草根性和创新的可能。如 2015 年创造网络奇迹的 Papi 酱以凌厉的言辞风格赢得关注，但不久就销声匿迹。

二是在传播中要受"算法"控制。大数据时代的传播平台大部分都依靠算法进行信息分发，这让自发的大众文艺与其接受对象之间的关系变得非常直接且单一。传播学上用"信息茧房"和"过滤气泡"来描述这一现象，而其在接受美学上所体现出的弊端就是"审美疲劳"。"算法"携带的信息不断刺激接受者的兴奋点，造成的结果就是接受者丧失了思考的可能，而不假思索地、迅速地全盘接受——这在抖音等短视频传播平台上表现尤为突出；最终接受者失去了对现实世界的审美体验，也不易再获得深度的审美体验。因为，认知神经科学的研究已经证明，那种短暂的、碎片化的阅读会重塑人的大脑神经回路，改变其突触，导致"持续不断的注意力降低"，而这种退化具有生理性，是不可逆转的。[3]

三是在接受时可能被"模式化"。自发性的大众文艺也有模式化的趋势，也存在被商业化的风险。如由某位酒吧驻唱歌手自编自唱自跳的《海草舞》，歌词中"我走过最陡的山路 / 看过最壮丽的日出 / 在午夜公路旁 / 对着夜空说我不服输"本是很典型的小人物生存体验，而其以随风飘摇的"海草"为喻，用较强的节奏感和简单的重复性动作，带动了大量跟风复制的"大众文艺"；此外，《我怎么这么好看》《生僻字》等抖音魔性场景都是如此。这种

[1] [美] 马克·格兰诺维特：《镶嵌：社会网与经济行动》，罗家德等译，社会科学文献出版社 2007 年版，第 13 页。

[2] [德] 安德雷亚斯·莱克维茨：《独异性社会：现代的结构转型》，巩婕译，社会科学文献出版社 2019 年版，第 73 页。

[3] 参见 [美] 尼古拉斯·卡尔：《浅薄：互联网如何毒化了我们的大脑》，刘纯毅译中信出版社 2010 年版，第 29 — 37 页。

第五章　当代大众文艺美

洗脑型模式化削弱了自发性的大众文艺美生成深层兴味的可能——接受者往往是以"潮流"的心态来看待这种自发的大众文艺现象的,而所谓"潮流"便意味着转瞬即逝。

第二节 当代大众文艺概观

从文学古典美到文学现代美,文学走下了神坛,又走过了一段体制化的阶段,而进入了由媒介技术变革而带来的"狂欢"时期。21 世纪初,"大众狂欢"是一个常见的用以概括当代大众文艺现象的术语。而随着移动互联网时代的到来,原本由图书、报纸、杂志、电视、电影等众多媒介带来的文化书写行为,都被整合在了智能手机之中,网络成了内嵌于日常生活之中的现实情境,大众文艺美也在这一过程中发生着重要却又不易察觉的变化。

一、网络文学与泛媒介互动

互联网出现以来,对当代文艺冲击最大、引发关注最多的,莫过于网络文学了。一般认为,中国的网络文学诞生于 1998 年《第一次的亲密接触》在网上的连载,其迄今已有二十余年。不过,早期的网络文学基本上是传统纸媒文学的网络版,都是作者写好后上传网络,供读者阅读;而真正具有网络生成属性,即能够实现读者与作者实时互动、作者依靠网络发行(粉丝供养)实现盈利的"网络文学",大概出现于 2003 年。短短两年之后,网络作者与文学网站签约从事职业写作,就在中国率先蔓延开来,甚至让"网络文学出海"成为一时话题。

从网络文学的发展来看,由于受众来源广泛,其经过了一段在"主角逐渐成长为强者"的升级套路中打转的经历,大量文本高度雷同,都重视主角成长,淡化主角的特征形象,强化普通读者的"代入感",强调小概率幸运事件,最终导向主角的成功……在网络上也常见教授网络小说写法的各种"指南",如"把主角距离目标的路程分成许多等分,然后一段段去完成","故意给主角设置各种障碍","与敌人一次次的冲突,结交一个个的朋友,发现越

[1] 参考新手作者怎么扩展小说大纲的相关网络文章

[2] 邵燕君、猫腻:《以"爽文"写"情怀":专访著名网络文学作家猫腻》,《南方文坛》2015年第5期。

[3] 邵燕君:《从乌托邦到异托邦:网络文学"爽文学观"对精英文学观的"他者化"》,《中国现代文学研究丛刊》2016年第8期。

来越多的宝藏,在多个异性之间周旋","一部可以写到两三百万字的小说,其实就这么出来了"[1]。

这种模式化的写作,消除了文本与世界之间的必然关系,对以作品为中心的艺术家、世界、读者之间的关系基本没有勾连和探索,而这正是传统文学所重视的。除了能够"替人们有效率地、喜悦地、情绪起伏地尽量大地把业余时间杀掉,把他们的人生空白填上"[2],这种文学产品很难产生具有批判意识的深层兴味蕴藉。因此,对网络文学的研究也往往集中在整体讨论(如消解神圣和艺术平权的价值取向,戏仿、拼贴的手法,女性主义、穿越题材的内容,赛博空间的虚拟诗学、超文本属性等)上,缺乏对个案的修辞论梳理和美学特征总结。

"不过,令人特别欣慰的是,经过最初一段时间的'黑暗行走'后,网络文学普遍开始出现'触底反弹',走出基础欲望层面的'初级YY',走出'丛林法则',进行价值重建"[3],如此,文艺美学对网络文学的介入空间也有可能变大。自2011年以来,国家印发《关于推动网络文学健康发展的指导意见》等文件,促使网络文学转型,自觉承接中国传统通俗小说的文脉,表征当代人的生存体验。此后,也确实涌现出《失恋三十三天》《致我们终将逝去的青春》《琅琊榜》《花千骨》《大国重工》《择天记》等具有相当语言艺术性的优秀作品。

而以网络文学为中心出现的文学与影视、文学与动漫、文学与游戏的互动,在互联技术的支持下,愈发成为当代文艺的重要存在形态之一。这是媒介变革所带来的文艺转变表现:"两种或两种以上媒介组成的对文学活动产生交互影响的多媒介传播情境,正在对公众产生轮番轰击、挤压、烦扰、娱乐等综合效应"。这种文艺的"泛媒介互动"或称"全媒体传播"(IP改编)的现象,也为解读作为语言艺术的文学之美带来了困难,因为"文学文本的看来确定的表意系统其实已经被这些泛媒体系统的宣传悄然改写了"[4]。由此,文艺美学更需要把握文学的间性特征,掌握文学的艺术学方法和文化学方法,在不同的艺术表意符号系统中,寻找审美特质和兴味蕴藉的生发、变更之可能。譬如《山楂树之恋》的小说原著与电影文本之间,就存在着缩减内容、分割故事、有意变形、新编内容等差异,而这些差异在叙事表达上会造成哪些审美效果的不同,以及这些不同将对文本意义的传达、对接受者生活经验的改写、对社会价值的表征产生哪些影响,都是文艺美学需要关切的内容,也是"大众文艺美"能摆脱人们对它所产生的肤浅印象,转而深刻起来的路径。对此,本书最后一章将有更具体和深入的讨论。

[4] 王一川:《泛媒介互动路径与文学转变》,《天津社会科学》2007年第1期。

二、当代文艺的亚体裁

较之文学古典美、现代美而言，讨论当代的"大众文艺美"更为困难。这一是因为近距离的当代文艺观察往往带有偏见和盲点，未必能如后来者打量古典文学那般客观和富于反思；二是因为当代文艺的产制机制复杂，几乎人人都是文艺的创作者和传播者。后者本应造成文学表现形式与生存体验表征内涵的丰富、多样，可吊诡的是，当代大众文艺的话语实践并没有出现普遍的"百花齐放"局面，而是"不约而同"地转向了轻松和娱乐。诚然，流行的大众文艺确实出现了一些原本不曾有过的"亚体裁"，如玄幻小说、穿越小说，各种"微"文化、"小"文化，甚至基、腐、丧等负面"题材"，但这些文艺创作都是高度类型化的。比如，玄幻小说这一亚体裁下总是固定重生、修仙、盗墓等若干主要题材。因此，也可以认为，这些亚体裁在表征当代人生存体验方面带有较高的同质化，它们总是具有较为集中的语言组织形态，甚至表达的情感内容也很类似。

一是多见虚构性写作。在种种亚体裁中，励志类的文字最为常见，而无论是各种题材的网络小说，还是鸡汤文，这种"底层逆袭"的写作基本都是虚构性的。在虚构中，写作者可以相对自由地想象富豪生活，表达底层对成功的向往，以安抚奋斗失败者的心灵；甚至选秀类节目也曾因一味地为了收视率而让真人秀选手胡编乱造个人身世以吸引评委及公众眼球而备受质疑。这促使了学界对文艺真实性、公信力等公共问题和现实主义创作等话题进行深刻的反思。

二是少有探索性表达。与亚体裁相应的是亚文化，而被商业化收编了之后的亚文化往往呈现出类型化特征。虽然类型可以交叉互渗，而衍生出多种变体，但其根本上只有若干基本形态。譬如耽美小说加上穿越情节，可以变成"变身文"；耽美加穿越再加机甲，就造就了《机甲契约奴隶》这样的长篇小说。类型化写作充分表现在"日更"的网络文学中，高频次的更新速度使得作者很难有时间去进行文体上的探索和实验，也就失去了作为"大众文艺美"题中之意的先锋性。

三是明显的物化倾向。传统文学作为一种精神产品，其意指在于超越现实，尤其是现实的物质层面，而指向人的内心，实现王国维所谓的"于痛苦中解脱"[1]。但以电影《小时代》为代表的一系列都市情感文艺作品，都将极力展示物欲和物质文化的繁荣作为主要内容，缺乏对艺术深层感兴和人的存在价值的追问。

四是强化的私人情绪。诉诸情感是文艺的基本属性，故《毛诗序》即有"情

[1] 王国维：《〈红楼梦〉评论》，《王国维文集》（第 1 卷），中国文史出版社1997 年版，第1—2 页。

动于中而形于言"之说。而亚体裁的写作往往集中在个性化很强的情感类型上，将其渲染为情绪，如小清新、治愈系、爽文，以及宅、基、腐、萌等情绪内涵，都有相对固定的接受群体；情感类型下还可以细分子类型，如爽文就有吓爽、吊爽、虐爽等情绪表达。而家国情怀、人类命运等宏大情感则付诸阙如。事实上，过于直接的情绪表达会削弱文艺的话语蕴藉效果，其审美意味自然也就降低了。

五是有意的社群营造。自媒体的出现，强化了文艺的社交特征。它颠覆了以往需要大众传播机构才能实现的一对多传播的局面，而使得原本个人化的文艺创作也具有了社群营造的可能。从网络脱口秀《逻辑思维》开始，借助喜马拉雅、蜻蜓、荔枝、微信读书等 APP 平台进行传播的语言艺术，都具有构建社群的功能。

上面对当代文艺亚体裁特征和发展趋势的五点概括并不全面，在一个加速发展的社会中，文艺体裁还会不断演进，需要研究者的长期追踪。另外，随着文艺创作群体的扩大，各种与商业化关系不那么密切的文艺形态也在得到不同程度的发展。如在非虚构写作上，既出现了如"腾讯谷雨""北青深一度"这样的专业写作团队，也出现过《太平洋大逃杀》等卖出百万影视版权的纪实文学。但总体来说，这些当代文艺的亚体裁已经可以表现出某些相对小众的审美趣味。亚体裁往往意味着亚文化群体的集合。而由于传播快捷的互联网日渐嵌入社会生活，彼此不同的亚文化群体之间共享的文艺趣味正在被淡化，各个"圈子"之间的不理解、不对话也成为影响大众文艺美发挥情感交往作用、拉近社会距离的一大障碍。这是否在某种程度上意味着互联网原本带给文学及其研究的"互联""共享"期盼——"文学教师几乎可以指定任何作品给学生阅读，无论班级有多大，这些作品都唾手可得"；"无论何时何地，学生们都可以查看这些注解，也可以通过电子邮件互相交流，讨论相关问题，交换观点"[1]——已经被证实为是一种想象？当代大众文艺是否还能开拓出公共的空间，它还将在互联网技术的推动下走向何方？这些都是值得预期与警惕的。

[1] 祁寿华、林建忠：《文学》，中国人民大学出版社 2007 年版，第 139、140 页。

第三节 审美化：景观、消费与收编

一般而言，文学是指具有审美属性的语言行为及其作品，包括诗、散文、小说、剧本等。这种定义明确指出了审美化是文学的根本要求，但有意味的是，在当代文艺，乃至当代生活中，随着传统文学的社会影响力逐渐式微，一种带有普遍性的审美景观却正在崛起。这一景观在新世纪初被命名为"日常生活审美化"（the aestheticization of everyday life），其核心仍是审美[1]。

伊格尔顿曾指出，社会的三个基本领域认识、伦理－政治、力比多－审美在现代化时期相互分离，各自独立，而在艺术被逐渐边缘化之后，审美反而作为一种意识形态，"把这三个相异化的领域重新结合起来"，"它通过有效地淹没其他两种话语来使这些话语相互联系起来。现在一切事物都成为审美的了"[2]。

在"一切事物都成为审美的了"的当下，文学将呈现出何种景象？

一、审美化的文学景观

文学是语言艺术。相比于其他艺术门类，语言艺术的独特性在于它与社会生活密切相关。"我们并不是先有意义或经验，然后再着手为之穿上语词；我们能够拥有意义和经验仅仅是因为我们拥有一种语言以容纳经验"，"想象一种语言就是想象一种完整的社会生活"[3]。因此，讨论审美化的今天的文学景观，必然要回复到文学的语言特性上加以考察，才能真正看到文学在当代的独特属性。

从20世纪50年代以来，当代文学的语言形象主潮经过多次变迁，从中折射出了不同时代的审美价值问题，以及审美与社会生活之间的关联：

从新中国成立后到"文化大革命"结束前，文学的审美景观呈现为"大众群言"的美学效果。无论是郭沫若的诗歌、老舍的戏剧，还是秦牧的散文，在语言形象上都表现出趋于底层的通俗化特征，排斥作者个人趣味，强调雅俗共赏。在这样的语言形象中，文学与社会生活之间的象征、投射关系相对简单："刘白羽总是描写巨大的自然事物，如长江大河、日出日落、海阔天空，与这些巨大的自然景物对应的总是祖

[1] "日常生活审美化"的讨论在中国始见于2003年6月《文艺争鸣》刊发的一组笔谈，而这一术语早在1990年迈克·费瑟斯通出版的《消费文化与后现代主义》中就作为第五章的标题而出现，不过当时译为"日常生活的审美呈现"，参见[英]迈克·费瑟斯通：《消费文化与后现代主义》，译林出版社2000年版，第94—120页。

[2] [英]特里·伊格尔顿：《审美意识形态》，王杰等译，广西师范大学出版社2001年版，第373页。

[3] [英]特里·伊格尔顿：《20世纪西方文学理论》，伍晓明译，陕西师范大学出版社1986年版，第76页。

[1] 陈晓明:
《中国当代文学
主潮》,北京大学
出版社 2009 年
版,第 212 页。

国、人民、世界、英雄、意志……这些宏大概念;杨朔则是描写一些花朵、一些树枝或水流,他所对应的主要是劳动人民的心灵、新的劳动伦理"[1]。

从"新时期"开始到 1985 年前后,文学的审美景观主要以"精英独白"为特征。引导大众的"思想解放"成为文艺界的主要任务,社会生活的复杂性也就被文学语言以更加雅化的姿态呈现了出来。一方面,沈从文、张爱玲、钱锺书、"九叶派"等文人化语言传统被"重新发现";而另一方面"五四"以来的欧美语言传统也得到了重新的继承。以"朦胧诗"为代表,这种精英的自我独白表现出强烈的自我认同。北岛在《你好,百花山》中述说:"我猛地喊了一声:/'你好,百——花——山——'/'你好,孩——子——'/回音来自遥远的瀑涧。"诗人自我"脱离群众"地与自然对话,正是精英独白的集中显现。

从 1984 年开始城市经济体制改革进程到 20 世纪末,文学的审美景观出现了"杂语喧哗"的现象。这一时期的作家"面对着各种角色的诱惑",是融入市场,还是坚守批判堡垒,成为当时多重讨论的核心。与之相应,文学也处于精英文化向商业文化过渡的阶段[2],出现了后朦胧诗、寻根文学、先锋小说、新写实等新潮,显现出不同审美趣味的区隔与交织。这一时期,文学体裁的碎片交织与多种奇异语言的混杂共生,预示了汉语景观将走向更为多元的社会生活实验场。

[2] 参见 [德]
顾彬:《20 世纪
中国文学史》,
范劲等译,华东
师范大学出版社
2008 年版,第
347 页。

21 世纪以来,文学的审美景观呈现为"多层折叠"的繁荣景象。这一概括取自科幻小说《北京折叠》,意指文学场正在淡化以题材或主题的圈群划分,而出现了至少包括极少数精英作家、少数媒体写手和多数公众创作的上中下三层体系。这一体系通过互联网的媒体技术,打破了体制化的文学成规,促使文学话语全面走向拥有自我展示需求的大众。"多层折叠"的文学景观具有如下审美特征:

一是形态泛化与全民参与。语言艺术的间性特征,使得各种文艺形态都不同程度地染有文学特性,进一步促发了"语言艺术型文化"的到来;而在这一过程中,全民写作(包括微博、微信朋友圈等自媒体写作,也包括抖音、微视和喜马拉雅等 APP 的视音频制作)、全民阅读/观看/收听正在成为常态。

二是展示为主与传播为王。21 世纪以来的全民写作基本都以互联网为载体,带有很强的展示性和传播性。写作/创作就是为了展示、为了获得更多的点赞和转载,多数参与者的写作往往要配合图片、短视频等全媒体手段进行传播。

三是蕴藉递减与情绪递增。由于国民艺术素养的局限,作为话语蕴藉的文学性在"精英—写手—公众"三层体系的创作中呈现递减趋势,甚至由于

第五章 当代大众文艺美

网络传播缺乏把关人作用，不少写手和公众的创作还存在基本的文法错误；这当然也与其创作的对象审美趣味相关。[1] 此外，精英创作者的情感一般可以得到较好的把控，而职业写手与一般公众的写作往往容易渲染和传播情绪，"键盘侠"则最甚。

"精英—写手—公众"这三层体系使社会生活前所未有地展示为一种立体的语言艺术的审美景观。社会生活以"语言 + 视觉"的方式被呈现为"图文作品"（hybrid literacy）或"语言 + 视觉 / 听觉"的视音频文本，进一步夯实了德波提出的"景观社会"理论——"在现代生产条件无所不在的社会里，生活本身展现为景观（spectacles）的庞大堆聚。直接存在的一切全都转化为一个表象（representation）"[2]。这种表象随着移动互联网对现实生活的内嵌，日益成为现实本身，并将现实转化为一个巨大的商业平台，源源不断地进行着文学生产。

二、消费与收编

之所以说文学呈现的审美景观是一个巨大的商业平台，是因为文学在当代的传播必然涉及消费。"文学消费"是文学理论讨论的一个老问题。从工业化时代（特别是机械印刷媒介普及）以来的文学接受就已基本上无法被视为纯粹的精神过程，而近乎必然地带有商品消费属性。无论是电子书，还是纸质书，人们总是要花钱购买了之后，才能接受其精神作用。即使在微博和微信公众号、朋友圈，以及免费的文学网站、APP 平台上，也难免有超文本的"插播广告"用以消费接受者的"注意力"；而这些广告更可能经由大数据支撑的精准算法分发，与文学文本一道构成特殊的当代文学接受语境，甚至成为文学消费的组成部分。

文学消费对文学审美属性的实现有着积极的解放意义。这具体表现在以下四个方面：第一，确证文学创作的价值。"一本印刷文本只有被人阅读的时候才会获得美学价值"[3]，这一论断不仅是文学社会学的外在观察，也是接受美学的基本认识。消费者要以其自身经验参与到文学文本的"完形"之中，实现"再创作"，才能使文本的审美价值得到最终体现。第二，调整文学创作的结构和趋向。当代大众文艺的模式化与流行性，很大程度上取决于消费者的接受情况。切合大众审美品位的文艺作品，往往很快就会形成跟风潮流，引领大众一时创作之风潮。如以快速重复作为语言风格的"鬼畜"文艺，就曾在网上引发剪辑创作与转发分享的高涨热情。第三，赋予文学过程以日

[1] [英]贝拉·迪克斯：《被展示的文化：当代"可参观性"的生产》，冯悦译，北京大学出版社 2012 年版，第 53 页。

[2] [法]居伊·德波：《景观社会》，王昭凤译，南京大学出版社 2005 年版，第 157 页。

[3] [德]豪塞尔：《艺术社会学》，居延安编译，学林出版社 1987 年版，第 133 页。

常"物"性。正是大规模、普遍化的文学消费降低了文学的神圣性，如网络小说的阅读售价仅数分钱每千字，才让消费者的文学接受更富日常性，同时也降低了他们参与创作的心理门槛，从而丰富了文学的生活投射与审美意涵。第四，打破文学领域的现成权力垄断。经过现代化的文学往往带有体制性（成规）色彩，而文学消费则赋予了新的文学生产冲击固有体制的可能。2014 年浙江省率先成立省级网络作家协会，此后网络作家广泛加入中国作家协会、各省级作家协会，并担任理事等职务成为常态；2015 年起，原国家新闻出版广电局（2018 年起改为"国家新闻出版署"）与中国作家协会联合推出"优秀网络文学原创作品年度推介活动"……这些行为证明了网络文学的强大生命力已经迫使原有的文学体制及其权力垄断做出了让步和改变。

不过，正如学者所指出的那样，"不能把文学消费的这一解放功能过分理想化，因为那样会忽略或遗忘消费对于公众的另一种功能——迷惑"[1]。消费对公众的"迷惑"主要表现为作为消费者的公众在消费过程中过分信任自我的主体性，转而忽视了大众文艺也存在被商业收编的可能。这种现象在"粉丝文化"（迷文化）中尤其明显，如在游戏中玩家与角色之间就可能出现主体性的认同张力[2]。

而对一般公众来说，一旦在文艺消费中过分信任自我，甚至出现"一方面为对象所感动，另方面还为自己能够产生感动而感动"，就很可能陷入"媚俗"（kitsch）的审美悖论之中。所谓"媚俗"，就是对消费社会所产生的文学艺术不加批判、缺乏反思地认同，如"发出转发再转发的由专业写手写出的温馨的祝福话语"[3]。公众个人创作的短信是有可能成为文学观照的对象的，但就如上文在讨论"自发的大众文艺"时，提到过自发创作形成模式之后存在被市场收编的可能，自发创作者也会因某种"人设"而失去创新空间那样，"一旦代表'亚文化'最初的创新被转化为商品，变得唾手可得时，它们就会变得'僵化'。一旦被大规模生产它们的小企业和大型时尚公司从他们的个人语境剥离出来，它们就会被清理，变得容易理解，成为公共财产和有利可图的商品"[4]。

[1] 以上四点论述参见王一川：《文学理论》，北京大学出版社 2011 年版，第 291—292 页。

[2] James Gee. *What Video Games have to Teach US about Learning and Literacy.* New York: NY Palgrave MacMillan, 2003. p.56.

[3] 张法：《媚世与堪鄙：从美学范畴体系的角度看当代西方两个美学新范畴》，《当代文坛》2011 年第 1 期。

[4] 迪克·赫伯迪格：《亚文化：风格的意义》，陆道夫、胡疆锋译，北京大学出版社 2009 年版，第 118 页。

2014 年，一位具有贫苦农民、脑瘫患者等多重身份的诗人因《诗刊》微信公众号的推介而走红。随后，多家出版社介入对其诗集版权的"抢夺"之中，还有出版社开出"首印一万册"的条件[1]。"抢夺"也许带有倾向底层的考量，但出版作为市场行为，确实也存在对底层创作的收编可能。而在以该诗人为主角的纪录片《摇摇晃晃的人间》获得较好的受众反响之后，优酷也主动提出要将其改编为商业电影。在这一过程中，诗人所代表的文学性以及这一现象蕴含的大众文艺美就有可能在减弱，一如媒体的质问："疼痛感消失了，还能写出好诗吗？"[2]

除了市场的招安之外，还有意识形态对大众文艺的整合与收编，上述网络文学冲击现有文学体制的过程也可以视为网络文学逐渐被纳入现有文学体制的过程。而网络传播平台本身即是商业化的存在，其意识形态监管尚在逐渐加强，接受者在消费过程中对文艺的审美属性需要保持一定的警惕，才能较好地判断信息真伪、把握话语蕴藉的感兴意涵。如前文提及当代文艺的亚体裁传播往往具有"有意的社群营造"特征，其"有意的"这一定语即意在指出社群营造的商业化可能。虽然社群可以提供审美体验交流的平台，引发多重审美的交融，但在"粉丝运营"已成各大明星工作室、经纪公司"标配"的今天，接受者对文艺的集体性消费（辨识与品鉴）更需要强调"公赏力"的培养，以免沦为高度自信的"脑残粉"。

三、一种新的可能在崛起

本书在导论中深切指出，"当今互联网时代文化恰恰更应当注重语言艺术的引导，从而更应当成为语言艺术引导的文化，也即语言艺术型文化"。这样一种文化一方面强调重建艺术及文化的语言基石，另一方面则重申语言艺术直指心灵的基本特性，高度突出对文学修养的重视，以此为基来强化国民艺术素养。而从当代文艺的大众景观来看，这样一种新的文化及其价值范型正在崛起。

首先，从思想史的发展和哲学主潮变迁来看，经过了 20 个世纪后半叶的"语言论转向"，东西方的美学在 21 世纪初都出现了"生活论转向"。这一转向的背后，是"富裕—消费—信息社会"与"富裕/消费/休闲"的复合演进逻辑[3]。它意味着人们有更多的时间用以感受审美，创造审美，在审美之中重新认识生活、反思生活，并投入生活。而"生活"本身具有的两个属性，

[1] 蔡震：《余秀华爆红 遭多家出版社争抢》，《扬子晚报》2015 年 1 月 22 日。

[2] 陈抒怡：《专访摇摇晃晃走红毯的余秀华：疼痛感消失了，还能写出好诗吗？》，上观新闻，2017 年 7 月 2 日。

[3] 张法：《西方日常生活型美学：产生、要点、争论》，《江苏社会科学》2012 年第 2 期。

[1] 斯维特兰娜·博伊姆：《怀旧的未来》，杨德友译，译林出版社 2010 年版，第 55 页。

[2] R.Fisher, *Human Communication as Narration: toward a Philosophy of Reason, Value and Action*, Columbia, SC: University of South Carolina Press 1987, p.98.

让这一哲学主潮变迁与文学审美发生了无可避免的关联：一是人类生活的社会性。社会的形成离不开交往，而交往的实现又离不开语言。所以，语言艺术内在地构成了社会的主轴。文学具有的交际功能在一个富裕的、休闲的社会中，将以人际交往、群体交往和大众传播的面貌出现，并不断得到强化。二是人类生活的存在感。生活能够存在，有赖于人类的记忆，而记忆（怀旧）与讲故事之间又有着密切的关联[1]。于是，文学中的叙事功能在当代变得极其重要，以至于有学者提出，人就是"叙事动物"，社会生活本身并无他，无非就是讲故事（social life is a narrative）而已[2]。

其次，从当代文艺的大众景观之具体呈现来看，语言艺术在不同领域、不同层面都出现了"复兴"。近年来，在文艺娱乐领域，以德云社为代表的传统语言类曲艺（包括相声、评书等）与原产自西方的脱口秀都受到了普遍的关注；以语言艺术为主的短视/音频、直播、慕课等，也有众多"粉丝"；在影视方面还出现了《失恋三十三天》《人在囧途》等主要依靠对白和台词取胜的"爆款"。由此，关注语言修辞、语言使用等问题的口语传播研究也在近年来逐渐成为研究关注的热点。以"口语传播"为关键词检索中国知网全文数据库，可以看到近二十年来相关论文发表篇数的递增趋势：

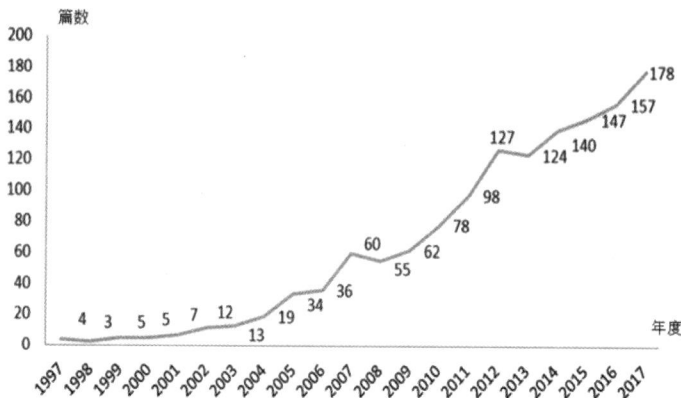

"口语传播"相关论文发表篇数（1997—2017）

在对"故事"的重视上，近年社会的关注点也逐渐从影视编剧领域转向更为普泛的社会传播领域，包括市场营销、团队管理、情感咨询等。仅 2017 年至 2018 年，国内市场就出现《故事力》《故事课》《故事思维》《你的团队需要一个会讲故事的人》《不会讲故事，怎么带团队》《如何讲述过去的故事，决定了你的未来》《用故事包装事实的艺术》《销售就是会讲故事》《做个会讲故事的人》等一系列以故事为主题的畅销书；美国杜克大学还于 2016 年率先开设"故事实验室"（Story Lab），向公众和学界提供叙事技能与文学修养的课程、工作坊。

再次，从文学审美素养的教育传承方面来看，2013 年中央历史性地将"改进美育教学"写入《中共中央关于全面深化改革若干重大问题的决定》；

2015 年国务院又印发了《关于全面加强和改进学校美育工作的意见》, 提出要"挖掘不同学科所蕴涵的丰富美育资源"。《普通高中语文课程标准（2017年版）》也把"语言建构与运用"和"审美鉴赏与创作"作为学科教学的主要方面。这种注重语言艺术运用和审美能力提升的教育, 与新世纪头十年来以美国为代表的西方国家文学教育（如 2010 年美国教育部推出《共同核心州立标准》）趋势是一致的[1]。

以经济建设为中心, 强调物质生产的快速增长, 是过去一段时期内中国社会生活的主题。而随着我国社会主要矛盾从"人民日益增长的物质文化需要同落后的社会生产之间的矛盾"转为"人民日益增长的美好生活需要和不平衡不充分的发展之间的矛盾", 语言艺术所蕴含的审美属性也将得到更多拓展, 语言将成为表征、提升, 甚至创造人民群众幸福感的重要艺术表现形式, 大众文艺美的内涵也会不断演变。尤其伴随着下一代互联网技术和相关行业监管的成熟与得当, 自发的大众文艺的作用愈加突显, 也可能积淀下某种深厚的美学知识型。

毫无疑问, 就整体形势而言, 在 21 世纪之初的中国, 语言艺术型文化正在崛起。它与互联网技术的发展关系密切, 只是如今的互联网上美育信息已经十分丰富, 审美与艺术知识格外丰盈, 查询和学习空前便捷, 但与此同时, 又错漏百出, 误导现象十分严重。在这样的氛围中, 强调文学具有消费与接受、解放与收编的二重性, 重申"语言艺术离人的'心灵'最近", 无疑有着本体论意义。

[1] 参见 Judith A. Langer. *Envisioning Literature: Literary Understanding and Literature Instruction*, New York: Teachers College Press 2011; Judith A. Langer. *Envisioning Knowledge: Building Literacy in the Academic Disciplines*, New York: Teachers College Press 2011.

【本章摘要】

"大众文艺"具有底层的、商业的、自发的三种类型, 分别与社会底层、市场受众、普通公众三个群体相关联。左翼视角中的"大众文艺"突出强调"弱者的反抗", 同时也存在对个人价值的轻视可能; 商业的"大众文艺"天然具有传播性、模式化和愉悦感三个特征, 并在加速社会中愈显重要; 自发的"大众文艺"多以自媒体为载体, 具有强化人际和社群社会交往、参与社会公共传播两个社会功能, 同时也存在被市场收编的可能。当代大众文艺可以网络文学和文学的泛媒介互动为典型代表, 在其下出现了多种亚体裁, 这些亚体裁创作显现出多见虚构性写作、少有探索性表达、明显的物化倾向、有意的社群营造、强化的私人情绪等趋势。当代大众文学景观从新中国成立以来先后出现过大众群言、精英独白、杂语喧哗、多层折叠四个阶段，当前呈现为"精英—写手—公众"三层体系。这一体系建立在商业化的市场基座上，使得文艺的消费与收编在当代具有重要的讨论价值。在互联网技术的助推下，随着我国社会主要矛盾转化为人民日益增长的美好生活需要和不平衡不充分的发展之间的矛盾，一种"语言艺术型文化"正在崛起。

【思考与练习】

1. 大众文艺概念有何复杂性？

2. 自媒体的发展对当代文艺具有哪些重要影响？

3. 新中国成立以来，当代大众文学景观经过了哪几个发展阶段？

4. 语言艺术型文化在当代的出现已有哪些思想和实践基础？

5. 就个人的文艺消费经验，列举口语传播在大众文艺中被广泛应用的例证。

【深度阅读书目】

1. 胡经之：《文艺美学及文化美学》，复旦大学出版 2016 年版。

2. ［美］道格拉斯·凯尔纳：《媒介奇观：当代美国社会文化透视》，史安斌译，清华大学出版社 2003 年版。

3. ［美］弗雷德里克·杰姆逊：《晚期资本主义的文化逻辑》，张旭东编译，生活·读书·新知三联书店 2003 年版。

在不同时代的文学和艺术体系中，诗歌美自始至终都占有某种与众不同的醒目位置。关于"诗"的形态和功能的每一次变化及其争论，都会带动文学和艺术整体的变化和争论。虽然从"白话文"革命以来，汉语诗歌发生了从包括律诗的古体诗到白话诗的断裂，但是，诗歌在现代文学和艺术谱系中，依然起着无可替代的作用。可以说，无论在中国还是西方，无论是在古典时代还是在现代，诗歌美都被赋予了一种具有核心作用的文学美的标志地位。在一定程度上，理解了诗歌美，也就相当于理解了文学美和艺术美的整个轮廓和方向。

第一节 音乐性的语言与有意味的多义形象

诗是最早从人类日常生活中产生并相对独立的文艺形式之一。如果说原始绘画是人类最早的视觉艺术的话，那么诗歌就是人类最早的语言艺术。诗歌以其鲜明的形式特征、优美的内在格律与节奏、高度浓缩的内容含量，以及回味悠长的兴味，在不同时代、国度或文明形态的文学和艺术体系中，都具有极其显著的地位。在这些独特的构成中，音乐性的语言、多义的形象、充满意味的境界，是最为核心的要素。

一、从声律至文字

在没有文字只有口头语言的时代，诗，就是歌，或者神人交往时的祷告性话语。在远古时代，诗实际上就是一种特殊的日常口语形式。到了有文字的时代，诗有着明确的、公认的语言形式，如古典时代的韵脚与格律，如今自由体的分行，等等。无论这些形式怎样变迁，有一点是共同的：这些诗都是建立在日常语言的基础上的，并且有一个从声律加以控制、然后再付诸文字的过程。不同时代的诗歌艺术，如果在形式上存在着极大的差别，这差别也一定不是有没有声律的问题，而是声律表现出来的规范程度有强有弱、有疏有密之类的问题。

有了声律，才有了能够被称为"诗"的语言艺术。诗，就是一种从声律到文字的艺术化过程和结果。这是诗的起源也是诗的最基本特征，是判断诗之为诗的艺术起点。如刘勰所说：

夫音律所始，本于人声者也。声含宫商，肇自血气，先王因之以制乐歌。故知器写人声，声非学器者也。故言语者，文章神明，枢机吐纳，律吕唇吻而已。[1]

[1]（南朝梁）刘勰著、杨明照校注拾遗：《增订文心雕龙校注》，中华书局2012年版，第427页。

音律（声律）并不神秘，它来源于人的自然发音器官及其发音方式，但同时又在此基础上进行了声律化的再构造与再处理；日常语言是文学语言存在的基石，然而，要使它变成文学语言，必须经过这种声律化的再构造与再处理。诗歌的关键在于掌握声律化的奥秘，一旦掌握了这一奥秘，诗歌与日常语言之间的转化便不过是"律吕唇吻"的细微、却又根本的区别。不同的文学体裁，在不同程度上分享了声律化的语言，在各种文学形式中，都存在声律化的形式和表现，诗并非唯一拥有声律化形式的文体，但却拥有声律化强烈的形式。正是在这个意义上，朱光潜指出"诗为有音律的纯文学"，同时又补充说，这不能说是"诗的精确的定义。"[2]换言之，"诗是有音律的"不是诗之为诗的充分条件，但却是其必要条件。诗歌艺术的美，首先表现为音乐性的美。

[2]朱光潜：《诗论》，北京出版社2005年版，第135、141页。

诗歌的音乐美是多层次的、立体交叉的。大体上说，诗歌的音乐美非常明显地表现在三个方面：押韵、节奏和平仄。在汉语古典诗歌中，由于单音节性的作用，声律还外化为对仗的工整性。此外，词语发音时的开合、气流阻塞的有无，这些因素都会影响到诗歌的艺术美。

韵语并非诗歌所特有，但韵语在诗歌中却以最为精湛、合适的方式得到了发挥。不同时代，对诗歌押韵的要求非常不同。这不能说明押韵艺术的不稳定性，相反，它侧面证明了诗歌语言始终是建立在日常语言基础上并且与之保持差异和距离的。正是对语音美感的内在追求，保证了押韵即使到了自由体的汉语新诗中，也依然用或隐或现的方式顽强存在。

从早期的不自觉，到近体诗中对押韵的严苛规范，以及在词和曲中更为广泛但却并不松弛的拓展与实践，古典诗学体系发展出了非常丰富的音韵经验与理论。借助于韵部的建立，诗歌的语言艺术变得相对自觉。清代周济就曾做过影响较大的总结：

东真韵宽平，支先韵细腻，鱼歌韵缠绵，萧尤韵感慨，各具声响，莫草草乱用。……韵上一字最要相发。或竟相贴，相其上下而调之，则铿锵谐畅矣。[3]

[3]周济：《宋四家词选目录序论》，载唐圭璋主编：《词话丛编》，中华书局1986年版，第1645页。

该文以平水韵中的东真、支先、鱼歌、萧尤为例，分列成四组，指出使用不同的韵部作为韵脚，可以在词中形成大体上与之相对应的艺术风格和艺术美感。这还只是非常粗略的分类，却在很大程度上代表了中国古典诗歌中的音韵美的一般状况：“若说唐宋诗人用韵是依照《平水韵》的，虽然在历史上说不过去，而在韵部上却大致不差。”[1]出现这种情况，只是韵部的构拟名称和说法不同，但是，汉语语音本身的内在延续性，却决定了不同时代诗人们大致遵循了相同的韵律美学原则。

对用韵要求最严的，当属律诗，必须一韵到底，而且不能通韵。之所以把律诗作为古典诗歌的高峰和典范，正在于其将以单音节为基础的文言文音律发挥到了极致。以杜甫的《登兖州城楼》为例：

东郡趋庭日，南楼纵目初。
浮云连海岱，平野入青徐。
孤嶂秦碑在，荒城鲁殿余。
从来多古意，临眺独踌躇。[2]

[1] 王力：《汉语诗律学》，上海教育出版社 2005 年版，第 41 页。

[2] [唐]杜甫著、仇兆鳌注：《杜诗详注》，中华书局 1979 年版，第 5 页。

[3] 吴小如：《吴小如讲杜诗》，天津古籍出版社 2012 年版，第 11 页。

这首诗是杜甫早年作品。但这首少年到青年时代的作品，并没有表现出青春的激昂，而是充满沉甸甸的历史思绪和低沉而有力的感慨。从字词上看，这首诗确实如俞平伯、吴小如等所认为的“只是一首普通的五律”[3]，但从语音的韵脚上看，它又确实揭开了杜甫诗“沉郁顿挫”的秘密。它采用了上平“鱼”部声韵，该韵必须用“撮口呼”的方式读出来，无法响亮、自然而然地脱口而出，而是要求气流通过非常狭窄的唇形，艰难而又慢慢地形成一个时长较长的发音。正是这种独特的发音所构成的韵脚系统，配以“普通的五律”的 2—1—2 的节奏，以及平起仄收的句式，给文字本身增添了额外的力量和思绪，在客观上造成了“沉郁顿挫”的效果。杜甫这首早年的作品表明了他在诗歌写作中对音韵与内容的协调与一致，有着敏感的捕捉能力，使得他的诗歌从一开始就形成了独具特色的诗歌艺术美。随着年岁的增加、诗艺的日益自觉，他的诗歌艺术美也逐步达到了古典汉语诗学的高峰，而这和他对诗歌声律的理解与运用有着重大的关系。

现代汉语诗歌是“五四”时期“白话文运动”的重要成果之一，“白话”的运用，使得现代汉语诗歌同古典汉语诗歌产生了巨大不同。但是，这并不能表明现代汉语诗歌就可以真的抛弃声律在诗歌中的意义和作用。从这一眼光来看，严格如律诗与自由如白话诗之间的区别，并非在于声律之有无，而在于是否依照某一个跨越千古时代的统一“格律”。但音律之美本身，却始终是客观的存在。从单音节词为基础，转变为双音节及多音节为基础的现代汉语诗歌，必然呼唤和产生崭新的艺术美形态。这二者之间的差异和断裂，并非美学本身的断裂，而是新的语言及其语音形态，要求原有的美学以新的存在形态发挥作用。它们之间既是断裂的，又是继承性的。

试看海子这首《幸福的一日——致秋天的花楸树》：

> 我无限地热爱着新的一日
> 今天的太阳 今天的马 今天的花楸树
> 使我健康 富足 拥有一生
> 从黎明到黄昏
> 阳光充足
> 胜过一切过去的诗
> 幸福找到我
> 幸福说："瞧 这个诗人
> 他比我本人还要幸福"
>
> 在劈开了我的秋天
> 在劈开了我的骨头的秋天
> 我爱你，花楸树[1]

[1] 海子者、西川 编：《海子诗全集》，作家出版社 2009 年版，第 414 页。

如果单从词义上进行分析，很容易得出这是一首关于热爱和幸福的颂歌性的诗篇的结论。为了强调幸福的感觉，诗人甚至将幸福人格化。然而通读全篇，该诗仍然充满了一种苍凉和沉郁的情绪。诗歌充溢的并非幸福的欢快与明朗，而是萦绕着一种飘忽不定的悲伤和孤独。之所以产生这样的矛盾性效果，其原因就在于全诗采用了"U"（也就是平水韵中的"鱼"部韵）为结束的韵调。和刚才所讨论的杜甫的诗作一样，这两首诗虽然一个是律诗，一个是自由体的诗，但它们依然共享了相同的语音系统，因而得以分享了"U"这一音韵相通的语音美感，所以在时代相距如此遥远、写作类型和风格相差如此巨大的两首诗歌中，形成了类似的艺术效果和风格。

在其他语言，例如英语诗歌中，音韵和情绪的关联，同样明显。在一首《致赠我玫瑰的友人》一诗中，济慈写道：

> 我在快乐的田野漫步，
> 云雀晃动了隐蔽而茂盛的三叶草丛中

颤抖的露珠；勇猛的骑士再度

拿起他们凹痕累累的盾牌：

我看见最甜的花朵在荒野里破土而出，

新鲜的麝香玫瑰，把它最初的

甜掷向夏日：它优雅的展舒

像施着魔法的仙女。

我沉溺于它的芬芳

感到它远比花园的玫瑰美得多：

但此时，哦威尔斯！你的玫瑰送到我手中

给我带来舒心的感觉：

它用它柔和的声音，把难以抑制的

平和、真理和友爱，轻轻地朝我诉说。[1]

[1] John Keats, *John Keats Complete Poems*, ed.by Jack Stillinger, The Belknap Press of Harvard University Press,1978,pp. 25—26.

在诗的前半部分，济慈使用了 -ew（也即发音 /u/）的韵脚，所以，虽然诗歌的内容试图传达的是快乐的感受，但是，这种感受却被嘴唇不能张开的发音所限制，情感没有无障碍地张扬和抒发，因而显得庄重，甚至有些抑制。后半段也是如此。虽然使用的"ll'd"韵脚稍微口型张开，但仍未全部张开。这一方面较前半段要稍微畅快，但整体的自我抑制仍很明显，从而使得整首诗充满了沉甸甸而又真挚的情感。倘若换成一种开口较大的音韵，则整首诗的情感会热烈些，但却失去了一种回味的思绪。这，就是音韵在诗歌中的作用。

除了音韵，实际上，语音的轻重，也就是古诗中的平仄规律，也依然在新诗中起着制约作用，只不过它比韵脚更难以察觉，不太可能形成律诗中类似的格式与固定规则，但是，大致的轻重位置与变化，却依然在制约着诗歌的艺术表达与效果。仍以刚刚所引海子诗第一段为例：

我无限地热爱着新的一日

今天的太阳　今天的马　今天的花楸树

使我健康　富足　拥有一生

除了"花楸树"这个词为两个阴平和一个去声构成，其他几乎每个词（短语）都是以上声和去声（相当于古代的仄声）为主要音节而构成。这使得读到此段时，有一种激昂之感。然而，到了该诗中间的第二个段落，平声为主的词开始侵入到第一段的上声和去声那种压倒性的局面中，有效地平抑了激昂之

　　　　　　　　　　　　　　　　　　　　　　　第六章　诗歌美

声。到了结尾的最后一段，音韵的轻重局面几乎完全被颠倒了：

> 在劈开了我的秋天
> 在劈开了我的骨头的秋天
> 我爱你，花楸树[1]

除了"在"这个状语词和"爱"这个动词是第四声词，其他的名词几乎全部是平声，不可避免地使得该诗由激昂一变而沦落到声音的抑制之中，这种声音巨大的落差，也是矛盾的诗意产生的客观原因；平声为主，使得诗歌中的哀伤感在阅读的效应中，反而成为主要的情感体验。如果将第一段和第三段位置互换，恐怕此诗的意境和感觉则真的会形成激昂之感了。可见，古代诗歌中的平仄规则，虽然不能完全复制到现代汉语诗歌中，但是其中声音变化的美学原则，在古今汉语诗学中是相统一的，诗歌艺术美中的声律美，是跨越时空的美。

[1] 海子著、西川编：《海子诗全集》，作家出版社 2009 年版，第 414 页。

　　总体上看，白话文的声律建立的基础是双音节词，和古典律诗不可能表现为同样的音乐性，但是声律仍然在发挥作用，只不过目前对这一作用的原理机制还没有研究得彻底。然而，音乐美是诗歌艺术美跨越时代的核心要素，则是无可置疑的。从声律到文字，正是诗歌艺术美的必由之路。

二、从意象到意境

　　诗是公认的最为凝练的语言艺术。和其他文类相比，诗最明显的特征是用最少的语言表达尽可能多的含义和意味。这得益于诗歌独特的运思方式和呈现方式。其中，意象是诗性思维得以实现的重要路径。意象和诗性思维，从一开始就浑然一体存在于汉语的表达中。奠定了汉语意象理论基石的《易经》和《老子》，对"象"的思考，就来源于对语言和意义之间存在的根本鸿沟的体会。受到这一哲学思维的启发，诗歌的语言和小说、戏剧等文体的语言不同，必须在非常简约化的状态下达到最丰富的意蕴。意象由此应运而生。在诗歌中，意象是指一种借助于名词或其名词短语的陈列、描述和呈现，达到超出此名词原有的指意范围，形成与观察者和叙述者的心情高度一致的情感效果而使用的艺术手段。这样的以名词为中心的语言组合，便是意象。《诗经·陈风·月出》：

月出皎兮，佼人僚兮。舒窈纠兮，劳心悄兮。

月出皓兮，佼人懰兮。舒忧受兮，劳心慅兮。

月出照兮，佼人燎兮。舒夭绍兮，劳心惨兮。[1]

[1]《十三经注疏》整理委员会整理：《十三经注疏周·毛诗正义》，北京大学出版社1999年版，第451—452页。

全诗围绕着"月"升起来时的形态展开，用不同的形容词分别描写了月亮，使得"月"成为注视和想象的中心。与此同时，又将"月"的形态同"佼人"的形态联系在一起，使得月的美好同人的美好相互辉映。全诗并没有建立任何情节化叙述和主体的议论，但却由于每句后半段的复沓和变奏"劳心"，而获得了意义的深化和情感的升华；"月"作为一个整体，以一种非纯粹物质化的形象，进入到人类情感的深层领域中，构成了人对美好情感和生活向往的寄托之所在。"月"这个名词，由此被意象化了，在诗歌中完美地实现了作为意象的功能。

意象借助于特殊的语言方式，建立起可感的形象或对象，达到哪怕是繁复的语言也无法传达的感觉和效果。"意象"不应被看作是一个单一的感受或表达模式。相反，"意象"的本源在于"意"和"象"这一对既相互依赖又具有一定距离的概念，而"意象"这一词的组合可以看成是对这一矛盾概念中所包含的距离进行克服的尝试。意象的基本特点在于客体性与主体性的统一、物理性与象征性的统一、描写性与抒情性的统一、明确性与多义性的统一，以及当下性与普遍性的统一。

客体性与主体性的统一，指的是意象看起来是以物为对象，但这一对象又并没有外在于主体的感受。物理性与象征性的统一，是指在诗歌中，意象必须要以物的物理性作为基础和起点，同时又要将此特点抽离出其自身的范围，进入到象征秩序中。描写性与抒情性的统一，是指必须在诗歌中对作为对象的物本身进行程度不同的描写，但这一描写行为本身又要包含或者归依于情感的表达。明确性与多义性统一的特征，就是说意象必须具有鲜明的特征，是一种确定的存在，但它又不可能仅仅保持其原初的形态和含义，还需要有根据不同阅读和感受而呈现出多样含义的能力。当下性与普遍性的统一，是指意象植根于诗歌发生的语境中，是对当下语境和情感的叙写与表达，但它又能够带来超越此一具体时空和感受的阅读效果，具有一种将不同时空的情感及其感受连接起来的相通感。

上引《诗经·陈风·月出》，可以说完整地包含了这些基本特征。如果继续列举，将会发现许多经典的意象案例。同样一个"月"的意象，在不同时代、不同诗人那里呈现出类似的特征，并且也能够保持各自独特的审美效果。试以当代诗人余怒的《一个人的春夜》为例：

我坐在七楼楼顶的平台上

沉浸在个人的情调和水泥的凉意里

这一夜我不想睡觉

我已经三个小时没说话了

夜色向我围拢

邻居家的花香

和我家的花香，混合在一起

这一夜我想唱歌，喝酒

平台太高，我仰望星空

月亮上的平台，也这么平静？

我不知道。我看见一个人

跑着穿过城市。唉，月光

我轻轻叹了一声[1]

[1] 余怒：《余怒诗选集》，华文出版社 2004 年版，第 26 页。

全诗大量使用了各种意象，有自然的意象、人工的意象，有充满现代感的意象，也有古典的意象——月亮。虽然月亮不像前引《月出》那样是中心意象，但它作为后半段突然出现的意象，与前半段的人工意象形成了强烈的冲突和对比，唤起了叙述者"轻轻叹了一声"的情感，从而实现了古典感觉和意义对现代感觉和意义的冲击乃至于覆盖。它同其他对立的意象一道，传达了当代人普遍的生活感受和情绪，是漫长的月亮意象史上的一个当代经典案例。

意象具有强烈的文化特征。不同的文化中，同一意象具有不同的内涵和色彩。美国诗人桑德堡在《在熟透了的月光下》，就带来了对于"月亮"这一意象迥然不同的感受：

在熟透的月光下，

正当柔和的银子

滴落的光

在花园的夜色中流淌，

死神，这灰蒙蒙的模仿者

走近你朝你耳语

像记忆中的

美丽的朋友。

在夏日的玫瑰下，

正当夺目的红色

在满眼野红叶的

暮色中潜行，

爱，伸出它的小手

带着一千种回忆

靠近你摸着你，

问着你

美丽的没有答案的问题。[1]

[1] Carl Sandburg, *Under the Harvest Moon*, see : *Off to Arcady: Adventures in Poetry*, ed. by arx J. Herzberg, American Book Company, 1933, pp. 369 — 370.

    这首诗虽然也描写了月光"银色的"物理特征，并试图将月光说成是"柔和"的，但诗歌随即将它与"死神"相联系，使得月光下的一切变得阴森恐怖；在接下来的第二段中，又加入了夺目的"红色"，更加在视觉和想象中给月光增添了一种紧张的感受。整首诗显得阴森而压抑，其中的一个关键因素就在于，"月光"这一意象被赋予了非常不同的内涵。这同时也证明了意象作为主客观交融的产物，一旦被成功地构型，便具有强大的传情达意功能。

    在诗歌中，意象的使用，往往并不是某一意象孤立的使用，而是一组意象的并置、叠加、辉映，并且给读者带来丰富复杂的美学享受。这就必须探讨中华美学独特范畴——意境。

    意境的产生，和意象的运用有关。象外之象，才有可能构成意境："象外之象愈丰富，象下之义就愈深远；象下之义愈深远，又可以促使象外之象愈扩展，如此往复以至于余味无穷，就构成了作品深远的艺术意境。"[2] 这意味着诗歌摆脱了"物"及其"言语"活动的束缚，而进入到一个更深层次也更高超的精神领域及其象征世界中去。要达到此一效果，就必须召唤着精神的自由："人类这种最高的精神活动，艺术境界与哲理境界，是诞生于一个人最自由最充沛的深心的自我。"但这一"自我"并非局限于内在的小世界，而是要达成与宇宙相互沟通的胸怀和感受："艺术的境界，既使心灵和宇宙净化，又使心灵和宇宙深化，使人在超脱的胸襟里体味到宇宙的深境。"[3] 一首诗和任何艺术作品一样，只有建构起了一个独特又普遍的意境世界，才能称得上是优秀的作品。

    不同诗人的不同主体性，对意境的最终形态产生着影响。它显示的正是诗人的审美观照方式的不同，王国维著名的"有我之境"与"无我之境"的区分，其实就是"对于审美观照中两种不同状况的区分。"[4] 诗歌的意境，

[2] 蒲震元：《中国艺术意境论》，北京大学出版社 1995 年版，第 12 页。

[3] 宗白华：《美学散步》，上海人民出版社 1981 年版，第 69、72 页。

[4] 叶朗：《中国美学史大纲》，上海人民出版社 1985 年版，第 629 页。

说到底是审美观照本身的总体结果，是诗人与当下之物相遇时所生发的对宇宙万物和生命旅程与体验得以领悟的表现。试以杜甫的《绝句二首》为例，第一首云：[1]

[1]［唐］杜甫著、仇兆鳌注：《杜诗详注》，中华书局1979年版，第1134—1135页。

> 迟日江山丽，春风花草香。
> 泥融飞燕子，沙暖睡鸳鸯。

此诗由纯客观景物构成，没有主体的任何介入。前二句分别以"丽""香"作结，一视觉，一嗅觉，但此视觉嗅觉并非主体所见主体所闻，而仅仅以客体自身特征写出。后二句承上二句，分别以"融"和"暖"形容"泥""沙"，但又陡然一变，复以"飞"和"睡"分别紧紧连接"燕子"和"鸳鸯"，此"飞"此"睡"既可以视作形容词，也可视作动词，而泥、沙成了它们所寄托的主体。按自然之理，应作"燕子飞融泥，鸳鸯睡暖沙"，但杜诗以倒装句，揭示了万物间互为主客体的交互生存本质，而不是单向度的吸纳或赐予；平时所见的真实世界固然有真实的一面，但它并非全部的世界本身，它背后还有一个被忽视的、看不见的虚有的世界，这个虚有的世界以沉默的方式支撑了此实有的世界。全诗由此呈现了万物各自的欢欣，并暗示了万物间相互的包容，生生不息的万物图景，展现出了宁静而无限的宇宙意境。

与上述诗纯以客观外物自行运作不同，在第二首绝句中，人这一主体开始介入到万物的观看之中：

> 江碧鸟逾白，山青花欲燃。
> 今春看又过，何日是归年。

前两句与第一首类似，完全由客观景物自身表现自身，客体仿佛具有意志的主体。但这种轻盈而热烈的宇宙图景，深深刺激了暗藏的观察者，他无法如前诗般保持自觉的不在场状态，而是忽然抑制不住对时光流逝的伤感，发出了青春不再、无家可归的喟叹。全诗从阔大的宇宙意境，一变而为深沉悲凉的人生意境。这两种意境虽然风格不同、类型不同，感觉不同，但却共同构成了人与客观世界、无限宇宙、有限的自我以及人生间美好而复杂的关联。

用为数不多甚至寥寥不过数语的语言，传达出丰富而无穷的意境之美，是诗歌艺术美不同于其他艺术美的突出特点，也是中华传统美学给当代汉语美学和世界美学提供的重要资源。许多优秀的现代汉语诗歌，依然保有了丰富的意境潜能。如徐志摩一首未曾脍炙人口、但却值得在此专门提及的诗歌《偶然》：

> 我是天空里的一片云，
> 偶尔投影在你的波心——
> 你不必讶异，
> 更无须欢喜——
> 在转瞬间消灭了踪影。
>
> 你我相逢在黑夜的海上，
> 你有你的，我有我的，方向；
> 你记得也好，
> 最好你忘掉
> 在这交会时互放的光亮！[1]

[1] 徐志摩著、韩石山编：《徐志摩全集·第4卷·诗歌》，天津人民出版社2005年版，第308页。

这首诗歌将"我"和"你"比作"天空里的一片云"和海上的"波心"，以此喻指了一场相遇的欢欣与注定了分手的失落与怅惘，但更以"最好你忘掉"的方式传达了豁达的生命观念，由此带来哀伤而深沉、开阔的意境。全诗这里有现代人的精神历程，也有传统的"相忘于江湖"的老庄哲学。全诗没有采用任何思辨的形式，仅仅以两个不能相互交融的主体之间错位与失落的一组意象，写出了人生的美好与此美好而不得的苦辛，由此暗示了丰富的人生意境，又包含深沉的情感体验。这正是诗歌艺术美另一个核心问题。

第二节 从感兴到抒情

在谈到"境界"的内涵时，王国维曾说："境非独谓景物也。喜怒哀乐，亦人心中之一境界。故能写真境物、真感情者，谓之有境界；否则，谓之无境界。"[2] 在他看来，在诗歌艺术美的构成中，感情居于内核的地位。但是，这是否就意味着可以用"抒情"来指称诗歌的艺术美呢？

[2] 王国维：《人间词话》，上海古籍出版社1998年版，第2页。

一、感兴：汉语诗歌的古典艺术美

无论诗歌的形式、体裁多么丰富多端，经历过时间淘洗后的汉语诗歌，在历史的叙述里，获得了"情"的特质和传统。在现代学人眼里，似乎"抒情"是对它们的共同概括。陈世骧以世界文学作为思考的目标，将中国文学同西方文学并列、比较，指出"中国的抒情传统马上显露出来"；自此以后，"抒情传统"就成了中国文学的基本特征的标签，而它又可以进一步概括为"抒情诗的传统"。[1] 这一说法引起了广泛的共鸣，经由多位海外汉学家的回流与介绍，几乎成为中国诗歌艺术的一个基本命题。

实际上，"抒情"更接近于是一个方便的称呼，它所包含的共通性固然是存在的，但却不能抹平它所掩盖的复杂性。"情"固然是中国古典诗学中一个常见概念，但与它相关的一些其他概念，如言志、感物、感兴、情兴、性情等，不一而足，也在不同场合得到广泛应用。陈世骧自己就曾探讨过"兴"的含义及其重要性。[2] 这都充分说明了"抒情"这一概念不过是现代人对古典诗学的一个总结性说法，它的好处在于可以同西方文学中的相关概念进行对应和辨析，使得熟悉了史诗、抒情诗和戏剧这一文学框架体系的西方读者，能够很快地由此捕捉到汉语诗歌艺术的特征。然而，从历史自身看，这一概念却很难说是汉语古典诗歌艺术美的准确概括。

虽然叶嘉莹对古典诗歌的论述被论者纳入"抒情传统"的论述中，但她自己并不以"抒情"来描述汉语诗歌的基本特征。取而代之，她在分析王国维的"境界说"同严羽的"兴趣说"、王渔洋的"神韵说"的关系与区别时，特别强调了"兴发感动"的重要性。她释王国维的"真"字时指出："它所指的并非仅是外在景物或情事实际存在的'真'，而是指的作者由此外在景物或情事所得的一种发自内心的真切之感受，而这种感受作用，也就正是诗歌的主要生命之所在。无论是写景、叙事或抒情，也无论是比体、兴体或赋体，总之，都须要诗人内心中先有一种由真切之感受所生发出来的感动的力量，才能够写出有生命的诗篇来，而如此的作品也才可称之为'有境界'。"[3] 在这一描述里，核心是"真切之感受"，但它却并不等于"情"，"情"只是其中之一端。更重要的是，此一"真切之感受"也不仅仅有一个"抒发"的过程，而是首先还有一个"感受"本身生发的过程，它是由二者共同构成的双向过程；除了由心及物，还有一个由物及心的阶段。这一双向的过程本身循环往复，来源于主体对生命意识的深刻感受，并且又强化了这一生命意识，等到最终得到了某一个具体的情境和契机，才会外化为诗歌

[1] 陈世骧：《陈世骧文存》，辽宁教育出版社1998年版，第1—6页。

[2] 陈世骧："原兴：兼论中国文学特质"，载《陈世骧文存》，辽宁教育出版社1998年版，第142—178页。

[3] 叶嘉莹：《〈人间词话〉境界说与中国传统诗论之关系》，载陈国球、王德威编：《抒情之现代性："抒情传统"论述与中国文学研究》，生活·读书·新知三联书店2014年版，第480页，又见叶嘉莹：《王国维及其文学批评》，河北教育出版社1997年版，第296—297页。

文本。使用"抒情"这一概念，弱化了其中所包含的生命复杂体验和意识，也简化了这一体验和意识与外物间相互作用的循环往复的过程。因此，"兴发感动"所源自的古典诗学术语"感兴"更适合于表述中国诗歌艺术的特质和美感：

> 感兴，是说人感物而兴，也就是指人由感悟而生成体验。简言之，感兴是指人在现实中的活生生的生存体验。感兴作为人的现实生存体验，是人对自己生活的意义的深沉感触和悉心认同方式。感兴是一种直接触及人的生存意义或价值的特殊感触。[1]

[1] 王一川：《文学理论》，北京大学出版社 2011 年版，第 85 页。

感兴一词，能很好地揭示诗歌艺术的深层过程和状态，将诗歌艺术同更为复杂的生命体验连接在一起，而不至于引起太多的歧义和狭窄化的可能。作为一个传统术语的现代重生，它能够较准确地描述诗歌的古典艺术美。中国古典诗歌艺术的美感，植根的正是中国古代人的生存情境。这一情境，以感兴的方式被体验、被把握和被传达。

根据感兴的生命体验维度的不同，不妨大致将中国古典诗歌的艺术美划分为至少四个类型：感时型、感遇型、感怀型和感适型。

第一类感时型，指的是诗人对时下正在经历的社会生活的感受所产生的生命体验。诗人往往及时而敏感地捕捉到当下生活的内在变化，外物唤起了充满情志的主体，充满情志的主体又将自身的精神投射到外物之中。如杜甫的"好雨知时节，当春乃发生"，"感时花溅泪，恨别鸟惊心"即是这种诗歌。在《诗经》中的部分诗歌和《离骚》中的主要作品，都能看到这种类型。如《诗经·国风·王风》"黍离"篇，以"彼黍离离"起兴，眼前外物的景观，唤醒了自我的情感和意志，诗歌将内心的感情作为处理对象，反复申写内心深处的"忧"的状态。但此忧充满担忧家国社稷的前途之情。"黍"不过构成此情的象征，家国情怀才是真正的旨归所在。它建立的基础是对时下生命的体验，是一种以生命的当下际遇来迎接和想象未来的思考与书写。

第二类感遇型，指的是诗人对自身生命某一阶段的生活境遇的感受所产生的反思性和总结性的生命体验。它往往和个人的抱负与追求联系在一起，由于突然产生的个人和社会生活的转折与断裂，造成了对人生与世界的一种审视与思考。这类诗歌常常描述志向不得，或者充满自我期许的情怀。借物言志、托物言志，正是这种类型的基本特征。如张九龄《感遇》诗："兰叶春葳蕤，桂华秋皎洁。欣欣此生意，自尔为佳节。谁知林栖者，闻风坐相悦。

草木有本心，何求美人折。"[1] 以及韩愈的《左迁至蓝关示侄孙湘》："一封朝奏九重天，夕贬潮州路八千。欲为圣明除弊事，肯将衰朽惜残年。云横秦岭家何在？雪拥蓝关马不前。知汝远来应有意，好收吾骨瘴江边。"[2] 感遇常常与感时相关，差别在于主体精神意志的取向，前者关注当下的感触及其带来的对未来的期许，后者则对自身及社会的难以预料的命运和不确定的前途，予以更多观照。

第三类感怀型，是指诗人将自身的人生感受自觉地放置到历史的长河中加以融会贯通的生命体验。它往往建立在对世界难以认同、同时又难以舍弃的复杂和矛盾的基础上，感怀伤世，郁结于心，难以遣怀，是其基本特征。在自然情景的触动下，勾起个体内心深处对世界的认知和感受，进一步感悟到人生和精神独立的冲突与艰辛。此类诗的典型代表有"古诗十九首"和汉魏以来许多文人作品。如阮籍《咏怀诗》其一："夜中不能寐，起坐弹鸣琴。薄帷鉴明月，清风吹我襟。孤鸿号外野，翔鸟鸣北林。徘徊将何见，忧思独伤心。"[3] 诗歌物象与心象交织，写出了千载以还也能让人感同身受的、不忘现实但却又超越功利的情怀。

第四类感适型，是指基于人生在世的奔波劳累的感受，而产生的超越此一牵绊的实在性和想象性的安适体验，它是一种将个体的生命体验同广阔的宇宙时空进行对话与调适的产物，是中国古代诗人为自身创造的一种包容了自我与无限、此岸与彼岸的独特生命观的表现形式。小到日常生活中的逸致舒适，大到超越此一时空的永恒之情的沉思，都属于这类作品。这类诗歌最大特征在于虽然立足于此一时空，但或进入偏僻的一隅，以小见大；或思接千载，超越此时此地，而直达无限永恒之境界。它既立足于自我，同时又意识到这个自我的暂时性，从而得以摆脱此一小我，进入到广阔无垠的大宇宙或极细微的小宇宙之中去。如白居易的闲适诗、屈原的《天问》、陈子昂的《登幽州台歌》，都可以列入这个类型中。

以上这些分类并非绝对，它们之间也不是界限分明的关系。历史上"香草美人"的比兴手法，实际上就在爱情诗和政治借喻诗之间造成了一种内在的共通性，许多时候难以将它们真正区分清楚。感兴是中国古典诗歌的基本生成方式，正是它带来了中国古典诗歌层次多元、题材繁多、精神充沛、感觉空灵的让人叹为观止的丰富形态。正是感兴，保证了古典诗歌无论怎样变化多姿，都深深植根于生命体验之中，从而造成了中国古典诗歌深深的美感。感兴，可以说是中国古典诗歌的艺术美的内在特质。

[1] 张九龄撰、熊飞校注：《张九龄集校注》，中华书局2008年版，第171页。

[2] 韩愈著、屈守元、常思春主编：《韩愈全集校注》，四川大学出版社1996年版，第759页。

[3] 阮籍撰、李志钧等校点：《阮籍集》，上海古籍出版社1978年版，第83页。

二、抒情：汉语诗歌的现代艺术美

在古典诗歌的语言艺术里，"感兴"所对应的是人同自然、同世界尚未彻底分离的关系，从最后一种感适的类型里，可以看到主体得以通过融入外物之中，实现了对现实矛盾的虚拟性解决，或者说，是某种程度上的回避。但中国进入现代以后，这种解决和回避就很难继续了。中国被迫转型成为一个现代化的国家的过程，是同政治、经济和文化上的危机联系在一起的。这种危机除了改变了中国人的政治、国家和世界观念之外，还更深刻地改变了中国人的历史、自然、自我等各种观念。传统的"感兴"方式也随之无法得以持存，"抒情"的现代传统，应运而生。

感兴的"兴"的生成方式是一个既漫长又突然的过程，是长久的酝酿与当下的明晰化的瞬间统一。在感兴里，主体本身是同外物世界紧紧联系在一起的，主体在外物世界中明确了自我的存在，写作不仅仅是主体本身的表达，而且也是主体对自我的再发现和再确认。抒情的"情"侧重于"抒"，这意味着"情"是一种预先确定了的存在，写作因而变成了对主体本身某种状态的传达，外物是被动地接受情感的抒发。从感兴到抒情的转变，在很大程度上是人同世界、同历史、同生活相分离之后，开始变得焦虑的产物，是现代人重新试图建构自我在世界中位置的尝试。

很难用一句简单的话来对"抒情"进行定义。但是，作为一种流传久远和广泛的写作惯例，它背后肯定还是包含着某个共同的基点。这个基点，不妨暂时借用高友工的话加以概括：

> 理论上"抒情"传统是源于一种哲学观点。这个观点可能是具体、明白地表现出来的，但也可能只是间接流露出来的。它肯定个人的经验，而以为生命的价值即寓于此经验之中……前面已早论及中国传统中对"心境"及"价值"的看法，这种看法自然是与此一"抒情"的架构相通的。个人的经验可以成为此一具体的"心境"，生命价值即蕴藏于此"心境"之中。[1]

虽然高友工在这里没有明示，但还是能够看出，"抒情"这一概念之所以被强调，与对个人主义的重视以及对自我意识的关注紧密相关。普实克曾追溯过：从中国封建社会末期以来，中国文人的个人主义和自我意识就已逐步觉醒，但到了中国被迫进入到一个现代国家之后，它们就变成了一种普遍的追求。[2] 早期现代诗歌在此层面上表现得特别明显，抒情特征日益突出。汉

[1] 高友工：《美典：中国文学研究论集》，生活·读书·新知三联书店2008年版，第83页。

[2] 〔捷克斯洛伐克〕雅罗斯拉夫·普实克：《普实克中国现代文学论文集》，李燕乔等译，湖南文艺出版社1987年版，第1—29页。

语新诗的抒情美学既继承了感兴美学的传统，又不可避免与之产生了差异。大体上来看，不妨认为，现代汉语新诗存在着四种相应的抒情类型：抒时型、抒我型、抒恋型和抒兴型。它们构成了汉语诗歌的现代艺术美。

第一种类型，可称之为"抒恋型"。这一类型和感兴的感时型有着类似的对应关系，是指对存在于作者当下生活中爱情和友情、亲情等日常生活歌颂的诗歌。这类诗歌可能不是艺术水平最高的，但却可能是数量最多的，也是诗歌同普通读者保持着最为密切关系的诗歌。这类诗歌用相对较为平常的语言和表达方式，为普通读者建构了一个又一个温情、美丽和忧伤的抒情空间，将常人也带入了原本就属于他们的诗意生活中。现代的爱情，当然有同古代的爱情相通之处，但其特殊性在于两性之间的矛盾和平等问题变得更为自觉和迫切，爱情书写的内容和境界也较古代爱情诗更为广阔。现代女诗人大大增多，即是其中的明证。友情与亲情诗也各具时代特色，并不仅仅局限于一个狭小的阶层和范围。这类诗歌常常将日常生活带入一种抒情性的生活层次中。

在这里需要补充的是，在汉语新诗中，没有专门给传统诗歌的"感遇型"以一个相对应的位置。这是因为在汉语新诗中，"我"的独立性要远远强于古典诗歌中"我"的位置和作用。基于此，汉语新诗中的第二个类型可以称之为"抒我型"。这一类型中的自我因素前所未有地突出，诗歌书写的目的在于抒发自我本身的存在意义与生命的追求。这不仅仅是对作为社会政治层面中的"我"而言，而且是以个体存在于世的独立价值作为目的。古诗中的"我"致力于在家国的框架结构中赋予自己以存在的意义，现代诗则将此"我"本身作为标尺予以追求和表达。自我成为写作的主题，写作变成了对自我的寻觅、发现、创造和确证。李欧梵曾将早期的新文学称为"浪漫主义的一代"，并提出浪漫主义作为一个时代是否还存在的疑问。[1] 虽然"自我"问题并不完全等同于"浪漫主义"，但早期"浪漫主义"的文学，尤其是诗歌，却给新诗带来了一种持久的对于"自我"的关注和坚持。它并不一定以一种"浪漫主义"的标签出现，但比任何标签更彻底、更内在，也更普遍化地保存在汉语新诗，尤其当代汉语新诗里。这样的例子几乎可以在随机的状态下就能找到：

> 居住在高楼，车流如蚂蚁穿梭
> 站在广场，人像海水一样凶猛
> 为避免撞击，我不停地向天堂搭阶梯

[1] 李欧梵：《中国现代作家的浪漫一代》，王宏志等译，新星出版社2005年版，第300—301页。

沿嫦娥奔月的路线再走一次
途中，无数的人跃过我
他们步履匆忙，并不知道即将到达的
是怎样的地方。[1]

[1] 杜绿绿：《近似》，大众文艺出版社 2006 年版，第 87 页。

在这首题为《迁移》的诗中，作者混合了现实中的广场和虚构的奔月的路线，同时将现实中的人也涂上了一层可疑的色彩，这些占据了生活主流的人，反而变成了迷茫的人。这一审美的效果，正来源于作为诗歌主体的"自我"强大的存在。虽然这并不是一个浪漫主义的作品，但比浪漫主义作品更深地依赖于主体的力量。

第三个类型，抒时型。这里的"时"是"时代"之时，它继承了古代诗歌中爱国的传统，传达了强烈的爱国、关注社会之情，但是又赋予了其前所未有的内涵。古代爱国常常是同"忠君"联系在一起的，到了现代，传统的国家演变成民族国家，独立、富强、科学、民主、自由、平等，这些时代精神不断地在汉语新诗的不同阶段涌现。汉语新诗在很大程度上记录和参与了整个中国的现代化的历史。如康白情在作于 1920 年的《别少年中国》结尾写道：

我乐得登在甲板底尾上
酬我青春的泪
对你们辞行：
我底少年中国呀！
愿我五六年后回来
你更成我理想的少年中国！
我底兄弟姊妹们呀！
愿我五六年后回来
你们更成我理想的中国少年！[2]

[2] 康白情：《别少年中国》，载朱自清选编：《中国新文学大系·第八卷》，上海良友图书印刷公司 1935 年版，第 76 页。

诗歌没有采用宏大的叙事与铺展，而是通过殷切的告白式的抒情，直接性地呈现了对国家未来向上强盛的期望。这种抒情模式几乎贯穿了新诗写作的百年历史。新时期以来，这类诗歌也依然保持了它的位置，它们传达了对时代热切的回应，做到了抒情要素与现实要素的有机统一。这种表达方式中"我"的位置比传统感时型的诗歌也要突出得多。

第四类诗歌，是抒兴型诗歌。它的特点是即兴的、偶然的。它并不指向某个具体的当下现实，而是导向一种朦胧而又可感的存在本身，是古典诗学精神在现代的延续与回响，甚至是新诗在更高层次上回归古典诗学精神的起点。它的特点是通过对当下转瞬即逝的生活状态的感知与把握，试图导向一种对无限的精神状态的把握。这类诗歌在新诗发轫之初就开始显露，如美学家宗白华等人的流云小诗、民国被忽视的诗人徐玉诺的部分优秀诗作。此外，它在当代诗人如顾城等人的诗歌中也不时复现。

抒情，在现代汉语诗歌中的存在是非常强烈和普遍的。抒情可以说是现代汉语诗歌艺术美较为突出的特征。当然，有必要指出，零抒情和反抒情的诗歌，在第三代以降的诗人中不时出现。它们代表了当代诗歌的美学探索，也取得了非常巨大的成就。它们究竟如何同古典诗学和现代诗学精神合流，考验着当代汉语诗歌的承受力与宽阔度。

第三节 诗歌美学：体验与分析

诗歌美所具有的直接性和丰富性，要求对诗歌的阅读和理解必须调动特殊的体验，进行特殊的分析。古代人对诗歌艺术美的感受，以体验为主。然而，在汉语诗歌美学中，古典诗学成了遗产，而现代诗歌的历史也不过百年时间；对诗歌美学的体验与分析，在古典和现代两方面都遇到了不小的困难，许多问题都还处于紧张和调适中。

一、丰富多样的诗性品鉴传统

"诗无达诂"这句话，可能最为集中地表达了中国传统诗学理论对诗歌阅读的困难性与丰富性的感觉和认知。一般认为，古典诗学是一种建立在体验基础上的品鉴传统。具体而言，其主要形式有：诗话与词话、诗歌文本的编选与评点、诗学专门论文和著作、论诗诗等。这些形式各有特长，同时，它们作为古典诗学的伴随物和平行物，自身也是汉语诗学美学传统的有机组成部分。

第一种品鉴传统，即诗话（以及词话）。诗话范围非常广，"凡是与诗歌有关的，上下古今，天南地北，无不可谈"[1]，诗话很难用一种固定的范围和

[1] 张葆全：《诗话和词话》，上海古籍出版社1983年版，第4页。

方式加以总结，不同时代的诗话也各自有其特色。诗话既会谈论诗本身，也有关于诗歌写作背景的记载和诗人创作动机的探讨。诗话不讲求对文本细致而周详的分析，而是采用一种类似于与诗歌平行的诗性思维方式，对诗歌中最难以把握但又是最精彩的语句、意象和意境，进行捕捉和谈论。诗话的优点在于，"在这里，作者可以随兴所至、信笔卷舒地记录诗歌创作本事轶闻，叙说诗人创作经验心得，对诗篇诗句，句眼字眼进行鉴赏评说，也可作精深的理论探讨，而且常常治上述诸端于一炉，深入浅出，情景交融，在娓娓闲话中隐耀思想闪光。"[1] 某一时代的风气也就比较容易在诗话中反映出来。从这个意义上看，古代诗学讨论中，诗话大概是最有代表性的形式了。

第二种，诗歌文本的选注与评点。古代诗歌和古代许多其他文体一样，是通过选本进行传播的，笺释、注解与评点等相关形式应运而生。这些形式同文本结合紧密，讲究抓住重点和精妙之处随时加以评述，从字词和背景的考辨，到文意的疏通、写法的匠心以及诗意的阐发，都是其涉及的范围："评点所最为倾心的是文本本身的优劣，它努力挖掘的是文学的美究竟何在以及何以美，它注重对文本的结构、意象、遣词造句等属于文学形式方面的分析，同时也不废义理和内容的考察，尽管这在评点是次要的。"[2] 评点能够在读者对诗歌的品鉴活动中起到立竿见影的多重对话效应，这是它与其他品鉴形式相比最大的优势。

第三种品鉴传统，是专门的论诗的文章和著作。这些或者为著作中与诗歌有关的，如《典论·论文》《文赋》《文心雕龙》，或者是如《原诗》这类著作。此外，在历史长河中，还涌现了一度被长期忽视的"接近于法家思想的"各类"诗格"著作[3]。这些论著实际上有许多类似今天的文学和诗歌理论性质的著作，对诗歌进行了美学意义上的探讨。

第四种品鉴传统，是论诗诗。可以认为，论诗诗是对诗歌的评点的极端形式。这类作品中最著名的可能是杜甫的《戏为六绝句》。从某种宽松的角度看，钟嵘的《诗品》和据传为司空图的《二十四诗品》，也不妨被看作是一种诗歌的形式。以诗论诗者自身常常是诗人，使得这类论述能够从特殊的体验和角度，对诗歌进行与众不同又发人深省的理解和阐述。当然，由于其并非严密的论述，难免产生歧义和争论。但无论如何，这种用诗性思维来理解诗歌的阅读方式，同诗歌写作本身一道，造就了中国诗歌美学体验的特殊性与高峰特征。

[1] 顾易生、蒋凡、刘明今：《中国文学批评通史——宋金元卷》，上海古籍出版社 1996 年版，第 452 页。

[2] 张伯伟：《中国古代文学批评方法研究》，中华书局 2002 年版，第 591 页。

[3] 张伯伟：《全唐五代诗格汇考》，江苏古籍出版社 2002 年版，第 3 页。

二、古典诗学体制化与新诗研究新问题

随着古典诗歌向现代白话新诗的转变，对诗歌的阅读和分析变得更为纷繁歧义，充满了各种复杂性。一百年以来，新诗的理论建设要同新诗的实践一道摸索前进，与此同时，古典诗歌和诗学变成了文学遗产，如何使用新的研究方法、手段，从新的立场出发，对此进行研究和讨论，也是一个同等重要的任务。古典诗歌艺术美的再发现，与白话新诗艺术美的创造与阐释，共同构成了当代诗学技术分析的课题。

关于古典诗歌艺术美的再发现，首先必须要注意其所建立的现代学科化与体制化基石。在此前提下，今人对古诗艺术美在三个大的维度上进行了卓有成效的分析。

一是经由强调历史和文化维度的文学史课程，对古典诗歌艺术美重新整理与塑造。现代中国人对古典诗歌艺术的体验，很大程度上取径于"中国文学史"这一门学科。现代生活决定了现代人不可能按照古代人生活节奏和趣味体会古典诗歌艺术美的全部内涵，只能按照某种现成的模式相对集中而又全面地理解作为遗产的古典诗歌。文学史书写无论侧重点如何变化，根本之处都在于将文学作为一个前后相继的历史过程，并作为整体历史的一部分来理解。它建立的根基正是社会和文化的分析维度，深刻地影响着从专家到普通读者对古典诗歌艺术美的理解和体验。

二是承接传统研究模式并创造性地借用现代观念和手段。由于学科研究的体制化，古代诗歌及其研究在这个意义上保持了一种专门性。专家、学者对古代诗歌艺术进行了大量的研究，从细致的文献与文本的分析，到经典作家和文本的再探讨，以及以往被重视得不够的问题的发现，都是这类研究的关注对象。普通读者对古典诗歌艺术的阅读与体会，在这一体制化研究及其传播普及的基础上进行。它们是古代品鉴传统在当代诗歌艺术审美的体制化发展、延伸与超越。

三是比较文学研究视野的运用。前面提到的叶嘉莹就是典范。她的研究既有深厚的传统诗学功底，又借助了西方相关理论的思维。钱锺书的相关著述如《谈艺录》《七缀集》中对诗学问题的探讨，也常采用比较文学的研究视野。真正有效的比较文学研究并非预设的结果，而是中国传统的文学及其理论在全球性的知识框架和体系中，重新被认知、意识和焕发的自然结果。总之，基本使命正在于如何在现代语境里重构古诗伟大传统。

与古诗相比，新诗历史显得较短，但新诗所面临的问题和发展进程，却

经过了激烈的、矛盾的和跨越式的变化，每个阶段都有各自独特的问题。具体而言，主要围绕以下几个问题展开。

一是古诗与新诗的关系问题。由于身处一个伟大传统的断裂地带，新诗至今都没有摆脱与古诗的传承、优劣等基本问题的困扰。经过各种风潮和口号的争论与辨析，新诗同古诗之间的关系，已经不可能也不需要再在姿态的层面上进行对话，而应在相对温和的文本分析的基础上进行。一些理论探讨变得更为自觉，江弱水《诗的八堂课》是近年的佼佼者，[1] 该书既涉及了古诗与新诗间的关联，也有外国诗的一些旁证。近年来，许多诗人也在用诗歌文本的形式，对古典诗歌致敬式地重写。这是一个值得注意的趋向。

[1] 江弱水：《诗的八堂课》，商务印书馆2017年版。

二是如何吸收外国诗的营养。这本质上是比较文学研究的问题。但目前其成果的取得，并不能简单地借重比较文学的抽象研究，主要还是得通过诗歌写作本身的实践加以证明。真正能够在理论上对新诗与外国诗进行比较研究的，仍较为少见。这将是以后诗歌分析和研究的重要前景和努力方向。

三是外国文学理论对汉语新诗的驱动和刺激。从"新时期"发轫之初的现代主义思潮与"朦胧诗"的争论，到"后现代主义"在含混中对"第三代"诗的激发，西方理论对汉语诗歌艺术的冲击和启迪非常显著。尤其是俄国形式主义所引发的语言论转向，对21世纪的汉语诗歌产生了隐蔽而持续的影响。

总体上看，关于新诗的研究还不够成熟，还没有形成研究者共同认可的研究方法。汉语新诗的艺术美到底如何去感受，如何从纷繁复杂的诗歌现象中将诗歌的艺术美提升到范型和共性的层面，是汉语新诗研究必须面对的问题。

【本章摘要】

本章指出，诗歌是一门具有很强音乐性的语言艺术，律诗和自由体新诗之间的差异，不是声律的有无问题，而是声律表现的强弱和呈现形式的差异问题。诗歌同时还是一门借助于意象生发出丰富意境的艺术。古诗和现代诗之间还是有巨大不同。古诗的艺术美主要基于感兴，而现代诗的艺术美主要借助于抒情。这是由古诗和现代诗所处的时代背景、生活方式和生命感觉之间的不同所决定的。相应地，古代人对古诗的理解是以体验和感悟为主的，进入现代以后，无论对古诗还是对新诗的理解，都不得不以体制化的研究作为依托，如何重构古诗传统、建立新诗的传统，还存在着诸多问题与困惑。

【思考与练习】

1. 与古诗成熟的声律规则相比，如何看待汉语新诗的声律问题？

2. 古诗的意象如何在汉语新诗的实践中被继承和发展？

3. 感兴和抒情的不同之处究竟何在？如何在现代语境中激活感兴传统？

4. 在古诗作为遗产的今天，该如何研究古诗？新诗研究有没有特别客观的标准和方法？

【深度阅读书目】

1. 朱光潜：《诗论》，北京出版社 2005 年版。

2. 宗白华：《美学散步》，上海人民出版社 1981 年版。

3. 陈国球、王德威编：《抒情之现代性："抒情传统"论述与中国文学研究》，生活·读书·新知三联书店 2014 年版。

4. 叶嘉莹：《王国维及其文学批评》，河北教育出版社 1997 年版。

5. 张伯伟：《中国古代文学批评方法研究》，中华书局 2002 年版。

6. 江弱水：《诗的八堂课》，商务印书馆 2017 年版。

作为叙事性文学文体的一种，小说随着文学的发展而变化，这决定了人们对小说的认识需要恢复到历史诗学之中，小说美相应地也是基于历史诗学的文学之美的呈现。在中国文学传统中，小说美学的确立相较于诗歌美学来说要晚得多，这与小说自身的文学地位有很大关系。在西方文学传统中，小说美学和叙事文学观念通常缠绕在一起，换句话说，小说美学总是体现在人们对叙事文学之美及其普遍性特征的探询之中。

第一节 中国传统：小说与史传

在中国文化传统中，小说无论内容还是形式都受到儒家史传传统的深刻影响，小说依附于史传，小说观念也受制于史传观，这一状况表明小说美学对小说与史传笔法关系的探讨、对小说虚构之真的诠释都是在某种既定的模式下进行的。

一、"小说"古今观念

在中国古代，"小说"一词最早出现于《庄子·外物》："饰小说以干县令，其于大达亦远矣。"[1] 意思是，粉饰浅陋的言辞来求取卓美声誉，这对于通达大道而言，相差太远。在这里，"小说"一词不无贬义，不过显而易见的是，它还不是文学文体。《文选》卷三十一李善注引东汉初年桓谭《新论》言，称"若其小说家合丛残小语，近取譬论，以作短书，治身理家，有可观之辞。"[2] 班固则在《汉书·艺文志》中这样评价小说家："小说家者流，盖出于稗官。街谈巷语，道听途说者之所造也。孔子曰：'虽小道，必有可观者焉，致远恐泥，是以君子弗为也。'然亦弗灭也。闾里小知者之所及，亦使缀而不忘。如或一言可采，此亦刍荛狂夫之议也。"[3] 桓谭看到了小说作为文体的现实意义，并由此界定了小说的内涵和功能，班固则对小说家的类属、身份和小说的概念、作用做出了进一步的辨识，在儒家传统中指出其可能性和有限性——稗官一方面意味着小说目的在于取悦皇上，一方面意味着小说具有某些类似于正史的叙事形式。班固以后，《隋书·经籍志》建立起"经、史、

[1]《庄子》，方勇译注，中华书局 2010 年版，第 459 页。

[2]（南朝梁）萧统 编、李善注：《文选》第 3 册，上海古籍出版社 1986 年版，第 1453 页。

[3]（汉）班固：《汉书》（简体字本），中华书局 2000 年版，第 1377—1378 页。

子、集"的分类标准，"小说"被归类于"子"部："小说者，街谈巷语之说也。传载舆人之诵，诗美询于刍荛。古者圣人在上，史为书，瞽为诗，工诵箴谏，大夫规诲，士传言而庶人谤。孟春，徇木铎以求歌谣，巡省观人诗，以知风俗。过则正之，失则改之，道听途说，靡不毕纪。"[1]《隋书·经籍志》列"小说"为子部的理由在于："易曰：'天下同归而殊途，一致而百虑。'儒、道、小说，圣人之教也，而有所偏。兵及医方，圣人之政也，所施各异。世之治也，列在众职，下至衰乱，官失其守。或以其业游说诸侯，各崇所习，分镳并骛。若使总而不遗，折之中道，亦可以兴化致治者矣。"[2]在《隋书·经籍志》中小说家虽被视为稗官、小说虽被赋予与"箴谏"一类文体同等的社会功能而得到归类，但并未获得与自身属性相当且应有的文学地位。

至唐代刘知幾《史通》，对叙事性作品的分类已经逐渐明确。《史通》辟有专章"杂述"来讨论难以被归属为历史的 10 类准历史、非历史作品：偏纪、小录、逸事、琐言、郡书、家史、别传、杂记、地理书、都邑簿。[3]除地理书、都邑簿以外，小录、琐言、杂记等无不包含小说，显然，无论笔法还是地位，它们都不能与正史相论。不过，刘知幾在"杂述"的结尾部分又顺便指出："然则刍荛之言，明王必择；葑菲之体，诗人不弃。故学者有博闻旧事，多识其物，若不窥别录，不讨异书，专治周、孔之章句，直守迁、固之纪传，亦何能自致于此乎？且夫子有云：'多闻，择其善者而从之。''知之次也。'苟如是，则书有非圣，言多不经，学者博闻，盖在择之而已。"[4]肯定小说于"博闻"方面之优，其实就是肯定了其在正史之外的价值。

明代的胡应麟是最早对小说进行分类的学者之一。他把小说（文言小说）列为 6 种：志怪、传奇、杂录、丛谈、辨订、箴规。他一方面将小说定性为子书一类，一方面也适当指出其归类的芜杂难取，"小说，子书流也。然谈说理道，或近于经；又有类注疏者。纪述事迹，或通于史；又有类志传者。他如孟棨《本事》、卢瑰《抒情》，例以诗话文评，附见集类，究其体制，实小说者流也。至于子类杂家，尤相出入。郑氏谓古今书家不能分有九，而不知最易混淆者小说也。"且不说，小说容易和其他文类相混，即使在这一文体之内界限也不甚分明，"谈丛、杂录二类最易相紊，又往往兼有四家，而四家类多独行，不可搀入二类者。至于志怪、传奇，尤易出入。或一书之中，二事并载；一事之内，两端具存。姑且举其重而已。"[5]应当说，胡应麟的小说分类乃是立足于小说发展史的实际，而他看到的分类之难也的确合乎小说史的实际。胡应麟之后，清代纪昀奉命编撰的《四库全书总目》便以"叙述杂事""记录异闻""缀辑琐语"来归类小说，小说用途在于"寓劝戒，广见闻，

[1]（唐）魏徵：《隋书》（简体字本），中华书局 2000 年版，第 680 页。

[2]（唐）魏徵：《隋书》（简体字本），中华书局 2000 年版，第 702 页。

[3]（唐）刘知幾撰、浦起龙通释：《史通》，上海古籍出版社 2015 年版，第 246 页。

[4]（唐）刘知幾撰、浦起龙通释：《史通》，上海古籍出版社 2015 年版，第 249 页。

[5]（明）胡应麟：《少室山房笔丛》，载黄霖、韩同文选注：《中国历代小说论著选》（上）江西人民出版社 1982 年版，第 146 页、第 147 页。

[1]（清）纪昀等：《钦定四库全书总目》（整理本），中华书局1997年版，第1834页。

[2] 王俊年：《中国近代文学研究文集》，中国大百科全书出版社2014年版，第77页。

[3]（明）李开先：《一笑散》，载朱一玄编：《明清小说资料汇编》上册，南开大学出版社2012年版，第272页。

[4]（明）冯梦龙：《警世通言叙》，载《警世通言》，朱一玄、宋常立校注，百花文艺出版社1993年版，第1页。

[5]（明）李贽：《焚书·续焚书》，岳麓书社1990年版，第98页。

[6] 无名氏：《新刻续编三国志引》，载朱一玄：《明清小说资料汇编》上册，南开大学出版社2012年版，第122页。

资考证"，叙事文学特征与功效得到清晰呈现。[1]

上述简要讨论表明，受儒家思想的影响，班固所确立的小说概念一直在中国传统中得到贯彻，小说的有用与否取决于其与正史比较之下的"可观之辞""一言可采"的权重，小说作为"丛残小语""街谈巷语"，小说家身份的"稗官"属性从未轻易改变，以至于有学者承认："班固对于小说的看法，成了经典性的立论。它世代相承，为正统文士所固守。从汉至清两千年间，虽然小说的样式、格局等发生了巨大变化，小说的实际含义已经远远越出原来的概念，但是这种传统的小说观念却基本没有改变。"[2]

不过细究这一历史脉络，也可看出某些乖违班固之言处：（1）将小说和史传或并置或分立以肯定其娱乐价值和审美作用；（2）将小说视为文学文体的重要一类以探讨其文学特征。这一态势主要在明代中叶以后。如明代李开先就记载其时社会名流针对长篇白话小说《水浒传》的流传的言谈："崔后渠、熊南沙、唐荆川、王尊岩、陈后冈谓《水浒传》委曲详尽，血脉贯通，《史记》而下，便是此书。且古来更未有一事而二十册者。倘以奸盗诈伪病之，不知序事之法，学史者之妙也。"[3] 如明代冯梦龙就认为作为野史的小说，"事真而理不赝，即事赝而理亦真，不害于风化，不谬于圣贤，不戾于诗书经史"而不可废。[4] 如明代李贽就认为诗、文、戏曲、小说如出"童心"都是"古今至文"。[5] 明代无名氏在《新刻续编三国志引》一文里标举："夫小说者，乃坊间通俗之说，固非国史正纲，无过消遣于长夜永昼，或解闷于烦剧忧态，以豁一时之情怀耳。……予曰：世不见传奇戏剧乎？人间日演而不厌，内百无一真。何人悦而众艳也？但不过取悦一时，结尾有成，终始有就尔。诚所谓乌有先生之乌有者哉。大抵观是书者，宜作小说而览，毋执正史而观，虽不能比翼奇书，亦有感追踪前传以解世间一时之通畅，并豁人世之感怀君子云。"[6] 再如清代金圣叹就以艺术性而非史传笔法为标准批评《水浒传》，高度肯定小说虚构的独立性，并且将这一独立性提高到与史传媲美、甚至高于史传的高度："某尝道《水浒》胜似《史记》，人都不肯信。……其实《史记》

是以文运事,《水浒》是因文生事。以文运事……虽是史公高才,也毕竟是吃苦事。因文生事即不然,只是顺着笔性去,削高补低都由我。"[1] 所有这一切昭示着中国小说观念变革的内在需要。

晚清以降,受欧风美雨影响,"小说革命"思潮激荡,中国传统小说观念逐渐瓦解,小说不再被视为稗官野史和街谈巷议,小说的文学功用得到充分肯定。这一突破以梁启超为首要代表。如《译印政治小说序》一文赞同英国人"小说为国民之魂"的提法,认为"《六经》不能教,当以小说教之;正史不能入,当以小说入之;语录不能谕,当以小说谕之;律例不能治,当以小说治之。"[2]《论小说与群治之关系》一文则将"小说革命"的思想具体化,认为小说具有"熏""浸""刺""提"四种审美感染力,乃"文学之最上乘",因而利于政治启蒙,"欲新一国之民,不可不先新一国之小说。……小说有不可思议之力支配人道"。[3] 这些言论皆发人之未发,从而为"五四"新文学拉开帷幕。

二、小说美学:从传统到现代

由班固《汉书·艺文志》所确立的小说基本含义及其在中国小说史上的经典地位可知小说原本是侧身或寄身于别的文类之中,小说被当作某种类史传的东西被看待,其功用也是在与史传比较之下被审视。明代中叶以后,小说观念滋生新质,虚构性的美学特征逐渐得到重视。这一状况说明,在中国叙事传统中,人们对小说之美的探讨可分两个方面来加以认识:(1)小说与史传笔法的关系;(2)小说的虚构之真。

就小说与史传笔法的关系方面来说,以稗官命名小说原本就是明确小说是借鉴史传叙事的衍生物。稗官多和野史连用,"稗官,古代的小官,专给帝王述说街谈巷议、风俗故事,后来称小说为稗官,泛称记载逸闻琐事的文字为稗官野史"[4]。孔子编辑《春秋》所开创的历史叙事模式及阐释原则在中国叙事传统中影响深远。清代著名学者章学诚对《春秋》笔法有过较详细的总结:"孔子作《春秋》,盖曰其事则齐桓、晋文,其文则史,其义则孔子自谓有取乎尔。夫事即后世考据家之所尚也,文即后世词章家之所重也,然夫子所取,不在彼而在此。则史家著述之道,岂可不求义意之所归乎?"章学诚又言:"史所贵者义也,而所具者事也,所凭者文也。"[5] 史传离不开叙事,史传因叙事而成就其叙事文类的根本特征,人们所谓"良史之才"多指

[1] 金圣叹:《读第五才子书法》,载朱一玄、刘毓忱编:《水浒传资料汇编》,南开大学出版社2012年版,第219页。

[2] 梁启超:《译印政治小说序》,载郭绍虞主编:《中国历代文论选》(4),上海古籍出版社2001年版,第206页。

[3] 梁启超:《论小说与群治之关系》,载郭绍虞主编:《中国历代文论选》(4),上海古籍出版社2001年版,第207—211页。

[4] 中国社会科学院语言研究所词典编辑室编:《现代汉语词典》(第7版),商务印书馆2016年版,第32页。

[5] (清)章学诚:《文史通义》(上),叶瑛校注,中华书局1985年版,第464页、第219页。

[1] 郑振铎:《郑振铎古典文学论文集》(上),上海古籍出版社 2009 年版,第 341 — 342 页。

[2] (明)谢肇淛:《五杂俎》,载黄霖、韩同文选注:《中国历代小说论著选》上册,江西人民出版社 1982 年版,第 166 页。

[3] 无名氏:《水浒传一百回文字优劣》,载朱一玄、刘毓忱编:《水浒传资料汇编》,南开大学出版社 2012 年版,第 186 页。

[4] (明)李贽:《水浒传回评》,载朱一玄、刘毓忱编:《水浒传资料汇编》,南开大学出版社 2012 年版,第 172、174 页。

[5] (明)金圣叹:《水浒传序三》,载朱一玄、刘毓忱编:《水浒传资料汇编》,南开大学出版社 2012 年版,第 213 页。

善于叙事、善于叙述事理。《左传》《史记》并称就反映了人们对历史叙事与义理互现的理解。《左传》以记事为主,《三国演义》的叙事结构深受其影响;《史记》的纪传篇章以状人为主,《水浒传》的叙事结构深受其影响。历史叙事模式被借用到小说之中说明,中国的小说传统是沿着史传所确定的路线前进与发展的,小说家不仅从史传中借鉴结构事件的体例、方法,还获得史传的历史意识(如纪传体按照时间序列的叙述反映在小说按照事件进程、人物的主次的叙事中,兴废史观反映在小说人物的命运遭际中,等等)。如此这般,明清时期长篇章回小说和演义小说的繁盛既说明这一类始于"历史的小说"跟着"历史的自然演进的事去写",又体现其艺术手法借鉴历史叙事的"自然的趋势"。[1]

就小说的虚构之真来说,明清时期大量出现的小说评点集中关注小说有别于史传的文体分类思想和鲜明的文体意识,从这里大体能见出中国传统小说美学的形成与成熟。小说继承史传叙事传统,却凭借虚构与史传相异。作为小说美学的集中表现形态的小说评点一般都关注小说艺术性,从创作动机、小说谋篇布局(整体结构与细节)和艺术欣赏等方面诠释虚构文学的属性。明代谢肇淛声称:"凡为小说及杂剧戏文,须是虚实相半,方为游戏三昧之笔。亦要情景造极而止,不必问其有无也。"[2]明代无名氏《水浒传》强调:"世上先有《水浒传》一部,然后施耐庵、罗贯中借笔墨拈出。……情状逼真,笑语欲活,非世上先有是事,即令文人面壁九年,呕血十石,亦何能至此哉!亦何能至此哉!此《水浒传》之所以与天地相终始也与!"[3]容与堂的百回本"李卓吾先生批评忠义水浒传"其"回评"标举:"《水浒传》事节都是假的,说来却似逼真,所以为妙""《水浒传》文字,原是假的。只为他描写得真情出,所以便可与天地相终始"。[4]金圣叹肯定《水浒传》"因文运事"的自由性,文学虚构的逼真性:"天下之文章,无有出《水浒》右者;天下之格物君子,无有出施耐庵先生右者。……《水浒》所叙,叙一百八人,人有其性情,人有其气质,人有其形状,人有其声口。"[5]而脂砚斋则将虚构提到新的高度:第十六回眉批针对鬼拘秦钟一事评论："《石头记》一部中皆是近情近理必有之事，必有之言"，第四十二回夹注针对刘姥姥替巧姐取名一事评论："一篇愚妇无理之谈，实是世间必有之事。"[1]

[1] 脂砚斋：《红楼梦评》，载朱一玄编：《红楼梦资料汇编》，南开大学出版社 2012 年版，第 270 页、460 页。

　　明清小说评点所建立的小说美学思想毕竟是零星、片段的。这些评点多以序跋、批文形式得到体现，感兴和印象性点评居多，表述上并不怎么追求体系性和逻辑性。中国小说美学真正具备现代特征（包括叙事时间、叙事角度、叙事结构在内的叙事模式的转变），或者说小说美学和世界文学潮流真正相呼应的使命还要等到新文学作家和理论家来共同完成。这里仅选择作家文论来一窥现代小说美学的面相：（1）反映在小说和日常生活的关联上；（2）反映在对小说语言的突出上。

　　其一，关于小说和日常生活的关联，试以小说家沈从文为例。沈从文有过这样的理解："我在师范学院国文会讨论会上，谈起'小说作者和读者'时，把小说看成'用文字很恰当记录下来的人事'。因为既然是人事，就容许包含了两个部分：一是社会现象，是说人与人相互之间的种种关系；一是梦的现象，便是说人的心或意识的单独种种活动。单是第一部分容易成为日常报纸记事，单是第二部分又容易成为诗歌。必须把人事和梦两部分相混合，用语言文字来好好装饰剪裁，处理得极其恰当，才可望成为一个小说。"[2] "人事"是基于现实生活事件和人际关系而言，"梦"则较多涉及心灵世界的情感表达与意识活动，这说明，现代小说之美离不开对日常生活、人情世俗的叙写，对个体精神与人格的描摹，以及虚构和想象。换句话来说，现代小说是现代人基于现代生活的心理、情感的表现，人事、人情既成为小说表现的对象，又是小说成立的条件，而语言文字虚构的世界，恰恰能精巧地完成这一剪裁任务。如此，小说反映现实世界、表现心灵主观感受便有了逻辑基础。

[2] 沈从文：《短篇小说》，《沈从文全集》第 16 卷，北岳文艺出版社 2009 年版，第 493 页。

　　其二，关于对小说语言的突出，可以小说家汪曾祺为例。汪曾祺认为语言具有四种特性，"内容性""文化性""暗示性""流动性"。汪曾祺如此看待语言的内容性："从思想到语言，当中没有一个间隔，没有说思想当中经过一个什么东西然后形成语言，它不是这样，因此你要理解一个作家的思想，惟一的途径是语言。你要能感受到他的语言，才能感受到他的思想。"[3] 语言不但成为表现思想的工具也成为其目的。语言的内容性即是这种既为工具也为目的所蕴含的品质。汪曾祺又说，"语言不是外部的东西。它是和内容（思想）同时存在，不可剥离的。语言不能像桔子皮一样，可以剥离下来，扔掉。世界上没有没有语言的思想，也没有没有思想的语言。往往有这样的说法：

[3] 汪曾祺：《小说的思想和语言》，《汪曾祺全集》第 5 卷，北京师范大学出版社 1998 年版，第 49 页。

这篇小说写得不错，就是语言差一点。我认为这种说法是不能成立的。我们不能说这首曲子不错，就是旋律和节奏差一点；这张画画得不错，就是色彩和线条差一点。我们也不能说：这篇小说不错，就是语言差一点。语言是小说的本体，不是附加的，可有可无的。从这个意义上说，写小说就是写语言。小说使读者受到感染，小说的魅力之所在，首先是小说的语言。小说的语言是浸透了内容的，浸透了作者的思想的。我们有时看一篇小说，看了三行，就看不下去了，因为语言太粗糙。语言的粗糙就是内容的粗糙。"[1]从语言到思想从思想到语言无须借助中介的缘由在于"语言是小说的本体"，小说因此无须借助故事、情节、人物性格的敷衍来表现思想，而是直接由语言通达思想。语言作为一种文化积淀物，它还在艺术手段和形式的变体上保障对这种内容性的长期、有效的统摄、占有。"写小说就是写语言"，语言在小说包括情节、人物等要素中优先性的获得，其背后隐现了语言表现文化积淀的优先位置。有研究者在考察中国当代文学近50余年的语言演变历程时，指出汪曾祺"提出'写小说就是写语言'的口号，真正地体现了一种以语言为文学的'第一要素'的明确姿态"[2]。

[1] 汪曾祺：《中国文学的语言问题——在耶鲁和哈佛的演讲》，《汪曾祺全集》第4卷，北京师范大学出版社1998年版，第217—218页。

[2] 王一川：《近五十年文学语言研究札记》，《文学评论》1999年第4期，第22页。

第二节 西方问题：从史诗到小说

与中国小说观受制于儒家史传观不同，西方小说观念更多在叙事文类思想的传统中展开。小说被理解为叙事文类的一种，叙事要素、叙述形式常常成为小说如何讲故事的中心内容。

一、小说的兴起

在西方文学传统当中，史诗（epic）作为长篇叙事体诗歌，它是用韵文的方式叙述与描写一定部落、民族的英雄、神明式人物及其行动所给予生活环境的重大影响与意义。史诗通常产生于民族的幼年时期。史诗可分为传统史诗和文学史诗两种。传统史诗（又称"民间史诗"或"原始史诗"）多由编撰者根据民间口头传说的有关部落、民族英雄事迹整理而成，如《荷马史诗》《贝奥武甫》《罗兰之歌》《熙德之歌》等。"文学史诗"则由诗人以传统史诗为蓝本再度加工、再度创作而成。如罗马时代的诗人维吉尔的《埃涅阿斯纪》（世界上第一部"文人史诗"，有意模仿《荷马史诗》，题材部分来源于《荷马史诗》）成为弥尔顿《失乐园》的蓝本，《失乐园》又成为约翰·济慈哲理化史诗《海庇里安》的蓝本。史诗多以部落、民族英雄的不平凡生活为素材，这使得史诗写作通常呈现出这样的特征："民族的实质的生活必须表现在事件里面，然后才能够赋予长篇史诗以内容。在一个民族的幼年时期，它的生活主要是表现在豪迈、大无畏和英勇精神中。因此，唤醒、激发并鼓起一个民族的全部内在力量、在它的（还是神话式的）历史中构成一个时代、并对其以后的全部生活发生影响的这样一种战争，主要是叙事式的事件，它为长篇史诗提供了丰富的素材。"[1] 在情节安排上，史诗则形成惯例化的叙事风格：（1）叙述者在开篇阐明其论点或史诗主题，通过向神灵提问、神灵回答的程序铺开情节；（2）叙述先从倒叙方式开始，把情节最紧要部分先叙述清楚，然后再回溯其他部分；（3）对主要人物加以分类，并做详细介绍。与一般的长篇叙事作品类似，史诗通常追求故事完整、情节统一、各部分衔接一致的叙事效果。

[1]［俄］别林斯基：《别林斯基文学论文选》，满涛、辛未艾译，上海译文出版社2000年版，第346—347页。

作为叙事文体最为重要的一种，小说一词用语多用"roman"（罗曼史），这源自中世纪的传奇。英文 novel 一词则衍生于意大利语 novella（意为"小巧新颖之物"），其本义则指一种用散文体写成的小故事。

在公元2、3世纪，希腊作家开始创作散文体传奇。这一类传奇多以男女婚恋为题材，情节比较公式化，男女一见钟情，不能马上完婚，之后各奔东西，历经各种艰难和阻碍最终得以重逢，在时空展现上则不像戏剧那样受到限制，它以广阔的大自然为舞台，时间跨度可长可短、伸缩自由。这也造就了传奇的时间体验方式和时空叙事的特点，故事总是在时间的变化序列中展开，而时间序列又或隐或显地反映着空间的变化。巴赫金在《小说的时间形式和空间形式》中认为古希腊罗马土壤上曾形成传奇教喻小说、传奇世俗小说、传记小说三种类型的小说，就小说艺术对时空把握而言，"这三种类型非常有效而且灵活，并在很大程度上决定了整个传奇小说的发展，直到十八世纪中叶"[2]。

[2]［俄］巴赫金：《小说理论》，白春仁、晓河译，河北教育出版社1998年版，第276页。

小说的另一个重要前身是兴起于16世纪的西班牙流浪汉叙事文。这类小说主人公多以"流氓"为主（西班牙语 picaro 意为"流氓"），作者佚名的《小赖子》为其滥觞。典型的流浪汉小说主角多为逍遥、放荡不羁的流氓，他们以机智和伎俩讨生活，故事情节总是围绕特定的主人公讨生活的具体展开而生发，人物性格虽不怎么求圆形化、复杂化，但总能通过一组一组故事来完成对人物形象的塑造，因而人物形象较为生动。18世纪法国著名的流浪汉小说《吉尔·布拉斯》中的主人公布拉斯从乡下人变成伶俐小子、变成善于巴结的用人、变成无耻走狗、变成看破势力的"清高"绅士，但性格从未有过变化，便是明证。欧洲小说史上第一部长篇小说《堂吉诃德》继承了流浪汉小说的叙事传统，以骑士浪漫传奇和现实生活的龃龉关系来状写人物心路历程的发展变化，篇幅宏大，叙事紧凑。《堂吉诃德》场景广阔，从城堡到小客店、从乡村到城镇，从陆地到海岛，较广较深地深触及了社会各个层面，其艺术风格和语言风格为欧洲写实小说树立了榜样。

从史诗到小说，西方叙事文学在叙事特征上呈现出比较外在的变化：史诗的主人公通常为部落和民族的英雄，史诗中的事件多为重大的战争，小说则以描写普通人的生活和情感见长。[1]但从整体的变化而言，史诗（epic）—传奇（roman）—小说（novel）的演变序列则体现了西方叙事文学的大体脉络，史诗、传奇的叙事传统与精神气脉融入小说中，于是，小说相应地取代史诗、传奇就有了内在的逻辑。无论史诗的主人公是英雄还是小说的主人公是凡夫俗子，对行动中人的关注，对事件的关注推动着叙事文学对故事的偏好，而在深度和广度上最具备自由地讲故事能力的则是小说这种文体。"小说本身对一段时间之内人物发展的关心远胜于其它任何文学形式"。[2]唯其如此，小说才有故事可讲，才能继承史诗、传奇的叙事传统开辟叙事的新境界。

按照伊恩·P.瓦特的解释，小说的兴起是因为人们相信小说这种文体在写实方面的比较优势。小说挑战史诗、传奇等叙事文学的既定传统，小说是基于个人经验的层面上的现实主义书写，"个人经验总是独特的，因此也是新鲜的"，小说凭此才以"个人主义的、富于革新性的重定方向的文学形式"兴起。[3]如果说史诗、传奇（尤其是史诗）在既定的古典传统中通过题材、主题和民族生活的再现等形式反映它们所处时代的文化观念，反映那种文化实践和真理检验标准的一致性，那么小说则从日常生活中来探讨个人性格养成的特殊性、差异性、具体性，等等，这一点从小说家总是从生活逻辑出发来给他的人物命名以申述把一个人物表现为特殊个人的意图可以见出。[4]当小

[1] [日]浜田正秀：《文艺学概论》，陈秋峰、杨国华译，中国戏剧出版社1985年版，第60页。

[2] [英]伊恩·P.瓦特：《小说的兴起》，高原、董红钧译，生活·读书·新知三联书店1992年版，第16页。

[3] [英]伊恩·P.瓦特：《小说的兴起》，高原、董红钧译，生活·读书·新知三联书店1992年版，第6页。

[4] [英]伊恩·P.瓦特：《小说的兴起》从文学社会学的角度探讨了读者大众和小说兴起之间的关系，饶富意义。本教材侧重史诗—传奇—小说的逻辑进程，从叙事文学的叙事特性讨论小说兴起的内在条件。

说家热衷于从生活逻辑出发给他的人物命名，虚构的自由不得不提上日程；当虚构的自由被提上日程，小说的想象性、虚构性也就成了必然。

二、小说问题：故事与叙述

在对结构主义叙事学影响重大的《叙述结构分析导言》一文开篇，罗兰·巴特提到了叙事在人类文化中的普遍性："叙述可以由口头或书面的语言来表达，可以用移动的或固定的形象、手势，以及把所有这些有次序地组合在一起来表达，叙述存在于神话、传说、寓言、故事、小说、史诗、历史、悲剧、正剧、喜剧、滑稽剧、绘画、彩色玻璃窗、电影、报刊上的连环画页、新闻，以及对话之中。不仅如此，叙述不仅有几乎无限多的形式，而且存在于任何时代，任何地方，任何社会之中，它随人类社会之始而始，从不曾有过没有叙述的民族。任何阶层、任何人的组合之中都有叙述，不同甚至相反文化背景中的人们对其同样欣赏。不管文学的好坏之别，文学是超国界的，超越历史和文化的。它和生命一样，就在那里存在着。"[1] 不管罗兰·巴特是否泛化了叙事，他确实看到了叙事和文化之间的关联，叙事渗透在人们生活的方方面面，哪里有人类生活哪里就有叙事。从这个角度上来说，人是叙事的动物，人类的文明是叙事的文明。

无疑，在罗兰·巴特提到的各类叙事及叙事表现形态里，叙述与可叙述性是得到同等关照的。一个对象没有可叙述性，是不可能以语言来表达，也不可能以形象与手势来表达的。叙述得以"有次序地组合在一起来表达"，乃是人们相信叙事及其表达内蕴生活的意义与逻辑，这样叙述便和各类表达联系起来。具体到小说，小说被理解为通过语言表达叙事的主要方式，它同样必须关照叙述和可叙述性，缺乏对两者的关照不可言小说，进一步说，小说是将对叙述和可叙述性的关照发挥到极致的叙事性文学。出于不同目的，对于小说如何关照叙述和可叙述有不同的见解，但小说通过讲故事来关照叙述和可叙述性则为共识。福斯特在《小说面面观》中提出："小说的基础是故事，而故事是对一些按照时间顺序排列的事件所进行的叙述。"[2] 浦安迪在《中国叙事学》一书中则这样界定叙事："说到底，叙事就是作者通过讲故事的方式把人生经验的本质和意义传示给他人。"[3] 作为小说的基本面，故事往往由一个或若干个具有一定长度和完整性的事件组成，事件的发生、发展和结束表明故事的长度需要在开头至结尾的完整性方面得到理解。讲述

[1] [法]罗兰·巴特：《叙述结构分析导言》，谢立新译，载赵毅衡编选：《符号学文学论文集》，百花文艺出版社 2004 年版，第 404 页。

[2] [英]福斯特：《小说面面观》，朱乃长译，中国对外翻译出版公司 2002 年版，第 81 页。

[3] [美]浦安迪：《中国叙事学》，北京大学出版社 1996 年版，第 5—6 页。

[1] [意]安贝托·艾柯:《悠游小说林》,俞冰夏译,生活·读书·新知三联书店 2005 年版,第 90 页。

[2] [捷克]米兰·昆德拉:《小说的艺术》,董强译,上海译文出版社 2004 年版,第 154 页。

[3] [美]罗伯特·斯科尔斯、詹姆斯·费伦、罗伯特·凯洛格:《叙事的本质》,南京大学出版社 2015 年版,第 2 页。

[4] [英]福斯特:《小说面面观》,朱乃长译,中国对外翻译出版公司 2002 年版,第 75 页。

故事(叙事)是人类的一种古老的语言交际活动。它强调人际间意义的传播及其表达方式。就传播来说,它有对故事内容的承载;就表达方式来说,它有对故事的讲述方式的展开。叙事始终生存在意义的传播以及其表达方式当中,并伴随着人与故事的关系的推衍揭示着世界真实的、可能的面目。意大利批评家艾柯说过,"现实当中,小说世界确实是现实世界的寄生虫,但从效果来说它能框定我们在现实世界的许多运用能力,而只让我们专注于一个有限而封闭的世界"[1]。借助这个"有限而封闭的世界",人们在又在叙事中找到打开"现实世界"的钥匙。人是善于讲故事的动物,人的生活时刻离不开故事。有故事便有小说,人们借助小说来讲故事,则表明小说在传播个人经验方面的有效。小说家米兰·昆德拉说过,对于小说家有三种基本可能性:讲述一个故事,描写一个故事,思考一个故事。[2]讲述一个故事侧重的是故事的完整性,描写一个故事侧重的是故事的呈现状态,思考一个故事侧重的是故事的深度模式。故事因小说家的讲述、描写、思考方式而呈现出不同的风貌与趣味。这恰恰又证明,小说家"把人生经验的本质和意义传示给他人"的多姿多彩和丰富性。

不过,故事的讲述方式虽然因人而异同,但是也有着不变的利用讲述故事来思考人与故事的关系的核心。正因为这一核心的稳定性才使得人与故事的关系在小说形态上有着清晰可辨的途径。故事千万种,讲述故事的人千万个,这决定了叙事文学的基本特征:一是,有可讲述的故事;二是,有讲述故事的人。"一部戏剧是一个没有讲故事者的故事;剧中人物对我们在生活中的行动直接进行亚里士多德称之为'摹仿'的实践。……与戏剧相仿,抒情诗也是一种直接展示,但只有单个演员(诗人或其替身)在其中吟唱、沉思,或有意无意地讲给我们听……要使作品成为叙事,其必要及充分条件即一个说者(teller)和一则故事(tale)。"[3]叙述使得故事的讲述成为一种行动化的结果,它表明故事在成为讲述的对象之时,连同对故事的讲述也成为叙述的重要组成部分,因此故事通过讲述,即叙述也不得不包括这两个方面:一是,故事;二是,被讲述出来的故事。叙述虽然无处不在、无时不在,但在叙事文中尤其是小说中,叙述必须围绕故事、通过故事来体现文体特征,没有叙述就没有故事,但反过来说,离开对故事的叙述,则没有小说。这正如福斯特所指出的,"故事是最低级、最简单的文学机体。然而,它却是为一切被称作'小说'的这种极为复杂的机体全都拥有的那个至高无上的要素"[4]。

第三节 结构主义与叙事学

叙事学是结构主义思潮的产物。经典叙事学力图为小说美学确立普遍性的诗学话语，其中不无科学主义的思维特征。但随着西方社会进入后现代，经典叙事学不再光芒依旧，人们纷纷将目光转向叙事的具体性，注重作者、文本、读者的共同参与，注重叙事和意识形态的关联。

一、叙事与叙事学：本事、形态与声音

正如前文所述，叙事是人类的一种古老的语言交际活动。一般来说，有叙事就有叙事的方法和基本原则等。从这个角度来说，叙事学是一门古老的学问。但叙事学作为一门科学被确立却又并不古老。1969 年法国批评家、思想家茨维坦·托多罗夫在《从〈十日谈〉看叙事作品语法》率先提出叙事学（narratologie）的概念。[1] 结构主义叙事学的直接源头之一是俄国学者普罗普的《故事形态学》。《故事形态学》一书借用歌德植物学分类方法以及比较骨相学形态学法则，从故事自身属性上探讨故事成其为故事的"形式的、结构的标志"，普罗普分析了上百个俄国民间故事，发现其中存在相对稳定不变的核心功能："同样的一个组合可以是许多情节的基础；或反过来说，许多情节以一个组合为基础。组合是稳定的因素，而情节则是可变的因素。要是没有遭进一步的术语误解的危险，情节及其组合的综合可以被称为故事结构（structure），在事物世界不存在一般概念的水平上，组合不是一种现实的存在：它只是存在于人的意识中。但正是借助于一般概念我们认识了世界，揭示了它的规律从而学会把握它。"[2] 即是说，由"结构"的规律开启的"故事"组合方式一方面表明了人的意识对事物世界的认识水平，一方面表明了人们认识事物世界的可能途径。人们在事物世界的特殊性上见出了其普遍性，从而便捷地抓住结构与存在的对应关系，并且依据这一对应关系来建立叙述的主要原则。普罗普在列出 31 种功能的时候认为："功能项的数量的确十分有限。可以标出的功能项只有 31 个。我们所引材料的所有故事中的行动一律在这些功能项的范围内展开，形形色色民族极其多样的其他故事中的行动亦然。还有，如果将所有的功能项连起来读下去，我们将会看到，出于逻辑的需要和艺术的需要，一个功能会引出另一个。"[3] 普罗普以功能为

[1] 此文中文翻译见张德寅编选：《叙述学研究》，中国社会科学出版社 1989 年版，第 177—182 页。

[2] ［俄］普罗普：《故事形态学》，贾放译，中华书局 2006 年版，第 189—190 页。

[3] ［俄］普罗普：《故事形态学》，贾放译，中华书局 2006 年版，第 58—59 页。

基础建立了一套叙事语法：功能的数量的有限不等于故事情节数量的有限，功能的排列组合只要遵循"逻辑""艺术"的原则，那么"一个功能"引出"另一个"说明有限和无限的相对性，故事的不可重复的一面其实就是功能组合的无限性的体现。因此，考察数量有限的功能完全有可能推导出"形形色色民族极其多样的其他故事中的行动"逻辑的、艺术的标准。这一发现为后来的结构主义叙事学奠定了坚实的基础。与普罗普着力对表现为叙事语法的功能的突出不同，结构主义则更多将兴趣投向叙事话语的研究。按照结构主义叙事学代表者热奈特的《叙事话语》一书对叙事学的界定。这个概念涉及三个重要的组成部分：一是叙述内容，二是叙述的话语组织，三是叙述行为。[1]

[1] [法] 热拉尔·热奈特：《叙事话语·新叙事话语》，王文融译，中国社会科学出版社1990年版，第6—7页。

　　叙述内容即叙述的故事内容。传统意义上的叙述内容涉及事件、人物、场景等小说要素。事件是原初的事情，也称"本事"，"本事"一旦发生便不可重复，但对"本事"的叙述则可将"本事"转化为故事。依照亚里士多德《诗学》的叙事学思想，叙述内容被理解为对行动的从头至尾的完整模仿，这样叙事文接近知识的客观传播，人们相信小说通过讲故事提供了认识他人、认识世界的机会，从而可能弥补自身的缺憾。事件是故事从一种状态向另一种状态转变而呈现的动态过程，一个故事不可能只是一个事件，多个事件的组合才能产生故事。事件总是在一定时空中发生、发展、结束，故事要吸引读者必须依赖于叙述世界时间、空间诸要素的配置和事件序列的确立。有时空要素的配置便有人们对时空的意识与体验，借助于叙事的如此架构，人们往往在过去、现在、未来的暂时统一关系中获得对时空的独特认知。没有事件序列就没有故事，故事的有机性取决于事件序列的安排。事件的序列安排遵循因果关系，这样叙事又体现为一定逻辑关系的建构，借助于对事件逻辑的配置，人们往往在因果关系中获得对世界的独特认知途径。

　　叙述的话语组织即叙述故事的时序、语式与视角。同一个故事有不同的叙述，这不同的叙述产生的效果也不同。这说明叙述话语影响故事的接受。叙述话语是指讲述故事的语法与结构方式。小说是讲故事，但不是机械地讲故事，这往往使得叙述话语获得和叙述内容几乎等同甚至更高的地位。在叙述时序方面，如文本时间和故事时间的关系处理影响着叙述节奏、频率，而叙述节奏、频率等时刻调节着被叙述世界的呈现状态；在叙述语式与视角方面，直陈式或非直陈式叙述，内聚焦或外聚焦则时刻调节着被叙述世界的呈现角度。叙事的丰富性取决于叙述话语，一部小说叙述内容虽然离奇，如果缺乏对叙述话语的经营，离奇的叙述内容则不可能转化为跌宕起伏的小说艺术。因此，称小说艺术重在叙述话语也不为夸张之语。

叙述行为则指叙述话语的叙述行为本身。叙述行为的两个要素为：故事和叙述者。叙述行为主要借助叙述声音得到反映。在有的小说中，叙述者是充分介入的，有的小说中，叙述者却是退隐的。叙述介入愈深，叙述声音愈强，叙述介入愈浅，则叙述声音愈弱。依照介入的深浅大体可以分为公开的叙述者、隐藏的叙述者、缺席的叙述者三类。公开的叙述者对叙述对象进行描述、评价，隐藏的叙述者以间接的方式来表现叙述者的言行和思想，缺席的叙述者在客观化的纪录中完全不露痕迹。

二、叙事学：经典与后经典

随着叙事学的发展，逐渐出现经典叙事学和后经典叙事学之分。经典叙事学是指在形式主义、结构主义视野下的叙事学研究。这一在 20 世纪 70、80 年代处于盛期的研究可分三类：（1）注重对故事的语法、功能、结构、逻辑进行研究（代表者为托多罗夫等）；（2）注重对故事的叙事话语进行研究（代表者为热奈特等）；（3）注重对故事的语法结构和叙事话语进行综合研究（代表者为普林斯等）。经典叙事学自建立始就受到 20 世纪初"语言论"转向的影响，对此，罗兰·巴特曾指出："出于必要，叙述分析不得不成为一个演绎过程，首先不得不设计一个叙述的假想模型（美国语言学家称之为一种'理论'），然后从该模型逐步进而研究不同的叙述类型，这些类型既相似于又别于该模型。只有在这些相似性和不同性的基础上，叙述分析现在装备着单一的描述工具，将会回到叙述的多样性以及叙述的历史、地理、文化上的多样性。……如果从一个能够提供基本术语和原则的模型出发，就可以极大地简化该'理论'的形成过程。就目前的研究状况，把语言学作为对叙述进行结构分析的基础模型，似乎是合乎情理的。"[1] 经典叙事学从语言学的共时性研究模式出发，建立起叙事学和语言学之间的关联，前述的茨维坦·托多罗夫的《从〈十日谈〉看叙事作品语法》一文就把叙事作品等同为一种扩展的句子，认为句子谓语的各种排列组合构成系列故事。可以说，从语言学模式出发，经典叙事学对叙事语法的探讨有便于从纷繁复杂的叙事现象中抽绎出不无规律性的叙事结构模式、法则，这不仅有利于人们把握叙事作品的整体架构和叙事逻辑，也有利于人们细读文本进而探寻叙事意义。

但正如罗兰·巴特在《S/Z》一书所诊断的初期叙事学研究弊端，"初期

[1]［法］罗兰·巴特：《叙述结构分析导言》，谢立新译，载赵毅衡编选：《符号学文学论文集》，百花文艺出版社 2004 年版，第 406 页。

[1]［法］罗兰·巴特:《S/Z》,屠友祥译,上海人民出版社2000年版,第55页。

[2]［以色列］施洛米丝·雷蒙－凯南:《叙事虚构作品:当代诗学》,厦门大学出版社1991年版,第152—154页。

叙事分析家的意图所在:在单一结构中,见出世间的全部故事(曾有的量,一如恒河沙数):他们盘算着,我们应从每个故事中,抽离出它特有的模型,然后经由众模型,导引出一个包纳万有的大叙事结构,(为了检核),再反转来,把这大结构施用于随便哪个故事。"[1]经典叙事学虽不至于"把大结构施用于随便哪个故事",但出于对"模型"的高度关注,结果那些构成经典叙事学的要素又可能反作用它,使得其特征转变为其不足处:对普遍性的叙事语法的探寻和符号学的抽象运作最终封闭了理论的开放性。也正是看到这一发展态势,叙事学家施洛米丝·雷蒙－凯南早在1983年出版的《叙事虚构作品:当代诗学》一书的结语部分就呼吁引入其时正在兴起的解构主义来改变人们对叙事学的固有认识。[2]

历史地看,雷蒙－凯南呼吁引入解构主义来改变经典叙事学恰恰是结构主义和解构主义学术分野的产物。随着结构主义思潮的式微,解构主义/后现代主义叙事学必然成为叙事学的发展新方向。

后现代叙事学又称后经典叙事学。关于后经典叙事学的兴起缘由,美国学者戴卫·赫尔曼评介说:"似乎可以一言以蔽之:关于叙事学已死的传言实在是夸大其辞了……叙事理论借鉴了女性主义、巴赫金对话理论、解构主义、读者－反应批评、精神分析学、历史主义、修辞学、电影理论、计算机科学、语篇分析以及(心理)语言学等众多方法论和视角,不仅没有消亡,反而顽强地存活下来,有时甚至会出现里蒙－凯南(又译雷蒙－凯南)的那部专著出版以来最惊人的变形。经过这些年的积极发展,一门'叙事学'(narratology)实际上已经裂变为多家'叙事学'(narratologies),结构主义对故事进行分析的理论化工作已经演化出众多的叙事分析模式。这些模式与结构主义传统形成批判和反思的关系,从自己意欲超越的分析传统中承接了颇为丰富的遗产。"[3]按照赫尔曼的评介,后经典叙事学对经典叙事学的代替一方面是建立在经典叙事学的已有成果的基础上,一方面是跨学科的自然结果。

[3]［美］戴卫·赫尔曼主编:《新叙事学·引言》,马海良译,北京大学出版社2002年版,第1—2页。

与经典叙事学相比较,后经典叙事学往往通过具体的文学文本或非文学文本来检验和阐释经典叙事学的已有模式,并尝试补充其不足。如果说经典叙事学意在从叙事文本中探寻某些与小说美学相联系的叙事模式,那么后经典叙事则力求从阐释语境和文本叙事策略的关系出发来建立更丰富、更有用、更完整的叙事学。这一新叙事学或者对结构主义的共时性追求不再感兴趣,或者有意渲染叙事的意识形态属性,或者坚持把叙事理解为一种特殊的修辞。这一点从戴卫·赫尔曼对戴维·洛奇分析海明威小说《雨中的猫》叙事结构的名篇《现实主义文本的分析和阐明》的批评可以看出。[4]后经典叙事学利

[4]［美］戴卫·赫尔曼主编:《新叙事学·引言》,马海良译,北京大学出版社2002年版,第4—13页。

用跨学科的研究方法、对语境的重塑所展现出的新态势也为深受经典叙事学影响的理论家关注，米克·巴尔在广受好评的《叙述学：叙事理论导论》的最新版里就声称叙事学不是一种工具，其要点不是要证明对象的叙事性质，叙事是一种文化理解方式，叙事学相应地应该是对文化的透视，因此叙事学可以对文化产品、事件等加以详尽的讨论。[1] 后经典叙事学走向跨学科的理论姿态表明叙事学获得新生的可能在于抛弃把"大结构运用于叙事"的冲动，从更大范围求索那些潜在地可运用文本阐释的新途径，比如詹姆斯·费伦就以为存在一种作为修辞的叙事，这样的叙事虽然考虑到读者的积极反应，但作者、读者和叙事文本之间的界限模糊不清，结果"修辞是作者代理、文本现象和读者反应之间的协同作用。"[2] 如果修辞成为作者、文本、读者的"协同作用"，叙事就不可能像结构主义所认为的那样提供永恒的知识，叙事是虚构更是幻觉。对此，乔纳森·卡勒以幽默的口吻道出真谛："我们只能在两者之间徘徊：一是把叙述看作是一种修辞结构，这种结构产生睿智的幻觉；一是把叙述作为一种主要的、可以由我们支配的制造感觉的手段去研究。说到底，就连把叙述作为修辞的说明也具有叙述的结构：有一篇故事，其中我们最初的错觉让步于严酷的事实真相，我们变得更痛苦，但也更明智了，没有了幻想，磨炼得越发成熟。"[3]

乔纳森·卡勒的幽默同时还意味着：无论经典叙事学还是后经典叙事学，对叙事的阐释可以不同，但必须把叙事理解为叙事——在这个意义上，经典叙事学的研究是一种叙事，后经典叙事学的研究也是一种叙事。

[1] [荷兰] 米克·巴尔：《叙述学：叙事理论导论》（第 3 版），谭君强译，北京师范大学出版社 2015 年版，第 213—217 页。在该书的第 4 版序言，作者仍坚持这一看法，见 Narratology: Introduction to the Theory of Narrative, Fourth Edition, University of Toronto Press, 2017, pxix.

[2] [美] 詹姆斯·费伦：《作为修辞的叙事：技巧、读者、伦理、意识形态》，陈永国译，北京大学出版社 2002 年版，第 5 页。

[3] [美] 乔纳森·卡勒：《文学理论入门》，李平译，译林出版社 2013 年版，第 98 页。

【本章摘要】

本章从小说观的形成与影响等方面讨论了小说美学思想的中西差异。中国小说受到史传极大影响，班固所确立的小说观从汉至清两千年间基本没有变化，这使得小说美学多围绕小说和史传关系生发，也决定了中国传统小说美学的面相。至近代梁启超的"小说革命",小说依附史传的地位才得以改变,小说美学终于滋生新质。西方小说遵循史诗(epic)—传奇(roman)—小说(novel)的演变路径,史诗、传奇的叙事传统与精神气脉融入小说中。西方叙事学从结构主义视野出发着重探讨小说叙事的叙述内容、叙述话语、叙述行为。随着西方社会进入后现代社会,相应地产生后经典叙事学,后经典叙事学主张跨学科研究,着力探讨叙事和语境的互动及叙事和意识形态的关联性。

【思考与练习】

1. 中国传统小说观念为什么会受到史传影响?主要表现在哪些方面?

2. 西方小说为何会受到史诗影响?主要表现在哪些方面?

3. 何谓经典叙事学?其主要特征表现在哪些方面?

4. 为何会有后经典叙事学?其主要特征表现在哪些方面?

【深度阅读书目】

1. 鲁迅:《中国小说史略》,《鲁迅全集》第 9 卷,人民文学出版社 2005 年版。

2. [美] 浦安迪:《中国叙事学》,北京大学出版社 1996 年版。

3. [英] 福斯特:《小说面面观》,朱乃长译,中国对外翻译出版公司 2002 年版。

4. [荷兰] 米克·巴尔:《叙述学:叙事理论导论》(第三版),谭君强译,北京师范大学出版社 2015 年版。

5. [美] 西摩·查特曼:《故事与话语:小说和电影的叙事结构》,徐强译,中国人民大学出版社 2015 年版。

6. 陈平原:《中国小说叙事模式的转变》,上海人民出版社 1988 年版。

散文是中国文学史上发展时间悠久、成就丰富的一种重要文体，与诗歌一样，在长期发展的过程中，形成了品类繁多、形式多样、高峰迭起、大家辈出的壮观景象。就其主要的发展道路和艺术特色而言，大体上可以分为古典散文和现代散文。古典散文是在相对独立的中国古典文化历史语境中发展出来的，形成了鲜明的中国特色，是一种文体混杂的广义散文，包含很多种类。现代散文是在中西文化交汇的文化语境中生长的，由于吸收了西方的文学观念，故主要是指狭义散文。散文吸收别的文学体裁以及其他艺术门类的表现手法，同时也渗透到别的文学体裁和其他艺术门类之中，表现出明显的体裁间性特征。从古至今，在漫长的历史演变中，散文经历了从广义到狭义的文体分化和精细化过程，但在今天又重新出现了广义散文的发展趋势。

第一节 体裁问题：散体与散文以及散文美的特点

散文的体裁特征，其实是随着现代文学的确立而形成的。中国古代虽然有"散文"这个词语，但其内涵与今天的散文概念完全不同。学界普遍认为"散文"作为一个词语最早出现在宋代罗大经的《鹤林玉露》，是与骈体文相对的一个概念，[1]与"散体"意思相同，指的是句式参差、无韵不骈的文章，范围非常宽广，中国古代的哲学、伦理学、史学等都可以包括进去。因此学界认为在古代散文是一个杂文学的概念，而不是文学性的概念。在古代文体意识模糊的传统中，散文、散体文和古文几乎具有相同的指涉，同属于文章这一更大的范畴。

[1] 罗大经两处用了"散文"一词，其一是"刘锜赠官制"条，说："四六特拘对耳，其立意措词，贵于浑融有味，与散文同"。其二是"文章有体"条，说："山谷诗骚妙天下，而散文颇觉琐碎局促"，见《鹤林玉露》，中华书局1983年版。

一、散文体裁的问题

现代散文概念是在五四时期确立起来的。在这个时期，西方的文学规范进入中国，西方惯用的文学体裁的四分法，即诗歌、散文、小说、戏剧这种分类得到普遍的接受，原本中国盛行的广义的散文概念朝狭义化走出了最重要的一步，散文专指文学性散文，或者指"美文""小品文"或"絮语散文"。总之，自五四时期起，散文就不再与中国古典文体概念如文章、散体、古文等概念纠缠，而专取文学性和艺术性这两个特征，与诗歌、小说、戏剧并列，获得了明确的文学体裁地位。与古代广义散文相比，现代散文概念趋于狭小，其体裁的规定性也日益明确。有学者指出，"中国古代的散文概念始终是一个囊括了哲学、历史，兼容了应用性和审美愉悦性，集文学因素与非文学因素同体的复合概念"，是一个杂文学的概念，与韵文、骈文相对的一切文章的总称，[1] 而现代散文概念，则是一个纯文学的概念，其内在的衡量标准是审美性和艺术性。按照这个标准，中国现代散文仍然把中国古代那些文学性突出的诸子哲学著作、历史著作划入散文。这样看来，虽然现代散文概念基本上坚持狭义的概念，但是并不彻底，古代那些按照现代学术标准完全不属于文学体裁的人文学科论著，也还是占据了散文的一些空间。所以，即使在现代，尽管在散文的内涵上基本达成共识，但是对散文的外延却一直存在着争议。中国古代文体没有分化，许多非文学性的文章也具有浓郁的文学色彩，长期以来也是作为散文的典范来接受的。这种复杂的情况，来自文学体裁内部以及文学与其他文化形态之间的深刻的间性特征，文学体裁相互渗透，文学性也渗透到其他的文化形态中。本文基本上采用现代散文的体裁概念，但是在论述散文美的特点时，也会适当地放宽尺度，把中国古代散体中的文学性强的文章也纳入视野。

就现代的散文概念而言，散文的体裁已经得到了较为明确的认定。在通常采用的四种文学体裁中，散文与诗歌、戏剧的差别基本上不会引起争议。但是认真考辨起来，诗歌与散文的区别也并非一目了然，虽然两者的界限相对明晰，但是也有模糊的时候，这种模糊在古代和现代都存在着。在古代，有一种介于散文和诗歌之间的文体，这就是赋。它既有诗歌的韵律，又有散文的自由灵活。现代也存在着这种叠合的情形，一种来自西方的新文体即散文诗进入现代中国文坛，它糅合了散文和诗歌的一些特征，可以归入诗歌，也可以归入散文。这种文体在形式上采用现代散文的形式，不讲究格律，没有韵，但是在精神内涵上又具有较为浓郁的诗意特征，因而也可以称之为诗。另一个体裁方面的复杂情形，是散文与小说的分别。在中国古代，除了诗歌之外的文体，都可以称之为文章，也就是广义的散文，因此在相对长的时期，也即在真正意义上的长篇小说出现之前，中国的小说，例如魏晋的笔记、唐宋的传奇等，都归入散文这个大的体裁里。散文包括小说。这一点与西方古典时期也是一致的，在英文词汇中散文 (prose) 其实也包含小说，诗歌、戏剧之外的文体都视为散文（prose）。进入现代，西方文学理论把散文与小说作了严格的区分，区分的标准是按照题材的真实性，也即虚构与非虚构，虚构的是小说，非虚构的是散文。[2]

[1] 张国俊：《中国艺术散文论稿》，中国社会科学出版社 2004 年版，第 11—12 页。

[2] 参见李广田：《谈散文》，引自俞元桂主编：《中国现代散文理论》，广西人民出版社 1984 年，第 148 页。

通过与诗歌、小说的区分，作为一种现代文学体裁的散文，其体裁特征已经相当明晰：句式参差，不讲韵律；记叙真人真事，抒发真情实感；题材广泛，篇幅短小；笔法灵活，结构自由。散文没有诗歌体裁在音韵和声律方面的严格要求，但是也可以有限地借用，例如中国古代的骈文和骈散结合的古文。散文写人、记事，不必如小说体裁那样一定要有中心人物、完整故事、人物行动和客观具体描写，但是这些因素它全都可以随意采用。散文的随意、潇洒、没有体裁上的清规戒律，无可无不可的"后现代"品性，引得个别理论家甚至不认其为一种文学类型。[1]类似的感受，李广田也用特别散文化的笔调说过，他说诗如珍珠，小说像建筑，散文"像一条河流"，自由流淌。[2]

二、散文美的特点

散文作为中国文学类型中极为重要的一种，在长期的发展演变中获得了独特的审美品质，从文学美的基本内涵来说，主要在于题材上的写实与贴近生活，情感上的自然本色，以及艺术结构上的自由灵活。

第一，题材写实。散文进入现代，其体裁与诗歌小说的基本区分确立之后，它作为文学体裁所有的美，也逐渐明晰起来。它在题材上的特点不同于诗歌的驰骋想象，也有别于小说的幻想虚构。相反，作为一种着重表达生活感受和人生意趣的低级文体，散文的书写对象更贴近日常生活，因此笔调总是以写实为主，即使偶尔语涉玄虚，也是为了点缀，增添散文的韵致。这种贴近日常生活的特点，使得散文的题材主要集中于以下几个方面：一是真人真事，不虚构故事和人物。真实成为散文的基本生命力。二是就日常生活抒发平实的感受，日常生活的平实特征造成了散文格调的平实。三是写即目所见，写自己亲自见过的风景风俗、人情世态。

一是来自真人真事的真实美。散文一个重要的题材是记叙作者身边熟知的真人真事，采用较为低微和零散的视角，选取一些具有文学性质的人物和事件，尤其是一些地位较为低下的民间人物以及他们的卑微琐屑的事件，作为描写的对象。一般历史人物或其他杰出人物的记叙则由历史著作来承担。在文体没有分化的时代，人们把历史人物传记纳入广义散文的范畴，例如《史记》《汉书》等古代史学经典中的人物传记，都是古典时期的精彩散文。这种历史散文对人物的处理与现代散文的处理是不一样的，借用弗莱的术语前者采用高模仿，而后者则是低模仿的笔法，而且越到后来这种低模仿的趋

[1] 参见龚鹏程：《文学散步》附录三"散文的后现代性"，东方出版社，2015年版。

[2] 李广田：《谈散文》，引自俞元桂主编：《中国现代散文理论》，广西人民出版社1984年，第148页。

势愈加明显。[1]在中国散文发展史上，采用这种低模仿的笔调来从事人物描写，早在韩愈时代就已开始，并且取得了十分突出的成就，对后世记叙散文造成积极的影响。这种瞄准普通人物的记人散文给中国散文开拓了巨大的发展空间，同时也促进了文学向大众社会和民众生活的拓展，弥补了高姿态的历史传记看不起普通民众和日常生活的缺陷。

二是就日常生活抒发真实平淡的感受。这也是散文这种文体颇为擅长的本领，特别是现代散文理念所指导下的写作，更多的笔墨对准了日常生活，尤其是散文作者自己的日常生活。从中国散文的发展史来说，这种专写自己生活情态，耽于生活小情趣的写法，在本土资源上是来自明清的闲适小品，在外来资源上是受到西方主要是英国和法国散文的积极影响，创作上在五四时期蔚为大观。在大陆中断几十年后在八九十年代重新激活，而在台湾香港则余波荡漾，风景常新。

三是描写社会风情和生活百态：这是世情散文和风俗散文的主要对象，这种描写通常也是采用低视角，对准现实生活中普通世情，作细致琐屑的陈述和描绘。古代的代表作有沈复的《浮生六记》，近现代有周作人的《乌篷船》《故乡的野菜》、沈从文的《湘行散记》等，它的特点是对现实生活进行写实的描写，见出人情世态，不着重描写人物，也不讲究诗情画意，也不强烈抒情，尖锐议论，而是选取一些较有情味的风俗，包括饮食、建筑、婚嫁、地方仪式等，用平实的笔触写出来。

第二，情感本色。散文总是带有情感的，即使是记叙、议论或写景，也总是融事于情，情理结合，情景交融，至于抒情散文就更以表情为主。情感是散文的内核，情感的品质决定散文的格调，情感的流动抑扬形成散文的节奏和气韵。一般而言，高雅精致、浓郁深沉的情感宜于诗歌这种精练的文体，而平和冲淡、轻倩隽永的情意更宜于散文这种较为轻松随便的文体。散文的情感往往来自艺术家对于自己的审察，对于自己身边的人物和事件的评述，因此它不矫饰，不拔高，也不故意稀释，而是从内心出发，散发出艺术家的本色。当然，任何艺术都追求本色，但是散文最占擅场，散文名家余光中说得好："散文是一切文学类别里对于技巧和形式要求最少的一类。譬如选美，散文所穿的是泳装。散文家无所依凭，只有凭自己的本色。"[2]

散文的本色，说到底是来自散文家的本色，来自散文家的主体意识，来自散文家的个性。一切艺术的动人魅力都离不开艺术家的个性绽放，但是散文对个性的依赖远胜一切艺术种类，因为散文这种自由自在的文体，不那么讲究技巧和形式，最适宜于张扬个性，展示本色。中国散文史发展史上的几

[1] 见[加拿大]诺斯罗普·弗莱：《批评的解剖》，百花文艺出版社2006年版，第46页。

[2] 余光中：《散文家无所凭依，只有凭自己的本色》。见傅德岷、包晓玲主编：《中国新时期散文理论集粹》，武汉出版社2006年版，第180页。

次高峰充分了证明了这一点,凡是散文繁盛的时代,必然是个性相对解放的时代。个性解放的时代,社会精英有说话的冲动,有说真话的冲动,他们来不及从容深邃地酝酿诗意的情感,没有耐心花几年、几十年的时光精心构思鸿篇巨制,往往倾向于选择散文这种不讲究技巧和形式的文体,用以表现自己的真实想法、真实情感,充分展示自己的本色。冰心谈到为什么散文是她最常用也最爱用的文学形式时说:

> 在我充溢的感情需要发泄的时候,散文就是一种最方便的工具。因为,要用诗的文学形式来写,对于我就是太费事了!我总以为诗是"做"的,不是"写"的。诗要合辙押韵,音调铿锵,读了使人能背诵下来。我不是诗人,慢慢地"做"起来,浓郁的情感,就会渐渐地消失了。[1]

散文的本色从根源上说来自个性的发扬,而在散文的情感品质上最突出的特点是真诚。真实是散文对于事件的要求,真诚是散文斟酌情感的准则。古往今来的散文理论家异常强调真诚情感对于散文的无比重要性,如果说其他方面尚可争论,在这一点上却是异代同声,惊人一致。

第三,结构自由。散文的结构对比于诗歌、小说、戏剧等文类,是十分松散和自由的。中国古代的散体文相对于骈文而言,是指句式上的长短不一,基本上不含结构上的意义,现代散文理论谈论的"形散神不散",才是指向散文的结构。关于"形散神不散",虽然有不同的意见,[2] 但是对于散文结构上的相对自由松散,则没有严重的分歧。这个特点中国古代的散文家其实也意识到了,苏东坡在《答谢民师书》总结自己的散文创作经验:"行云流水,初无定质",最能概括散文结构的自由松散。李广田说散文如散步,鲁迅说散文大可随便,也包含这样的意思,即散文不必精心结构,而是随着自己的情感、兴趣,"行于所当行,止于所不可不止"(东坡语)。

[1] 冰心:《我与散文》,见傅德岷、包晓玲主编:《中国新时期散文理论集粹》,武汉出版社 2006 年,第 375 页。另一位散文大家朱自清也持类似的观点,朱自清:《论现代中国的小品散文》,见俞元桂主编:《中国现代散文理论》,广西人民出版社 1984 年版,第 409 页。

[2] 自萧云儒提出"形散神不散"之后,引起了较多讨论,有的学者主张"形散神亦散",如有的主张形散神聚(如刘锡庆),有的主张形神俱散,关于这方面的讨论,参见方道:《散文学综论》(第五章),安徽教育出版社 2004 年。

第二节 中国传统文章之学

中国古代没有现代专属审美功能的文学概念，一切文字作品都归入文章这个大范畴，不管散文、小说、戏剧或历史、哲学、伦理和其他著述，甚至诗歌，都称之为文章。[1] 各式文章取得了高度成就后，就出现了对文章的写作经验和规律的总结，这就是文章学。文章学兴起于魏晋时期，但是在清代才成风气。文章学关注文章的体裁及其流变，特别重视文章的具体写作技巧，在修辞上强调字法、句法、用典，在章法上注重文章的气韵、意脉、体势，在整体审美风貌上则关注气象、格调和意境。因此形成了一套有关文章虚实、曲直、详略、明暗、情景等的辩证处理方法，总结出布局谋篇即开头、结尾、过渡的具体手段，如起承转合，草蛇灰线，首尾照应之类。在古代的理论探索中，获得了不少经验。传统文章学的对象基本是广义散文，即古文和骈文。因此，文章学在一定的意义上就是散文学、广义散文学，古文、骈文、小品文都在它的范围内。在此，有必要厘清散文、古文和骈文这几个相互缠绕的概念。

[1] 据学者研究，在先秦至两汉魏晋，文章与文学的概念是混用的。先秦时期就出现了"文章"与"文学"概念，例如《论语》有"夫子之文章，可得而闻"，指的是学问、见识等，在屈原《橘颂》里有"青黄杂糅，文章烂兮"则指鲜艳明亮的色彩。而"文学"概念也是泛指学问之类。文章和文学概念潜在的文学性的意义要到魏晋时期才凸显出来，但是也仍然还是含混的。直到现代，文章学与文学才获得了较为清晰的区分。文章学专指对文章的写作规律和技巧的研究总价，而文学则成为一种语言艺术。文章包含文学中的散文，而文学不包含文章中的非文学性的文章。参见张寿康：《文章学概论》，山东教育出版社 1983 年版；任遂虎：《文章学通论》，清华大学出版社 2011 年版。

一、散文、古文及骈文

散文概念出现之前，更通行的概念是文，然后是骈文和古文。曹丕和陆机的论文称"论文"和"文赋"，还是单用一个"文"字。作为一个专有名词，"文章"概念较为频繁的使用也是起自晋代，例如西晋挚虞的《文章流别论》，南朝宋任昉的《文章缘起》明确使用"文章"这一概念，并对文章的文体类别进行了较为详细的划分，至刘勰的《文心雕龙》把文体分类推进到了当时最完善的程度。在魏晋南北朝时期出现了骈文这种文体。但是骈文的概念却在唐代出现。[2] 骈文出现于汉代，大兴于魏晋南北朝，极盛于唐朝。此后屡有废兴，成为中国古代非常别致的一种文体。骈文以四字或

[2] 参见褚斌杰：《中国古代文体概论》，北京大学出版社 1998 年，第 154 页。

六字为一句，对仗工整，因此称之为骈体文或骈俪文，简称骈文。骈文的出现或者说中国人对骈偶句式的喜好来自中国人的思维方式和汉语的特点。古代中国人的世界观认为世界充满了对偶和对立，万事以两两相对的形式出现。刘勰《文心雕龙·丽辞》云："造化赋形，支体必双，神理为用，事不孤立。"后来清代的李兆洛也接着刘勰说"天地之道，阴阳而已，奇偶也，方圆也，皆是也。阴阳相并俱生，故奇偶不能相离，方圆必相为用，道奇而物偶，气奇而形偶，神奇而识偶"。[1]世界观决定语言，中国人的对偶世界观造就了中国语言同样的特点。顾随这样概括汉语的这一特点："中国文字，方块、独体、单音，故最整齐。因整齐故讲格律，如平仄、对偶，此整齐之自然结果。整齐是美。"[2]因为古代汉语基本上以单音节的词为主，便于形成对偶句式。这种对偶句式形式整齐，音韵和谐，有突出的形式美和音乐美，所以一直受到普遍的喜好和广泛使用，很早就出现在中国古代的文章里。《尚书》有"谦受益，满招损"这样对偶的名句，《易经》的骈偶句更是不胜枚举。先秦诸子散文基本采用骈散结合的句式。直到汉代和魏晋南北朝，随着审美意识的觉醒，对于文章的形式和审美特性有了自觉的意识，于是出现了这种全部对偶句式的文体。

骈体植根于汉语的基本特点，充分展示了古代汉语的形式美和音乐美，它的最大优点是句式整齐、音韵铿锵，形成华丽的人工美。这一美感符合儒家的整齐和谐、庄重稳定的仪式感和形式美，因此虽然不免形式主义的弊病，但是适合一些庄严场合和崇高情感的语言要求，因此形成之后一直都有很广泛的使用，尽管不断受到批评攻击，仍然保持了顽强的生命力。这不能不说是因为这种文体深刻地体现了古汉语的独特美感，符合中国人对形式美的要求。但是，骈文为了保持形式上的美感，就必然造成形式主义：一个毛病是句式呆板，缺少变化；其次是堆砌辞藻、过度用典，造成行文累赘，晦涩难解。一些骈文家片面追求辞藻华丽，忽视真情实感的表达，忽视反映社会生活。所以，虽然骈文有不少传世佳作，但是总体上由于突出的形式主义弊病而受到历代以儒家思想为指导的作家和批评家的尖锐批评。进入现代，在中国文化与文学的现代性进程中，汉语接受了西方的语法规范，以现代白话作为文学语言，古汉语的单音节词被双音节词取代，更重要的是现代散文观念强调自由表述，不受形式束缚，骈文彻底地失去了语言依据和应用价值，退出了历史舞台。

与骈文概念紧密相连的，是古文这一概念。随着骈文的盛行与泛滥，它的形式主义的弊病也日益突出，于是引起了人们的反感。文章家开始摒弃骈

[1] 转引自陈柱：《中国散文史》，东方出版社 2012 年版，第 5 页。

[2] 顾随：《中国经典原境界》，北京大学出版社 2016 年版，第 193 页。

文，而以先秦两汉的散文为标准，他们把诸子和两汉的历史著作和政论文等广义的散文称之为古文，而把当时流行的骈体文称之为骈文、四六文。这场散文复兴就是唐代韩愈、柳宗元主导的古文运动。韩愈、柳宗元等主张恢复孟子、庄子、荀子、扬雄、司马迁、班固、刘向等人开创与继承的散文传统，以此重建魏晋之后衰落的儒家道统，他们以自觉的理论思考与积极的创作推出了很多精彩的散文作品，从而确立了散体文在中国散文史上的正宗地位。韩愈、柳宗元复兴的散文在宋代得到欧阳修、苏轼等人的大力支持，在明清时期出现了"文必秦汉"的复古思潮，将这种古文树立为绝对的标准。与散体的古文依托强大的儒家思想的支持相比[1]，加上中国文学重内容和轻形式的传统，骈文在经历了南北朝的高峰之后，尽管历代余波荡漾，甚至很多散文名家、诗歌大师都同样擅长骈文，[2] 但还是在与古文的持久对抗中归于失败。古文运动的胜利，确立了从先秦、两汉、唐宋直至元明清的古文大家在中国文学史的崇高地位，现代散文对古文的继承，例如鲁迅对庄子、韩非子、嵇康等的继承，周作人、林语堂、梁实秋对明清闲适小品的继承，毛泽东对孟子、韩愈的继承等，进一步强化了古代散文的地位。这是骈文望尘莫及的，它对现代散文几乎没有什么深刻的影响。

二、古今文章之美

中国古代的文章概念包括诗歌之外的所有文字作品，因此谈文章之美，难免显得笼统，为了保持概念上的前后一致，这里讨论的文章美主要是指古今广义散文的美，包括现代散文、古文、骈文，也包括文学色彩较为突出的史传、史论，而不包含小说、戏曲以及理论色彩鲜明的学术论文。文章之美不外乎形式和内容，从字法、句法到章法的形式美，再到文章的气脉、气象和意境的内涵美，文章美可以概括为声韵美、画面美、情趣美、气势美、结构美、意境美等。广义散文与其他文学体裁和艺术类型相互渗透相互影响，特别是从诗歌、

[1] 参见柯庆明：《从韩柳文论唐代古文运动的美学意义》，见《中国文学的美感》，河北教育出版社 2001 年。柯氏认为韩柳采用古文，除了传达儒家人伦日用之道，主要是古文适宜于表达个人的生活经验，特别是卑下低俗的经验。这种洞察也说明了散文文体相对于骈文的低级性质。

[2] 骈文在唐宋和清代其实都还有相当高的地位，特别是官方的实用文都对骈文偏爱有加，因此很多文人为了政治和工作的需要，首先研习的都是骈文，如大诗人李商隐就是骈文高手，欧阳修先学骈文后学古文，即使古文运动的旗手韩愈，其实也有很高的骈文造诣。不妨这样说，骈文的对偶对仗的修辞方式其实是学习诗歌和文章的基本功，所以古代的诗人、散文家都会习得这种基本能力。

音乐、绘画以及哲学历史等吸取精华，丰富自身，形成多姿多彩的美感，深刻地体现了其体裁本身的间性特征。

1. 声韵美

中国文章的美首先建立在汉语语言美的基础上。汉语，尤其是古代汉语，在长期的发展演变中，逐渐形成了独特的美，突出的特点就是声韵美，也就是语言的音乐美。中国古代的文人在具体的写作实践中发现了一些营造汉语声韵美的方法，不断地精细化，形成了古代文章的规律性技巧。一是双声叠韵、叠词、汉语的四声造成单个句子的声韵美，或和谐或铿锵。这方面的例子俯拾皆是，现代的一些文章也保留了这种传统，例如鲁迅的文章《记念刘和珍君》中的名句："真的猛士，敢于直面惨淡的人生，敢于正视淋漓的鲜血"，就用了"惨淡"和"淋漓"这两个双声词，而朱自清的《荷塘月色》集中笔墨描写月下荷塘的美景，就充分地调动了来自古汉语的无比丰富的叠词：

> 曲曲折折的荷塘上面，弥望的是田田的叶子。叶子出水很高，像亭亭的舞女的裙。层层的叶子中间，零星地点缀着些白花，有袅娜地开着的，有羞涩地打着朵儿的；正如一粒粒的明珠，又如碧天里的星星，又如刚出浴的美人。微风过处，送来缕缕清香，仿佛远处高楼上渺茫的歌声似的。这时候叶子与花也有一丝的颤动，像闪电般，霎时传过荷塘的那边去了。叶子本是肩并肩密密地挨着，这便宛然有了一道凝碧的波痕。叶子底下是脉脉的流水，遮住了，不能见一些颜色；而叶子却更见风致了。

> 月光如流水一般，静静地泻在这一片叶子和花上。薄薄的青雾浮起在荷塘里。叶子和花仿佛在牛乳中洗过一样；又像笼着轻纱的梦。虽然是满月，天上却有一层淡淡的云，所以不能朗照；但我以为这恰是到了好处——酣眠固不可少，小睡也别有风味的。月光是隔了树照过来的，高处丛生的灌木，落下参差的斑驳的黑影，峭楞楞如鬼一般；弯弯的杨柳的稀疏的倩影，却又像是画在荷叶上。塘中的月色并不均匀；但光与影有着和谐的旋律，如梵婀玲上奏着的名曲。

这两段特别具有中国古典文章风味的描写，使用的叠词就有：曲曲折折、田田、亭亭、层层、粒粒、星星、缕缕、密密、脉脉、静静、薄薄、淡淡、楞楞、弯弯。双声叠韵词则有袅娜、渺茫、酣眠、参差、斑驳、均匀。由于大量地使用了这些语言技巧，朱自清这篇散文散发出十分动人的音乐韵致，这在现代散文中也是比较罕见的。

二是吸收诗歌的反复句式，造成句与句、段与段之间的回旋复沓、前后呼应的复调效果。这种文章技巧最初在孟子的文章里得到了极其成功的运用，以后被很多文章家借鉴，例如韩愈、梁启超、毛泽东，往往反复使用一些相同的句式，中间变换几个关键词，造成前后呼应、复沓回旋的复调效果和气势磅礴的艺术感染力。试看：

> 今王鼓乐于此，百姓闻王钟鼓之声，管籥之音，举疾首蹙頞而相告曰："吾王之好鼓乐，夫何使我至于此极也！父子不相见，兄弟妻子离散！"今王田猎于此，百姓闻王车马之音，见羽旄之美，举疾首蹙頞而相告曰："吾王之好田猎，夫何使我至于此极也！父子不相见，兄弟妻子离散。"此无他，不与民同乐也。
>
> 今王鼓乐于此，百姓闻王钟鼓之声，管籥之音，举欣欣然有喜色而相告曰："吾王庶几无疾病与，何以能鼓乐也？"今王田猎于此，百姓闻王车马之音，见羽旄之美，举欣欣然有喜色而相告曰："吾王庶几无疾病与，何以能田猎也？"此无他，与民同乐也。今王与百姓同乐，则王矣。
>
> ——孟子《庄暴见孟子》

> 闻古之人有舜者，其为人也，仁义人也。求其所以为舜者，责于己曰："彼，人也；予，人也。彼能是，而我乃不能是！"早夜以思，去其不如舜者，就其如舜者。
>
> 闻古之人有周公者，其为人也，多才与艺人也。求其所以为周公者，责于己曰："彼，人也；予，人也。彼能是，而我乃不能是！"早夜以思，去其不如周公者，就其如周公者。
>
> ——韩愈《原毁》

> 第一种：主观主义的态度。在这种态度下，就是对周围环境不作系统的周密的研究，单凭主观热情去工作，对于中国今天的面目若明若暗。在这种态度下，就是割断历史，只懂得希腊，不懂得中国，对于中国昨天和前天的面目漆黑一团。在这种态度下，就是抽象地无目的地去研究马克思列宁主义的理论。
>
> ……
>
> 第二种：马克思列宁主义的态度。在这种态度下，就是应用马克思列宁主义的理论和方法，对周围环境作系统的周密的调查和研究。不是单凭热情去工作，而是如同斯大林所说的那样：把革命气概和实际精神结合起来。在

这种态度下，就是不要割断历史。不单是懂得希腊就行了，还要懂得中国；不但要懂得外国革命史，还要懂得中国革命史；不但要懂得中国的今天，还要懂得中国的昨天和前天。在这种态度下，就是要有目的地去研究马克思列宁主义的理论。

——毛泽东《改造我们的学习》

三是一些语气虚词的运用，使文章气息摇曳、绵长，产生一种余音袅袅的音乐效果。例如屈原《卜居》中一用到底的"宁""乎"、欧阳修《醉翁亭记》中"也"字的运用，都使得文章语气往复回旋，摇曳多姿。现代文章在虚词的使用上不如古文，这也造成了现代文没有那么迷人的音乐效果。

最能体现声韵美的文章当然是骈文了，骈文是中国古代汉语声韵利用的集大成者，充分调动了汉语的四声、平仄、对偶的特点，造成和谐整饬的声韵效果，就形式而言，的确是古代的美文。[1] 今天耳熟能详的许多古典名句，大都出自骈文或散文的骈句，如"君子坦荡荡，小人长戚戚""穷则独善其身，达则兼济天下""信言不美，美言不信""天地与我并生，万物与我为一""一寸二寸之鱼，三竿两竿之竹""观古今之须臾，抚四海于一瞬""思接千载，视通万里""落霞与孤鹜齐飞，秋水共长天一色""业精于勤荒于嬉，行成于思毁于随""先天下之忧而忧，后天下之乐而乐""忧劳可以兴国，逸豫可以亡身""文起八代之衰，道济天下之溺"，甚至现代的一些名句如"当我沉默着的时候，我觉得充实；我将开口，同时感到空虚""好好学习，天天向上""既异想天开，又实事求是"，都带有骈偶句特有的声韵美。

2. 画面美

中国文章尤其是一些写景状物的诗意散文，自觉地采用诗歌和绘画的方法，在写景抒情中特别注重营造如诗如画的美感。这种对于画面美的追求是在魏晋"文学自觉"之后才出现的。山水诗、山水画与骈文几乎同时出现，也透露了它们共同的审美追求。在唐宋散文家中这种画面美最为普遍，如范仲淹的《岳阳楼记》，苏轼的前后《赤壁赋》，到现代散文如朱自清的《绿》，老舍的《济南的冬天》等都有着明显的画面美。这里来欣赏一下宗璞的《紫藤萝瀑布》：

从未见过开得这样盛的藤萝，只见一片辉煌的淡紫色，像一条瀑布，从空中垂下，不见其发端，也不见其终极。只是深深浅浅的紫，仿佛在流动，在欢笑，在不停地生长。紫色的大条幅上，泛着点点银光，就像迸溅的水花。

[1] 关于骈文的声韵美，参见莫道才：《骈文通论》，齐鲁书社 2010 年版。

仔细看时，才知道那是每一朵紫花中的最浅淡的部分，在和阳光互相挑逗。

　　这里春红已谢，没有赏花的人群，也没有蜂围蝶阵。有的就是这一树闪光的、盛开的藤萝。花朵儿一串挨着一串，一朵接着一朵，彼此推着挤着，好不活泼热闹！[1]

散文家在描写眼前盛开的藤萝时，自觉地运用了绘画的方法，突出花的丰富的色彩、色彩的亮度与动态，是画面美与音乐美完美交织的范例。

3. 气势美

　　中国古人作文非常强调文章的气势，尤其是政论和史论，还有一些意在打动人主的策论、游说文辞，都希望通过丰富修辞的运用，使得文章产生气势磅礴的艺术效果。最常见的修辞手法是排比句、反问、设问，句式整齐，连贯而下，从而产生一种不可阻挡的文气。这种大气包举、纵横驰骋的文风主要来自战国时期的纵横家和屈原的骚体，后来影响到汉代的辞赋和政论、策论，以后成为这类文体特有的美感，甚至现代的政论文如毛泽东的许多文章，也还回荡着这种余韵。这里仅以贾谊的鸿文巨制《过秦论》为例，以见一斑：

　　秦孝公据崤函之固，拥雍州之地，君臣固守以窥周室，有席卷天下，包举宇内，囊括四海之意，并吞八荒之心。……

　　孝公既没，惠文、武、昭襄蒙故业，因遗策，南取汉中，西举巴、蜀，东割膏腴之地，北收要害之郡。诸侯恐惧，会盟而谋弱秦，不爱珍器重宝肥饶之地，以致天下之士，合从缔交，相与为一。当此之时，齐有孟尝，赵有平原，楚有春申，魏有信陵。此四君者，皆明智而忠信，宽厚而爱人，尊贤而重士，约从离衡，兼韩、魏、燕、楚、齐、赵、宋、卫、中山之众。

文章多用排比、对偶，气势宏大庄重，又用一连串的列举，节奏明快紧凑，产生一种整齐而流动的进行曲式的动感，读起来使人心旌摇荡，不能自己。这种对气势的追求，要有娴熟的语言能力和修辞技巧，同时写作时也要有开阔的时空意识，饱满的激情，"赋家之心，苞括宇宙"，[2] 才能上下四方驰骋。

4. 情韵美（理趣美）

　　散文的气势美有如上述，而更多的散文，没有强烈的激情和宏大的结构，却能绚烂之极归于平淡，娓娓道来，气息平静，情感含蓄内敛，文字轻盈随意，却往往韵味深长隽永，这就是散文的情韵美。"任何琐屑的轻微的事物，一到他的笔端，就有一种风韵"。[3] 谷崎润一郎对丰子恺的评价，是对散文

[1] 宗璞：《宗璞散文·云在青天》，浙江文艺出版社2015年，第51页。

[2] 司马相如：《答盛擥问作赋》，引自《先秦两汉文论选》，人民文学出版社1999年版，第364页。

[3] 见丰子恺：《缘缘堂随笔》，海豚出版社2015年版，297页。

情韵美的确评。体现这种情韵美的文章，主要是那些闲适散文，晚明小品和现代闲适散文是这方面的代表。这种情韵美的表现一般限于个人的日常生活情景的呈现和个性的流露。就时代而言，往往会在末世或者较为自由放逸的时期出现，文人放下了"文以载道""文以明道""为天地立心，为生民立命，为往圣继绝学，为万世开太平"等宏伟抱负，回过头来细细审视一己小我的生活，在一饮一啄、一颦一笑中发现和欣赏自己生活的美。明清小品文和现代闲适散文，都擅长从日常生活中撷取一些富有个人特质、展示生活情趣的片段，用随意散淡的笔调写出来，产生一种自在从容、耐人寻味的美感。《陶庵梦忆》《闲情偶记》《浮生六记》《幽梦影》都能在细微琐屑的日常生活中玩味人生的快乐和趣味。还有一类则偏重总结人生经验和智慧，透露出一种具体可感的理趣，例如《呻吟语》《菜根谭》《小窗幽记》《围炉夜话》等，台湾的刘墉、林清玄等人的散文则在现代中西融合的视野中光大这种传统。

5. 意境美

意境是中国古典诗歌最高的审美形态，其实优秀的文章包括小说、戏曲甚至园林建筑也有意境，中国古典和现代散文很多佳作因为情景交融、韵味无穷而具有诗歌一般的意境。意境一般来自情景交融，实际上有深情，有美景，有至味，有闲情，也可以成就意境。陶渊明的文章都有意境，如《五柳先生传》，甚至寥寥几十个字的《饮酒》诗序，简单纯朴，但是却产生了一种自然悠远、高不可及的冲淡意境："余闲居寡欢，兼比夜已长，偶有名酒，无夕不饮。顾影独尽，忽焉复醉。既醉之后，辄题数句自娱。纸墨遂多，辞无诠次。聊命故人书之，以为欢笑尔。"没有陶渊明那种超然淡泊的心境不可能达到如此言简意远的意境。现代散文继承了古代散文的许多优点，也能营造各种各样的意境。写景的散文自不必说，就是一般记人记事的文章，只要情真意切，自然就会有意境，如朱自清的《背影》，史铁生的《我与地坛》，杨绛的《干校六记》等是很好的例子。鲁迅作为现代文章大师，《野草》《朝花夕拾》且不必细说，就是杂文有时也能创造自然深远的意境，一如陶渊明的冲淡自然，如：

夜九时后，一切星散，一所很大的洋楼里，除我以外，没有别人。我沉静下去了。寂静浓到如酒，令人微醺。望后窗外骨立的乱山中许多白点，是丛冢；一粒深黄色火，是南普陀寺的琉璃灯。前面则海天微茫，黑絮一般的夜色简直似乎要扑到心坎里。我靠了石栏远眺，听得自己的心音，四远还仿佛有无量悲哀，苦恼，零落，死灭，都杂入这寂静中，使它变成药酒，加色，加味，加香。这时，我曾经想要写，但是不能写，无从写。这也就是我所谓"当我沉默着的时候，我觉得充实，我将开口，同时感到空虚。"[1]

[1] 鲁迅：《怎么写——夜记之一》，见《三闲集》，人民文学出版社1980年版，第16页。

这段夜记是鲁迅散文中意境最平静深远的文字了，境界开阔，情感平和深远，文字简洁醇和，真正达到了情与境谐，浑融一体，一洗平常文风的毒辣尖峭，体现了大家的多幅笔墨。

6. 结构美

好的文章都要有完整甚至完美的结构，虽然现代理论主张散文形式松散，但是中国古代的文章其实很注重结构的完整。文章结构多种多样，有论者提出"内部结构"和"外部结构"，内部结构指的是文章的思想情感的安排，用传统文章学的术语是指文章的意脉。外部结构则是文章的篇章段落的安排，文章学讲的章法。结构美的总体原则不外乎匀称和完整。结构美主要包含三个方面，一是章节段落的匀称美，二是首尾照应的对称美，三是内部结构和外部结构相得益彰形成的有机美或者说整体美。[2] 章节段落之间大体上要保持大致相当的字数和句子，段与段之间才能匀称。首尾的对称也是保证结构完美的程式，通常采用首尾照应的方法。这种首尾对称的美来自中国人对圆的独特喜爱。而整体美则是内容和形式完美结合所达到的效果。苏轼的《前赤壁赋》的结构就体现了这种整体美，这篇文章写与友人月夜游赤壁，描写月下长江的美景，通过主客问答阐发人生哲理。开头点明时间、地点、人物，接着用非常简洁优美的语言描写月下长江和主客饮酒欢乐的情景，主要的段落是主客问答，一问一答，历史和哲理相互映衬，两节字数基本相当，句式富于变化，章法上非常匀称。至于首尾的对称也是高度完美的：

[2] 参见孙移山主编：《文章学》，档案出版社1986年版，第七章"文章与美学"。

首：壬戌之秋，七月既望，苏子与客泛舟，游于赤壁之下。清风徐来，水波不兴。举酒属客，诵明月之诗，歌窈窕之章。

尾：客喜而笑，洗盏更酌。肴核既尽，杯盘狼藉。相与枕藉乎舟中，不知东方之既白。

开头是主客泛舟赤壁，结尾时仍然是主客枕藉乎舟中。首尾相应，宛如一个完美的圆。徐缓从容的节奏、平和悠远的气韵，与文章所传达的与世无争、淡泊无为的道家理趣相表里，达到了不露痕迹的整体美。

第三节 百年现代散文品类

现代散文是与现代中国的命运紧密联系在一起的，经历了从传统到现代的转化，这个转化过程在所有的文学体裁中也是最为顺畅和成功的。在散文的观念、内容和形式方面，都与古代散文产生了明显的分离。当然，作为悠久的并且活着的传统，古代散文的许多精髓仍然流淌在现代散文浪潮中，而且实践最终也证明，现代散文百年中的名家或大师，其实都与古典散文传统和古典文学存在着密切的关系。古典性与现代性的交织，中国传统与西方资源的融合，审美独立和意识形态压力之间的矛盾赋予现代散文多彩姿态，也造成现代散文的复杂命运。

一、现代散文观念演变

中国自从 19 世纪中期进入现代进程以来，就迎来了百年的风云激荡，西方强势入侵，中国疲于应付，不断的战争、政治动荡、社会运动、文化变革，使得现代中国这一百多年来经历了前所未有的大动荡、大变革、大转型，文化活动与国家的政治变革、军事斗争、民族解放、个体人生无比复杂地纠缠在一起，造成了现代散文光彩斑斓的特色。可以这样说，以往没有任何一个时代的散文发展像现代散文这样打下如此鲜明的时代印记，如此自由自在，如此步履轻盈，如此多姿多彩，又如此步履艰难，竭力摆脱外在的压力而经常又跌回传统幽灵之中。[1]古典散文精细的文学语言美的经验，由于汉语现代性改造和文学观念的改变，也令人遗憾地泯没了。现代散文观念与现代文学观念一样，内在的审美自足和意识形态功能之间的矛盾应和着现代中国的时代节奏和社会紧张，呈现出如下两种相互对立相互竞争的观念：

一是现实功利主导的散文观念。由于现代社会事件发生得过于频繁快捷，形式灵活、反应敏捷的散文比诗歌、小说和戏剧这些文体更容易跟上时代的步伐，所以散文尤其是现代散文中大放异彩的杂文和报告文学这两种新型散文品类得到了极大的重视，产生了巨大的社会效果，催生了鲁迅这样的杂文巨匠和夏衍、范长江、萧乾、周立波、刘白羽、徐迟等一大批报告文学名家。鲁迅杂文在针砭时政、鞭挞社会陋习、批评落后文人学者等方面发挥了"匕

[1] 马克思说传统像一个幽灵抓住活人，这个伟大论断也适宜于中国现代文学和现代散文。虽然现代散文起初主张言志的人占据了上风，但在后来意识形态统一之后总体上又回到了载道传统，这导致现代散文几十年没有真正的创造性的进展。

首投枪"的战斗作用，将散文的批判功能提升到了前所未有的新高度。同时由于鲁迅精湛深厚的文学修养，他的杂文融合了深刻的思想、精彩的笔法和浓郁的诗意，在艺术性上也远迈古今同类文体。报告文学则对现代中国的社会变迁，尤其是战争时代的风云变幻、英勇抗敌和新中国的伟大社会主义建设进行了充满激情的及时的广阔的反映，同时这些报告文学家娴熟地运用文学手法，创作出了大量具有高度文学价值的新型散文作品，例如夏衍的《包身工》、范长江的《西线风云》、周立波的《晋察冀边区印象记》、徐迟的《哥德巴赫猜想》等。这些作品不仅生动准确地报道时事，渲染时代精神和民族精神，同时也具有文学的形象性和诗意性，是现代散文中可以傲视古代散文的新类型。进入八九十年代以来，报告文学虽然还保持一定的活力，但是由于时代形势、媒体发展和文化转向，再也没有三四十年代那种生命力和爆发力了。杂文的情形也与之相似，虽然现当代杂文名家不少，但是也失去了造就鲁迅那种大家的社会语境和文化氛围。

二是以审美自足主导的散文观念。现代文学革命吸收了西方的文学观念和美学理念，希望从传统的载道明道的羁绊中解放出来，发挥文学的审美作用，表现在散文理念上是强调抒情写意，由此催生了现代散文中颇为流行的闲适散文、游记、书信、书话、风景散文和哲理散文等类型。这些类型同时汲取中国散文传统和西方随笔的精华，造成了中西结合的新风格，也涌现出了一大批名家。这些散文主要抒写个人生活际遇，表达个性，品味生活情趣，抒发人生哲理，描写国内国际风景名胜。题材广泛，形式多样，在现代散文中最受欢迎，长期以来拥有最大的读者群。在艺术上，这种散文类型更多地受到西方散文的影响，英国的随笔，日本的物语，蒙田、卢梭、尼采、叔本华、歌德，以及俄罗斯的小说家如屠格涅夫、契诃夫等人的风景描写都在现代中国散文中留下了深刻的印记。林语堂、周作人、梁实秋、叶灵凤等明显受到潇洒随意的西方随笔的启发，郁达夫的散文则有卢梭、屠格涅夫的影子。在哲理思索和人生社会的沉思方面，巴金晚期的《随想录》深入自我剖析，可见蒙田、卢梭和托尔斯泰的影子。史铁生的《我与地坛》、杨绛的《干校六记》、季羡林的《牛棚杂忆》等反思人生、思考社会，到达了当代散文的最高水准。张承志的带有宗教热情的作品，《金牧场》《心灵史》等则成为当代散文的异数。

现实功利派和审美自足派在 20 世纪 30 年代存在着尖锐的争论，最终随着社会现实的救国图存的紧迫性和后来政治统一的确立，以前者的胜出进入社会主义新时代，到 80 年代意识形态有所松缓，审美自足派才重新浮出水面。按照具体的时间演变，现代散文观念经历了六个发展时期：

第一阶段是 1917 年至 1927 年。西方散文作品和散文观念的介绍与翻译，讨论散文的特质。在鲁迅、周作人、刘半农、王统照等人的努力下，英国的小品随笔和日本的文学理论介绍了过来，促进了对散文的特质的思考。同时，以周作人为代表的一些散文家也撰写论文进行讨论，一方面试图界定散文的本质特征，一方面对中国传统的"载道"文学观念进行批评，出现了周作人的《美文》王统照的《纯散文》胡梦华的《絮语散文》这些直接讨论散文的重要文章。这些讨论突出了散文的文学性和艺术性，将散文与诗歌、小说和戏剧并列起来，确立了散文在现代文学类型中的地位，从而废弃了中国古代界定不清、范围过大的大而无当的散文概念，并将不具备文学色彩和文学价值的散体文中的一些类型排除出去，这一观念有助于现代文学性散文概念的确立。与此相关的关于"载道"观念的批评，是五四时期文学改良和文学革命的重要话题，当时的文化英雄纷纷参与，胡适的《文学改良刍议》、陈独秀的《文学革命论》、沈雁冰的《什么是文学》、郑振铎的《新文学观的建设》都对载道说提出了批评，强调散文要正视现实、表现现实，说真话，写真人，表现人格和个性。

第二阶段是 1927 年至 1937 年。这十年关于散文的热点话题是小品文的讨论，同时对已有的散文创作进行总结。小品文是散文家们对英语 essay 和 familiar essay 的意译，也可以称之为美文（周作人）、闲适文（林语堂），他们一个共同的见解是推举法国蒙田散文为小品文的典范，同时深入中国的传统将晚明的性灵派和竟陵派与小品文沟通起来，有的甚至追溯到庄子、陶渊明、柳宗元等（林语堂、郁达夫、梁遇春、叶圣陶、郑振铎、钟敬文）。[1]

通过对小品文的讨论，确立了杂文和小品文在现代散文品类中的突出地位。鲁迅强调小品文是匕首、投枪，强调散文不能脱离时代和人民，要挣扎和战斗，"要杀出一条生存的血路"，当然他也不反对散文"幽默与雍容"，不反对散文给人"愉快和休息"，他反对的是文人雅士的自我赏玩、并以性灵自诩的"小摆设"。[2] 标举性灵大纛的旗手是林语堂，他将西方的 familiar essay 与中国的性灵散文对接起来，认为西方近代以来的文学都是主张性灵的，趋于抒情，表现个人，"由载道转入言志"，袁宏道的公安派正代表了近代文学的精神，最能体现性灵的本色，林语堂强调"性灵就是自我"，主张解放自我，思想自由，"语出性灵，无拘无碍"[3]。林语堂的性灵理论加上自己的实践促进了现代散文朝向幽默、闲适的发展，尽管他强调小品文在内容上无所不包，"宇宙之大，苍蝇之微"，但是在实际的创作中，还是难以避免走向泛

[1] 参见俞元桂主编：《中国现代散文理论》的第 1 辑，广西人民出版社 1984 年版。

[2] 鲁迅：《小品文的危机》和《杂谈小品文》，见俞元桂主编：《中国现代散文理论》，广西人民出版社 1984 年版，第 69—73 页。

[3] 林语堂：《论小品文笔调》，见俞元桂主编：《中国现代散文理论》，广西人民出版社 1984 年版，第 65—68 页。

滥和狭窄化的道路，而引起不满。[1]

对现代散文创作经验的总结也适时地出现在这个阶段，不少散文作者总结了现代散文的艺术特征，而以郁达夫为《中国新文学大系·散文二集》写的导言最为集中、深入、概括，最重要的是郁达夫精到地概括了现代散文的主要特征：表现个性、扩大内容、人性社会性和大自然的调和、幽默。这些特征都是古代散文不具备或者说不太具备的。

第三阶段是 1937 年至 1949 年。这一阶段重要的工作是对已经获得优异成绩的杂文、小品文和抒情散文的经验进一步总结，对方兴未艾的新的散文类型报告文学（特写）的探讨。主要的问题围绕如何继承发展鲁迅风（鲁迅杂文）的革命精神；[2] 报告文学的文体特征，基本上都强调新闻性、战斗性和艺术性的结合。[3] 抒情散文的特征，例如李广田的《谈散文》很准确地将散文与诗歌小说进行区分，提出了圆、严、散的各自标准。

第四阶段是 1949 年到 1956 年。新中国成立，新社会建设热火朝天，散文的成就主要为新闻特写，杂文和抒情散文少见。

第五阶段是 1957 年到 1966 年。散文总体上成绩较大，出现了散文创作的热潮。涌现出刘白羽、杨朔、秦牧这样的名家，但是这个时期对散文的理论探索并不积极，受到政治上的影响，散文创作存在着政治化、模式化的毛病，艺术性没有经受时代的检验。随后的十年散文处于停滞状态。

第六阶段是 1976 年至今。"文化大革命"结束后，政治环境宽松，西方思潮涌入，文化活动热潮不断，这种解放的风气必然催生散文的创作热潮。各种散文类型和散文风格迎风飞舞，争奇斗艳，出现了散文创作和散文理论的高潮。老作家新春焕发，新作家迎头赶上，古代散文和现代散文名家被重新唤醒，外国名家趁机而入，台港散文像他们的流星歌曲一样在大陆肆意流行。首先是散文创作出现新的热潮，很多作家和非职业作家将他们在文革中长期压抑的忧愤释放出来，出现了如挽悼散文和以巴金的随想录为代表的反思散文，大量的抒情散文；其次是出现了专门的散文刊物，如

[1] 朱光潜对林语堂主编的散文刊物《人间世》和《宇宙风》模仿晚明性灵小品的风气感到厌烦，批评它们"滥调和低级的幽默"，希望"极上品的幽默和高度的严肃携手并行"。他认为晚明小品根本不及先秦、唐宋的类似的文章。见朱光潜：《论小品文》，见俞元桂主编：《中国现代散文理论》，广西人民出版社 1984 年版，第 122—127 页。朱光潜的看法与鲁迅对小品文的批评基本上是一致的，从中可见小品文沉溺于狭小的个人生活所难以避免的危机，创作实践与理论宣传的脱节，这类小品文并没有写出"宇宙之大"，而是沉溺于"苍蝇之微"。20 世纪 80 年代以来的很多生活散文也是如此。

[2] 参见王任叔的《超越鲁迅》，宗珏的《文学的战术论》等文章，见俞元桂主编：《中国现代散文理论》，广西人民出版社 1984 年版，第 215—217、222—232 页。当然对鲁迅杂文的战斗精神的颂扬早在 1933 年瞿秋白的《鲁迅杂感选集》序言就做出了精彩的论述，成为毛泽东对鲁迅精神论述的先声，在广度和深度上都是一般的小论文不及的。

[3] 茅盾概括报告文学的特点：新闻性、时代性和形象化，主张报告文学要具备小说一切的优点。见茅盾：《关于'报告文学'》，见俞元桂主编：《中国现代散文理论》，广西人民出版社 1984 年版，第 311—314 页。

[1] 关于现代散文发展阶段，吸收了张国俊先生的成果，参见张国俊：《中国艺术散文论稿》，中国社会科学出版社2004年版。

《散文》《美文》《散文选刊》等；最后形成了散文的研究队伍，在散文理论总结上取得了成果，出现了一些研究散文的专著，如佘树森、林非、郭预衡等专门学者。萧云儒提出散文"形散神不散"，引发了对散文本质特征的深入讨论。后来出现大散文、文化散文、寻根散文、学者散文、科普散文、甚至老男人散文、小女人散文等散文种类和概念。[1]这四十余年，中国散文品类繁多，创作热情高涨，理论探讨持续深入，散文观念愈益多样。一种声音呼吁要走抒情散文的纯文学之路，另一种声音则高喊要恢复包罗万象的大散文传统。揆之实际，现代散文的总体成就，抒情散文远高于无所不包的大散文。根本原因是在文体分化明显的现代，抒情散文有章可循，容易上手，而大散文则需要更广阔的经验、知识、思想和结构，较难成功。

二、抒情散文

[2] 抒情散文，也包括写景的散文，因为写景的目的也是抒情，正如王国维指出的"一切景语皆情语也"。中国散文作家基本上没有为写景而写景的传统，而是坚持借景抒情，这与中国的诗歌传统也是一样。这说明，中国强大的抒情传统，也是决定现代抒情散文的文化因素。为行文方便，抒情写景散文简称抒情散文。

[3] "抒情散文"这个概念出现的具体年月和提出者不好考证，类似的概念"抒情的散文"出现在朱自清1928年发表的文章《论现代中国的小品散文》，"抒情文"在1935年的《什么是散文》里出现。大体上，五四之后说的小品文与抒情散文所指是一致的。抒情散文这个概念的流行是在新中国成立以后。见俞元桂主编：《中国现代散文理论》，广西人民出版社1984年版，第120、408页。

在现代散文的各种品类中，抒情（写景）散文是最受瞩目的。[2]虽然中国古代也有抒情言志的散文，但是真正自觉地以抒情（包括写景）为目的，并且运用艺术手段来达到抒情的效果的散文意识和观念则只有现代才能出现。现代散文意识的发展，是突出了散文的艺术性和文学性，将散文与诗歌、小说和戏剧并列，将中国古代无所不包的散体文中不具备艺术性和文学性的类型排除出去，引导散文朝着抒情言志的道路上迈进，在实践和理论上坚持，取得了突出的成绩。

1. 抒情散文的观念的形成

五四时期新文学的开始，并没有出现抒情散文这个概念，流行的是"美文""纯散文""絮语散文"或"抒情文"。[3]以周作人为代表的散文理论家从西方的随笔和中国古代的闲适小品和性灵文学中得到启发，意识到散文应该具备审美特性和审美能力，并将散文与时代的要求、民族的使命联系起来，赋予散文这个在中国古典时期地位并不突出的文体前所未有的历史任务：个性解放、自由表述和批判社会。当时在这种观念指导下的散文创作，异军突起，八面出锋，取得了辉煌的成就，当时的散文大家如周作人、鲁迅、郁达夫、朱自清等人都一致认为散文是当时成就最高的文体。抒情散文的观念在40年代因为民族解放事业的要求、50年代至70年代因为政治意识形态的压力有所压缩变形，80年代后重获生机，自由舒展，得到了广泛的认可，在观念和创作上重新接续五四时期的个性解放、表述自由和抒情言志的传统，开创了新时期的散文辉煌。

2. 抒情散文的文体特征

抒情散文的最突出的文体特征和艺术特征是真情实感、表现个性、形式自由和诗意哲趣。真情实感与表现个性紧密相连，现代散文作家都强调散文要从自己的生活出发，同时大胆地表现自己的个性，胡适的《文学改良刍议》强调"言之有物"，强调"情感是文学的灵魂"，周作人的《美文》指出美文的条件是"真实简明"，唐弢明确指出"散文的主要条件是真实"，这些观念和与此相适应的实际创作，都证明了散文的情感要求。抒写真情实感是古已有之的优良传统，明确主张表现个性则有明显的现代特色，表现个性、肯定个性是五四运动的最强音，散文理论家历史上第一次如此集中地强烈地提出来，体现了时代要求与散文文体特征的结合，因为散文这种自由灵活的文体最适宜于表现个性。不管是小品文还是闲适散文，或一般的抒情散文，都可以看到，作家们都是从自己出发，紧扣自己的生活和性格，用梁实秋的话是"有一个人便有一种散文"。[1] 正由于散文作家都能坚持从自己个性出发，敢于、善于表现自己的性格和情趣，加上较好的语言修养、宽广的视野和中西结合的学识结构，现代散文才能万紫千红，争奇斗艳，呈现出如此丰富成熟的种种风格。这是前此任何一个散文繁盛时期都不具备的。形式自由，是抒情散文的文体特点，也是它的优势，特别是现代经过文学革命的散文文体，不仅可以吸收来自外国的散文笔法，也可以适当吸收其他文体如小说和诗歌的技法，与古代散文相比，形式上更自由得多。同时，由于现代汉语是以口语为基础，建立在现代汉语（白话）基础上的现代散文失去了古代骈文写作的语言条件，现代散文全都是真正的散体文，不再追求严格的骈偶和声律，反而可以真正恣意随便，不拘一格，自由灵便地感应时代和社会，抒写个人的喜怒哀乐。

诗意哲趣：抒情散文固然是以抒情为主，但是实际上真正的典范的抒情散文，还有更高的追求，那就是诗意或哲理趣味。即使抒情，也较少直抒胸臆，而是借景抒情，用优美动人的画面和含蓄不尽的韵味来营造诗意悠远的意境。好的散文往往会有浓郁的诗意或深远的哲趣，这是现代散文较为自觉的追求。现代散文中的一些大家之作，如鲁迅的抒情散文，甚至是抒情小说，都流

[1] 梁实秋：《论散文》，见俞元桂主编：《中国现代散文理论》，广西人民出版社1984年版，第36页。

动着浓郁的诗意，如《朝花夕拾》的许多篇章，小说《社戏》也完全可以视为抒情散文，更不用说《野草》里面的许多文章。沈从文的《湘行散记》也散发着朴素的诗意，与他的《边城》中的散文意趣形成有趣的映衬。本来现代散文就与中国古典文学传统有深刻的关系，所以对散文诗意的执着，体现了这种伟大传统的现代流韵。至于哲理意趣，本是现代散文最可以努力的方向，但是成就较低的一环。影响现代中国散文的西方散文名家，如法国的蒙田、英国的培根、美国的艾默生，甚至德国的尼采，这些随笔高手，几乎都是哲人，他们的散文随笔充满了深刻的尖新的思想，对现代中国哲理散文产生了巨大的影响。但是以百年发展来衡量，现代中国散文中真正具有深刻哲理的作品，的确是少之又少。能够在深邃的哲理思辨、人性反思或深刻的社会批判某一方面达到高度的思想性，同时又富于散文的情致的，大概只有鲁迅的部分杂文和《野草》，巴金的《随想录》、史铁生的《我与地坛》。80年代以来流行的文化散文如余秋雨的《文化苦旅》，周国平的哲理散文等虽然做出了可贵的探索，但其艺术魅力还需经受时间的检验。现代散文百年历程，有些高开低走的趋势，虽然繁花似锦，但是似乎没有多少参天大树，没有可以媲美蒙田、培根随笔，梭罗的《瓦尔登湖》，卢梭的《忏悔录》《一个孤独的漫步者的遐思》那样的散文杰作。[1] 也许，这是中国文化缺乏那种深刻深沉的哲理沉思的传统，而倾向于抒情言志所致；同时还有一个原因，现代散文家信守散文"大可随便""想怎么说就怎么说"，忽视了"深思力取"。

3. 抒情散文在现代中国文坛上的成就和地位

五四时期所开创的现代散文在文学观念上和创作实践上奠定了散文在现代文学史的地位，五四时期一大批杰出的散文家创作出大量的现代白话散文，成就在诗歌、小说和戏剧之上，取得了足以与中国古代散文高峰时期媲美的骄人成绩，从而大幅度地提高了散文这一文体在现代文学史上的地位，尤其是抒情散文的地位得到了广泛的承认。散文的文体特色和审美特性得到前所未有的突出，抒情言志、写景状物成为人们对散文的基本认知，散文是美文这一审美要求成为一般的常

[1] 新的散文类型科普散文虽然也有不少作者，并且也有精彩的篇章，但是没有产生影响特别大的经典作品，足以比肩《昆虫记》。

识。[1] 后来由于时代政治风云的影响，现代散文也曾陷入载道、明道的老套路，但是最终在80年代回到了五四时期开创的现代新传统，从而开启了新的春天。这一再证明，散文这种本性自由随意的文体，没有宽松的社会氛围，没有个性解放的文化语境，没有自由言说的契机和动力，几乎不可能迎来真正的高峰。只有作家们敢于袒露自己的心迹，说出内心的秘密和诗情，加上一定艺术形式的自觉，才会迎来散文特别是抒情散文的绚丽绽放。今天已经进入一个大散文、泛散文的文体调整时期，散文同其他的文学体裁一样，正经历时代转型带来的困境和机遇。未来中国散文如何开拓新的前景，只能耐心地等待。

[1] 谈到现代抒情散文的成就，鲁迅、胡适、周作人、朱自清等人都认为在诗歌、小说、戏剧之上。就五四时期来说是这样的。周作人解释得最为到位："小品文则在个人的文学之尖端，是言志的散文，它集合叙事说理抒情的分子，都浸在自己的性情里，用了适宜的手法调理起来，所以是近代文学的一个潮头，它站在前头，假如碰了壁时自然也首先碰壁"。现代抒情散文因为其文体的便利起了引领文学潮流的作用，但是也最易受到外在因素的干扰。见周作人：《看云集》，岳麓书社1988年版，第110页。

【本章摘要】

　　散文是中国文学的重要文体，时间久远，成就丰富。在古代，散文是一种包罗很广的广义体裁，与其他文学体裁和其他艺术类型相互渗透相互影响，具有极强的间性特征。散文概念出现于骈文之后，诗歌、骈文、戏曲之外，无韵不骈的散体文章都称之为散文，散文也称之为"古文"。在现代，散文取得了狭义的体裁意义，与诗歌、小说、戏剧一起成为文学的基本体裁。散文的文学性和艺术性得到界定，它的体裁特点是形式自由、题材广泛，由此形成独特的文学美：题材写实、情感本色和结构自由。中国传统重视文章的研究，形成了文章学，其对象主要为散体的古文，也包括骈文。文章学重视文章的具体写作方法和技巧，同时也注重文章之美，中国文章形成了声韵美、画面美、气势美、情韵美、意境美和结构美等多种美态。现代散文在中西结合的文化汇流中，在现实功利和审美自足的矛盾中，最先完成现代性的转化并取得公认的成就，涌现出大批优秀作品。同时由于时代状况与文学发展的纠葛，关于现代散文的文体范围、文体特色和创作原则也争论不断。散文观念历经百年演变，经过了广义散文、狭义散文到大散文、泛散文的进程。抒情散文，最初又被称为美文、纯散文、小品文等，由于它的情感真实、表现个性、形式自由等特点切合了现代思想解放和审美自足的需求，成为现代散文中最重要的品类。

【思考与练习】

1. 中国古代散文的文体特征是什么？

2. 骈文在中国古代出现的文化根源和文体特征是什么？

3. 现代散文概念是如何确立的？

4. 现代散文与古代散文相比有什么样的独特性和不足？

5. 你认为在今天这种文化多元时代应该坚持什么样的散文观念？你如何看待大散文概念？

6. 现代散文是如何面对古典性和现代性的矛盾的？

【深度阅读书目】

1. 陈柱：《中国散文史》，东方出版社 2002 年版。

2. 郭预衡：《中国散文史》，上海古籍出版社 1986 年版。

3. 张仁青：《中国骈文发展史》，浙江大学出版社 2009 年版。

4. 莫道才：《骈文通论》，齐鲁书社 2010 年版。

5. 佘树森：《散文创作艺术》，北京大学出版社 1986 年版。

6. 林非：《散文的昨天和今天》，广东人民出版社 2016 年版。

第九章

剧本美

剧本，是指戏剧艺术创作的文本，通常由台词和舞台提示等构成，以代言体为主，是与小说、诗歌、散文并列的四大文学体裁之一。剧本有戏剧剧本、电影剧本、小品剧本、相声剧本等多种形式，但追根溯源，剧本是戏剧的文学性表达。现代戏剧观认为戏剧最重要的两大要素是演员和观众，两者形成一种观演关系，其纽带在于表演。这种表演是通过演员在特定环境和场景下的对话、歌唱、动作等身体行为来完成的，因而戏剧也是一种融合了文学、音乐、舞蹈、美术等多种艺术门类元素的综合艺术门类，其表演要素还包括舞台、道具、服装、化妆、灯光、音响等物质元素。但是，文学性的剧本依然是戏剧的核心要素，也被称为一剧之本。剧本美也是文学美的组成部分之一。剧本美是一种文学形态的艺术美，它展现的是读者与剧作家之间的读写关系，而非演员与观众之间的观演关系。

第一节　中外戏剧诸种

　　在中外戏剧史中，戏剧的内涵和外延各有不同。中国戏剧，主要包括两种形式，即戏曲和话剧，戏曲在表演形式上讲究唱念做打，在文学性上讲究曲牌及其用韵、平仄等格律；话剧则是在西方戏剧的影响下生成的中国现代戏剧形式，其剧本以白话文的台词为主，与戏曲的脚本截然不同。西方戏剧也可以细分两种形式，一种是剧场式的戏剧（Theater），另一种是文学性的戏剧（Drama），因此通常也把Drama翻译为剧本或戏剧文学。

一、传统戏曲与戏剧观

　　中国传统戏曲是以唱、念、做、打为表演形式的戏剧形态，将文学、音乐、舞蹈、美术、武术、杂技等融为一体。中国戏曲剧种有三百余种，以京剧、评剧、豫剧、越剧、粤剧、昆曲、黄梅戏等为代表，其中京剧最成熟、自近现代以来影响最大，被称为"国剧"。从中国戏曲史上讲，元代戏曲是集大成者，出现关汉卿、马致远、郑光祖、白朴等戏曲名家，虽然现在无法获知元曲的具体表演形态，但是这些戏曲名家存留下来的戏曲剧本已成为中国文学史上的瑰宝，可以帮助今人了解传统戏曲之美中的文学美元素。

南戏被认为是中国戏曲的成熟形态，也称为"南曲戏文""永嘉杂剧"，诞生于宋代的温州地区。祝允明《猥谈》认为南戏是在北宋宣和之后、南渡之际，徐渭《南词叙录》认为始于南宋光宗朝，此两书记载的最早南戏作品是《赵贞女蔡二郎》和《王魁》，但两部作品均已失传。今人在《永乐大典》残卷中发现南戏作品《张协状元》，是迄今发现的最早、最完整的中国戏曲剧本。元代末期，南戏渐趋成熟，出现了《荆钗记》《刘知远白兔记》《拜月亭》《杀狗记》等四大南戏以及高明《琵琶记》，为明清传奇奠定了基础。宋元南戏在内容、形式等方面，都比宋代杂剧和元杂剧要自由得多，在内容上，集中于爱情婚姻和家庭伦理等，故事较长、且无限制，短则十几出，长则数十出；在曲调上，南曲、北曲都能合套，不受宫调限制、随时变换韵律，还引入了南方民间的小曲小调；在演唱上，既可以由主角唱、也可以配角唱，还可以对唱、合唱、帮唱；在角色上，有生、旦、净、末、丑、外、贴等七种角色，角色众多且都能参与歌唱和表演，丰富了人物形象和戏曲表演。

元代戏曲是中国戏曲的最高形态，以杂剧为盛，元末南戏成熟，又为明清传奇奠定了基础。元杂剧在曲调、剧本、演唱、角色等方面已经非常成熟，比宋代杂剧成熟完备，但在形式上不如宋元南戏自由。在内容上，以公案故事、历史传说、爱情故事为主，开创了中国式悲剧和喜剧；在剧本上，严格执行"四折一楔子"的框架，第一折之前的楔子是交代故事背景、缘由、人物及其关系，也有部分"四折两楔子"的情形，在折与折之间增添楔子，类似于过场戏；在曲调上，只使用北曲，每折一套曲子，每套曲子只押一韵，一韵到底，每句均须押韵；在演唱上，分为唱、白、科，唱是主体，每出戏只能有担任主角的旦或末演唱，因而杂剧也分为"旦本"和"末本"两种类型，白是宾白，以散文的语言说出来，不需要押韵，科是指人物动作、表情和舞台效果的提示；在角色上，只有旦、末、净、杂四种，旦或末分别是"旦本"和"末本"的男女主角，旦有外旦、小旦、老旦等次要女角色，末有外末、小末、副末等次要男角色，净是滑稽搞笑式的喜剧角色，杂是除以上三种角色以外的角色，如官吏、皇帝、小厮、老妇等。元杂剧之所以兴盛，大抵与如下方面有关：城市文化崛起，宫廷和民间都以杂剧为时尚；文人仕途受阻而成为书会才人，并与俳优合作寄情于杂剧；金院本和说唱诸宫调为杂剧提供了艺术形式，唐传奇和宋话本为杂剧提供了艺术内容。因此，元杂剧出现了关汉卿、白朴、马致远、郑光祖等"元曲四大家"以及王实甫、纪君祥、杨显之、乔吉等戏曲名家，创作了优秀戏曲作品，如《窦娥冤》《梧桐雨》《赵氏孤儿》《汉宫秋》等四大悲剧，以及《西厢记》《墙头马上》《拜月亭》《倩女离魂》等四大爱情剧。

明清戏曲，也称为明清传奇，是在宋元南戏的基础上发展而来的，其美学特征也延续了宋元南戏。明代嘉靖年间，李开先创作《宝剑记》等传奇，对革新明初戏曲凋敝稍有贡献，魏良辅改革昆山腔、梁辰鱼创作传奇《浣纱记》，将昆山腔搬上舞台之后，促进了戏曲创作的兴盛。明代万历年间，汤显祖创作《牡丹亭》《紫钗记》《邯郸记》《南柯记》等"临川四梦"，把传奇创作推向巅峰，之后还有高濂《玉簪记》、吴炳《西园记》等传世佳作。清代出现洪昇《长生殿》和孔尚任《桃花扇》两大名作。

王国维首次梳理了中国戏曲发展史，并为戏曲正名，把戏曲纳入文学史之中，他认为"凡一代有一代之文学：楚之骚、汉之赋、六代之骈语、唐之诗、宋之词、元之曲，皆所谓一代之文学，而后世莫能继焉者也。独元人之曲，为时既近，托体稍卑，故两朝史志与《四库》集部，均不著于录；后世儒硕，皆鄙弃不复道。"[1] 也就是说，今人重构古典文学史，应当承认和提高元曲的文学史地位，将其当作元代文学的最高典范来对待。在此之后编修的中国文学史中，戏曲才获得了与其他文学体裁同等的地位。如此，戏曲美也应成为中国古代文学美的重要的代表形态之一。

[1] 王国维：《宋元戏曲考》，《王国维文集》第 1 卷，中国文史出版社 1997 年版，第 307 页。

二、西方戏剧与戏剧观

西方戏剧可以追溯到古希腊时期，古希腊戏剧为两千年以来的西方戏剧制定了基本的戏剧范式。与中国戏曲相较而言，西方戏剧诞生更早、发展成熟且直到当代依然佳作不断，屡有戏剧家凭借戏剧作品获得诺贝尔文学奖，因此戏剧在西方文学史中具有较高的地位。

古希腊时期，戏剧以悲剧为最高成就，涌现了埃斯库罗斯、索福克勒斯、欧里庇得斯等三大戏剧家。埃斯库罗斯被称为"悲剧之父"，代表作有《被缚的普罗米修斯》《阿伽门农》等，他的悲剧采取了诗歌式的语言，伴有合唱队，以此增强艺术感染力，他也因此被称为"有强烈倾向的诗人"。索福克勒斯最著名的作品是《俄狄浦斯王》，他引入了第三个演员，弱化了合唱队，强化了对话和动作的作用，用角色的对话、动作来表演一个故事。欧里庇得斯创作了 90 余部戏剧，包括《美狄亚》《特洛伊妇女》等，这些作品不再只是塑造英雄形象，而是关注平民、奴隶、女性等群体，并通过朴实而通俗易懂的对话塑造平凡的人物形象。这个时期的戏剧作品，既创造了戏剧范式，同时也融合了诗歌、小说的特质，例如埃斯库罗斯悲剧中使用的诗歌语言，载入这些悲剧作品大多是通过故事情节来塑造人物形象，与小说非常类似。亚里士多德在分析并总结古希腊悲剧的时候，用了《诗学》的题名，也从某种意义上暗合了戏剧融汇了诗歌等其他艺术形式的特质，并且首次提出了悲剧的定义，即"悲剧是对于一个严肃、完整、有一定长度的行动的模仿；它的媒介是语言，具有各种悦耳之音，分别在剧的各部分使用；模仿方式是借人物的动作来表达，而不是采用叙述法；借引起怜悯与恐惧来使这种情感得到陶冶。"[1] 这是对悲剧最初且最权威的界定，之后戏剧观也基本上受此影响，例如文艺复兴时期引申出来的"三一律"，提出在时间、地点和行动上保持一致，即在同一地点、一天之内完成一个完整的故事。

古希腊戏剧之后，莎士比亚再次把西方戏剧推向巅峰。莎士比亚是英国最伟大的戏剧家，一生创作 39 部剧作，其中以《哈姆雷特》《奥赛罗》《李尔王》《麦克白》等四大悲剧和《仲夏夜之梦》《威尼斯商人》《皆大欢喜》《第十二夜》等四大喜剧最为知名。莎士比亚不仅是世界上剧作被搬演次数最多的戏剧家，而且还凭借其剧作及其各种语言译本而成为最伟大的文学家，其语言的魅力是永恒的。在莎士比亚之后，西方戏剧以易卜生为开端，进入现代戏剧时期，出现了各种戏剧流派，如表演主义、象征主义、唯美主义、荒诞派、未来派、史诗剧以及残酷戏剧、质朴戏剧等后现代主义戏剧流派。

西方戏剧观虽然一脉相承的，但每个时代都有各自不同的呈现方式。古希腊戏剧以悲剧为最，主要以英雄人物为主题，通过模仿严肃的、完整而有一定长度的行动为艺术目标。古典主义戏剧则在亚里士多德悲剧论的基础上进行修改完善，提出极其规范而严苛的"三一律"。此后，现实主义和浪漫主义对戏剧影响巨大，出现了两种戏剧创作思潮，浪漫主义戏剧坚决冲破古典主义戏剧的既定规则，崇尚戏剧家的激情、想象和灵感，以强烈的对比、夸张等艺术手法，让舞台充满变化和突转。现实主义戏剧观则影响更大，戏剧家们强调戏剧舞台必须如实地再现社会生活，塑造典型环境中的典型人物。20 世纪以来，西方戏剧出现了现代主义、后现代主义的转向，这是在古典主义戏剧终结、浪漫主义戏剧和现实主义戏剧走向巅峰之后，西方戏剧家对戏剧传统进行的全方位的颠覆。戏剧观也出现诸多前所未有的崭新观念，各种荒诞的、怪异的、残酷的戏剧层出不穷，甚至无法对这些戏剧观进行艺术判断，任何艺术判断似乎都显得无力且多余，只有任由戏剧艺术进行不断地尝试和创新，以期推动戏剧艺术的发展。

[1] [古希腊] 亚里士多德：《诗学》，陈中梅译，商务印书馆 1996 年版，第 63 页。

第二节 文学性：剧本作为艺术创造

戏剧作为文学体裁来讲，就是指剧本，一般剧本主要是由台词和舞台提示两个部分组成的。台词有对话、独白、旁白等类型，主要是让戏剧表演者说出来的言语，而戏曲、歌剧中的台词则通常是唱词；舞台提示是作者所写的描述性文字，主要是对戏剧背景剧情、时间地点、人物形象、形体动作、内心活动以及灯光、布景、音响等方面的描述性语言。通常情况下，剧本是每种戏剧走向成熟的重要标志，但是有些戏剧类型没有剧本，例如意大利的即兴喜剧、日本的歌舞伎、现代的哑剧等，但这些都是非主流的戏剧类型。

一、剧本美的创造与生产

剧本美的来源在于文学美，指向的是剧场及表演美。而文学美的根本在于语言美，因而剧本美也就主要在于语言美。剧作家通过语言塑造戏剧人物形象、推动戏剧情节发展、形成戏剧冲突、建构戏剧情境，最终呈现出文学形态的剧本美。

1. 戏剧人物

不论是中国戏曲还是西方戏剧，人物形象是戏剧最核心的要素，即使在后现代主义戏剧中，没有情节、冲突和情境，也不能不塑造人物形象。而且，这些人物形象必须是戏剧性的，甚至是脸谱化的，是一种戴着面具的人物角色；也有现实主义的或写实的，尽量让人物接近现实形象，但是为了舞台演出效果，即使是写实的戏剧人物形象，也会运用夸张、典型化等方式塑造适合舞台演出的形象。

例如由阎肃作词的著名京歌《说唱脸谱》歌词所唱：

> 那一天爷爷领我去把京戏看
> 看见那舞台上面好多大花脸
> 红白黄绿蓝咧嘴又瞪眼
> 一边唱一边喊哇呀呀呀呀
> 好像炸雷叽叽喳喳震响在耳边
> 蓝脸的窦尔敦盗御马

红脸的关公战长沙

黄脸的典韦

白脸的曹操

黑脸的张飞

叫喳喳……

　　这首京歌融合了京剧和流行音乐，用流行音乐的节奏、京剧的唱腔和旋律，把戏曲中的人物形象简单直白地呈现出来，这种人物形象虽然是色彩化的、脸谱化，并不一定完全符合戏曲艺术的初衷，但是从塑造人物形象及舞台形象的角度来讲，却是非常成功的一种剧本形态。

　　再如《徐九经升官记》，此剧被称为中国京剧史的经典之作，其原因在于剧本的文学性以及角色的表演。此剧剧本由单口相声《姚家井》改编而来，塑造了一个"体歪心正"的好官形象，剧作家借主角之口抒写了一段精彩的为官之道：

　　当官难、难当官，徐九经做了一个受气官，一个窝囊官！

　　自幼读书为做官，文章满腹得意洋洋，我进京考大官。

　　又谁知才高八斗难做官，皆因是，爹娘没有为我生一副好五官，

　　我怨、怨、怨五官！头名状元到那玉田县——当了一名小小的七品官！……

　　我成了夹在石头缝里一瘪官！

　　我若是顺从了王爷，做一个昧心官，阴曹地府躲不过阎王和判官！

　　我若是成全了倩娘，做一个良心官，怕的是，刚做了大官又要罢官！

　　是升官？是罢官？做清官，还是做赃官？做一个良心官？做一个昧心官？

　　升官、罢官，大官、小官，清官、赃官，好官、坏官，

　　官、官、官官官官官官官官官官官！我劝世人莫做官！莫做官！[1]

[1] 郭大宇、习志淦：《徐九经升官记》，中国戏剧出版社，1982年版，第48—49页。

　　徐九经的人物形象，不论从形体形象上讲，还是从为官之道或伦理道德上讲，都颠覆了传统形象，传统官员形象或是正气凛然的清官，或是贼眉鼠眼的贪官，人物形象比较固化，但是徐九经的形象定位为丑角，但又是好官，同时也具备普通老百姓的伦理道德观，也在良心和私心之间挣扎，也利用各种非君子行为的伎俩达到公正判案的目的，最后远离官官相护、官官相斗的是非之地，以买酒为生。这种戏剧性的变化，塑造了一个与众不同的人物形象，让人们在政治生态、人情冷暖、爱情鸳盟等场景中获得各自的审美趣味。

2. 戏剧情节

戏剧情节是通过对话和舞台提示来完成的,与小说不同,小说是纯粹的语言艺术,小说的人物、情节和环境等三要素是通过语言描述来完成,可以有对话,也可以没有,因为小说直接面对读者,而剧本的戏剧情节最终指向的是演员的表演、舞台的设置等。

如曹禺《雷雨》中的情节极具戏剧性,但是情节的推动又不能像小说一样叙述,只能通过人物角色之间的对话来完成,如周朴园和鲁侍萍之间的对话:

鲁　还有一件绸衬衣,左袖襟也绣着一朵梅花,旁边还绣着
　　一个萍字。还有一件,——

朴　(徐徐立起)哦,你,你,你是——

鲁　我是从前伺候过老爷的下人。

朴　哦,侍萍!(低声)怎么,是你?

鲁　你自然想不到,侍萍的相貌有一天也会老得连你都不认识了。

朴　你——侍萍?(不觉地望望柜上的相片,又望鲁妈。)

鲁　朴园,你找侍萍么?侍萍在这儿。

朴　(忽然严厉地)你来干什么?

鲁　不是我要来的。

朴　谁指使你来的?

鲁　(悲愤)命!不公平的命指使我来的。

朴　(冷冷地)三十年的工夫你还是找到这儿来了。

鲁　(愤怨)我没有找你,我没有找你,我以为你早死了。
　　我今天没想到到这儿来,这是天要我在这儿又碰见你。

朴　你可以冷静点。现在你我都是有子女的人,如果你觉得心里
　　有委屈,这么大年纪,我们先可以不必哭哭啼啼的。

鲁　哭?哼,我的眼泪早哭干了,我没有委屈,我有的是恨,是悔,是
　　三十年一天一天我自己受的苦。你大概已经忘了你做的事了!
　　三十年前,过年三十的晚上我生下你的第二个儿子才三天,你为了
　　要赶紧娶那位有钱有门第的小姐,你们逼着我冒着大雪出去,要我
　　离开你们周家的门。[1]

[1] 曹禺：《雷雨》,人民文学出版社1999年版,第24页。

这段对话是剧中最有震撼力的台词之一,除了情感的表达、性格的凸显等作用之外,最重要的作用在于对戏剧情节的叙说,从三十年前生大儿子、

二儿子，再到生儿子之后的被驱赶，再到四凤和周萍兄妹关系的确认等，这些情节在一段激烈的对话中展现出来。情人相认、兄妹相恋、父子相斗，这些极具戏剧性、看似荒诞的情节，突然展现在读者或观众面前，也呈现出丰富而深刻的文学内涵及审美特征。

3. 戏剧冲突

戏剧美学界有两种学说，即冲突说和情境说。冲突说源于西方，黑格尔最早提出各种目的和性格的冲突，法国戏剧家布伦退尔认为"戏剧是表现凡人同那些限制我们的神秘力量或自然力量斗争时的意志"，美国学者劳逊在《戏剧与电影的剧作理论与技巧》（1936年初版，1961年中译本）明确提出：戏剧的基本特征是社会性冲突——人与人之间，个人与集体之间，集体与集体之间，个人或集体与社会或自然力量之间的冲突。这种性格冲突、意志冲突，社会性冲突，对中国戏剧理论影响极大，新中国成立初期顾仲彝在上海戏剧学院和中央戏剧学院讲授《编剧理论与技巧》，其中戏剧冲突是最重要的章节，冲突说也因为中国社会变革、阶级斗争等文化背景而深入人心。

戏剧冲突是构建戏剧张力的核心要素，往往能够成为戏剧最具感染力的部分，如莎士比亚悲剧作品《哈姆莱特》的经典独白：

哈姆莱特　生存还是毁灭，这是一个值得考虑的问题，默然忍受命运的暴虐的毒箭，或是挺身反抗人世的无涯的苦难，通过斗争把它们扫清，这两种行为，哪一种更高贵？死了；睡着了；什么都完了；要是在这一种睡眠之中，我们心头的创痛，以及其他无数血肉之躯所不能避免的打击，都可以从此消失，那正是我们求之不得的结局。死了；睡着了；睡着了也许还会做梦；嗯，阻碍就在这儿；因为当我们摆脱了这一具朽腐的皮囊以后，在那死的睡眠里，究竟将要做些什么梦，那不能不使我们踌躇顾虑。人们甘心久困于患难之中，也就是为了这个缘故；谁愿意忍受人世的鞭挞和讥嘲、压迫者的凌辱、傲慢者的冷眼、被轻蔑的爱情的惨痛、法律的迁延、官吏的横暴和费尽辛勤所换来的小人的鄙视？要是他只要用一柄小小的刀子，就可以清算他自己的一生，谁愿意负着这样的重担，在烦劳的生命的压迫下呻吟流汗？倘不是因为惧怕不可知的死后，惧怕那从来不曾有一个旅人回来过的神秘之国，是它迷惑了我们的意志，使我们宁愿忍受目前的磨折，不敢向我们不知道的痛苦飞去？这样，重重的顾虑使我们全变成了懦夫，决心的赤热的光彩，被审慎的思维盖上了一层灰色，伟大的事业在这一种考虑之下，也会逆流而退，失去了行动的意义。[1]

[1] 莎士比亚：《哈姆莱特》，花城出版社2016年版，第79—80页。

这段独白的第一句就是巨大的冲突，生存还是毁灭（To be or not to be），这个问题本身就是冲突，既表现了人与之的矛盾关系，也凸显了哈姆莱特的内心矛盾状态，从而也呈现出人物的性格特征。因此，戏剧冲突某种程度也是一种性格冲突，但是背后又包含了社会冲突、文化冲突等矛盾性的问题。

冲突说在某种意义上是情境说的基础，狄德罗、黑格尔、萨特、斯坦尼斯拉夫斯基等人都论及戏剧情境，但是谭霈生在《论戏剧性》（1981年）中认为戏剧情境是促使戏剧冲突爆发、发展的契机，是使人物产生特有动作的条件，并从动作、冲突、情境、悬念、场面、结构等方面重新界定了戏剧性。除冲突说和情境说之外，也有学者或导演对戏剧创作进行美学总结，例如田本相在评论曹禺戏剧的基础上提出诗化现实主义，王晓鹰在话剧导演工作的基础上总结出诗化意象，这种美学总结也为戏剧美学提供了多重视角。

4. 戏剧情境

戏剧情境是艺术化的现实生活，包括由台词所建构的想象空间，舞台设置所呈现出的艺术空间，声光电技术所创造的幻觉空间。这三种空间，一来是情节发生、剧情发展、话剧冲突的基础，二来是促进人物关系的基础条件。谭霈生从戏剧本质的层面对戏剧情境进行了阐述，他认为情境是"表现人的生命活动的戏剧形式"。"情境"作为话剧主要的艺术形式之一，成了受到条件限制的舞台上表达艺术观念的最佳方式。对于"冲突"的戏剧性的审视，离不开情境理论，因为冲突中所展现的理念都是以特定的情境所决定的。一般而言，"戏剧冲突"是构成戏剧情境的基础，情境对于"戏剧冲突"具有决定性作用，情境中的时空环境和事件就是戏剧冲突的条件，冲突的戏剧性受制于戏剧情境，独特的情景决定着冲突展开方式的特殊性。话剧中人物的关系改变、情节的发展都离不开戏剧冲突，当冲突产生后，剧情发展又产生了新的走向。《雷雨》就是多种戏剧冲突交织的典型代表，其中主要八个人物具有不同的意志冲突，其中有资产阶级与无产阶级的尖锐对抗、爱与恨的矛盾冲突、感情与理智的对立，这些矛盾、冲突相互交织促进剧情的发展。

戏剧经常通过人与自然的冲突、人与社会的冲突、人物自我的冲突，以丰富的动作，表演出意志的冲突，推动情节发展，这不仅具有社会意义还具有美学意义。但冲突并不仅仅意味着对立方的对抗，更多的应该是人物内心与思想冲突的戏剧性表达。通过"冲突"的外在显现，观者身处于情境之中，体会到想象空间、艺术空间、幻觉空间所要表达的内在价值与观念。话剧独有的情境之美，与"语言""动作""场面"等其他要素相互制约与影响，令话剧这门综合艺术拥有隽永的美丽。

二、案头文学的欣赏和消费

剧本不是戏剧的全部，主要还是一种案头文学，这种案头文学欣赏的主要是语言美和动作美。

1. 语言美

剧本是语言的艺术，无论在文本还是在表演中，语言是构成戏剧艺术的主要元素。戏剧语言与生活语言不同，它更注重语法修辞、语言节奏、语气语调。观者通过演员的艺术语言可以了解小到人物性格、内心活动，大到时代环境、故事情景、社会风貌等。也有观点认为语言比音乐更容易激发意象和联想，只要把语言的这种潜力充分调动起来，它的感染力连音乐也无法相比。戏剧的语言美主要指戏剧中的对白、独白、旁白等。

对白，是戏剧人物之间的一种语言交流方式，这种区别于生活的艺术化语言交流方式，使得对白具有"动作"的意义，具有推动故事情节发展以及联系人物的关系的作用，人物的内心活动通过"对白"展露在外。英国戏剧家威廉·阿契尔也说："每一句对话，如果真正是戏剧性的，就必须对重要人物的命运的过去、现状和前景表示某种态度。而糟糕的对话是，在其中我们感觉不到它们和重要人物的命运的联系。"[1] 作为京味戏剧的代表作，《茶馆》的戏剧语言不是仅仅突出传统的动作性语言，而是以生活的语言突出活生生的人物形象。《茶馆》可以称得上"话到人到、开口就响""未见其人、先闻其声"，开口即显示其各色人等的身份、等级和个性，各种宫廷语言的民间化和生活化形态也随处可见。其独特的艺术魅力蕴含在其富有个性化的对白之中：

[1] [英]威廉·阿契尔：《剧作法》，吴钧译，中国戏剧出版社1964年版，第307页。

松二爷：好像又有事儿？

常四爷：反正打不起来！要真打的话，早到城外头去啦；到茶馆来干吗？

[二德子，一位打手，恰好进来，听见了常四爷的话

二德子：（凑过去）你这是对谁甩闲话呢？

常四爷：（不肯示弱）你问我哪？花钱喝茶，难道还教谁管着吗？

松二爷：（打量了二德子一番）我说这位爷，您是营里当差的吧？来，坐下喝一碗，我们也都是外场人。

二德子：你管我当差不当差呢！

常四爷：要抖威风，跟洋人干去，洋人厉害！英法联军烧了圆明园，尊家吃着官饷，可没见您去冲锋打仗！

二德子：甭说打洋人不打，我先管教管教你！（要动手）

[别的茶客依旧进行他们自己的事，王利发急忙跑过来

王利发：哥儿们，都是街面上的朋友，有话好说。德爷，您后边坐！

[二德子不听王利发的话，一下子把一个盖碗搂下桌去，摔碎。翻手要抓常四爷的脖领。

常四爷：（闪过）你要怎么着。

二德子：怎么着？我碰不了洋人，还碰不了你吗？

马五爷：（并未立起）二德子，你威风啊！

二德子：（四下扫视，看到马五爷）喝，马五爷，您在这儿哪？我可眼拙，没看见您！（过去请安）[1]

[1] 老舍：《茶馆》，四川人民出版社 2017 年版，第 10 页。

　　通过这段简短的对话，其中每个人的性格与身份显露无遗。常四爷性格耿直、不畏强暴；二德子经常狐假虎威，欺软怕硬；王利发精明、干练、善于经营。对白，是人物性格的最佳呈现方式。

　　独白，一般分为有声独白和无声独白。有声独白通过言语将人物内心活动直接表达出，告诉观众。独白是人物性格的自我揭露，观者可以通过角色的独白，直观地了解角色的内心活动。旁白，一般起到揭示戏剧时代背景、环境特征的作用。

　　戏剧中的对白、旁白、独白都具有"潜台词"的功能，角色的个性化语言使得人物形象丰满，诸多元素蕴含其中。每个角色的台词除了需要口语化、性格化，还需要具备美学意义。戏剧语言美通过写意性与现实性的结合，在放大现实生活语言的基础上，运用大量形容词、感叹词等夸张的艺术化语气词，表达一种思想、表露一种情感。情感充沛、富有感染力的台词，可以在有限的时空条件树立鲜明的艺术形象，创造深远的意境。

　　2. 动作美

　　动作是戏剧表演的艺术基础。戏剧的动作美主要体现在形体动作、心理动作、静止动作三个部分。演员的表演风格虽有"体验派"和"表现派"之分，但"动作"毫无疑问是戏剧表演的基本。形体动作，也称"外部动作"，指的是人物的一系列可以让观众"看得见"的动作，包括形体、手势、表情、姿态等。形体动作既是构成剧情发展的一个有机部分，推动剧情的发展，是剧情的一部分，又源于心灵，是观众洞察人物内心活动、内心动机和情感状态的主要方式之一。戏剧的形体动作要求演员在对剧本内在情节理解的情况下，加之生活化、真实化的外部动作，尤其是对生活中细微动作的放大和艺

术化处理,以达到真实性与艺术性的高度统一。心理动作也称"内部动作",指的是人物内心的激烈的动作,一般情况下心理动作与形体动作要做到统一。静止动作,又称"停顿",是一种"此时无声胜有声"的特殊动作。在戏剧舞台上,常通过人物沉思默想和对话的"停顿"等静态表现人物内心情绪与情感。

舞台动作来自生活动作又区别于生活动作。舞台动作需要具备舞台艺术范式,要求生理力、物理力、心理力的三位一体。也就是说,心理动作作为基础存在,统领和制约着形体动作,形体动作又是心理动作的外在表现。演员通过外显动作的准确,表现出人物内在的精神与灵魂,使戏剧舞台达到神形兼备的效果。戏剧的动作之美在于观众通过演员的表演,直观地接收到蕴含在戏剧表演动作中的人物心理活动,形成内外辩证统一。不仅如此,与生活动作的下意识和本能相比,戏剧的形体动作大多发自于内心,具有目的性,大多为了表达内在情感。演员在进行二度创作的时候,通过动作表达的准确性与生动性,让角色更与生活贴近的同时兼备艺术水平。至此,演员的表演有机融合了心理与形体的表达,让人物心理与动作表达内外一致,创造出深刻的艺术形象。

第三节 剧场性:从剧本美到舞台艺术美

剧本美是一种文学意义上的审美,但因为剧本也指向戏剧艺术,达成另一种舞台艺术美,最能体现文与艺之间的互渗,从而实现文学美与艺术美的交融。作为艺术样式的戏剧,剧本创作只是戏剧艺术的第一阶段,第二阶段则是从剧本的文学形态到剧场的舞台形态,也就是说只有实现了从剧本美到舞台艺术美的转变,才是完整的戏剧艺术。

不妨以中国戏曲为例,深入分析体现于戏曲的各种艺术表现形式,包括程式、声腔、服饰、舞台等,每种表现形式都有独特的审美特征,这是一种不同于其他国家或民族的戏剧艺术,因而戏曲英译为"中国歌剧"(Chinese Opera),也是为了凸显区别于其他戏剧艺术的审美特征。在戏曲美的特征问题上,目前学术界尚未形成一致意见,但一般可以从下列几点去理解。

一、程式美

程式是戏曲最为突出的特征，是对现实生活及其生活动作的规范化与艺术化，通常指唱念做打的规范样式，是在戏剧发展历程中渐渐固定下来的舞台行动，是一套完整的舞台表演规则。

戏曲之所以能在方寸舞台之间演绎世间百态，仰仗最多的便是戏曲演员一颦一笑、一举一动的程式，开门关门、推窗上楼、上马登舟等动作皆在戏曲演员的程式中表演得惟妙惟肖。程式强调唱念做打的基本功和表演技巧，讲求表演中手、眼、身、法、步五体同步协作。唱念做打各有各不同的程式，如何衔接不同的程式，戏曲表演有一套严格的起承转合的规范，将各种程式有机地衔接起来。唱念做打每一个程式通过提炼、概括、夸张、美化等手段，将一切生活的自然形态在舞台上呈现出来，使得表演动作比生活中的自然形态更具有表现力。例如武戏演员的"起霸"，就是一组程式动作的组合，在动作的组合顺序上几乎是一样的。在表演中，不同的人物特点有不同的程式表现。例如《扈家庄》中扈三娘的起霸要表现出人物的骄、娇二气，《铁笼山》中姜维的起霸要表现出人物的统帅气魄和智勇双全，《借东风》中赵云的起霸要表现出人物的八面威风。

通过程式，戏曲突破了舞台上时空的限制。例如《女起解》中颈上戴锁链的苏三上场，这就指的是洪洞县监狱，《贵妃醉酒》中杨玉环唱"不觉来到百花亭"，就代表舞台是长安皇宫御花园的亭子。简朴的舞台上，开关门窗、上下楼梯、喂养家禽、缝补衣物等诸多动作，皆是通过戏曲演员的程式动作变现出来的。通过程式化的布置和运用，桌椅可以作为一道城墙、一座高山、一个宝座或者仅仅是桌椅。通过程式性地运用这些舞台道具，通常就能够在舞台上表现实际并不存在的大型物体。如一支马鞭可以表示一匹马，一只船桨可以代表一艘船，一杆蓝色大旗贴近地面舞动出连绵起伏的波浪线则代表浪涛滚滚。

戏曲程式用相对固定的表现形式变现了人物性格，呈现了舞台中本不存在的事物，推动了故事的发展，并使得舞台表演更加丰满。

二、声腔美

戏曲的声腔美主要体现在韵味之中。戏曲的声腔与现代歌曲不同，不是单一的波浪式的颤音唱法，而是用多种声腔去表现人物性格的特点，推动故事情节的发展。戏曲声腔通过不同的发声方法，小嗓、大嗓、云遮月、水音、立音、虎音、炸音等，呈现出现代歌曲所不具有的韵味。

中国戏曲有四大声腔，分别是昆腔、高腔、梆子腔、皮黄腔。

昆腔形成于江苏昆山一代，在发展与传播的过程中，与当地语言、音乐结合，发展出了多种地方化的昆腔，例如北昆、苏昆、湘昆、川昆等。昆腔讲究依字行腔，即以唱词每个字的四声为根据，将其四声的调值按一定的规律发展成唱腔的旋律。具体来说，就是以"字腔"（根据字的四声调值发展而来的旋律片段）为主，"过腔"（唱腔中连接各个字腔的旋律片段）为辅，"字腔"与"过腔"构成"腔句"从而演唱不同曲牌的唱词。昆腔的代表曲目有《林冲夜奔》《思凡》《游园惊梦》等。

高腔在腔调组织上运用了"乐汇拼组"的方法，即以乐汇之类音调片段为基本材料，再根据具体所唱文辞的字句格式把这些材料拼组起来——不同"乐汇"拼组成一个个腔句，不同的腔句再拼组成一个个的曲段、曲牌。具有代表性的高腔有川剧高腔和湘剧高腔。川剧高腔，曲牌丰富、唱腔动人，地方风格浓郁，代表曲目有《秋江》等。湘剧高腔通常用中州韵、长沙方言演唱，代表曲目有《描容送行》等。

梆子腔，因以硬木梆子击节而得名。陕西的秦腔，山西的中路梆子、北路梆子，山东的山东梆子、莱芜梆子，河北梆子，河南的豫剧等均属梆子腔。梆子腔的最大特点是以上下句为唱腔的基本结构单位，上下句分别由一个上句和一个下句构成，两个句子通常字数相同，一般为七字或十字句。上下句在音乐上明显的标志，就是乐句的落音。梆子腔唱腔的上句通常落在调式的不稳定音上，下句落在主音上。梆子腔中连接上下句的器乐伴奏，被称为"过门"。梆子腔唱腔由不同的板式构成，一般梆子剧种均分成八种板式，其中正板五种：原板、慢板、流水、快流水、紧打慢唱，辅板三种：倒板、散板、滚板。梆子腔的代表剧种有秦腔、晋剧、河北梆子、豫剧等。

皮黄腔，以二黄腔及西皮腔作为主要腔调的剧种，如徽剧、汉剧、京剧、粤剧、湘剧、赣剧、川剧的胡琴腔、滇剧的襄阳腔和胡琴腔等。皮黄腔的特点主要有生旦分腔和反调。皮黄腔中的生旦分腔，充分利用了男女在嗓音条件上的自然差异，在音乐上较好地表现了男女声的特点，不但从音乐曲调上进一步加强了行当的划分，同时也大大丰富了皮黄腔的唱腔曲调；反调使演员演唱的音域扩大，丰富了唱腔。皮黄腔代表性剧种有京剧、汉剧、粤剧等。

三、服饰美

戏曲服饰是从生活中加工提炼而成的艺术化服饰，源于生活而又高于生活，服饰的艺术性，有利于角色的塑造、剧情的发展和情感的表达。

戏曲的服饰穿戴有着严苛的规则，不同的服饰对应着不同的角色，二者之间有着固定的对应关系。服饰与角色的对应关系是经过历代观众和演员共同努力而形成的约定俗成的共同认知，例如戏曲舞台上的刘备、关羽、张飞，因人物性格不同服饰颜色各不相同，通常是刘备穿黄色袍，关羽穿红色袍，张飞穿皂色袍。整体形象鲜明，色彩对比强烈。不仅丰富了人物性格，也装饰角色的个性形象，美化舞台。戏曲服饰种类繁多，除了整体风格的差异，还非常注重戏曲服饰的细节，不同的冠饰、佩物都有等级之分。例如，在戏曲中有三十多种盔头，但是只有在社会上有地位的人才有盔，如上层社会中女子所戴的鸡盔、凤冠等，百姓只能佩戴巾，如扎巾、小生巾等。通过戏曲服饰的款式、质料、花纹、色彩等差异，观众可以从中判定人物的社会地位、性格品质、生活环境。不同的服饰，刻画了不同的戏曲人物形象，同时也推动了故事情节的发展。

戏曲服饰会通过不同的配饰来表现人物性格、命运等内容。原始人狩猎时头上所插的羽毛逐渐演变为戏剧表演服饰中的一个重要头饰——"翎子"。冠的两边插上翎子能够显示角色身份的贵贱或勇敢品性，在《三战吕布》《连环计》中吕布戴三叉冠，冠上就插有翎子，来显示吕布的勇猛。"靠"也是戏曲服饰中的大件服饰，它造型别致，与古代"深衣"相似，具有庄重大方的特点，在演员做飞腾、旋转等武打动作时，"靠"的前后片呈现出眼花缭乱的动态美。"靠"是一种既能体现武将角色特征又具有可舞性的武将服饰。"靠"具有庄重大方的特点，它能够赋予人物威武的气质，还可以夸张舞蹈动作。这种服装静则赋予人物以魁梧气质，动则便于体现八面威风之感，体现了戏曲服装的律动艺术性。此外，戏曲服饰还会用图案表现角色的身份、地位和性格。如皇帝用团龙来表现尊贵，皇后和贵妃用的是团凤，太后则用团龙凤。在图案的设计上，利用反复、律动的图案营造律动感，通过夸张扩大图形的面积，体现统一的美感，来渲染舞台氛围，表现戏曲表演的艺术性。

四、舞台美

戏曲舞台所呈现的不是纷繁复杂的光影变幻，不是生动的背景和逼真的道具，而是通过虚实结合传达出的意象，这种意象的传递并没有剧烈的视觉冲击和影音刺激，但是却能传达出不同的意味，引发观众的感触和共鸣。

戏曲舞台环境气氛的营造与景物的展示，不依赖于场景的再现，而是通过艺术处理手段来表现。戏曲舞台中的景物呈现通常运用虚实相生的方法，如鞭实马虚、杯实酒虚、桨实船虚。通常运用写意的方法呈现演出中的景物造型，通过似与不似的方法，并运用美化、夸张、变形等手段来呈现。车、轿舍去了车、轿的全貌，仅选用车轮来表示，水旗则是把液状的水演变为固状的波浪图案，风则转化为视觉形象的"旗"。柴担、水桶等，都进行了缩小和变形；城楼，不求其高度和厚度的真实，而用平面的景代替；云片，则美化为五彩祥云图形来表示。这些意象的呈现都为观众熟知和理解，假中见真，真中见假，真真假假，妙不可言。

戏曲舞台的空间运用自由，具有极高的伸缩性和灵活性。一个圆场可以表示走过千里征途，也可以表示只走了一小段的路，舞台上可以出现城上城下的对话而不受城墙高度的限制（如《空城计》），甚至同时展现室内室外、明处暗处的多种空间。同时舞台还具有灵活、流动的特性，随着人物的上下场，演员的唱、念、做、打或打击乐、弦乐的渲染陪衬，随意表现出咫尺千里，呼风唤雨，天宫人间，瞬息万变的情境。方寸舞台之间，时空转换自由，大量的留白给予了尽情想象的可能，看似不饱满的舞台留给了观众更大的想象空间和更丰富的观看体验。

五、剧场美

剧场不仅是戏曲演出的场所，也是其他戏剧类型演出的基础条件。高行健说过："戏剧是剧场里的艺术，尽管这演出的场地可以任意选择，但归根到底，还得承认舞台的假定性。"[1] 剧场美包含两方面内容，一方面是为戏剧演出所创造的以现实情景为基础的舞台装置，主要体现在舞美，也就是布景、灯光、服装、化妆、道具等方面。大部分戏剧都是通过剧院这一建筑提供的声音、灯光和空间的理想环境，集中观众的注意力，以达到演出目的。布景艺术是戏剧舞台美术中最重要的一个环节，通过对剧中人物所在具体场景的创造，

[1] 高行健：《对一种现代戏剧的追求》，中国戏剧出版社1988年版，第84页。

[1] 焦菊隐：
《谈灯光的作
用》,《焦菊隐文
集》第3卷,文
化艺术出版社
2005年版,第
127页。

构成一个写实与写意结合的空间,同时以环境变化暗示和烘托人物性格、渲染整体氛围与情调。值得一提的是,在戏剧舞台美术中的灯光的作用。舞台较为固定,如何让人物动作以及故事情节更加明显,就需要灯光的色调、明暗变化的配合。焦菊隐认为"灯光则是舞台美术中极为重要的一部分"[1]。首先,灯光起到了照明的作用,这一点可以满足观众视觉的基本要求,将观众的视觉集中于重要的动作发生上。其次,通过灯光的变化来满足舞台的时间变化需求,春夏秋冬、清晨日暮都可以通过灯光的改变所体现,年月日等时光流逝尽可通过灯光表现。最后,灯光也起到烘托人物心理、创造舞台气氛的作用。

剧场美的另一方面是在现实舞台和剧场的创造下蕴含丰富精神内容的审美知觉观照的"审美空间"。常规的剧场空间包括传统的剧场,也就是镜框舞台。在镜框式舞台上,"第四堵墙"成了除去舞台布景的人们想象中存在于演员和观众间一道实际上并不存在的"墙"。它的作用是将演员与观众隔开,使演员忘记观众的存在,产生一种"间离效果"。当打破镜框式舞台的概念出现,原有的只能通过台框观看演员和布景的二维画面不复存在,舞台空间关系出现了变化,一切空间均可利用。表演者通过打破"第四堵墙",让空间与剧情更好地结合,达到最理想的戏剧环境,加强了演员与观众的交流,让观众在一定程度上成为戏剧事件的参与者。受到后现代主义的影响,中国戏剧开始向着多层级的视觉形象与想象空间发展,许多后现代形态的戏剧,开始尝试了解观众、争取观众、与观众互动,甚至让观众参与到戏剧演出之中,后现代形态为戏剧的发展带来更多的可能性与创新性。戏剧的剧场之美,不仅局限于看得见的空间、装置、舞美,而且包含了创造生活幻觉对现实的诗意表现所带来的对观者的感性启发。

回溯中外文学史,剧本都有极其重要的地位,古希腊戏剧是西方文学的源头之一,元曲是中国文学的典范形态,但是剧本创作在现当代文学史上的地位有所式微,甚至中国文学史家在书写新时期以来的文学史时,遗漏了剧本,只保留了另外三种文学体裁。究其原因:一是新时期以来剧本创作的经典太少,只有部分先锋实验戏剧价值较大,其他剧本创作难以进入文学史;二是新时期戏剧艺术更加注重综合性,剧本的文学性有所减退,剧本美只是作为戏剧艺术美的某一种审美特征而存在,戏剧也不再仅仅从属于文学,而是成为与文学并列的艺术形态之一。在此背景下,需要把剧本美与戏剧艺术美进行综合研究,关注剧本美和舞台艺术美的过渡与交融,同时也要加强戏剧剧本美与电影、电视剧、网络剧等大众艺术门类、样式及其他相关艺术的剧本创作及其审美特征的比较研究。

第四节 大众艺术的剧本创作与审美

以上论述剧本美时，主要是指作为经典艺术门类的戏剧（戏曲和话剧）的文学性脚本之美。但是，随着电影、电视剧、网络剧、相声、小品等大众艺术样式的崛起和流行，大众艺术的剧本创作和审美特征逐渐变得越来越重要。这些大众艺术门类或样式的剧本，既与戏剧剧本有相通之处，但也因艺术创作和传播渠道等不同，而呈现出不尽相同的审美特征，所以需要专门论述。

一、电影剧本美

电影是 21 世纪以来发展最快的艺术类型，随着电影院和互联网平台建设的高速发展，电影已经成为大众的艺术生活方式。但是，大众看到了电影，却看不到电影剧本，剧本的审美以及如何转化为镜头美，成为电影艺术界关注的重要主题。

电影剧本虽然呈现为文学性语言，但是与小说、散文等其他文学体裁语言不同。小说直接通过小说家创造的艺术语言来建构其艺术世界，读者阅读时可以不拘泥于艺术时间的长短，通过沉浸、停顿、推进或回看等自主动作支配其时间和空间。但电影剧本的语言却必须直接指向人物活动的场景、人物动作、人物语言等影像元素，其艺术世界呈现时间短促，情节紧凑而集中，都通过镜头拍摄的实景来呈现，而且观众一般无法参与控制其时空世界。《霸王别姬》这个艺术作品往往有三种艺术门类或体裁样式，分别是李碧华写的小说、芦苇写的电影剧本和陈凯歌执导的电影。以其中的"袁四爷和程蝶衣相会"的场景为例，小说的描述如下：

> 四爷的房间，亮堂堂宽敞敞。一只景泰蓝大时钟，安坐玻璃罩子内，连时间，也在困囹中，滴答地走，走得不安。床如海，一望无际。枣色的缎被子。有种惶惑藏在里头，不知什么时候窜出来。时钟只在一壁间哼。卧室中有张酸枝云石桌，已有仆从端了涮锅，炭火屑星星点点。一下子，房中的光影变得不寻常，魅丽而昏黄。漫天暖意，驱不走蝶衣的荒凉。……他只慢条斯理："霸王与虞姬，举手投足，丝丝入扣，方能人戏相融。有道'演员不动心，观

[1] 李碧华:
《霸王别姬》,花
城出版社 2006
年版,第189页。

众不动情'。像段小楼,心有旁骛,你俩的戏嘛,倒像姬别霸王,不像霸王别
姬呐!"[1]

这里通过语言去虚构袁四爷的房间陈设,他与陈蝶衣的对话,且这对话多使
用书面语言。读者通过这些书面语言描写,就能想象出虚构的艺术世界并
回味其优美的文字本身。但电影剧本语言与此差异较大,同样场景的描绘则
如下:

> 96　袁府厅子　夜　内
> 程蝶衣与袁世卿手持银质酒杯,坐着对酌。
> 桌上摆着都是银质的餐具,房间内灯火通明。
> 程蝶衣一仰头,饮尽杯中酒,往侧旁看。
> 侧旁有两人,一人手持山鸡,一人手持一鳖,用山鸡逗引鳖,鳖咬住山
> 鸡,持鳖者趁机用刀子割鳖的脖子,鳖下方却是一口汤锅。鳖血掉入汤内。
> 袁世卿站起身:这就是《霸王别姬》。依我之见,你们的戏演到这份上
> 了,竟成了姬别霸王,没霸王什么看头了!
> 程蝶衣一敲银酒杯,放在耳边听响。
> 袁世卿亲自倒了碗汤。递给程蝶衣:喝了它,您定能纤音入云,柔情似水。[2]

[2] 芦苇:电
影剧本《霸王别
姬》,未刊印本。

剧本没有小说那样过多的描述性语言,而是以简洁的言语交代环境、房间布
置、人物动作等,而且这些都不能像小说一样凭借读者的想象去建构,而是
需要处处指向现实场景,以便导演和摄影师能够通过镜头去加以还原。特别
是在人物对话的设置上,也与其他文学体裁不一样,需要设置为演员能够实
际地表演的台词而非头脑里的想象画面。电影《霸王别姬》有 158 个场景,
这段"袁四爷和程蝶衣相会"是其中第 96 个场景,时间不超过 2 分钟,所有
的场景、动作、语言等都指向镜头语言,其审美最终是通过镜头呈现出来的
实景影像来完成。

从上述案例分析中,可以见出电影剧本美的两个主要特征:

第一,虚实交融的艺术时间之美。小说虽是时间的艺术,但语言描述可
以串联上下五千年,且读者的艺术欣赏时间是无限制的;戏剧是时空艺术,
虽然剧情时间可以通过转场来突破现实时间,但舞台表演时间与观众艺术
欣赏时间是一致的。电影则与两者均不同,既能通过剪辑的方式串联虚构
时间,又不能突破观众的艺术欣赏时间;既能通过暂停拍摄或多次拍摄的

方式突破表演时间的限制，又不能突破电影的播放时间限制。因此，电影剧本要求以现实时间、表演时间、观看时间、艺术时间等方面共同构成独特的虚实交融的艺术时间。从而电影剧本美，体现为独特的虚实交融的艺术时间之美。

第二，剪辑式描绘之美。小说可以是全知视角的语言描述，可以描述环境、心理、动作、对话等，甚至可以掺杂创作者的第一人称评论；戏剧是连续性的舞台表演，虽然可以有旁白，但主要是舞台布景和演员表演，包括道具、灯光、动作、台词等，这些表演是不间断地遵循现实时间来表演。电影也与两者均不同，不能像小说一样全知视角，可以有对话，但不能仅靠语言表述，而主要呈现于影像，也不用遵循现实时间表演，可以多次拍摄，最后用剪辑的方式拼接在一起，利用人眼视觉暂留现象，让观众产生出情节是连续影像构成的幻觉世界。因此，电影剧本通常是剪辑式描绘，一个电影剧本由200～300个的场景描绘即可，无须像小说、戏剧那种连续描述。从而电影剧本之美，呈现为剪辑式描绘之美。

二、电视剧剧本美

电视剧剧本可以看作是电影剧本的加长版，在场景描绘、实景拍摄、镜头语言、剪辑制作等方面与电影剧本的艺术指向和审美风格类似，而与电影剧本最主要的两个区别在于：

第一，大众文化审美。电影可称之为第七艺术，但电视剧通常不作为严格意义上的艺术门类看待，其原因在于电影剧本创作是遵循经典艺术的规律，是诉诸大银幕的艺术。电视剧剧本虽然在创作方式上接近于电影，但因为屏幕观看的大众群体的接受心理不同于影院观影群体的文化艺术诉求，往往呈现出大众文化的鲜明的审美特征。

以《红高粱》为例。小说作者塑造了一群充满正义和野性气质的抗日英雄，原著仅13万余字，其叙事充满着粗俗暴力和民族精神崇尚。电影剧本延续了这种风格，运用张力感极强的节选情节诉诸暴力美学影像，很多人物角色、情节突转甚至直入直出，剧本中不作太多叙述。但是长达60集的电视剧剧本却增加了很多人物角色、多条故事线和翔实情节，如新增九儿初恋情人张俊杰、单家大嫂淑贤、县长朱豪三等，人物多达58个。如电视剧编剧所言，"烟火气"对电视剧非常重要，"电影由于篇幅等限制，可能追求一种意象就好，没必要表现出非常扎实的故事和社会关系，但是电视剧肯定在这方面有要求"，"需要把人物放在一个很有烟火气的地方，这样才能讲好故事。因此电影将发生地背景放在陕西，电视剧则放在山东。陕西是蛮荒之地、黄土高坡，山东则是生机勃勃，有着各种复杂的社会元素"[1]。再有，小说主人公"我爷爷"余占鳌作为土匪，必须断绝社会关系，而电视剧改以"我奶奶"九儿为主线，可以虚构出多重社会关系，适合于长篇巨制的电视剧剧本。因此，电视剧剧本给主角九儿增设了青梅竹马的恋人，这个恋人最后加入共产党，成为抗日先锋；还给九儿婆家酿酒大户增设了守寡的大嫂，从最初的对立到妯娌和解，最后与罗汉大爷终成眷属。这些电视剧剧本关于人物角色的增设，就是为了增加电视剧的"烟火气"，促使人物关系错综复杂，故事情节丰富饱满，更符合当今电视观众对60集长篇电视连续剧的审美期待，也是遵循了大众文化特有的审美规则。

当然，随着电影院和互联网的普及，看电影也成了大众文化生活方式，而且电影也进入了屏幕和网络传播平台，电影和电视剧的大众文化属性逐渐类同，这是晚近时期出现的新变化。

第二，段落式结构美。电视剧制作遵照适合电视播放的分集制，多数都是每天播放1～2集，总集数多为30～60集，既要保证全剧的整体性，又要保持每集有一定的人物出场和情节故事，因而与电影的一段式、紧凑的完整影像叙事不同，电视剧剧本往往呈现为段落式的连续多天播出的结构。由于如此，电视剧剧本的创作通常是按照分集制构成，每集大约50分钟左右、30～50个场景，人物角色、社会关系、情节故事等都需要详细设计。编剧创作剧本必须遵循这个原则，只有如此才能契合大众的期待视野和接受心理。而电影则更加自由，在长镜头、蒙太奇手法的运用方面更为灵活多变，编剧和导演艺术发挥空间更大。因此，在这种段落式结构和大众文化审美的要求下，电视剧剧本的艺术审美追求有时不得不被抑制，而让其通俗的大众审美文化特征更加凸显。也正是在这个意义上，电视剧通常被排除在经典艺术门类之外，仅作为大众文化传播形态存在。但随着大众艺术门类的普及和电视剧本身的发展，电视剧和其他电视艺术作品一道已经越来越有理由成为独立的艺术门类了。

［1］赵冬苓：《〈红高粱〉剧本60万字无水分》，人民网2014年11月2日发表文章。

三、网络剧剧本美

网络剧，是网络影视剧的统称，是指通过网络方式创作和传播的网络电影和电视剧。其剧本创作者通常是网络写手，阅读和观看对象是网民。因为网络的扁平化和互动性作用，网络写手往往不如传统作家那样具有绝对话语权。更加重要的是，网民通过点击、评论、打赏、缴纳会员费等方式，更为实际地参与到网络剧的创作过程之中。网络写手在网民参与下创作网络小说，然后由专业编剧改编为网络剧剧本。所以，网络剧剧本通常是由网民、网络写手、专业编剧等群体共同参与的群体创作作品，其审美特征表现在群体审美、通俗审美等方面。

第一，网民群体审美。网络剧剧本一般不可能由一个人独立创作，通常是由网络写手在网民或粉丝的参与下创作，然后由专业编剧改编，是一个互不相识的群体的群体审美作品。他们的年龄、性别、身份、职业、经历及文化背景等方面具有某种相通性，因此产生了对某些网络剧的群体审美趣味。以网络剧《庆余年》为例。这部网络剧最初是一部网络小说，作者网名叫猫腻，且没有公开真名，属于匿名创作，其身份就是网民的一员，在某网络平台创作一些章节之后，引起网民关注，并迅速形成粉丝圈，共 745 章、377 万余字，每天或隔几天在网络上更新一章，历时两年多才在网民或粉丝的参与下最终完成。网络小说完成之后，又由专业编剧改编成网络剧剧本，最后由导演执导拍摄成网络剧。

由此可见，网络剧剧本在其创作过程中，每个参与者都对该作品有极大兴趣，这是他们在群体创作时逐渐形成的，最终构成了一种群体审美。这种审美观是一个群像的呈现，并非是某个网民、小说作者、剧本作者、导演的个人审美意识的个性表达。在网络时代，这种网民群体审美选择会越来越普遍，有些网络剧甚至在写完或拍完第一部分之后，广泛征集网友或粉丝的意见，再根据的网友或粉丝的审美指向来进行或调整下一阶段的创作，这也是网络剧剧本的群体审美趣味的体现。因此，来自网民、倚靠网民、再回到网民去检验，成为网络剧剧本之美的重要特征。

第二，通俗审美。网络剧通常可以分为穿越类、盗墓类、刑侦类、校园类、玄幻类等多种类型，这些类型最重要的审美特征是网民世界的通俗审美趣味，这要求能被网民大众所普遍认可，通俗易懂、"接地气"，符合多数网民的大众文化心理，从而与高雅艺术、政治题材、严肃的思想性主题等形成明显的区别。这既是网络剧通俗审美特点的体现，也是网络剧在大众文化传播中品位有待提升的原因。

以网络剧《盗墓笔记》为例。这是目前网络剧中传播范围和影响力最大的作品，最初是网民南派三叔的网络小说，共九卷、380 万余字，后由专业编剧改编为网络剧剧本，由导演执导拍摄成网络剧。网络作者本人在访谈中说，创作盗墓系列网络小说，源于小时候听奶奶讲述墓葬故事，从小就对地下世界好奇，因此搜集民间故事创作出网络小说，形成了巨大的粉丝圈，多次荣登中国 IP 价值榜前十位。为了满足网民审美心理，网络作者在创作的时候尽可能符合大众猎奇口味，虚构各种诡异事件，有时甚至无视自然规律、科学结论和正常社会秩序，利用多种通俗甚至取悦网民的稀奇古怪的情节来吸引更多的粉丝。编剧则在此基础上把上述各种情节编写成适合拍摄的网络剧剧本，但其审美指向依然是网民群体，他们以通俗审美趣味来再次接受。因此，通俗审美成为网络剧剧本的又一主要审美特征。

大众艺术形态还有小品、相声、评书、大鼓、评弹、二人转等，这类大众艺术以说、唱、演、乐器等形式为主，其剧本也是这类大众艺术的重要组成部分。这类剧本通常分为两种题材，一是传统体裁，比如传统相声、评弹、二人转等，经过历史传承演变，流传下来一些经典剧本，艺术家只需要按照传统剧本来表演；二是当代的现实题材剧本，是根据当下社会现实创作的剧本，比如小品、新相声、绿色二人转等，都是根据各自艺术体裁特征进行创作，注重抖包袱，情节突转。这类大众艺术形态的剧本创作往往更多地遵循民间文艺或艺术的规律，突出地方性、娱乐性和传统程式。尽管如此，他们的共同特征都在于剧场艺术，而不像电影、电视剧和网络剧业已摆脱剧场的限制，从而其剧本之美也可与前述戏剧剧本美合并起来考虑。

【本章摘要】

戏剧，是一种由演员扮演角色在舞台上面对观众表演故事的艺术门类。文学性的脚本是戏剧的核心要素，也被称为一剧之本，也称剧本，这是一种文学形态的艺术样式，是读者与剧作家之间的读写关系，而非演员与观众之间的观演关系。在中外戏剧史中，戏剧的内涵和外延各有不同。中国戏剧，主要包括两种形式，即戏曲和话剧，戏曲在表演形式上讲究唱念做打，在文学性上讲究曲牌及其用韵、平仄等格律；话剧则是在西方戏剧的影响下生成的中国现代戏剧形式，其剧本以白话文的台词为主，与戏曲的脚本截然不同。

西方戏剧也可以细分两种形式，一种是剧场式的戏剧（Theater），另一种是文学性的戏剧（Drama），因此通常也把 Drama 翻译为剧本、戏剧文学。戏剧作为文学体裁来讲，就是指剧本，一般剧本主要是由台词和舞台提示两个部分组成的。台词有对话、独白、旁白等类型，主要是让戏剧表演者说出来的言语，而戏曲、歌剧中的台词则通常是唱词；舞台提示是作者所写的描述性文字，主要是对戏剧背景剧情、时间地点、人物形象、形体动作、内心活动以及灯光、布景、音响等方面的描述性语言。剧本美的来源在于文学美，指向的是剧场及表演美。而文学美的根本在于语言美，因而剧本美也就在于语言美。剧作家通过语言塑造戏剧人物形象、推动戏剧情节发展、形成戏剧冲突、建构戏剧情境，最终呈现出文学形态的剧本。剧本不是戏剧的全部，主要还是一种案头文学，这种案头文学欣赏的主要是语言美和动作美。从作为艺术样式的戏剧来讲，剧本创作只是戏剧艺术的第一阶段，第二阶段则是从剧本的文学形态到剧场的舞台形态，也就是说只有实现了从剧本美到舞台艺术美的转变，才是完整的戏剧艺术。以中国戏曲为例，戏曲美包括程式美、声腔美、服饰美、舞台美、剧场美等方面。随着电影、电视剧、网络剧、相声、小品等艺术形式的崛起，大众艺术的剧本创作和审美逐渐进入我们的视野。这些新艺术类型的剧本创作，既与戏剧剧本有相通之处，也因艺术创作与呈现方式的不同，其审美特征各异。

【思考与练习】

1. 剧本美主要体现在作者与读者之间的读写关系，相较于演员与观众的观演关系，有何区别与联系？

2. 剧场式戏剧与文学性戏剧的内涵和外延分别是什么？

3. 如何理解戏剧冲突与戏剧情境之间的区别与联系？请结合具体作品予以分析。

【深度阅读书目】

1. 王国维：《宋元戏曲考》，东方出版社 1996 年版。

2. 谭霈生：《论戏剧性》，北京大学出版社 2009 年版。

3. 傅谨：《中国戏剧史》，北京大学出版社 2014 年版。

4. 朱栋霖、王文英：《戏剧美学》，江苏文艺出版社 1991 年版。

5. 胡星亮：《中国话剧与中国戏曲》，学林出版社 2000 年版。

第十章

文学美与其他艺术美的交融

前面已经对文学美进行了充分的讨论，揭示出文学的语言美、社会文化内涵美、古今美态、不同体裁美等丰富内容，既呈现出文学所具有的一般艺术美，也展示了它作为语言艺术美的特殊美质。文学美作为语言艺术美，是重要的艺术门类审美形态之一，既具有艺术美的一般性，又具有语言艺术美的特殊性；既作为一种艺术门类美而具有独特的艺术美，又可以同时对其他艺术门类的艺术美产生重要的关联和影响。这里主要探讨文学美与其他门类艺术的艺术美之间的交融关系，这种关系在当今时代条件下尤为凸显，从文到艺、以文入艺、文艺间性等形态越发值得关注。

第一节　从文到艺与文艺互渗

文学作为一门语言艺术与其他艺术门类之间发生相通相融关系，由来已久，源远流长。尤其是进入 1990 年代以来，随着我国乃至全球领域内经济、政治、社会、文化等发生深刻的变化，文学美与其他艺术美的关系也在发生相应的演变，例如出现从文到艺的变化。从文到艺的变化，是说原来作为各个艺术门类中的主导门类的文学，逐渐地一方面把主导地位让位于其他艺术门类，另一方面又更深地渗透到其他艺术门类中，扮演一种更加微妙而重要的角色。

一、审美泛化与文学的位移

这种从文到艺的变化，与审美的泛化和文学的位移密切相关。从 20 世纪 90 年代中后期以来，随着后工业社会、消费社会等新的经济与社会结构转型的凸显，昔日由文学、美术、音乐、戏剧等组成的高雅审美文化领域也发生了显著的分化，主要体现为视觉图像、运动影像、通俗读物、流行音乐等大众艺术的崛起，及其对以文学为代表的高雅文化的固有主导地位的冲击，于是有图像文化、大众文化、文化研究、生活美学、"日常生活审美化"等研究趋向的兴起，这些新趋向极大改变了文学研究的状况，反映出文学在当代条件下在属性、地位、价值与意义等方面所发生的深刻变化。文学从作为人类审美精神结晶的高雅经典地位，逐渐被放置到更广泛的大众文化生产之中。审美日渐泛化，人们在日常生活与世俗文化中进行美的筹划，在吃穿用度、商品广告、环境设计、电影电视、电子游戏中体验美的感受。[1] 在中国早期文明中，诗乐舞不分家，诗画一体说无论在中国还是西方的古典文化中都是被普遍接受的观点，但后来艺术专门化发展成为主流，如今，文学与其他艺术形式又在新的时代条件下以另外的逻辑被重新聚合在一起，文学作为一门语言艺术，与其他视觉艺术、舞台艺术和听觉艺术等之间的关联重新彰显出来。

[1] 关于"日常生活审美化"，参见[英]费瑟斯通《消费文化与后现代主义》，刘精明译，译林出版社2000年版。

　　由于如此，需要充分正视文学在审美泛化的时代所发生的位移。正是在这种位移中，文学一方面看起来已经把艺术门类中的主导地位交付与电影和电视艺术等其他艺术门类，另一方面又与其他艺术门类乃至他种文化生产之间产生越来越紧密的关联，从而日益成为一种重要的间性要素在各种文化和艺术门类创作中发挥重要作用。

二、图像转向与艺术的凸显

　　以上转变从另一个角度可以概括为"图像转向"或"视觉转向"。美国当代艺术理论家米歇尔（W. J. T. Mitchell）提出了图像转向（pictorial turn）这样的判断。这里的图像，以各种视觉艺术为主，同时也包括了各种大众媒介的图像／影像生产。这一转向一方面是描绘当今社会生活中出现的可名之为图像时代或视觉文化时代的新现象，另一方面则是指理论和哲学研究中图像与视觉问题越来越重要。[2] 图像转向的论断标示出，在社会现实和理论观念两方面，图像以及视觉感知经验越来越重要。这意味着在当代经验中，以视觉感知为主要表现的艺术所占据的位置，也许已经逐渐超过了主要诉诸语言与想象的文学。在抵达审美、感知甚至理性认识的诸多道路中，文学路径似乎越来越让位于各种艺术门类。"从文到艺"，是当今时代的现实表现与内在要求。

[2][美]米歇尔：《图像理论》，陈永国、胡文征译，北京大学出版社2006年版，第5—15页。

　　在当代，人类的经验比以往任何时候都更具视觉性或更加视觉化，从电影大片、电视、广告、地铁电视、灯箱，到杂志封面、手机影像、旅游照片、网络影像、社交软件等，各种影像巨量存在，无时无刻不在压迫人的视觉感官。看的需要如此紧迫，无所不在的、随身携带的屏幕，不断释放各种影像，一切都借助复杂的技术转换为一种可视的图式。情况不只是图像的海量生产，更是图像的海量传播，人们拍一张图，下一个动作就是发送、上传、展示与传播，种种自媒体提供了前所未有的传播便捷性，而图像已成为最主要的传播内容。在当代，观看已经成为一种复杂的与说话、书写、劳作等类似的实践行为，这使得人们越来越经常地通过图像和视觉的方式来理解世界和制造意义，而过去这一任务主要是通过语言和文字来完成。图像与认知的关系日益紧密，在理解社会、制造意义、进行陈述和解释的过程中，影像发挥的作用越来越大。

"图像转向"的判断描述了这一社会现实的巨大变化，但其意涵并不仅限于此，而是同时指人文学科学术视野发生的变化。图像成为人文学科的中心话题，在哲学和知识领域中，关于图像/影像和视觉的问题日益重要，产生了大量新思考。人们日益认识到观看（看、凝视、扫视、观察实践、监督以及视觉快感等）可能是与各种阅读形式（破译、解码、阐释等）同样深刻的问题。纵观 20 世纪，确实有许多研究者把目光聚焦于视觉性的生产、接受研究，创造了丰硕的理论成果，如海德格尔、本雅明、居伊·德波、福柯、罗兰·巴特、利奥塔、马丁·杰伊、鲍德里亚等。大量研究讨论西方哲学中的视觉中心主义，并对此进行反思，这是图像转向在人文知识领域发生的明证。

三、文艺互渗与以心导艺

无论是审美泛化还是图像转向，都是对当代文学与艺术新状况的描述与判断，在这样的新状况中，文学发生位移，日益与其他艺术门类与文化形式产生交融。在这样的新状况下，人们更加清楚地看到文学作为语言艺术与其他各种艺术门类共处于多样的艺术之林中，文学的语言艺术美与视觉艺术美、听觉艺术美、表演艺术美等一起构成了多样共通的艺术美。在其中，文学美日益渗透、吸纳了其他艺术美的形态，同时，文学美也不断流散到其他艺术美之中，形成文艺互渗、相通共契的新面貌。

文学在各种艺术门类之间具有艺术门类间性特质，也即文入于艺、艺入于文。这种间性互渗在当代文艺生态中有多种不同表现。比如，在各类综合性艺术如戏剧、电影、电视、广告和游戏等中，文学以剧本的形态（或者是原创剧本，或者改编剧本），为艺术提供叙事、抒情和达意的根本基础。在美术设计等造型艺术和音乐舞蹈等表演艺术中，抽象的思想与观念表达日益重要，文学于此提供了重要的内涵资源。而在各种综合媒材的当代造型艺术中，文学常常直接构成档案艺术、装置艺术、社会介入性艺术的组成部分之一。

而反过来，文学受到图像、电影和当代艺术的影响，也在改变自身的形态，在语言艺术美的本质属性基础上，文字的视觉性、造型性和表演性的倾向逐渐加强。

在文艺互渗的关系中，文学作为人文之心的传统，实际发挥了以心导艺的功能。中国古典人文传统形成了"诗言志""文载道"的文学观念，以诗文为代表的文学是立心、成人、文明的人文价值系统的核心。文学作为人文之心，在当代文艺互渗的泛审美文化中，依然具有引导艺术进行心灵守护、精神探索的作用；文学所保有的典雅的人文理想形态，在进入日常生活、大众文化的过程中，依然会以人文核心价值在个体或集体的世俗实务生活中，与其他艺术一起建造文艺美世界，满足人们对美好生活的需求。文学对各种艺术与文化形式发挥着重要的引导作用。

第二节 文学与各门艺术"相通共契"

前述审美泛化、图像转向的时代语境提供了文学美与多种艺术美沟通的当代条件，而这一交融在中国古典传统中则体现为文学与各种艺术之间的"相通共契"形态。无论在古代还是当代，尽管方式不同，文学与其他艺术的交融互通一直存在：诗书画乐舞交融共生；文学价值与其他艺术价值共通；文学包含了视觉艺术与听觉艺术的美感实质，同时反过来，各门艺术中也融入了文学审美的各种表现。

一、文学价值与其他艺术价值的共通性

当人们说文学以语言文字为媒介，通过叙事、抒情和意义表达，为人提供审美愉悦、真理获得感，实现对社会现实的反映和人类内在思想情感的表达等价值时，其实，绘画、音乐、舞蹈、电影电视等他种艺术门类也在通过各自不同的媒介形式而创造同样的价值属性。由此看，文学美的价值与其他艺术美的价值之间是具有共通性的。

具体地看，与人们在诗歌、小说和散文中获得审美享受，实现人生的高

峰体验，获得超越性的生命完满感受相近，绘画、雕塑、音乐、舞蹈、电影、戏剧等艺术门类完全可以创造出类似的审美价值。米开朗琪罗的壁画与雕塑具有神性与人性共存的崇高感；维也纳分离派画家席勒（Egon Schiele）的人物画以扭曲的肢体直观地传递出人类精神的复杂性；法国印象派绘画以光影表现出的气氛和情感深深打动人；徐渭的《杂花图》则以恣意的大写意水墨传递出强烈的精神与情感；贝多芬的《命运》交响曲充分体现了人类精神的庄严与伟大；中国民间小调《茉莉花》则以流畅优美的曲调表达出人对美的向往；汤显祖《牡丹亭》以隽永的唱词、优美的唱腔礼赞超越生死的爱情；安东尼奥尼（Michelangelo Antonioni）的电影《蚀》以精致的影像、场面调度和叙事技巧表达人类的孤独；费穆导演的电影《小城之春》用东方式的诗意镜头和剪辑表达出一曲人类情感与伦理困境的挽歌；杜尚（Marcel Duchamp）、安迪·沃霍尔（Andy Warhol）等人的现成品艺术以整个艺术史为反思对象，提出到底何为艺术的哲学问题。不必再列举更多，人类的各种艺术形式与文学这一语言艺术共享人类审美文化与精神产品的基本属性，文学价值与其他艺术价值可以实现共通。人类创造了各种艺术形式来呈现美、表征社会、表达情感和思想——文学作为语言艺术，通过语言形式抵达审美和人类精神的深处，而它种艺术则通过图像、声音、身体或综合手段来达到这一点。

二、各种艺术"相通共契"

现代新儒家代表人物之一的唐君毅，曾提出中国各门艺术"相通共契"的主张。他认为"中国各种艺术精神，实较能相通共契"，"各种艺术精神相互为用，以相互贯通"：

> 西洋之艺术家，恒各献身于所从事之艺术，以成专门之音乐家、画家、雕刻家、建筑家。而不同之艺术，多表现不同之精神。然中国之艺术家，则恒兼擅数技。中国各种艺术精神，实较能相通共契。中国书画皆重线条。书画相通，最为明显。……而中国之建筑则为舒展的音乐，与音乐精神最相通也。中国人又力求文学与书画、音乐、建筑之相通。故人论王维之诗画曰"味摩诘之诗，诗中有画，味摩诘之画，画中有诗"。宋赵孟𫖯以画为无声之诗，邓椿以画为文极，此中国之画之所以恒题以诗也。中国文字原为象形，则近画。而单音易于合音律，故中国诗文又为最重音律者。诗之韵律之严整，固无论

矣，而中国之文亦以声韵铿锵为主。故文之美者，古人谓之掷地作金石声。过去中国之学人，即以读文时之高声朗诵，恬吟密咏，代替今人之唱歌。故姚姬传谓中国诗文皆须自声音证入。西方歌剧之盛，乃瓦格纳（Wagner）以后事。以前之歌剧，皆以对白为主。而中国戏剧则所唱者，素为诗词。戏中之行为动作，多以象征的手势代之，使人心知其意，而疑真疑幻，若虚若实。戏之精彩全在唱上，故不曰看戏，而曰听戏，是中国之诗文戏剧皆最能通于音乐也。中国之庙宇宫殿，及大家大户之房屋，恒悬匾与对联，则见中国人求建筑与诗文之意相通之精神。[1]

[1] 唐君毅：《中国文化之精神价值》，广西师范大学出版社2005年版，第220—221页。

　　唐君毅在这里强调西方艺术精神与中国艺术精神之间的重要差异之一在于前者强调"专门"，而后者强调"共通"。第一，中国艺术家往往可以一人兼擅多门艺术类型（"兼擅数技"）。第二，"中国各种艺术精神"之间"相通共契"。例如（1）书与画同为"线条"的艺术，故"书画相通，最为明显"；（2）建筑属"舒展的音乐"，故"与音乐精神最相通"；（3）由于汉字在构造上的"象形"特点本身就"近画"，在发音上则为"单音"，"易于合音律"，故诗文与绘画和音乐相通；（4）戏剧在唱词上"素为诗词"，与文学和音乐相通；（5）建筑"恒悬匾与对联"，与文学精神相通。在唐君毅看来，这种共通性主要来源于两点：一是中国人从事艺术活动仅仅作为人生之"余事"，具备超功利的特质；二是各门艺术都注重人的胸襟或性情的自然流露，而人的胸襟或性情是整一的，那么不同艺术表达的实质自然也是同一的。[2]

[2] 参见王一川：《民族艺术理论传统的世界性意义》，《文艺争鸣》2017年第2期。

　　这种艺术之间的相通共契突出表现为"诗画一律"的观念。苏轼认为："诗画本一律，天工与清新。"（《书鄢陵王主簿所画折枝二首》其一）他曾论王维的《蓝田烟雨图》说："味摩诘之诗，诗中有画；观摩诘之画，画中有诗。诗曰：'蓝溪白石出，玉山红叶稀，山路元无雨，空翠湿人衣'。"（《东坡题跋·书摩诘〈蓝田烟雨图〉》）王维此诗确实可谓"诗中有画，画中有诗"，"蓝溪白石出，玉山红叶稀"充满了视觉性，让人在头脑中浮现出一幅山中烟雨画卷。宗白华曾著文分析诗与画的关系，以王昌龄的诗和门采尔的画为例说明诗与画之间融合又有不同而相互补充的关系。王昌龄《初日》："初日净金闺，先照床前暖；斜光入罗幕，稍稍亲丝管；云发不能梳，杨花更吹满。"在门采尔（Adolph Menzel）的油画中（图1），阳光穿透薄薄的窗帘，洒满整个房间。宗白华说："门采尔的这幅画全是诗，也全是画；王昌龄的诗全是画，也全是诗。"画里的每一根线条色彩光形，都包含着浓情蜜意，成为画家的抒情作品。而诗也可以完全写景，描摹出场景事物的面貌与情态。但

[1] 宗白华：《诗（文学）和画的分界》，《美学散步》，上海人民出版社1981年版，第1—11页。

诗画仍有差别，诗可以表现光的先后踊跃，带有时间感，而画却不能，绘画只能捕捉意义最丰满的瞬间，暗示出活动的前因后果。《初日》虽然华美却不及门采尔的油画那样光彩耀目，但诗叙写了光的跃动的过程，更能表达丰富的情绪感受。诗与画相互补充、交融，构成一个完整无垠的艺术世界。[1]

诗与画的相通性关系是不同艺术门类之间共通性的代表。尽管不同的艺术有不同的媒介形式，就像语言文字不同于造型材料，但各门艺术在自身的媒介特性基础上，还具有超越自身媒介条件的能力。比如，语言文字可以产生视觉性和音乐性；绘画材料可以进行叙事，也可以形成节奏；音符曲调可以生成画面和故事。在现代综合艺术门类中，不同艺术形式更是综合性地发挥作用，就像在戏剧和影视中，画面／舞美、音乐与文学叙事抒情充分结合，共同作用于观众，使其产生强烈的审美感受。

图1　门采尔油画

三、文学中的其他艺术美质

"诗中有画"，文学可以包含其他艺术门类的审美属性。文学以抽象的语言文字作用于人的感知与想象，具有广阔的表现空间和丰富的触动人各种感知领域的手段，如视觉、听觉、甚至触觉等。文学可以形成多种艺术的审美形态与效果，这里主要讨论文学的视觉性与听觉性的美学属性。

第二章"文学的语言艺术美"对文学语言所具有的音乐美做了详细的讨论，文学语言通过节奏、平仄、韵律和反复等修辞手法，形成丰富的听觉效果，可读可歌可咏，文学与音乐相融相通。文学同样可以包含视觉性，通过语言文字对读者想象力的作用，在人头脑中形成鲜明的视觉画面效果。"大漠孤烟直，长河落日圆"，"落霞与孤鹜齐飞，秋水共长天一色"，这些诗句用干脆利落的形容词加名词构成直接、具体、明确的形象，让人眼前仿佛活现出一副大漠日落、秋水晚霞的美丽景色。

文学中承担视觉性表现功能的主要是描写，文学描写就是用鲜活、贴切的语言文字对事物、风景和环境等进行细致描摹。描写的重要性随着"言文一致"的现代语言系统、科学观察精神和摄影与电影等各种现代媒介的出现而日益加强。德国媒介理论家基特勒（Friedrich Kittler）在讨论暗箱、幻灯和西洋景等视觉媒介时指出，启蒙运动文学在视觉媒介影响下产生了新的视觉形态，即一种描写视觉。布洛克斯（Barthold Hinrich Brockes）等的诗歌充满了对自然物的描摹、再现和抒情想象。诗歌与物构成了不可分割的关系，呈现出一种超越了语言的透视性的物的存在现实。这表明一种透视写作的出现，语言要使读者建构出诗歌所描绘的事物的形貌，而且是站在作者所提供的主观角度上。[1]

文学描写的核心是主体的观看，追求一种视觉真实。描写成为现代小说的重要价值，现代小说理论家瞿世英曾认为"中国小说的病全由于两句话，即'能记载而不能描写，能叙述而不能刻画'。……中国小说中成功的作品都是能于'描写'上见长的"[2]。"描"与"写"是中国传统画论中的词汇，本身即表明一种依据外部对象描摹成形的意思。描写就是要求用语言文字刻画出形象，达到栩栩如生的效果，题意就有一种视觉性的要求。现代以来，文字描写的最高成就常以一种视觉性来衡量，朱自清就曾用"逼真与如画"来规定描写的效果。

晚清小说《老残游记》中有"黄河打冰"和"雪月交辉"两段著名的文字，这是两段细致、连贯、视觉性很强的景物描写，其中蕴蓄着深沉、自然、充盈的情绪流动。胡适曾指出《老残游记》对文学史的最大贡献不在思想，而在"描写风景"的能力，认为作者用"朴素新鲜的活文字"（白话语言）取代了传统的骈文滥调，用"精细的观察"传递出主体的视觉。[3]刘鹗通过一系列相近而有区别的动词，仔细描摹大河流水结冰的情状，"插""价来""拦住""站住""赶上""挤""逼""窜""压""跑"，同时使用叠语，如"重重叠叠""漫漫""嗤嗤""一棵一棵""一丝一丝"等。这种语言贴着对象，用白话散文精细描写，达到一种近乎透明的效果，仿佛语言直接就是物景本身。更重要的是，刘鹗用这种语言再现主体观察的过程，从人物的视点出发，描写因此开始成为主观主义的重要表现。小说中，北方的苦寒之景与"棋局已残、吾人将老"的忧心国是的心境融合在一起。在这里，语言与风景、语言与观景者的眼光、观察的过程，叠合在一起。[4]

这种以语言来再现完整的主体观察的过程、再现主体内心思考、情绪流动的细微过程，是现代汉语的本质特征与能力。鲁迅《秋夜》的开篇写道："在我的后园，可以看见墙外有两株树，一株是枣树，还有一株也是枣树。"对这段"两株枣树"的名文的解释的关键在于"看见"二字。鲁迅没有直说"在我的后园有两株枣树"，而采取"一株还有一株"的表述，是想要传达出一种主体的目光。这是白话文学运动发轫之际的一种独特要求：作者有意识地透过描述程序展现观察程序，为了使作者对世界的观察活动能够准确无误地复印在读者的心象之中，描述的目的便不只在告诉读者"看什么"，而是

[1] Friedrich Kittler, *Optical Media*, translated by Anthony Enns, Malden: Polity Press, 2012, pp.89 — 92.

[2] 严家炎编：《二十世纪中国小说理论资料》，第 2 卷，北京大学出版社 1997 年版，第 274 页。

[3] 胡适：《〈老残游记〉序》，见刘德隆等编：《刘鹗及老残游记资料》，四川人民出版社 1985 年版，第 384、388 页。

[4] 参见唐宏峰：《风景描写的发生——从〈老残游记〉谈起》，《艺术评论》2009 年第 12 期。

[1] 张大春：《小说稗类》，广西师大出版社2004年版，第27页。

[2] 曾朴：《修改后要说的几句话》（1927），见魏绍昌编：《孽海花资料》，上海古籍出版社1982年版，第131页。

[3] [美]韩南：《鲁迅小说的技巧》，见《韩南中国小说论集》，北京大学出版社2008年版，第341—382页。

[4] Rey Chow, *Primitive Passions: Visuality, Sexuality, Ethnography, and Contemporary Chinese Cinema*, New York: Columbia University Press, 1995, pp.4—18.

"怎么看"，鲁迅的奇怪而冗赘的句子不是让读者看到两株枣树，而是暗示读者以适当的速度在后院中向墙外转移目光，经过一株枣树，再经过一株枣树，然后延展向一片"奇怪而高"的夜空。[1]

同时，石印画报、摄影和电影等新的图像方式，影响了小说的写实观念和描写的技术。曾朴在自白《孽海花》创作手法时，说希望"合拢"种种大事的"侧影或远景和相联系的一些细节事，收摄在我笔头的摄影机上，叫它自然地一幕一幕地展现，印象上不啻目击了大事的全景一般"[2]。李伯元也用自己的小说与油画、照相相比，认为小说在真实生动性上，丝毫不输（《文明小史》第六十回）。韩南曾分析鲁迅小说所具有的强烈的视觉性，比如《示众》对于围观砍头的庸众的场景化描写：

> 长子弯了腰，要从垂下的草帽檐去赏识白背心的脸，但不知道为什么忽又站直了。于是他背后的人们又须竭力伸长了脖子；有一个瘦子竟至于连嘴都张得很大，像一条死鲈鱼。
>
> 巡警，突然间，将脚一提，大家又愕然，赶紧都看他的脚；然而他又放稳了，于是又看白背心。长子忽又弯了弯腰，还要从垂下的草帽檐下去窥测，但即刻也就立直，擎起一只手来拼命搔头皮。

文字中可见一种电影镜头感——没有前因后果、没有一笔介绍，全部是对众人的动作、形态的外表化的描述。"对鲁迅来说，视觉艺术和文学差不多具有同等意义。如果说他对这两个领域的趣味毫无联系，那倒是奇怪的事。他对漫画、动画、木刻的提倡肯定超过了它们的实际效果。他的短篇小说的深刻的单纯和表现方法的曲折也许正可以和这些艺术形式单纯的线条及表现的曲折相比美。"[3]新的视觉技术手段——油画、石印图画、版画、电影等确实对文字的运用产生了影响，而描写是完成这种视觉性的最主要的承担者。周蕾也明确指出中国现代文学内在的视觉性，在幻灯片、摄影、电影等现代视觉技术的压迫下，对视觉的敏感与营造却深深嵌入他们的写作当中。短篇小说这种"压缩的、意指的""人生断面式的"形式本身就具有视觉性。萧红、茅盾、巴金、郁达夫作品中的缩略、截断、聚焦等手法，即使跟电影和摄影没有直接的关系，也都是在一种大的"技术化观视"的背景中。[4]

由此可见，语言文字联通着超越了语言的广阔领域，文学以最抽象的文字营造出无比鲜活生动的艺术世界，包容了精神、思想、情感、视觉性、听觉性、触觉感受等一切感性的和精神的内容，即各种艺术的内容。

第三节 文学美的间性流融

如前所述，1990年代以来文学在社会生活以及人文学科中的位置逐渐丧失了过去的那种中心地位，开始与其他艺术门类乃至其他文化形式共同作为人类的精神文化产品而相互交融。文学作为审美、意义表达、社会表征、内在表现或意识形态，其诸种属性和价值可以与其他艺术门类共享。

作为人类最悠久的艺术形式之一，文学的许多重要特质都可以融入其他艺术形式之中。在当代条件下，文学美在其他艺术形式中的流散和融通变得更加突出。文学美既包括文学的独特的语言形式，也包括文学的其他诸种手法（如叙事、抒情、表意等）、文学感知、文学价值等，这种复合属性是文学的基本价值。文学美属于文学，但也可以流散到他种艺术门类中，使得文学美与其他艺术门类之美之间形成新的融通。每种艺术都有自己的特异性、区别性的属性，同时更有可与其他艺术共享的作为人类审美、艺术与文化内容的共通价值。并且，这些过去总是主要由文学来实现的作用和价值在当下越来越通过其他的艺术途径来实现，文学逐渐让位于种种更加直接诉诸感官的视觉、听觉与综合艺术。或者更准确地说，文学美逐渐流散演变为他种艺术或文化形式的构成成分，与其他艺术属性结合或融通，产生艺术美。在这个过程中，文学美成为一种间性要素，沟通文学与他种艺术形式，发挥着中介、居间、交融、黏合的作用，"成为各种文化形态中永远充满灵性而又从不争功的引领性品质或核心力量之一"。[1] 总之，这里出现了文学美的间性流融现象，即文学美在流散到其他艺术美中后形成新的相互融通。

那么，文学美的间性流融具体怎样体现？文学以语言文字为媒介，文学美是通过语言文字而生成的独特的语言形式、叙事、抒情与表意等，在此基础上产生审美与文化价值。因此，下面分别从语言、叙事、抒情和表意几方面来具体讨论文学美的间性流融，以此展示文学美与其他艺术美之间的既流散且交融的关系。

一、文学语言与艺术语言

如第二章所述，文学美首先体现在语言美，文学性在最表层体现为一种特殊的语言形式，如陌生化、修辞、节奏、韵律等。而其他艺术门类也会借助

[1] 王一川：《迈向间性特质的建构之旅——改革开放40年中文学科位移及其启示》，《东南学术》2018年第4期。

于文学语言形成丰富的表意效果,文学语言进入视听觉艺术,丰富了它种艺术语言。

汉语言文字作为象形文字,本身即具有视觉性和听觉性,当其进入绘画、电影等视觉艺术中时,会带来更为丰富的艺术效果。中国画有着悠久的题跋传统,诗书画三位一体,构成一种综合性的艺术审美:诗歌提供超越画面的意境想象,书法既参与表意又参与画面造型,绘画作为主体用造型手段直接塑造形象。诗书画结合,多样性地作用于人的不同感知系统,形成丰富深厚的美感。这一古典传统在近年出现的一些诗性电影中得到复活,文学语言极大丰富了电影语言。电影以视听手段为媒介,通过影像和声音来叙事抒情,文学语言作为声音,大多以对白、旁白的方式出现,比如:"春天来的时候,总觉得会发生点什么,但是到头来,什么都没有发生,然后就觉得自己错过了点什么。"(《立春》)"立春之后,很快就到了惊蛰,每年这个时候会有位朋友来看我。"(《东邪西毒》)富于意涵的独白揭示出人物性格特点,并开启故事独特的整体氛围。

除此外,近年来多部小成本艺术电影将诗歌纳入影片,丰富了影片的表达手段,有力增强了电影的表达效果,如《路边野餐》《长江图》等。在此类影片中,诗歌同时作为视觉要素和听觉要素出现,参与电影的影像构成和音响效果,并带入文学所独有的由文字阅读而来的想象和感知,形成一种丰富的统觉感受和审美体验。《路边野餐》以错乱时空的叙事、身份模糊的人物和写实与造型相结合的独特影像营造出浓重的诗意氛围,这种诗意由于导演本人写作和念白的诗句的加入而变得更加强烈,如"山是山的影子,狗,懒得进化。夏天,人的酶很固执,灵魂的酶像荷花。"电影《长江图》同样加入诗句,如"新船上水七千公里,发动机不停咳嗽,我压低声音穿过温暖的县城,怕人听出心中怨恨"。文字作为文学的形状,当出现在电影中,镜头立刻成了画面。面对汉字的形态,观影者的眼睛开始阅读,时间被延长,含蓄、隽永之意蔓延出来。象形文字具有视觉的意义,参与造型,与镜中景贴合在一起,在留白处文字显现,仿佛传统中国画,观者由于视觉传统而生成更多的古典诗性的感受。诗歌语言高度陌生化,以极大的跳跃性来堆积意象,诉诸读者/观者的想象,诗歌意象与电影影像相结合——钟表、长江、列车等,特别促发一种想象、记忆、诗意和乡愁的感受。(图2)

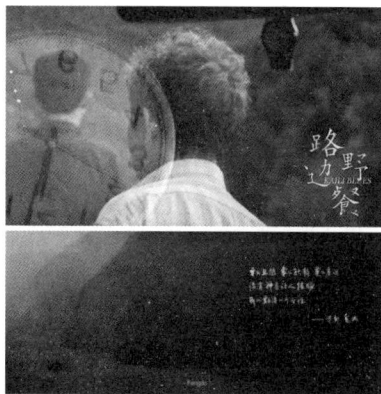

图2 《路边野餐》与《长江图》剧照

在这类作品中，文学以原初的形态直接进入电影，丰富了电影媒介的表达手段。在"他们在岛屿写作"系列电影中，这种手法被大量使用。影片《如雾起时》反复出现流水、稻田、波浪的镜头，在其上，郑愁予的诗歌文字一行行出现（图 3）。于是，一种双重的转变开始，镜头中具象的事物成为带有观念性的意象，而抽象的文字则成为造型形象，电影的诗性／文学美浓溢出来。文字与影像是两类媒介，电影依靠视觉，语言文字依靠想象，当文学以其最根本的形式——文字——出现在荧幕上，原始的文学阅读出现了，文学诉诸读者想象力的那些深意、韵味散发出来。观影在此时变成复合的活动，观影暂停而阅读开始，文字与影像融合在一起。另外，汉字同时具有视觉性和听觉性，当文学文本尤其是诗歌进入电影，通常会被旁白念出来，诗歌语言独特的韵律、节奏、平仄极大丰富了电影的声音系统。《路边野餐》中导演用贵州方言念出的诗句独具魅力，影片因此呈现出丰富的声音形象。文学的进入，使得电影在影像—文字—声音三方面叠合出丰富的效果。[1]

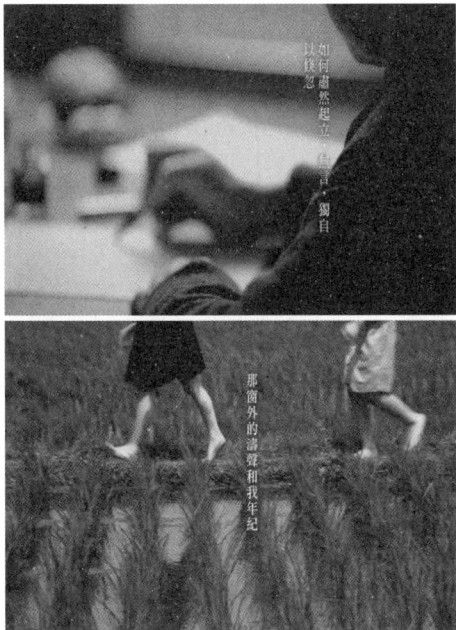

图 3 《如雾起时》剧照

[1] 参见唐宏峰：《诗音与画面：文学电影的模样》，《艺术评论》2014 年第 12 期。

二、文学叙事与艺术叙事

讲故事是文学的重要功能，文学叙事主要通过语言文字在时间序列中展开，讲述由开端到发展，再到高潮，最后形成结局的情节过程。人类各文明的文学都发展出了丰富成熟的叙事传统，这种能力和营养也极大影响了其他艺术门类。

在艺术史上，表现宗教故事的宗教画和表现历史故事的历史画向来是重要的画科。绘画叙事有两种手段，一种是在空间中选取事件的典型画面，画面中各种人物和要素细节丰富，展现出一个戏剧性的瞬间，以此暗示出画面之前和之后的时间。如达·芬奇《最后的晚餐》（图 4），表现逾越节那天，耶稣跟 12 个门徒坐在一起，共进最后一次晚餐，他忧郁地对门徒们说："我实在告诉你们，你们中有一个人要卖我了！" 12 个门徒闻言后，或震惊、或愤怒、或激动、或紧张。《最后的晚餐》呈现的就是这一时刻的紧张场面。达·芬奇改变了以往同题材画作中耶稣与门徒分立的构图，改为耶稣与门徒们同样坐在餐桌后面，这样中心的平面与高度透视性的室内空间形成一种平衡。耶稣坐在中间，摊开两手，形成三角对称的中心，左右两边分别是六个门徒。由于耶稣的话，门徒们骚动起来，每个人的动作都不同，点头、询问、质疑、迷惑，画面运动起来，三人一组，组与组之间由人们相互的姿势和动作联系在一起，变化中有秩序，秩序中有变化，达到轻松自然的平衡与和谐。[1]

[1]［英］贡布里希:《艺术的故事》,范景中译,广西美术出版社2008年版,第296—298页。

图4 《最后的晚餐》

图5 《以撒的故事》

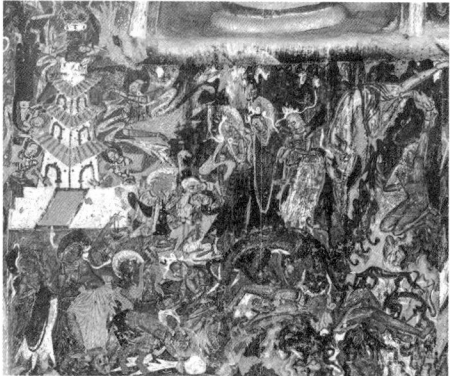

图6 "舍身饲虎"本生故事

达·芬奇通过戏剧性的瞬间，包容同时性的大量细节，将故事呈现出来。另一种图像叙事则直接在画面中包含了时间的进展，形成一种连续性叙事。如佛罗伦萨洗礼堂的"天堂之门"浮雕组中吉贝尔蒂(Ghiberti)所做的《以撒的故事》(图5)，在一个画面中以撒的形象出现了两次。在浮雕左边的一个小台阶上的显著位置，一个以撒的形象站立着与他的儿子以扫谈话，而另一个以撒的形象在浮雕右边坐着，正在受到以扫的孪生兄弟中的弟弟雅各布的欺骗，为雅各布祈福。画面包括了时间进展，表现出故事的发展。敦煌莫高窟第254窟"舍身饲虎"本生故事画(图6)也是如此，无名画师将不同时间和空间的十个情节交织在一起，组成一幅图，构图巧妙，层次分明，主题与整体氛围十分突出。圣经与佛教经典中的文本故事以平面绘画表现出来，叙事在不同的媒介中以不同的手法得以完成。文学性的情节发展、人物性格塑造、主题与氛围的营造等，在宗教画与历史画中也不断得到探索。

而与文学同样具有时间性的电影，则在其经历了以视觉吸引为核心的早期形态之后，很快进入了以文学与戏剧为主导的叙事传统。好莱坞经典叙事电影能够行销全球与其建立的一套经典叙事规则息息相关，即电影经营起一个封闭性的叙事结构，给观影者虚幻的完满感。电影通过视听手段进行叙事，逐渐建立起一套电影语言体系，包括摄影、调度、剪辑、声音等各种手法规则。这种视听语言与人物行为相结合，完成故事讲述。电影通过剪辑来操作时间，使得电影时间远远小于真实时间，因此可以在时空上超越物理时空限制而获得与文学同样的自由度。电影蒙太奇更可以闪前、闪回、平行叙事，并时常通过画面色调质感的变化来提示时间的变化。

现代主义以来文学叙事技巧日益复杂，多种视点的运用是其一。视点给叙事艺术带来无穷魅力，视点是叙述者占据的位置，按照不同的分类，文学有第一人称、第二人称和第三人称叙事，有限知叙事和全知叙事，不同的视点使得叙述者/读者/观众知道的可以比人物多，也可以比人物少，或者相等，而当谜底揭开就会产生强烈的叙事快感。文学叙事视点启发了电影视点，反过来由于媒介的不同，电影对视点的运用又与文学不同。首先，电影的视点不仅呈现在叙事结构中，同时呈现在电影语言的各元素中。摄影机占据的是谁的位置？谁在看？绝大部分影片中，主人公同时是视觉叙事的中心，他/她是镜头、段落视点的设定依据，机位的选取与运动的方式参照其所在的空间位置，摄影机的视听呈现出他/她之所见所感。电影视点最为突出的特点是建立在摄影机媒介基础上的主观视点镜头（POV shot），即通过人物的眼睛观看，摄影机视野模拟人物视野。一个典型的主观视点镜头的剪辑组合中，一般先是人物凝视着镜头，接着剪接到他/她所看的事物上去，然后再剪回人物的反应。这种电影的主观视点带给观众一种强烈的代入感、浸入感。

其次，电影叙事视点中的限知视点带来一种特殊的环形叙事。大部分电影采用都是全知视点，摄影机是无所不知的上帝，但是电影同样可以如文学一样使用不同层面的人称叙事，带来限知视点，人物化的叙事者使其权威大打折扣。于是，什么时候让观众知道多少？让他们通过谁的眼睛和嘴巴知道？让他们比剧中的谁知道更多或更少？这是电影叙事的重要技巧，电影由此控制观众的观影快感。一种特殊的利用限知人物视点的电影叙事类型是环形叙事，如昆汀·塔伦蒂诺、盖·里奇、宁浩等导演都擅长使用此种手法。此种环状叙事既不同于一般的倒叙——尽管它包含了时间上的先后颠倒，也不同于通常的平行剪辑——尽管它并置了不同的时空，其关键在于一重重的叠加，扩展电影的时空。如果是三段式，环状叙事先以一个人物A为中心完整地叙述一遍故事，再以另外的故事参与者B为中心回到时间起点重述，B提供了故事的另一面，最后再由另一个人物C再次重述，打开A和B视角中被遮蔽的很多东西。环状叙事的开头段落总是枯燥的，因为有太多东西被刻意隐瞒，不让观众知道，等着在后面的段落里一点点披露。但好的结构会随着叙事层次的增加，不断拓展故事的不同面向，重新组合时空，仿佛堆积木，层层叠叠，不断制造豁然开朗、恍然大悟的观影效果。这种结构和效果尤其体现在重复的镜头上。同一件事情或同一个场景在不同的人物那里反复出现，而每次出现都由于视角的转换使得事情或场景的含义产生变化，剧中人不知，观众却能获得揭秘的快感。重复的镜头是不同轨迹的人物的连结点，就仿佛是粘连积木的胶水，将前叙的东西与后来展开的内容一点点地对上。重复必须带进新的信息，否则就仅仅是功能性的，重复镜头告诉观众原本各自行动的人在这一点上处于同一时空，现在请看硬币的另一面。影片《疯狂的石头》的精彩开篇就是一个短小而精致的环形叙事，展现了一个动作所产生的连环的多重的结果。这段情节如果按照顺时序来讲述的话，是空中缆车掉下可乐罐砸中了包哥和小军驾驶的车，两人下车骂人，结果车溜走，撞上了要收购包哥工厂的开发商助理秦经理的宝马车，两车相撞引来了正在旁边盘查以搬家掩盖偷盗的一伙贼人的交警，于是三个毛贼侥幸逃脱。这个事件将故事中的四股主要力量全部牵扯进来，而电影打乱时序，以不同视角的多次重复，一点一点地披露出这种关系，产生了极佳的效果。影片中的事件顺序是：1. 缆车上掉可乐；2. 毛贼被交警盘查，远处撞车，贼逃脱（观众以为撞车仅是个功能性的插曲）；3. 商人强拆，车停路边，结果被撞（观众才知道事件 2 中撞车来源于此）；4. 包哥开车被可乐罐砸，撞车（观众才知道事件 3 中的撞车原因，才知道事件 1 的结果）。撞车在这个段落里重复了三次，每次带来新的内容，一次次恍然大悟，结构产生意义，正是如此。

文学与绘画、电影等其他艺术共同构成了人类的叙事文化，在这里，文学美与艺术美交融互通。

三、文学抒情与艺术抒情

情感表达是文学的重要内容，作家在作品中投注情感，将对象世界把握为一个经过情感浸润的对象，文学的世界不是一个概念的世界，而是一个主观的、情感与直觉的世界。文学抒情有多种手法，可以直抒胸臆，像雪莱的诗；也可以使用各种修辞手法，利用语言的比喻、反复、节奏等来生成抒情效果，如古诗《行行重行行》；还可以使用"客观对应物"，即艾略特所主张的一种象征主义的情感表现手法，"用一系列实物、场景，一连串事件来表现某种特定的情感"，通过累积不加解释的各种意象暗示出某种情感。[1] 如波德莱尔的《忧郁》，其题目称为"忧郁"，而全诗没有出现一次"忧郁"这个词，构成诗歌的全是一系列意象（雨月、亡魂、猫、老诗人的魂、大钟、患浮肿的老妇人、红心侍从和黑桃皇后等），但这些意象充分渲染出一种阴郁、抑闷的氛围。

抒情不仅是文学的功能，也是人类各种艺术的重要意义，艺术世界是情感化的主观的世界。音乐是最典型的抒情的艺术，音乐通过声调、旋律、节奏和语词来表达情感。在中国古代，所谓乐并非纯粹音乐，而是舞蹈歌唱表演的综合。"故歌者，上如抗，下如队，曲如折，止如槁木，累累乎端如贯珠。故歌之为言也，长言之也，悦之故言之，言之不足故长言之，长言之不足故嗟叹之，嗟叹之不足，故不知手之舞之，足之蹈之也。"（《礼记·乐记》）歌是一种长言，带有上下曲止的腔调，便从日常语言走入了音乐语言。长言是情感的语言，"悦之故言之"，因为高兴，情不自禁，要说出来，单纯说不够表达，进而要唱出来，更进一步要加入动作，手舞足蹈，根源动力都在于内在情感的表达需要。

绘画等造型艺术呈现视觉形象，但这不仅是再现客观世界，同样可以在形象中寄托情感，以情感来浸润、改变形象，从而蕴蓄或细腻绵长、或恣意强大的情感力量。"伤痕美术"代表《春风已经苏醒》《青春》等被称为抒情现实主义的作品。它们以单纯但扎实的造型手法在纯净的背景中塑造出种种宁静、优美的年轻女性人物形象，画面充满静谧、忧伤的氛围，流淌着充沛的诗意的情绪。在《春风已经苏醒》（1981年）中，画家在一片精心绘制的草地上，以俯视的角度画出一个沉浸在某种思绪中的少女，旁边是一头水牛和一只小狗，春风掠过，吹动了小女孩的发梢和青草。不同于直接反映和批判政治运动的其他伤痕美术作品，这幅画在荒凉贫瘠与生命复苏、伤感苦难与美好憧憬之间表达一种复合的多义的情绪。《青春》（1984年）则具有更多隐晦的象征意义，更加荒芜的阳光炙烤下的土地，女知青坐在大石上，她的目光和表情更严峻，倾斜的地平线、在地面投下阴影的低飞的白鹰和焦灼的土地一起构成了更加隐晦、冷峻的象征性意象，类似于艾略特所说的客观对应物，复杂多义的、超越具体时代政治的更具普遍性的情感与意涵蕴蓄其中。

以语言为媒介的文学依靠人的想象，而其他艺术门类通常具有一种直接性，以视听手段直接作用于人的五官感觉，再抵达心灵，产生同样深刻的审美体验。绘画中的形象、电影中的空镜头，都直接用具有形式意味、意义象

[1] [美] 艾略特：《哈姆雷特》，见《艾略特诗学文集》，王恩衷译，国际文化出版公司1989年版，第13页。

征、或与此前累积的情节和情绪相承接的各种意象激发出观者相应的情感。而表演艺术则以另一种直接性对观众产生巨大的情感调动。情感属于人的身体，当演员用表情和肢体动作呈现出处于特定情绪中的人的状态的时候，观众直接领受了情感本身。痛苦、欢乐、幸福、失望、迷惘、绝望等人所有的情绪都会反映到表情和身体之上，舞台上、镜头里，演员以表演直接传递情感。好的表演是在一个假定性的情景中做到真听真感受，以直接的肉身反应将一个虚构的世界呈现为真实的世界，进而让观众产生同样的感受，由此进入那个世界，接受假定为真实。舞台上，演员以自身的肉身反应直接作用于观众。如话剧《生死场》将萧红小说世界中的粗粝、愚昧的男女，毫无声息的生与死，直接转化为舞台上演员的挣扎、拥抱、奔跑、叫喊、摸爬滚打，"生的坚强"与"死的挣扎"直接表现为演员的动作、汗水、泪水，舞台以物质化的方式直接呈现出什么是"力透纸背"，那是身体在地板上撞击的声音，是柱光打在演员身上，她用泛着光的绝望的眼神直面观众的表情。与话剧的肉身性不同，电影是"想象的能指"，但却可以凭借丰富的镜头语言如特写、慢镜等多样性地呈现表演，当演员的脸占据整个大银幕，一滴泪在脸颊上滑落，产生的情感动能是巨大的。电影《我不是药神》中，扮演吕受益的演员以细腻的演技传递出一个身患绝症又有很强生命力的人物的全部状态，瘦高、锅腰、讪讪的眼神、说话后一时闭不上的嘴巴，精准传达出人物身上卑微又坚韧的求生精神，表演带来的是"感同身受"。剧场里的观众、看电影的观众、手捧小说的读者，流下同样的感动的泪水，文学抒情与艺术抒情在不同的媒介途径中形成审美感性的共通性。

四、文学表意与艺术表意

文学以语言为媒介，语言是抽象的，需要经由人的理解、认知与想象，所以语言与哲学和内在的思想、精神更近，与人类心灵和更高真理有着直接的接通关系。文学史上众多伟大的作品如存在主义文学、陀思妥耶夫斯基的小说、《红楼梦》、波德莱尔与艾略特的诗歌等，都是用语言构成的形象世界表达出最深刻的哲思。在这方面，文学表意具有巨大的优势。然而，随着各门艺术语言的发展，艺术同样可以通过各类艺术符号的不同运作进行深度表意，观念艺术与科幻电影等艺术类型在某种程度上越来越接近哲学。

于是，人们注意到在当代各种前沿的哲学思考中，视觉艺术越来越成为主要的讨论对象。但在过去，哲学思考的对象主要是文学如诗歌和小说，比如杰姆逊和伊格尔顿通过讨论小说来进行理论思考；而在近二三十年的哲学美学与批评理论话语中，视觉艺术资源已经明显超过了文学。当代理论家如朗西埃（Jacques Rancière）、德勒兹（Gilles Deleuze）、拉图尔（Bruno Latour）等人，都花费了很大精力专门讨论图像、电影和当代艺术，如朗西埃写作《图像的未来》《解放的观众》《源于舞台的方法》，德勒兹写作《电影 I：运动 - 影像》《电影 II：时间 - 影像》，拉图尔直接进行艺术策展等。当代艺术和电影等已成为最前沿哲学的主要资源，艺术理论成为哲学与理论的前沿。这种变化也可以帮助论证"以文入艺"。在米歇尔所论述的"图像转向"中，一方面是现实生活中图像与视觉经验的凸显，另一方面更重要是在知识与理论思考中，以图像为代表的艺术问题成为越来越多的哲学思考的重心。

这里以观念艺术为例说明当代艺术日益追求超越视觉美而达到深度表意。约瑟夫·库索斯（Joseph Kosuth）的作品《一把和三把椅子》（*One and Three Chairs*）（1965 年）（图 7），由一把真实的椅子、这把椅子的照片以及从字典上摘录下来的对"椅子"这一词语的定义三部分构成。库索斯创作了一系列类似的作品。这些作品显然是对柏拉图摹仿理论的表现。柏拉图在《理想国》中以理念的床、木匠的床和艺术的床之"三张床"的寓言说明艺术与外在世界和理念的关系，认为艺术是对世界的摹仿。库索斯的这件作品表现出同样的道理：椅子（实物）这一客观物体可以被摄影或者绘画再现出来，成为一种"幻象"（椅子的照片），但无论是实物的椅子还是通过艺术手段再现出来的椅子的"幻象"，都导向一个最终的概念——观念的椅子（文字对椅子的定义）。这一作品表达了对可视的形的轻视和对内在信息、观念和意蕴的重视，这正是观念艺术的追求，并将艺术的非物质化以及观念化延伸到一个极端抽象的方式——文字。在《哲学之后的艺术》（*Art after Philosophy*）一文中，库索斯说艺术是哲学的延伸，他拒绝形式主义的审美特性，认为形式主义局限了艺术发展的可能性，而观念是被形式主义的艺术所忽略的东西。他宣称"所有的艺术（杜尚之后）都是观念性的（在本质上），因为艺术家仅仅观念性地存在。"[1] 他反对赋予某一媒介（比如油彩）特定意义，反感艺术的力量只来自视觉效果，并试图用艺术的方式建立人与世界的"非视觉"关系。最终，他找到了语言，并以装置、综合媒介艺术等多种方式来探索艺术与语言的关系。这里，当代艺术越来越超越古典审美的范式，走向抽象的、思辨的观念，表达对人、世界与社会现实的思考。

[1] Joseph Kosuth, "Art after Philosophy", *Studio International*, Vol.178, No.915, October, 1969.

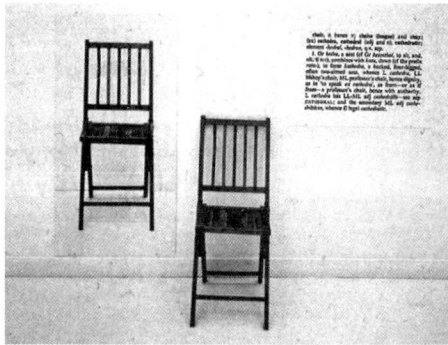

图 7 《一把和三把椅子》

图 8 《运动的张力》

再如中国当代装置艺术《运动的张力》（2009年）（图8），艺术家在沿展厅围墙布置钢管，内有钢球滚动发出巨大声音，同时地面有两个巨大的铁球不断不规则地移动。艺术史家巫鸿这样阐释这一作品："作为这个展览的主要概念，'运动'在这里具有多种含义，既是实体的也是声音的，既是主体的也是客体的，既是雕塑的也是建筑的。这种多重意义的交汇使我们重新思考作品、空间与观者的关系；这个展览的实验性也就在于提供这种交汇和反思的一个契机。从社会学的角度看，《运动的张力》有若一个巨大工地的压缩和抽象，凝聚了紧张建设的力度、嘈杂和危险，因此也可以被看作是飞速发展和变化中的当代中国的一个喻言。"（《运动的张力——展览手册》）艺术家用空间与物质材料同时表达出物理性的和社会性的"运动"的意义。

文学以语言实现内在精神和抽象思想的表达，而艺术可以用多种媒介、手段和方法进行同样丰富而深刻的表意。当代艺术的媒介和方式日益丰富多样，融合多种媒介和材料的综合媒材艺术、装置艺术等，超越传统架上绘画，实现丰富表意。同时，当代艺术越来越以更加复杂和更具实践性的大型艺术项目的方式存在，一个艺术项目可以包括人类的各种符号表意手段，从文字档案、绘画、雕塑、现成品、装置，到摄影、影像、纪录片，乃至人类学调查、访谈、行为表演，甚至对生活、空间与人进行直接的介入与改造。当代艺术家有最为广泛的语言可以使用，艺术的边界与生活的边界等同。如当代中国最重要的艺术项目之一"长征计划"（2002—2007），其核心内容是在长征沿线12个地点实施不同种类的艺术实践，包括展览、行走中的艺术创作、沿途当地艺术家的作品展览、地方艺术教育、艺术研讨会等。项目进行中形成了大量的文本、影像、地方文献、普通人的艺术互动、艺术作品等，在国内外许多美术馆中展出，更持续在网络上发布。艺术在这里本质上是漫长时间中的生活和实践，艺术描绘生活、介入生活、改造生活、再以多种媒介方式将之呈现出来，在此，蕴蓄着丰富的关于中国近代历史与当代社会现实的思考。

如上所述，在抵达审美、感知甚至理性认识的诸多道路中，文学路径与其他各种艺术门类相通相融。文学以语言文字为媒介，通过叙事、抒情和思想表达，抵达人类精神世界的深处，而绘画、音乐、电影等艺术门类通过各自不同的媒介形式具有同样的属性和价值。在新的时代条件下，文学美不断流散至他种艺术与文化产品之中，与其他艺术美相互交融，文学具有一种间性特质，在位移的过程中成为各种艺术形式的基底成分、构成要素，沟通黏合着人类各种艺术表达，并成为艺术美的重要部分。

【本章摘要】

本章讨论文学美与其他艺术美的交融关系。无论是中国古典文艺传统所具有的"相通共契"观念，还是当代审美泛化、图像转向条件下发生的文学的位移与艺术的凸显，都表明文学与其他艺术之间所具有的交融互通的关系。文学美中包含了其他艺术美的形态，同时，文学美日益流散到其他艺术形式之中，各种艺术也分享、承载着文学美的基本品质。文学以抽象的语言文字作用于人的感知与想象，具有广阔的表现空间和丰富的触动人各种感知领域的手段，如视觉、听觉、甚至触觉等。本章重点讨论了文学所形成的视觉艺术的审美形态与效果。另一方面，在新的时代条件下，文学美不断流散至它种艺术与文化产品之中，与其他艺术美相互交融。文学具有一种间性特质，在边缘位移的过程中成为各种艺术形式的基底成分、构成要素，沟通黏合着人类各种艺术表达，并成为艺术美的重要部分。本章通过"文学语言与艺术语言""文学叙事与艺术叙事""文学抒情与艺术抒情""文学表意与艺术表意"几方面来具体讨论文学美在其他艺术门类中的间性流融，充分展现了文学美与艺术美之间的交融互通。

【思考与练习】
1. 请结合当代文艺生产状况，思考文学与其他艺术和文化形态之间的交融关系。
2. 请以文学的影视改编作品为例，具体阐发文学美的间性流融现象。

【深度阅读书目】
1. [美] 米歇尔：《图像理论》，陈永国、胡文征译，北京大学出版社 2006 年版。
2. 王一川：《艺术公赏力：艺术公共性研究》，北京大学出版社 2016 年版。

后记

　　本书是为高校中国语言文学类专业、艺术学理论类专业及其他相关学科专业本科生修习文艺美学或美学课程而编撰的教材，也可作为文艺学学科、美学学科及其他相关学科的研究生教材或参考书。

　　编写一部高校文艺美学教材，是我多年的心愿。作为全国首届文艺美学硕士研究生于1982年2月进入北京大学中文系读书，至今已长达37载。而后来担任该学科研究生指导教师至今也已超过1/4世纪，带出的同学科研究生也已有一些。按理，这事早该尝试去做的，无论结果如何。但历经如此漫长岁月之后才首次来主编它，确实连自己也始料未及。现在回想起来，主要原因在于我自己的犹豫和拖延。由于一再念及文艺美学学科内涵及研究状况等在改革开放时代变化迅疾，深感自己学术积累尚缺，编撰时机未成熟，加之忙于其他事务，就一直拖延下来。

　　现在如愿完成，主要与三点机缘有关：一是我因工作关系自2007年夏以来的十多年间，将研究重心转入艺术学科的艺术理论研究领域（尽管文艺学领域的事也未能放下），有机会把文学与其他多种艺术门类加以比较，进而将其从艺术门类中的语言艺术门类出发去重新考虑，想不到对习以为常的文学及其审美特性、文艺美学学科等，竟生出此前从未有过的新观察和新体会来。我感到，这些新观察和新体会已完全可以尝试反映到新教材中了。也就是说，编写自己心目中曾多次设想过的文艺美学教材，时日已到。二是陈雪虎教授作为我在北京师范大学任教时较早指导的文艺美学方向研究生之一，在此领域也耕耘已久，有志于此，愿与我一道合力了却这桩心愿。三是真正付诸实施，有赖于高等教育出版社文科事业部迟宝东主任和蒋文博副主任等领导的慧眼支持，他们赞同我提出的有关编撰艺术门类美学教材丛书的构想，同意纳入该社教材编写规划中，并大力推动。基于上述缘故，本书得以在现在完成。

这部教材尽力吸收了这些年来学术界前辈和同行的相关成果，也融入了我和本教材编写组年轻同道们的共同心得。

拟定编写思路和大纲，通读全书初稿，以及统稿和修改，都得到副主编陈雪虎教授的倾力协助。

编写组其他成员多是我过去指导过的弟子，以及合作过的博士后研究人员，也有陈雪虎教授指导过的弟子。大家多出自文艺美学学科，在此领域各有其研究积累和心得，倾情奉献出协作精神。具体分工如下：

导　　论　语言艺术美与人文之美之间　　北京师范大学王一川
第一章　文学作为语言艺术　　北京师范大学陈雪虎
第二章　文学美的社会文化意味　　北京师范大学符鹏
第三章　文学古典美　　中国大百科全书出版社程园
第四章　文学现代美　　重庆大学金浪
第五章　当代大众文艺美　　浙江大学林玮
第六章　诗歌美　　四川外国语学院朱周斌
第七章　小说美　　湖南大学刘涵之
第八章　散文美　　南宁师范大学黄世权
第九章　剧本美　　深圳大学胡鹏林
第十章　文学美与其他艺术美的交融　　北京大学唐宏峰

在本书统一格式时，陈雪虎教授安排研究生张千可、王钰玮和孙小琪提供了协助。

由于尝试在新的编写思路和体例下去探索，加之主编本人水平有限，有的论述还比较粗疏，敬请方家指正，以便修订时更正和改进。

两年前在深圳大学向我在北京大学中文系求学时的恩师、我国文艺美学学科首倡者胡经之先生报告此事时，得到先生的肯定和鼓励。

高等教育出版社文科事业部迟宝东、蒋文博等领导和邵小莉编辑等为保障书稿质量付出了心血。

值此机会，特向以上各位致以诚挚的感谢。

王一川

2019 年 9 月 29 日

郑重声明

高等教育出版社依法对本书享有专有出版权。任何未经许可的复制、销售行为均违反《中华人民共和国著作权法》，其行为人将承担相应的民事责任和行政责任；构成犯罪的，将被依法追究刑事责任。为了维护市场秩序，保护读者的合法权益，避免读者误用盗版书造成不良后果，我社将配合行政执法部门和司法机关对违法犯罪的单位和个人进行严厉打击。社会各界人士如发现上述侵权行为，希望及时举报，我社将奖励举报有功人员。

反盗版举报电话　（010）58581999　58582371

反盗版举报邮箱　dd@hep.com.cn

通信地址　北京市西城区德外大街 4 号　高等教育出版社法律事务部

邮政编码　100120

读者意见反馈

为收集对教材的意见建议，进一步完善教材编写并做好服务工作，读者可将对本教材的意见建议通过如下渠道反馈至我社。

咨询电话　400-810-0598

反馈邮箱　gjdzfwd@pub.hep.cn

通信地址　北京市朝阳区惠新东街 4 号富盛大厦 1 座　高等教育出版社总编辑办公室

邮政编码　100029